Black Summer by M. W. Craven
[Copyright © 2019 by M. W. Craven]

All rights reserved.
This Korean edition was published by Wisdom House, Inc. in 2025 by arrangement with ENTITY B LTD. c/o D H H Literary Agency through KCC(Korea Copyright Center Inc.), Seoul.

이 책은 (주)한국저작권센터(KCC)를 통한 저작권자와의 독점계약으로 ㈜위즈덤하우스에서 출간되었습니다. 저작권법에 의해 한국 내에서 보호를 받는 저작물이므로 무단전재와 복제를 금합니다.

M. W. 크레이븐 ◆ 김해온 옮김

블랙 서머

위즈덤하우스

조에게. 내 가장 좋은 친구, 내 영혼의 단짝.

차례

블랙 서머	9
2주 전 : 첫날	16
넷째 날	23
다섯째 날	88
여섯째 날	119
일곱째 날	148
여덟째 날	153
아홉째 날	191
열 번째 날	233
열한 번째 날	291
열두 번째 날	351
열세 번째 날	389
열네 번째 날	433
일주일 뒤	501

내 몸이 자신을 파먹고 있다.
난 그걸 멈출 수 없다.
너무 약해져서 움직일 수가 없다. 근육은 몸이 생존하는 데 필요한 아미노산으로 분해되었다. 관절은 이제 기름칠이 되지 않아 뻣뻣하고 아프다. 피부 밑의 혈관은 주요 장기를 보호하려고 수축하는 바람에 손발이 찌릿찌릿하다. 잇몸이 오그라들어 치아가 흔들린다.
끝이 가깝다.
느낌이 온다.
호흡도 빠르고 얕아졌다. 머리가 어지럽다. 며칠 만에 처음으로 자고 싶다. 다시는 깨어나지 않을 잠.
이제는 화도 나지 않는다.
처음에는 화가 났다. 며칠 동안 비명을 지르고 고함치며 이 말도 안 되는 상황에 분개했다. 드디어 공적을 인정받으려던 찰나에, 상어 같은 눈빛의 남자에게 모든 걸 빼앗겨버리다니.
이제는 받아들였다.
결국은 내 잘못이다. 내가 발견한 걸 자랑하고 싶은 마음에 내 발로 이곳에 내려왔으니.
그 남자가 그런 데 무관심하다는 걸 알았어야 하는 건데. 내 발견은 그자에게 관심의 대상이 아니었다. 그자는 단지 그것에만 관심이 있었을 뿐.
그러니 이제 누워서 눈을 좀 붙이련다.
잠시만.
어쩌면 좀 길어질지도 모르지만……

1

남부 프랑스에는 회색머리멧새라고 하는, 고운 소리로 우는 새가 있다.

몸길이는 15센티미터 정도고 몸무게는 30그램이 채 안 된다. 머리는 회색이고 목은 연한 노란색이며 깃털은 보기 좋은 오렌지색이다. 부리는 분홍색으로 뭉툭하고 눈은 유리로 만든 후추 열매처럼 반짝거린다. 딱딱 끊기는 스타카토의 지저귐은 듣는 이들에게 웃음을 안겨준다.

두드러지게 아름다운 생명체다.

사람들은 대체로 회색머리멧새를 보면 반려조로 데리고 있고 싶어 한다.

모두가 그렇지는 않다.

어떤 사람은 회색머리멧새의 아름다움은 보지 않는다.

그들은 다른 걸 본다.

왜냐하면 회색머리멧새의 또 다른 특징은 그 새가 세상에서 가장 가학적인 요리의 주재료로 들어간다는 점이기 때문이다. 이 자그마한 새가 단지 죽임을 당하는 데서 그치지 않고 고문까지 당해야만 만들어질 수 있는 요리…….

셰프는 한 달 전에 두 마리를 사들였다. 회색머리멧새를 총으로 쏘면 형체조차 알아볼 수 없게 되기 때문에, 셰프는 한 남자에게 그물을 놓으라며 돈을 주었다. 남자는 한 마리에 100유로를 요구했다. 터무니없는 가격이었으나 그걸 잡다가 붙잡히면 그보다 훨씬 비싼 벌금을 내야 했다.

셰프는 두 멧새를 집에 데려가 로마 시대의 요리사들이 향연 때 하던 방법으로 살을 찌웠다—녀석들의 눈을 찔러버린 것이다. 두 회색머리멧새의 낮이 밤으로 바뀌었다.

그리고 두 멧새는 밤에 먹이를 먹었다.

두 멧새는 한 달 동안 수수, 포도, 무화과를 마구 먹었다. 몸이 네 배로 불어났다. 먹기 좋을 만큼 뚱뚱해진 것이다.

왕에게나 어울리는 요리.

혹은 오랜 친구에게.

연락이 오자 셰프는 두 새를 직접 데리고 영국 해협을 건넜다.

도버에서 하선해 밤새 차를 몰고 컴브리아에 있는 '벌리스 앤드 슬로'*라는 레스토랑으로 갔다.

셰프의 두 손님은 극과 극이라는 말이 그 이상 잘 어울릴 수가 없는 조합이었다.

• bullace와 sloe 모두 서양 자두나무의 일종이다.

한 남자는 목 위쪽에 깃이 달린 근사한 정장 차림이었다. 디자인은 동양풍이었다. 셔츠는 빳빳한 흰색에 순금 커프스단추가 달려 있었다. 그는 교양이 있고 편안해 보였다. 서글서글한 웃음을 지었고, 세상 어떤 식당에 있더라도 그곳의 품격을 드높였을 남자였다.

다른 남자는 진흙투성이 청바지에 젖은 재킷 차림이었다. 부츠에서는 식당 바닥으로 지저분한 물이 똑똑 떨어졌다. 마치 가시금작화 덤불숲을 거꾸로 끌려 나온 사람처럼 너저분했다. 흔들리는 흐릿한 촛불로 봐도 초조하고 긴장한 듯했다. 절박한 모습.

웨이터가 두 사람이 앉은 테이블로 가서 구운 새가 조리된 구리 냄비를 보여주었다.

정장 차림의 남자가 말했다.

"아마 요리가 흡족할 겁니다. 회색머리멧새라고 하는 명금이지요. 지가도 셰프가 파리에서 직접 가지고 와서, 불과 15분쯤 전에 브랜디에 익사시킨 겁니다……."

상대방 남자가 새를 빤히 내려다보았다―크기는 발가락만 한데 자기 몸에서 나온 기름에 지글거렸다. 그가 고개를 들었다.

"무슨 뜻이죠, '익사시켰다'니?"

"그렇게 해서 녀석들의 폐에 브랜디가 흡수되게끔 하는 겁니다."

"야만스럽군요."

정장 차림의 남자가 살짝 웃었다. 이런 말은 프랑스에서 일할 당시 다 들어본 이야기였다.

"우리는 랍스터를 산 채로 끓는 물에 집어넣습니다. 살아 있는 게의 다리를 떼어내고요. 푸아그라를 먹으려고 거위에게 강제로 먹이를 먹이기도 하지요. 우리가 섭취하는 동물은 무엇 하나 고통 받지 않는 게 없습니다, 아닌가요?"

"그럼 불법이죠."

청바지 차림의 남자가 받아쳤다.

"누구에게나 법적인 문제가 있지요. 그쪽 문제가 내 문제보다 심각한 것 같습니다만? 당신이 새를 먹든 안 먹든 나에게는 마찬가집니다. 하지만 먹기로 했으면 내가 하는 대로 하세요. 그러면 그게 냄새를 가두는 텐트 역할을 해서 신께 당신의 식탐을 숨길 수 있을 겁니다."

정장 차림의 남자는 풀을 먹인, 피처럼 붉은 냅킨을 머리에 뒤집어쓰고* 새를 입에 넣었다. 새의 머리만 입 밖에 나와 있었다. 남자가 이를 꽉 물자 새의 머리가 접시에 떨어졌다.

회색머리멧새는 델 정도로 뜨거웠다. 정장 차림의 남자는 한동안 새를 혀 위에 둔 채 짧고 빠르게 숨을 쉬며 음식을 식히는 데 열중했다. 맛 좋은 지방이 녹아 목구멍으로 넘어가기 시작했다.

남자는 맛을 음미하면서 한숨을 내쉬었다. 이런 음식을 마지막으로 먹어본 지도 6년이 지났다. 남자는 새를 천천히 씹었다. 지방과 내장과 뼈와 피가 폭탄처럼 터지며 입안을 가득 채웠다. 달콤한 살

• 회색머리멧새 요리는 그 잔혹한 요리법 때문에 신에게 먹는 모습을 보일 수 없어 냅킨으로 머리 전체를 가린 뒤 먹는다.

코기와 씁쓸한 내장은 황홀했다. 입천장을 감싼 기름기에 숨이 멎을 듯했다. 날카로운 뼈가 잇몸을 꿰뚫었고 그의 피가 고기에 맛을 더해주었다.

거의 압도적이었다.

그리고 마지막으로 그의 치아가 회색머리멧새의 폐를 파고들었다. 입안이 맛있는 아르마냐크 브랜디로 가득 찼다.

청바지 차림의 남자는 새를 건드리지 않았다. 정장 차림 남자의 얼굴은 볼 수 없었지만—아직도 냅킨을 뒤집어쓰고 있어서—뼈가 으스러지는 소리와 쾌감이 묻어나는 한숨 소리는 들렸다.

정장 차림의 남자가 멧새를 다 먹기까지 15분이 걸렸다. 냅킨을 벗어 얼굴을 드러냈을 때, 그는 턱에서 똑똑 떨어지는 피를 닦아내며 손님에게 미소 지었다.

젖은 청바지 차림의 남자가 입을 열었고, 정장 차림의 남자가 귀를 세우고 들었다. 얼마 후 그날 저녁 들어 처음으로, 정장 차림의 남자가 짜증스러운 기미를 보였다. 완벽하게 차분한 얼굴 위로 두려움이 스쳐 지나갔다.

성상 차림의 남자가 말했다.

"그저 흥미로운 이야기군요. 하지만 안타깝게도 여기까지인 것 같은데요. 합석할 사람들이 있는 모양이네요."

젖은 청바지 차림의 남자가 뒤를 돌아보았다. 평범한, 근무용 정장 차림의 인물이 문가에 서 있었다. 그 옆에는 제복 경관이 있었다.

"거의 다 됐는데 말이지요."

정장 차림의 남자가 고개를 흔들더니 경찰관들에게 안으로 들어오라고 손짓했다.

사복 경관이 테이블로 다가왔다.

"저희와 같이 가주시겠습니까?"

청바지 차림의 남자가 이리저리로 시선을 던지며 빠져나갈 길을 찾았다. 부엌에 있던 웨이터와 주방장이 그의 길목을 차단할 것이었다.

제복 경관이 경찰봉을 펼쳤다.

"어리석은 짓 하지 마십시오."

사복 경관이 말했다.

"그러기엔 너무 늦었는걸."

청바지 차림의 남자가 으르렁대듯 말했다. 그는 반쯤 찬 와인 병의 목을 잡더니 병을 곤봉처럼 들었다. 아직 젖어 있는 그의 셔츠를 타고 내용물이 콸콸 흘러내렸다.

어느 쪽도 이길 수 없는 교착 상태였다.

상황을 지켜보던 정장 차림 남자의 입가에서 웃음이 떠나지 않았다.

"설명할 기회는 줘야 할 것 아니야!"

청바지 차림의 남자가 식식거렸다.

제복 경관이 그의 왼쪽으로 이동했다.

부엌문이 열렸다. 웨이터가 걸어 나왔다. 그는 굴이 담긴 접시를 들고 있었다. 무슨 일이 일어나는지 보고는 놀라서 금속 접시를 떨어뜨리고 말았다. 각 얼음과 굴이 판석 깐 바닥에 흩어졌다.

두 경찰에게 필요한 틈이었다. 제복 경관이 아래쪽으로 가고 사복 경관이 위쪽으로 갔다. 경찰봉이 남자의 무릎 뒤를 타격했고 사복 경관의 주먹이 남자의 턱을 가격했다.

청바지 차림의 남자는 무너졌다. 제복 경관은 그의 등을 무릎으로 짓누르며 그의 머리를 판석 바닥에 내리누른 다음 그에게 수갑을 채웠다.

사복 경관이 말했다.

"워싱턴 포, 당신을 살인 혐의로 체포합니다. 아무 말도 하지 않아도 되지만, 질문을 받았을 때 대답하지 않은 내용은 나중에 법정에서 불리하게 작용할 수 있습니다. 말하는 내용은 모두 증거로 제출될 수 있습니다."

2 주 전 : 첫 날

2

영국의 시골에서 파란 불빛이 사라졌다. 웅장하고 오래된 빅토리아풍 경찰서들이 수가 줄어들며 역사 속으로 물러가고, 현대적이고 장비가 잘 갖춰진 무미건조한 '엑설런스 센터 Excellence Center•'로 바뀌었다.

그와 함께 동네 경찰관들도 사라졌다. 그들은 이제 시골다움을 그리워하는 사람들의 마음속에만 존재한다. 요즘 경찰관은 대부분 순찰차 차창으로만 자기 구역을 둘러본다.

슈퍼마켓 체인점 테스코는 24시간 운영하는 지점을 경찰서보다 두 배나 많이 보유하고 있다.

이런 현상이 컴브리아만큼 크게 닥친 곳도 없었다. 면적이 거의 7000제곱킬로미터나 되는 카운티인 컴브리아는—지리적으로 영국에서 세 번째로 넓다—정규 근무를 하는 경찰서가 고작 다섯 개밖에 되지 않는다.

• 어떤 분야에서 뛰어난 성과를 올리기 위해 전문화된 인력으로 구성된 소규모 조직을 가리키는 '신식 이름'.

북부 페나인*에 있는 앨스턴은 컴브리아 카운티에서 가장 고지대에 있는 상업 도시로, 이런 상황에서 버텨낼 가망이 애초에 없었다. 크고 아름다운 단독 건물이었던 그곳의 경찰서는 2012년에 매각되었고, 그 자리를 대신한 건 경찰 데스크였다. 매달 넷째 주 수요일이면 이든 구역의 시골 지역 경찰팀—'문제 해결자'라고 명명된—의 일원이 거기까지 차를 몰고 올라가서, 도서관 데스크에 앉아 사람들의 불평을 듣는다.

문제 해결자 순경 그레이엄 올솝은 매달 넷째 주 수요일이 싫었다. 그는 문제 해결자라고 불리는 것도 싫었다. 그가 어쩔 수 없이 들어야 하는 민원 중 일부는 머리가 멍해질 만큼 사소하고 벽에 머리를 박고 싶을 만큼 난감해서, 때로는 마을 전체가 낚시 미끼 수준의 지능밖에 없는 게 아닌가 하는 생각이 들 지경이었다.

기껏해야 한 달만 거슬러 올라가도 그가 어떤 상황을 감내해야 하는지 잘 보여주는 예를 찾을 수 있었다. 한 나이 지긋한 남자가 그에게 다가오더니 책상에 개똥이 가득 든 자루를 올려놓았다. 썩어 문드러질 개똥 말이다. 남자는 상까지 받은 레이디 펜잰스 장미들 틈에서 이 개똥을 발견하는 게 아주 지긋지긋하다고 했다. 자기 이웃집 여자가 마을 쇼에서 그에게 진 것을 복수하려고 절름발이 닥스훈트를 풀어 화단에 온통 똥을 싸게 내버려둔다는 주장이었다. 남자는 올솝에

---

* 영국의 척추라고 불리는 페나인 산맥의 가장 북쪽 지역.

게 그걸 '연구소'로 가져가서 DNA 검사를 받아달라고 요구했다. 남자는 그런 '연구소'가 없을 뿐 아니라, 이 똥과 저 똥을 구분하는 데 필요한 DNA 데이터베이스도 없다는 걸 알고 놀란 모양이었다. 그것은 민사상의 일이었고 올솝 순경은 그에 따라 사무 변호사를 만나보라고 조언했다. 그리고 남자에게 똥이 든 자루를 가지고 돌아가야 한다고 했다. 물론 그게 악명 높은 개똥 살인 사건으로 비화한다면 문제 해결자 올솝 순경은 해명을 좀 해야 할 테지만, 세상에는 감수할 만한 위험도 있는 법이다.

그렇다고 해도 넷째 주 수요일은 수월한 날이기는 했다. 도서관이 9시에 개관하는데, 한 시간 뒤 첫 독서 모임이 열리기까지 올솝과 도서관 직원은 보통 자기들끼리 있으면 되었다. 미치광이들이 올 때까지 차를 마시며 토스트 먹을 시간은 충분했다.

그리고 심지어 그날 아침에 그에게는 계획도 있었다. 신문을 읽은 뒤 느긋하게 델리 상점으로 걸어가 앨스턴 치즈를 좀 살 생각이었다. 도서관 사서 중 한 사람이 그에게 수플레** 만드는 법을 가르쳐주기로 했던 것이다. 올솝은 인내심 있는 아내에게 포르투갈로 혼자 골프 여행을 가겠다고 털어놓기 전에, 치즈 수플레를 구워주면 아내의 마음을 녹이기에 딱이라고 생각했다.

그것은 좋은 계획이었다.

** 달걀흰자로 거품을 내고 거기에 여러 재료를 섞은 뒤 부풀려 구운 음식.

하지만 계획이란 눈 깜짝할 새 개똥 자루로 변해버릴 수 있다는 게 문제다.

처음에 순경은 그 여자가 웬 남자 집에서 밤을 보내고서 몰래 빠져나와 수치스럽게 집으로 돌아가는 길이라고 여겼다. 여자는 울 모자를 쓰고 단조로운 긴팔 티셔츠에 검정 레깅스를 입었다. 다리를 절뚝였고, 비틀거리면서 이리저리 나아갔다. 싸구려 운동화가 카펫에 질질 끌렸다.

여자는 도서관 가운데에 서서 주변을 둘러보았다. 특정 책을 염두에 둔 것 같지는 않았다. 눈길이 아이들 소설 쪽으로 가더니 지역 역사 쪽으로, 다시 자서전 쪽으로 옮겨 갔다. 아마도 화장실을 이용하기 위한 구실일 터였다. 재빨리 씻고 코카인을 한 줄 들이마신 뒤 택시를 타고 칼라일로 돌아가리라. 앨스턴에는 학생 인구가 별로 없었지만 그래도 파티는 열렸다.

그러나…… 경찰 경력 대부분을 칼라일 도심에서 순경으로 보낸 앨솝은 아직도 필요한 본능이 살아 있었다.

뭔가 살짝 어긋난 느낌이었다.

순경이 처음 내린 판단은 틀렸다. 여자는 부끄러워운 듯 보이는 게 아니라 무서워하는 듯 보였다. 눈동자가 이쪽저쪽으로 내달리며 뭔가를 찾고 있었다. 느긋하게 실내를 떠다니는 먼지 사이로 눈을 가늘게 뜨고 어느 것 하나에도 1초 이상 시선을 건네지 않았다. 하지만 단정하게 정돈되어 알파벳 순서대로 책등이 바깥으로 놓인 책들은 여자의 흥미를 끌지 못했다. 여자는 도서관 사서들을 확인하며, 한 사람

한 사람 보자마자 곧바로 다른 사람에게 시선을 주었다.

여자가 그를 보았을 때 앨숍은 그날 아침이 더는 완벽한 수플레를 굽기 위한 시간이 되지 않으리라는 걸 알았다. 다름 아닌 그가, 바로 여자가 거기 있는 이유였다. 여자는 그의 책상으로 절뚝거리며 다가갔고, 얼굴은 애를 쓰느라 일그러져 있었다. 여자는 그의 앞에 서서, 비썩 마른 몸을 왼팔로 감싸며 오른 팔꿈치를 붙잡았다. 머리는 한쪽으로 갸우뚱한 상태였다. 그렇게 심란한 모습이 아니었더라면 귀여워 보였을 터였다.

"경찰이신가요?"

여자의 목소리는 단조로웠다.

"아뇨, 경찰 전체는 아닌데요."

앨숍이 대답했다.

여자는 그 경박한 말에 웃음 짓지 않았다. 아예 반응을 안 했다. 앨숍은 여자를 뜯어보며 뭔가 단서를 찾으려고, 무슨 일이 벌어질지 경고하는 신호는 없는지 살폈다. 왜냐하면 그가 착각하는 게 아니기 때문이었다―무슨 일인가가 곧 벌어질 것이었다.

여자는 기진맥진한 상태였다. 지친 갈색 눈동자는 멍들고 푹 꺼진 안구에 깊이 박혀 있었다. 모자 아래로 삐져나온 머리카락은 헝클어지고, 늘어지고, 생기가 없었다. 머리카락이 감싼 얼굴은 꺼칠했다. 창백한 광대뼈는 돌출되어 있었고 피부에 앉은 때 위로 눈물 자국이 보였다. 허옇고 끈적끈적한 흔적이 입가를 둘러쌌고 여기저기가 얼룩덜룩했다. 그리고 여자는 깡말랐다. 패션모델처럼 깡마른 게 아니었다. 수척했다. 영양실조였다.

앨솝은 책상 반대편으로 돌아가 의자를 꺼내 여자에게 앉으라고 권했다. 여자는 고마워하며 주저앉았다. 그는 자기 자리로 되돌아가 양 손가락을 마주 대고 그 위에 턱을 얹었다. "자, 아가씨, 어떻게 도와드리면 좋을까요?" 그는 구식 경찰이었고, 응당 사용해야 하는 성 중립적인 호칭을 쓰지 않았다.

여자는 대답하지 않았다. 그저 먼 산을 볼 뿐이었다. 그는 그 자리에 없는 것이나 다름없었다.

그래도 그건 괜찮았다. 그는 사람들을 다루는 데 익숙했고 사람들이 때가 되면 알아서 털어놓는다는 걸 알았다.

"이러면 어때요, 쉬운 것부터 해볼까요? 이름부터 말해보면 어때요?"

여자는 눈을 깜빡이더니 최면 비슷한 상태에서 휙 빠져나온 것 같았다. 이름이라는 개념 자체가 여자에게 낯선 것처럼 보였다.

"이름이 뭘 말하는지 알아요? 다들 이름이 있잖아요?"

여자는 여전히 웃지 않았다.

하지만 자기가 뭐라고 불리는지는 말해주었다.

그리고 앨솝은 자기가 곤경에 빠졌다는 걸 알았다.

그뿐 아니라 모두가.

넷 째   날

3

한 체로키족 노인이, 증오로 가득 찬 마음으로 찾아온 손자에게 말했다.

"할아버지가 이야기를 하나 해주마. 할아버지도 나한테 잘못을 저지른 사람들이 무척 미웠다. 하지만 증오는 네게 상처를 준 사람들이 아니라, 너를 갉아먹는 거야. 그건 네가 독약을 먹으면서 네 원수가 죽기를 바라는 거나 똑같지. 나도 그런 감정과 수도 없이 다퉜다. 꼭 내 안에서 늑대 두 마리가 서로 내 영혼을 차지하겠다고 싸우는 거랑 비슷해. 한쪽 늑대는 선하고 남들에게 해를 끼치지 않는다. 주위에 있는 모두와 조화롭게 살아가고, 상대에게 악의가 없으면 노여워하지 않지."

"다른 늑대는요, 할아버지?"

노인이 대답했다.

"아. 다른 늑대는 악하다. 분노에 사로잡혀 있지. 지극히 사소한 일에도 불같이 화를 내. 분노와 증오가 너무 커서 똑바로 생각하지도 못하고. 그리고 그 분노는 무기력하다. 아무것도 바꿀 수 없기 때문이지."

소년이 할아버지의 눈을 들여다보았다.

"어느 쪽 늑대가 이겨요, 할아버지?"

노인이 웃음 지었다.

"내가 먹이를 주는 쪽이지."

워싱턴 포 경사는 최근에 체로키족의 이 오래된 우화를 곰곰 생각했다. 그는 일평생 나쁜 늑대에게 먹이를 주었다. 자기가 왜 그러는지 안다고 생각했다. 그가 젖먹이일 때 어머니가 그를 버린 탓에 그는 성난 아이가 되었고, 버림받았다는 느낌은 결코 사라지지 않았다. 이따금 희미해지기는 했으나, 자다가 몸을 떨면서 벌떡 일어나는 일 없이 하룻밤을 온전히 보낼 정도는 아니었다.

그리고 이제 그는 자신의 분노가 거짓 위에 만들어졌다는 진실을 알았다.

포는 어머니가 워싱턴 D.C.에서 열리는 외교 파티에서 강간당했을 때 잉태되었다. 어머니는 그를 버린 게 전혀 아니었다. 그리고 마치 경고 문구처럼 그에게 워싱턴이라는 이름을 붙여, 그를 떠나갈 용기를 낼 수 있게 했다. 어머니는 아들의 얼굴에서 자기를 강간한 자의 모습이 드러나기 시작하면 혐오감을 감출 수 없으리라는 생각에 두려웠다.

그를 기른 남자, 그가 거의 40년 동안 아빠라고 부른 남자는 그의 생물학적 아버지가 아니었다. 그 영예는 다른 사람의 몫이었다.

그 진실을 알게 된 후 분노와 분개는 하얗게 타오르는 격노로, 응징하려는 뜨거운 욕망으로 뒤바뀌었다. 그가 알아내기 전에 어머니가 죽었다는 사실도, 부당하다는 날것의 감정에 불을 붙였다. 최근 들어서는 그의 내면에서 뭔가가 무너지며 먼지가 되어버렸다.

한동안 그는 '이멀레이션 맨Immolation Man 진상 조사'에 정신이 팔려 있었다. 포는 핵심 증인이었고 위원회와 공개 청문회에 증거를 제시하느라 하루하루를 보냈다. 그러나 이제 그것은 끝이 났다. 포의 증언 그리고 포뿐 아니라 그 사건에 관여된 모든 사람이 발견한 여러 증거 덕분에 올바른 결과가 도출되었다—이멀레이션 맨의 이야기가 검증되어 대중들에게 공개되었던 것이다. 포는 승리했으나 그것은 공허한 승리였다. 어머니에 관해 알게 된 사실 때문에 잘 마무리한 일에서 오는 만족감이 무뎌지고 말았다.

누군가가 건넨 질문에 그는 획 하고 현재로 돌아왔다. 지금 진행되는 일에 집중하려고 애를 썼다. 그때 그는 부서 간 예산 회의에서 중범죄분석섹션을 대변하고 있었다. 회의는 분기별로 열렸는데, 오래전에 잊힌 알 수 없는 이유로 매번 토요일에 했다. 보통은 섹션 우두머리들이 참석했으나, 임시 경위직을 맡았을 때 포는 당시 경사였던 스테퍼니 플린에게 그 일을 위임했다. 플린이 정식으로 경위 자리를 맡으면서 두 사람의 역할은 역전되었고, 플린은 그에게 똑같은 일을 시키면서 변태적인 즐거움을 맛보았다. 이제는 플린이 아니라 포가 분기마다 런던에 가야 했다. 그는 이런 얄궂음이 달갑지 않았으나, 다시 경사가 된 것은 좋았다. 그 자리는 권한과 책임이 최적의 균형을 이루는 위치였다. 그리고 그로서는 경위로 일하는 게 잘 맞지 않았다.

그 계급명은 항상 '표'나 '변기'와 붙어 다녀야 할 것 같았다.*

"죄송합니다. 뭐라고 하셨죠?"

"지금 분기별 추정치를 논의하고 있네, 포 경사. 플린 경위는 중범죄분석섹션의 초과 근무 예산을 3퍼센트 올려달라고 했는데. 무엇 때문인지 자네도 아나?"

포는 알았다. 보통은 몰랐지만. 대체로 그는 입을 다문 채, 플린이 서류를 철저하게 작성하여 회의에서 그 내용을 더 논의할 필요가 없기만을 바랐다. 포는 서류를 집어 들었다. 서류가 떨어져 흩어졌다. 포는 그걸 준비해준 행정 직원을 속으로 욕했다. 서류가 한 묶음으로 있어야 하는 거라면 스테이플러로 찍어야지. 클립은 히피, 아니면 한 사람에게 충실하게 지내는 것에 문제가 있는 사람들한테나 어울리는 거라고. 그는 흩어진 서류들을 모았지만 올바른 순서로 배치했는지는 알 수 없었다. 거기 쓰인 단어와 쪽수가 흐리멍덩했다. 그는 위쪽 주머니에서 독서용 안경을 꺼냈다. 그건 새로운 물건이었다. 그가 더는 젊은이가 아니라는 걸 잊지 않게 해주는 것. 딱히 그걸 상기시킬 뭔가가 필요한 건 아니었지만—요즘에는 걸을 때마다 관절에서 뚝뚝 소리가 났으니. 자기가 서류를 눈에서 점점 더 멀리 떨어뜨린다는 걸 알아차렸을 때 포는 시력 검사를 받아보기로 결심했다. 이제

• 영어로 경위는 inspector라고 하는데, 이 단어 앞에 '표'나 '변기'가 붙으면 '검표원'과 '변기 조사관'이라는 말이 된다.

그는 안경에 김이 서리지 않고는 커피를 마실 수 없었다. 침대에서 옆으로 누워 책을 읽을 수도 없었다. 안경이 코에 걸려 있는 걸 잊어버리고 손으로 툭 쳐서 떨어뜨리기 일쑤였다. 안경을 안 꼈다는 걸 잊어버리고 안경을 바로잡으려고 하나가 손가락으로 눈을 찌르기도 했다. 게다가 아무리 애를 써도 안경알을 깨끗하게 유지할 수가 없었다.

그는 넥타이에 안경알을 문질렀다. 차라리 감자칩으로 닦는 편이 나았을 것이다. 포는 얼룩덜룩한 틈새로 눈을 가늘게 뜨고 서류 내용을 익혔다.

"이멀레이션 맨 사건 때문입니다. 저와 분석관 브래드쇼, 플린 경위가 한동안 컴브리아에 가 있었는데 그것만으로 초과 근무 예산이 대부분 소진됐습니다. 플린 경위는 회계 연도가 끝날 때 커다란 결손 폭탄을 던져드리기보다 비용을 분산하고 싶어 한 겁니다."

의장이 말했다.

"타당한 이야기군. 의견 보태고 싶은 분 계십니까? LOOB 조항에 맞아떨어진다고 할 수 있을 것 같습니다만."

포가 LOOB이라는 말을 자기 머릿속에 있는 '어처구니없는 두문자어 데이터베이스'에서 찾으려다 실패했을 무렵, 논의는 초국가적 조직범죄 대응 팀에서 추가 자금을 요청한 문제로 넘어갔다. 지금 경찰은 엔티티B의 위협에 대응하느라 애를 먹고 있었다. 그들에 관해서는 밝혀진 게 많지 않았다. 그들은 기도나 여자를 쓰지 않았다. 길모퉁이에 마약 딜러들을 배치하지도 않았다. 그런데도 지하 세계가 이용하는 공급 루트를 지배하고 있었다. 중국인 불법체류자가 남부 런던에 있는 매음굴에서 일을 해서 빚을 갚고 있다면, 그 여자가 벌어들이는 돈 중 가장 큰 부분을 가져가는 건 엔티티B일 가능성이 컸다. 아브로스^Arbroath·에 있는 중간급 헤로인 공급책이 자기가 파는 물건에 벽돌 가루를 섞고 있다면, 순수한 약물 자체는 거의 확실하게 엔티티B의 공급망에서 나온 것이었다. 러시아의 지원을 받은 암살 사건이 영국 땅에서 또다시 벌어진다면, 암살범을 몰래 들여왔다가 내보낸 주체는 아마도 엔티티B일 터였다.

그러나…… 엔티티B를 다루는 것은 다른 이들의 몫이었다. 그의 임무는 연쇄살인범을 붙잡고 겉보기에 동기가 없는 듯한 범죄를 해결하도록 돕는 것이었다. 최근에 그는 그런 문제를 생각하는 데 그다지 시간을 쓰지 않았다. 포는 저도 모르는 새 복수와 응징을 생각하는 자신을 멈춰 세웠다. 악한 늑대에게 계속 먹이를 주고 싶지는 않았다. 대신 폭풍 '웬디'와 관련한 속보가 없는지 확인하려고 핸드폰을 켰다. 요즘 대중매체에서는 그 이야기뿐이었다. 여름에 폭풍이 오는 건 드문 일이었다. 추정 규모가 이 정도 되는 폭풍은 한 세대에 한 번 오는 사건이었다.

블랙베리 핸드폰이 켜지기를 기다리는 동안, 포는 까만 화면에 비친 자기 모습을 훑어보았다. 뚱하고 희끗희끗해진 얼굴에 게슴츠레하고 충혈된 두 눈이 가늘게 뜨여 있었다—방치와 불면증과 자기 연

• 스코틀랜드 동부 해안에 있는 도시.

민의 불가피한 부작용이었다.

화면이 새까만 거울에서 다채로운 앱으로 바뀌었으나, 그 앱들 중 대부분은 그가 알지도 못했고 안다고 해도 사용하지 않을 것들이었다. 부재중 전화가 세 통, 메시지가 하나 와 있었는데, 모두 플린에게서 온 것이었다. 포는 대기 중이었으니 블랙베리를 켜놓아야 했지만, 국가범죄수사국에서는 전화를 받는 인간이라는 평판을 얻으면 전화벨이 쉴 새 없이 울려댔다. 포는 문자를 읽었다―이거 보는 대로 전화해.

예감이 안 좋았다. 포는 양해를 구하고 회의실에서 나갔다. 관리자가 그를 빈 책상으로 안내해주었다. 그가 플린에게 전화하자 플린은 첫 번째 신호음에 전화를 받았다.

"포, 갬블 경정한테 바로 연락 좀 해. 그 양반 당신 전화 기다리고 있어."

"갬블이? 무슨 일인데?"

갬블은 컴브리아 경찰청 소속으로, 이멀레이션 맨 사건에서 상급 수사관을 맡았다. 사태가 진정되며 손가락질이 시작되자 그는 한 계급 강등되었다. 포는 갬블이 아직 일할 수 있는 걸 행운이라고 여긴다는 점을 알았다. 둘은 비록 의견이 일치하지는 않았으나 좋은 관계로 헤어졌다. 조사 중에 이따금 서로 마주치기도 했지만 이제 그것도 끝났다. 두 사람이 대화할 만한 명백한 이유는 없었다.

"말을 안 하는 걸 보니 이멀레이션 맨 사건과는 무관한 거 같아."

플린이 대답했다.

포는 5년 전에 컴브리아 경찰을 떠났다. 그의 집이 아직 컴브리아에 있기는 했지만 그곳에서 뭔가 일이 벌어진 거라면, 켄들 경찰서의 제복 순경이 전화하지 중범죄 부서의 경정이 전화할 리가 없었다. 게다가 어쨌든 그의 집은 레이크 랜드에서 나온 돌을 메쌓기로 올려 만든 단단한 벽과 슬레이트 지붕이 다였다. 그 집에 일어날 수 있는 일 자체가 별로 없었다.

"알았어, 전화해볼게."

플린이 갬블의 전화번호를 알려주었다.

"얘기해줄 거지?"

"그럴게."

포는 전화를 끊고 갬블에게 연락했다. 플린과 마찬가지로 갬블도 첫 번째 신호음에 전화를 받았다.

"경정님, 포 경사입니다. 전화하라는 메시지를 받았는데요."

"포, 문제가 있네."

4

포, 문제가 있네. 아무리 들어도 질리지 않는 문장.

플린은 그가 최대한 일찍 컴브리아행 기차를 탈 수 있게 준비해주었다. 출발까지는 한 시간이 남았다. 기차표는 런던 유스턴역에서 찾으면 됐다. 포는 무슨 일인지 전혀 몰랐다. 갬블이 유선상으로 말하려고 하지 않아서였다.

포는 15분을 남기고 기차에 올라탔다. 런던에서 컴브리아의 펜리스까지는 세 시간이 조금 넘게 걸렸고, 포는 그동안 자기가 무슨 일에 발을 담그게 될지 힌트라도 얻을 수 있을까 싶어 핸드폰 검색을 했다. 눈에 띄는 거라고는 아무것도 없었다. 폭풍 웬디가 지역 언론과 전국 언론을 여전히 장악하고 있었다. 폭풍은 아직 한 주가 지나야 올 테지만 대서양 반대편에서는 이미 난리가 나 있었다.

한 제복 경관이 펜리스에서 포를 기다리고 있다가 그를 칼턴 홀로—컴브리아 경찰청 본부가 있는 건물로—데려갔다. 10분 뒤에 그는 B 회의실로 인도되었다. 그곳은 커다란 공간으로 개성이 넘쳤다. 포는 그곳이 한때 칼턴 가문의 식당이었을지 모른다고 추측했다. 거기에는 원래 있던 화려한 벽난로와 조각이 새겨진 난로 위 선반과 높고 비실용적인 창문이 있었다. 기다란 회의용 탁자가 방을 장악하고 있었다.

갬블 경정은 이미 와 있었다. 옆에는 포가 지역 경찰서에서 일하던 때 본 기억이 있는 형사가 앉아 있었다.

두 사람 모두 고개를 들었다. 포는 자신이 뭔가 방해했다는 인상을 받았다. 형사는 덤덤하고 무표정했다. 그의 앞에 커다란 파일이 놓여 있었다. 그는 그걸 덮더니 뒤집어놓았다.

포가 끄덕이며 인사했다. 갬블도 마주 인사했으나 형사는 하지 않았다. 갬블이 일어나 포와 악수했다. 포는 그가 아래쪽을 흘겨보는 걸 알아챘다.

"좀 어떤가?"

갬블이 물었다.

포의 오른손은 번들거리고 흉터가 나 있었다. 불이 난 집에서 주철 라디에이터를 붙잡으면 어떻게 되는지 결코 잊을 수 없게 해주는 상처였다. 당시 포는 불타는 농가 주택에서 이멀레이션 맨을 끌어내리려는 중이었다. 포는 손을 움직여 보이더니 말했다.

"나쁘지 않습니다. 감각도 거의 돌아왔고요."

"커피 하겠나?"

포는 거절했다. 이미 너무 많이 마셔서 초조한 상태였다.

"앤드루 리그 형사는 알겠지. 이 친구가 자네의 예전 사건에 관해 질문할 게 좀 있다는군."

갬블이 말했다.

리그는 포가 형사과에 있을 때 제복 경관이었다. 키가 크고 말랐고, 뻐드렁니 때문에 이따금 플러그라는 별명으로 불리기도 했다. 포가 기억하기로 그는 믿을 만한 경찰이었다.

"무슨 일인가?"

리그는 그와 눈을 마주치지 않으려 했는데, 이는 이상한 일이었다. 친구였던 적은 없지만 둘 사이에 적의가 있었던 적도 없었다.

"엘리자베스 키튼 수사에 관해 말씀해주시죠, 포 경사님."

엘리자베스 키튼이라……

왜 놀랍지가 않은 것일까?

포가 말했다.

"그건 내가 여기 근무할 때 담당한 마지막 주요 사건이었네. 처음에는 고위험 실종 사건으로 출발했지. 그 여자 아버지가 자기 레스토랑에서 999로 전화했어. 히스테리에 빠져서 자기 딸이 돌아오지 않았다고 했지."

리그가 메모를 봤다.

"납치가 의심됐던 겁니까?"

"처음부터 그렇진 않았네."

"여기는 다르게 쓰여 있는데요. 파일에 따르면 처음부터 납치가 논의되었다고 합니다만."

포가 끄덕였다.

"파일에 그렇게 쓰여 있는 건 재러드 키튼이 그렇게 말했기 때문이지."

갬블이 이마를 찌푸렸다.

"당시 나는 런던 경찰청에 소속돼 있었고 어떻게 된 건지 추측하고 싶지는 않네만, 그쪽 요구를 좀 받아준 거 아닌가? 우리가 보통 피해자의 친족들 말대로 수사하지는 않잖나."

포가 어깨를 으쓱하며 말했다.

"그 친족들이 수상한테 요리를 해주지는 않죠."

딸이 실종되었을 당시 재러드 키튼은 컴브리아의 유일한 미슐랭 3성급 레스토랑―벌리스 앤드 슬로―의 소유주였다. 키튼은 영화배우, 록 우상, 전직 대통령 들이 고객이라고 말하는 유명 셰프였다. 그는 여왕에게도 요리를 해주었고 넬슨 만델라에게도 요리를 해주었다. 미슐랭 3성급 레스토랑 셰프가 말을 하면, 중요한 사람들도 귀를 기울였다.

"그러니까 휘둘린 게 맞다는 건가?"

"아뇨. 파일은 키튼이 바란 대로 적혀 있는 겁니다. 저희는 엘리자베스 키튼 실종을 다른 젊은 여자가 실종되었을 때와 동일한 방식으로 수사했습니다. 진지하게 그리고 열린 마음으로요."

갬블이 포의 설명에 만족해하며 고개를 끄덕였다.

"계속하게."

"평소 같으면 엘리자베스가 레스토랑에서 집으로 전화해 아버지한테 집에 데려다달라고 했을 텐데, 그날 키튼은 텔레비전을 보다가 잠들어서 새벽까지 계속 잔 겁니다. 그러고는 일어나서야 딸이 집에 돌아오지 않은 걸 발견한 거죠."

"그 여자가 거기서 일했나?"

"홀에서 일하면서 회계도 했습니다. 납품업자도 다루고 급여 지불도 관리했고요. 영업이 끝나면 매장을 닫는 것도 그 여자였습니다."

"아직 10대였는데. 그런 책임을 맡기에는 좀 어리지 않았나?"

"그 여자 어머니가 교통사고로 죽은 거 아십니까?"

리그가 끄덕였다.

"어머니의 일을 물려받은 겁니다."

"그러니까 그 여자가 태워달라고 전화하지 않은 겁니까?"

포는 파일이 철저하게 작성되었다는 걸 알았다. 리그 또한 좋은 경찰이라면 해야 할 일을 하고 있다는 것도 알았다―이미 답을 아는 질문을 던지는 것. 그런데도 거슬렸다. 수사는 초기에 잘못된 길로 나아가고 있었을지 모르지만, 곧바로 180도 방향을 전환했다.

"키튼 말에 따르면 그렇다네. 전화가 왔으면 자기가 깼을 거라고 하더군."

"벌리스 앤드 슬로는 키튼 가족의 집에서 도보로 얼마 걸리지 않는 곳에 있는데요. 왜 차를 타야 하는 겁니까?"

포가 어깨를 으쓱했다.

"젊은 여자고 한밤중이니까, 아마도."

"그리고 그 시점에 사건에 참여하신 겁니까?"

"그렇지. 자네가 참여하지 않은 게 놀라운데. 그 여자를 찾아다닌 경찰이 수백 명이었는데."

리그가 인정했다.

"저도 그랬습니다. 레스토랑에서 M6까지 이어지는 경로를 걸어 다니면서 혹시 몸싸움의 흔적이 없는지 찾던 경찰들 중 하나였죠."

M6 고속도로는 컴브리아의 척추로서 카운티를 깔끔하게 좌우로 갈랐다. 포는 경찰들이 도로변을 훑어보고, 지나가는 차들을 멈춰 세우고 사진을 보여주던 일을 기억했다.

"M6이 납치범이 택했을 가장 유력한 경로로 보이기는 했지만, 우리는 할 일을 했고 모든 가능성을 고려했네."

리그가 자기 메모를 다시 확인했다.

"부엌에 현장 감식을 요청한 게 경사님이었죠."

포가 끄덕였다.

"그 사건을 담당하던 형사들이 그곳을 수색했고 아무것도 찾지 못하기는 했지만, 나는 범죄 현장 관리자가 CSI와 같이 가서 엘리자베스가 바로 거기서 납치된 게 아닌지 다시 확인해봤으면 했네."

"왜 그런 생각을 하신 겁니까? 아무도 겉으로 보이는 것 외에 다른 일을 의심하지는 않았는데요."

"입증되기 전까지는 가장 가까운 사람을 의심하라. 누군가는 그 질문을 해야 한다고 생각했으니까."

포가 말했다.

"그래서 그때 CSI가 발견한 겁니까?"

"그때는 SOCO Scenes Of Crime Officer 라는 이름이었지만, 그렇지, 그때 발견한 거네. 부엌에서."

포가 맞다고 확인해주었다.

5

 발견했다고 하는 것은 혈흔이었다.

 많지는 않았으나 CSI가 처음 혈흔을 발견했을 때, 벌리스 앤드 슬로의 주방은 수상 이력을 자랑하는 탁월한 미식의 장소에서 범죄 현장으로 변했다. 포는 그 뒤에 어떻게 되었는지 하나하나 이야기했고, 그러는 와중에 사건의 세부 사항이 물밀 듯이 떠올랐다.

 "초기의 과학 수사 전략은 주방에서 정확히 어떤 일이 있었는지 밝히는 것이었네. CSI는 루미놀을 이용해서 피를 더 발견했지. 아주 많이. 천장에도 있었고 낮은 쪽 설비 일부에도 있었네. 혈액의 양으로 보아 목숨을 유지할 수 없었을 거라고 판단되었고."

 포는 잠시 말을 멈추고 앞에 놓인 컵을 들어 물을 조금 마셨다.

 "혈액을 확인한 뒤 CSI는 360도 사진 촬영과 혈흔 형태 분석으로 상황을 구성했네."

 "어떤 상황이었죠?"

 "잔혹하고 지속적인 폭력이 이어졌고, 공격 장소가 한 곳이 아니었던 데다 범죄를 은폐하려는 시도도 한 것으로 보였지."

 "청소한 겁니까?"

 "그리고 딱히 세세하게 하지도 않았네. 눈으로 검사하면 넘어갈 정도지만 과학 수사를 속이기에는 어림도 없었으니까. 사실 걸레로 잘 닦아낸 수준이었어."

"혈액은 엘리자베스와 일치했습니까?"

포가 끄덕였다.

"그리고 바로 그 순간, 고위험 실종 사건 수사에서 살인 사건 수사로 전환된 겁니까?"

리그가 물었다.

"그렇지. 추가 인력을 확보하고, 초과 근무도 미리 승인하고, 중범죄 부서 직원들 휴가도 모두 취소됐네."

"가설은요?"

"초기 수사 노선은 음식이나 푼돈을 노리고 뒷문으로 들어온 노숙자나, 우리가 아직 모르고 있던 스토커, 둘 중 하나가 아니겠는가 하는 거였지."

"경사님은 어떻게 생각하셨습니까?"

"잘 모르겠더군. 노숙자는 아닐 것 같았지. 코트힐이니까─케이크 위에 올라간 똥처럼 눈에 띄었을 거야. 누구든 봤을 거네."

"스토커는요?"

"그게 분명 당시 상급 수사관이 생각한 방향이었지. 엘리자베스는 열여덟이었고 젊은 오드리 헵번처럼 보였거든. 인기도 있었고 사교 생활도 활발하게 했고. 우리는 엘리자베스의 소유물을 모조리 조사했네. 전화, 컴퓨터, 다이어리. 아무것도 안 나오더군. 패시브 데이터 passive data˚를 찾아보고, 엘리자베스가 마지막으로 칼라일에 외출한 몇 번의 CCTV 영상을 검토했지만 이번에도 아무것도 안 나왔어. 상급 수사관은 탐색 범위를 넓혀서 그 여자가 만난 남자라면 모조리 수사에 포함시키라고 했네. 예전 학교 친구들, 같은 사교 모임에 있는 남자들—아무리 스쳐 지나가듯 교류했더라도—벌리스 앤드 슬로의 직원들. 기본적으로 전부였지."

"경사님은 어떠셨습니까?"

"나는 재러드 키튼을 살펴보기 시작했어."

• 통신 기기 등을 통해서 자동으로 수집되는 데이터를 말한다. 액티브 데이터가 사용자가 직접적으로 응답한 내용을 수집하는 것이라면, 패시브 데이터는 그저 기기를 사용하는 것만으로 저절로 수집된다.

6

"어째서 그렇게 하신 겁니까, 포 경사님?"

리그가 물었다.

포는 마음을 가라앉혔다. 사실을 말하자면 키튼은 처음에 용의자가 아니었다. 심지어 포에게도 그랬다. 진심으로는 아니었다. 그것은 그저 뭔가 불안한 느낌, 뭔가가 안 맞는다는 감각이었다.

"그 남자의 진술에 앞뒤가 안 맞는 부분이 있었거든."

"계속하시죠."

"그 마을에 사는 어떤 사람이 맨체스터 공항에서 차를 몰고 돌아가는 길에 그 레스토랑을 지나쳤네. 새벽 2시인데 키튼의 차가 아직 거기 있었다고 하더군."

"목격 증언은 신뢰성이 극도로 떨어집니다만."

리그가 말했다.

포가 끄덕였다. 그건 그랬다. 이너슨스 프로젝트Innocence Project••에

•• 억울하게 판결을 받은 사람을 위하여 증거 채취 및 감식 등 과학적 기술을 동원하여 무죄를 입증할 수 있도록 도와주는 미국의 비영리 단체.

따르면, 목격자 증언은 75퍼센트가 부정확했다."

"그게 전부가 아니었어. 키튼은 〈매치 오브 더 데이〉Match of the Day*를 보러 차를 몰고 집에 갔다고 했지만, 그날은 국제 경기가 잡혀 있는 주말이어서 〈매치 오브 더 데이〉가 방영되지 않았거든."

"실수하기 쉬운 부분인데요."

"동의하네. 그 프로그램이 거의 매주 토요일에 하니까 그날도 방영됐을 거라고 가정할 수 있지. 하지만 특별히 그걸 보려고 집에 돌아갔는데 방영되지 않았다면 잊어버리기는 쉽지 않아."

"그게 전부입니까?"

"키튼한테는 그날 밤이라는 시간이 있었어. 사실 그 남자는 아침 근무조가 점심 준비를 시작하러 출근하기 고작 20분 전에야 전화했지."

"그때 깨어난 거라고 하던데요."

"그게 *사실*이었다면, 잠에서 깨어난 뒤 딸이 집에 들어왔어야 할 시간에서 일곱 시간이나 지났는데 집에 오지 않았다는 걸 알아차렸다면, 왜 곧장 레스토랑으로 차를 몰고 달려갔을까? 왜 딸이 거기 있을 거라고 가정했지? 왜 딸의 친구들에게 먼저 전화해보지 않았지?"

"그래서 그 남자를 의심하신 겁니까?"

"키튼을 용의선상에서 제외하지 않을 정도로는."

• 영국 BBC One에서 방영하는 축구 하이라이트 프로그램. 프리미어 리그가 진행되는 동안 주로 토요일 밤에 방영한다.

"하지만 그자가 살인범이라면 딸을 어디에 숨긴 건가? 그자가 딸을 땅에 묻어버렸다는 게 자네 생각이 아니라는 건 나도 아네."

갬블이 물었다.

포가 고개를 흔들었다.

"그렇습니다. 그때 한파가 이어지고 있었거든요. 기온이 거의 한 달 동안 영상으로 올라가지 않았습니다. 저희가 자문한 법지질학 전문가 말로는 지하 동결선—땅속의 수분이 얼어붙는 깊이 말입니다—그게 107센티미터까지 낮아졌다더군요. 딸을 묻으려면 장비를 이용해야 했을 겁니다."

"나중에 처분하려고 차로 다른 데 데려다놓았을 가능성은 없었습니까?"

포는 또다시 고개를 저었다.

"우리는 키튼의 레인지로버를 철저하게 조사했네. 핏자국이라고는 전혀 발견되지 않았고, 게다가 분명히 말하는데 엘리자베스 키튼은 잘 죽지 못했어. 어떤 방법으로 시신을 옮겼든 난장판이 됐을 거라는 말이야. 쓰레기봉투로 감싸서 덕트 테이프로 밀봉했다 하더라도 전이된 미량 증기물은 남있을 거네. 시신이 너무 많이 젖있을 테니까."

"그래도 어쨌든 찾아보셨습니까?"

포가 끄덕였다.

"찾아봤네. 프레스턴Preston에서 현장 연구를 하는 지구 과학자가 왔지. 그 여자는 주변 지역을 조사한 뒤 가장 그럴듯한 시신 유기 장소를 말해줬네. 항공 영상 이미지를 분석해서 최근에 땅이 파헤쳐진 곳이 없는지 살펴보고, 혹시 엘리자베스가 지하수 근처에 묻혔을지 몰라서 주변의 물도 전부 샘플을 채취했지. 어디에서도 반응은 나타나지 않았네. 우리는 수색해봤지만 아무것도 찾지 못했어."

"이걸 끄집어내고 싶지는 않지만, 살인이 부엌에서 일어났다고 보았다면 거기서 가공되었을 가능성도 고려했나? 분쇄기에 넣어버린 뒤 부엌에서 나온 쓰레기로 처분했다는 쪽은?"

갬블이 말했다.

"그쪽도 고려했습니다. 부엌에 있는 도구와 기계 중 동물을 분해할 수 있는 것은 모조리 현미경으로 조사했죠. 부엌을 싹 뒤집어엎었습니다. 냉동실에 있는 고기도 확인했고요. 시신 유기에 도움이 될 만한 것이 사용되었다는 흔적은 아무것도 나오지 않았습니다."

"그렇다면······."

"그러니까 키튼이 했다는 증거가 없다면 저는 왜 여전히 그자가 범인이라고 생각했느냐는 말씀이십니까?"

갬블이 끄덕였다. 내뱉지 않은 말로 분위기가 무거워졌다. 포는 키튼이 마침내 항소할 수 있게 된 건지 궁금했다.

"왜냐하면 그때쯤에 저는 재러드 키튼이 누구냐는 데 초점을 맞추지 않고 그가 무엇이냐는 데 초점을 맞췄기 때문입니다."

"그래서요?"

리그가 물었다.

포는 한참 뜸을 들인 뒤 대답했다.

"사이코패스들에게 가장 인기 있는 직업 목록을 본 적 있나, 리그 형사?"

리그가 고개를 저었다.

"못 봤나? 보는 게 좋을 거야. 내가 말해주자면 3위는 언론 쪽이네. 좀 맞히기 쉽지? TV를 켜거나 신문을 펼치기만 하면, 자기가 너무 중요한 사람이라서 자신의 일거수일투족을 대중들에게 공개해야 한다고 생각하는 사람을 볼 수 있을 거야. 그럴듯한가?"

"그런 것 같네요. 하지만 그게 무슨 상관……."

"9위가 뭔지 맞힐 수 있겠나?"

맞히기 게임을 할 기분이 아니었던 리그는 아무 말도 하지 않았다.

"셰프네. 그 목록의 9위는 셰프야."

포가 말했다.

회의실은 여전히 조용했다.

"그리고 재러드 키튼은 그냥 셰프가 아니지. 유명 셰프니까. 목록의 3위에 9위까지. 엄밀히 말하자면 키튼은 사업체의 CEO이기도 해. 그건 1위에 있네. 아주 위험천만한 트리오지. 그래서 나는 그 남자를 깊이 들여다봤네. 상세 프로파일링이지. 그의 친구들과 동료들, 오래된 사람들부터 최근에 안 사람들한테 이야기를 들어봤어. 인생을 낱낱이 분해해봤고. 그리고 이런 결론에 이르렀습니다, 여러분. 비록 뿔은 없지만, 다른 모든 면에서 재러드 키튼은 완벽한 악의 화신입니다."

7

재러드 키튼을 모르는 사람에게 그를 도대체 뭐라고 묘사할 수 있을까?

매력적이다. 카리스마 있다. 매우 지성적이다. 천재 셰프다. 양심이라고는 전혀 없다. 포가 여태껏 만난 사람들 중 가장 위험하다. 포는 첫눈에 그 남자가 싫었다. 그는 너무 피상적이었고, 너무 잘 꾸몄고, 너무 세련됐다. 포에게 가짜 아일랜드 퍼브pub*를 연상시켰다. 예쁘지만 알맹이는 허접한.

"나는 대중들이 토요일 아침 요리 프로그램에서 본 사람과는 다른 인물을 발견했네. 행복하고 까불까불하고 장난스러운 셰프는 연기였지. 그가 연기해야 한다고 여긴 역할. 카메라에서 벗어나면 그는 무심하고, 위험에도 굴하지 않고, 남들을 잘 이용했어. 나는 그 남자가 유명인 생활을 즐겼다고는 생각하지 않지만, 셰프로서 그는 진짜배기였지. 내가 면담한 사람들은 모조리 재러드 키튼이 집중력 있고 뛰어난 사람이라고 했거든. 음식 트렌드를 파악하는 직관이 있고, 동료들

• 퍼브는 대중적인 술집으로 술과 음식을 판다.

에 비해 새로운 기술을 일찍 습득하고, 음식에 잘 맞는 와인을 고르는 일에도 완벽을 기울였지. 그가 홀에서 보여주는 접대 기술은 타의 추종을 불허했어. 모든 면에서 그 남자는 이 나라가 배출한 최고의 요리사였지. 키튼 덕분에 영국이 요리 지도에 올라갈 수 있었네. 전 세계의 셰프, 유명 인사, 레스토랑 비평가가 아직도 벌리스 앤드 슬로에 식사하러 오잖아."

포가 말했다.

"여기에도 그렇게 되어 있습니다."

리그가 분홍색으로 강조된 부분을 읽으며 말했다.

"진술서들에 따르면 그는 위트 있고, 똑똑하고, 천재적이고, 헌신적이며, 매력적이라고 합니다."

"그렇지만 그 남자가 좋은 사람이라고 한 사람은 없었지. 그리고 그건 그가 좋은 사람이 아니기 때문이었네. 그자는 잔인한 남자였어. 고통을 야기하는 데서 가학적인 기쁨을 느꼈지. 엄청날 정도로 앙심을 품고, 자기가 무시당했다고 생각하면 과하게 보복하고, 실수를 저지른 셰프에게는 벌을 줬어."

포가 말했다.

"설명해보게."

갬블이 재촉했다.

"한 셰프 말로는 자기가 육수에 간을 좀 과하게 한 적이 있답니다. 키튼이 그 친구더러 그날 종일 소금물을 마시게 했다더군요. 그 셰프는 신장 문제로 사흘간 병원 신세를 졌고요."

리그가 파일을 넘기면서 인상을 썼다.

"그건 여기 없는데요, 포 경사님."

"없지. 없는 게 많아. 재러드 키튼이 이 나라의 거의 모든 셰프에게 경외의 대상이었다는 걸 알아둬야 할 거야. 그 남자에게 나쁜 말을 들으면 이력을 망칠 수 있으니까. 아무도 공식적으로는 말하려고 하지 않지."

"다른 건 없나?"

갬블이 말했다.

"많죠, 경정님, 그자가 어떤 유형인지 제대로 보여주는 예를 말씀드리죠. 이 이야기를 각자 다른 세 사람에게서 들었으니까 제가 아는 한 믿을 만합니다. 재러드 키튼은 전통적인 방식으로 부엌을 이용하는데, 그건 부엌을 여러 구획으로 나눈다는 뜻입니다. 생선, 수프, 소스 같은 걸 다루는 뜨거운 구획과 전채 요리, 샐러드, 전시용 요리 준비 등을 다루는 차가운 구획이 있죠. 베이커리와 디저트 구획. 무게를 달고 확인하고, 채소를 준비하고, 냄비를 닦고, 플레이팅 하는 구획."

"그래서요?"

리그가 말했다.

"부엌도 다른 업무 공간들과 다를 게 없어. 사람들이 더 많이 찾는 일이 있게 마련이지. 그 직무를 맡은 사람은 더 높은 위치에 올라가고 돈도 더 받네. 다시 말해서 셰프나 부엌 직원들도 승진하고 싶어 할 수 있다는 거지."

리그와 갬블은 그가 계속 설명하기를 기다렸다.

"경찰 쪽에는 진급 심사 위원회가 있지. 필요한 과정을 밟고 자리가 나오는 대로 승급 신청을 하면 면접을 받아. 재러드 키튼은 이걸 다른 식으로 했어. 요리용 철판에 도전하게 한 거지. 두 명 이상이 같은 자리를 원하면, 그 사람들한테 철판에 손을 올려놓으라고 했네. 그 상태로 가장 오래 버틴 사람이—그 자리를 차지하기 위해 심각한 화상을 입을 준비가 된 사람이—진급하는 거야."

"그게 도시 전설이라는 건 너무 뻔해 보이는데요."

리그가 말했다.

"내가 면담한 세 사람 모두 손이 나랑 비슷했네."

포가 손바닥이 보이도록 손을 돌려 상처를 보여준 뒤, 방금 한 말이 무슨 뜻인지 스며들도록 기다렸다가 말했다.

"저희가 다뤄야 했던 사람은 바로 그런 남자였습니다, 여러분. 이보다 더 똑똑하고 사악한 남자는 결코 만나지 못하실 겁니다."

그는 말을 멈추었다. 물을 한 모금 더 마셨다.

"하지만 그 지능이 그자의 가장 큰 약점이기도 했죠. 그 남자는 자기를 배신할 사람이 있을 수 있다고는 상상 못 한 것 같더군요. 평생을 자기 기분 내키는 대로 사람들을 주무르며 살나 보니, 누군가가 거기에 면역이 되어 있을지 모른다는 가능성은 고려하지 않은 겁니다. 그의 사업을 검토하다가 저는 그가 최근에 몇 가지 물건을 구입한 것을 발견했습니다."

"그게 뭐였습니까?"

"정육점에서 쓰는 톱, 무거운 식칼과 가벼운 식칼 하나씩 그리고 발골용 칼이네."

"방금 말씀하신 것들은 원래 요식업계에서 쓰는 물건들인 줄 압니다만."

"그렇지. 더구나 벌리스 앤드 슬로는 식재료로 쓰는 동물을 통째로 매입해서 현장에서 정육을 준비했고. 그편이 더 경제적이거든. 하지만 두 가지를 염두에 둬야 하네. 재러드 키튼은 장비 주문 같은 일에 자기 손을 더럽히지 않아―그건 엘리자베스의 일이었지―그리고 그자가 주문한 칼과 식칼이 그 매장 부엌에서 쓰는 것들과 일치했다는 거네."

"그래서요?"

"난 그가 그걸로 엘리자베스를 죽였다고 봤네."

"그 도구들 전부로 말입니까?"

포가 어깨를 으쓱했다.

"몸싸움이 있었다는 건 밝혀졌네. 키튼은 모든 걸 자기 뜻대로 하지 못했을 가능성이 있어. 키튼 몸에 방어흔은 없었지만 그렇다고 엘리자베스가 자기 몸을 방어하려고 뭔가를 집어 들지 않았다는 얘기는 아니지. 나는 '원래 있던' 도구들이 엘리자베스가 있는 곳에 같이 있을 거라고 봐."

"그런데도 경사님은 키튼이 어떻게 시신을 이동했고 어떻게 처분했는지 전혀 모르셨죠. 완벽한 수사라고는 말할 수 없겠는데요, 포."

리그가 말했다.

"완벽한 사건은 없지. 게다가 결국 완벽이란 좋은 것의 적*이니까."

"동기는 뭐라도 밝혀내신 게 있습니까? 파일에 적지 못하신 거라도?"

리그가 물었다.

"그자가 사이코패스라는 것 외에는 근처에도 못 갔지."

포가 인정했다.

"그래도 추측해보자면요?"

"형사한테 추측은 위험하네. 난 되도록 거기 빠지지 않으려고 하는데."

리그가 힐책에 얼굴을 붉혔다. 그는 다시 파일을 보았다.

"그가 살인을 계획했다고 보십니까?"

포가 한 박자 기다렸다가 말했다.

"그자는 분명 살인을 하고도 빠져나갈 수 있을 만큼 지능적이네. 그가 그러지 못했다는 걸 감안하면, 아니, 계획한 게 아니야."

"그럼 순간적인 충동이었다는 말씀이십니까?"

"아마도. 하지만 평범한 사람들의 사고 과정을 적용해서, 재러드 기든이 입빅을 빋있을 때 어떻게 했을지 예측한나넌 백이년 백 살못된 답이 나올 거야."

"그러니까 수단도 없고, 동기도 없고, 기회라고 할 만한 틈도 아주

---

* 볼테르의 말로 완벽을 추구하느라 좋은 것을 만들어내지 못한다는 뜻.

미미한데요. 왕립검찰청에서 기소를 허가한 게 놀랍습니다만."

그건 질문이 아니었고 따라서 포는 아무 대답도 하지 않았다. 왕립검찰청이 키튼을 살인죄로 기소하겠다고 결정한 것은 두 가지 근거에 따른 것이었다. 앞뒤가 안 맞는 진술에 관해 그가 해명하기를 철저하게 거부한 것이 하나, 거의 확실하게 살인이 벌어졌다는 사실이 하나.

포가 침묵하자 리그가 인상을 썼다.

"그자가 유죄 판결을 받은 게 놀랍군그래."

갬블이 말했다. 그는 피곤해 보였다.

"저는 아닙니다. 검찰청은 배심원을 잘 설득했지만, 결국 키튼은 자만 때문에 망한 겁니다."

"자만이라고요?"

리그가 물었다.

"그자의 변호사는 그자가 증언대에 서지 않기를 바랐지만 그자가 고집을 부렸거든. 내가 보기에 그자는 배심원단에 있던 두 여자한테 웃으며 윙크만 하면 해결될 거라고 생각한 것 같네."

"여자가 고작 두 명뿐이었습니까? 통계적으로 가능성이 적은데요."

리그가 말했다.

"이른바 운명의 장난이겠지. 더구나 전능하신 그자의 매력도 컴브리아 출신의 남성 노동자들한테는 별 효과가 없었고."

"그래도 배심원 두 명이 무죄를 주장하는 걸로도 충분했을 수 있는데요."

"배심원 대표가 강성이었거든. 그리고 토론도 오래 이어졌네. 거의 이틀이 걸렸지. 평결이 발표됐을 때 키튼은 격노했네. 자기가 유죄 판결을 받았다는 걸 믿을 수가 없었던 거지. 하지만 그건 옳은 결정이었고 난 그날 밤에 잘 잤네. 진짜 사이코패스를 잡아넣는 건 자주 있는 일이 아니니까."

리그는 대답하지 않았다. 대신 갬블을 보며 그의 지시를 기다렸다.

"경정님?"

갬블이 한 차례 끄덕였다.

"그렇다면 포 경사님, 사흘 전에 엘리자베스 키튼이 멀쩡하게 살아서 앨스턴 도서관으로 걸어 들어왔다고 말씀드리면 뭐라고 하시겠습니까?"

8

 포는 몸이 굳었다. 여름 동안 햇볕에 탄 얼굴이 창백해졌다. 목뒤에서 땀이 배어 나와 번들거렸다. B 회의실이 침묵에 잠겼다.
 "있을 수 없는 일이야."
 포가 속삭였다. 귓전에서 피가 도는 소리가 어마어마하게 들렸다. 자기 목소리도 겨우 들릴 정도였다. 그게 사실일 리 없었다. 엘리자베스 키튼은 죽었다. 재러드 키튼이 죽인 것이다. 포는 그걸 뼛속 깊숙이 느꼈다. 누군가 속임수를 쓰고 있는 것이리라. 하지만……. 갬블이 의심쩍은 부분도 확인해보지 않고 포를 컴브리아로 불러들이지는 않았을 터.
 그에게 말해주지 않는 것이 무엇일까?
 "자네가 아는 걸 말해주게."
 그가 말했다.
 "그건 처음부터 잘못된 수사였습니다, 포 경사님. 시신도 없었고, 키튼이 시신을 처리했을 법한 방법도 알아내지 못했고, 동기도 몰랐죠. 하지만 경사님은 해야 할 일을 하는 대신, 그러니까 납치된 소녀를 수색하는 대신 자기 눈앞에 떨어진 첫 번째 해법에 집착한 겁니다."
 리그가 포에게 손가락질을 했다.

"단지 그자가 마음에 들지 않는다는 이유로 말입니다."

포는 키가 큰 리그를 빤히 쳐다보았다. 리그의 눈에 분노가 있었다.

리그는 파일을 넘기다가 사진을 한 장 꺼냈다. 그걸 테이블 반대쪽으로 밀었다. 사진은 조사실에 앉아 있는 젊은 여자의 스크린 샷이었다. 녹화된 동영상에서 따온 것이었으리라.

포는 셔츠의 소맷동에 독서용 안경알을 문지른 뒤 코 위에 안경을 얹었다. 사진 속 여자를 뜯어보았다. 위산이 위를 조이기 시작했다. 맞는 나이로 보였다. 엘리자베스 키튼은 살해되었을 때 열여덟이었고, 사진 속 여자는 20대 중반이었다. 그리고 수척하고 헝클어진 모습이기는 했으나, 여자는 엘리자베스 키튼이 6년을 더 살았더라면 그렇게 보였겠다 싶은 외형이었다.

"엘리자베스 키튼은 직원 출입구로 주방에 들어온 웬 남자에게 납치됐습니다. 엘리자베스는 그가 손님이 못 쓰게 된 화장실에 숨어서, 자기만 남고 다 퇴근할 때까지 기다린 거라고 생각하던데요."

리그가 말했다.

포는 사진에서 시선을 뗄 수가 없었다.

"경사님이 한 가시는 맞히셨습니다. 수방에서 실제로 격렬한 몸싸움이 벌어졌거든요. 그 남자는—6년이 지나서야 드디어 인상착의를 알게 됐는데요—엘리자베스를 묶어놓은 뒤 칼로 굵은 정맥을 베었습니다. 엘리자베스 말에 따르면 그자는 소테 전용 팬에 엘리자베스의 피를 채운 뒤 그걸 사방에 쏟고 분사하고 뿌렸답니다. 도축장처럼 보이도록 말이죠. 그런 뒤에 청소하기 시작했답니다."

"하지만…… 하지만 왜지?"

"왜냐고요? 저도 그자에게 좀 물어보고 싶네요. 우린 그자가 살인이 일어난 것처럼 꾸며 경사님…… 아니, *수사가* 엉뚱한 쪽으로 초점이 맞춰지게 한 것으로 보고 있습니다. 시신을 찾는 건 사람을 찾는 것과는 전혀 다르죠. 언론 대응도 다르고, 과학 수사 쪽 지원도 다르고, 불러들이는 전문가들도 다릅니다. 경사님이 재러드 키튼을 기소하느라 바쁜 사이, 엘리자베스 키튼은 지하 저장고에서 강간당하고 있었습니다."

포가 흠칫했다. 그게 사실이라면 그는 참사라고 할 만한 잘못을 저지른 것이었다. 결코 회복할 수 없을 잘못을.

"당시 주방에서 발견된 혈액이 엘리자베스 키튼 것이라고 확인한 과정을 하나하나 말씀해주시죠."

"면봉으로 채취해서 DNA 프로필을 만들었네. 그런 다음 그 피가 엘리자베스의 것인지 검증하려고 다양한 출처에서 샘플을 더 얻었고. 그 여자 침실과 근무복에서 나온 머리카락을 사용했지. 쓰레기통에서 나온 코카콜라 캔과 칫솔에서는 침을 사용했고. 모든 게 일치했어. 부엌에서 나온 피는 엘리자베스 키튼의 피였어. 의심의 여지가 없네."

"확실합니까?"

"절대적으로 확신하네."

"우리는 펜리스로 그 여자를 데려간 다음 경찰법의관Force Medical Examiners을 불렀습니다, 포 경사님. 엘리자베스는 아무도 자기를 건드리지 못하게 하더군요—누가 비난할 수 있겠습니까?—그렇지만 우리는 그 여자가 당장 병원에 가야 하는 건 아닌지 어떤지 알아야 했습니다. 시간이 좀 걸렸지만 엘리자베스는 마침내 닥터 제이크먼이 혈액 샘플을 채취하는 데 동의했죠."

포는 말이 없었다. FME는 법의학 훈련을 받은 적격한 의사였다. 면적은 넓은데 인구밀도는 낮아, 컴브리아는 이들을 정식으로 채용하는 대신 필요할 때 호출하는 방식으로 일했다.

"분명 동영상을 보고 싶으시겠지만, 증거물 연계성 CoC, Chain of Custody*은 흠잡을 데 없습니다. 닥터 제이크먼은 네 개의 샘플을 채취했습니다. 우리는 주삿바늘이 들어가는 장면을 녹화했고, 진공 채혈기는 곧바로 봉해서 증거물 봉투에 넣었습니다. 샘플 하나를 우리 쪽 연구실로 보냈고요."

포는 리그가 무슨 말을 하려는지 알았지만 그래도 물어봤다.

"그래서?"

"혈액은 일치했습니다, 포. 의심의 여지가 없어요—사진 속 여자는 엘리자베스 키튼이 맞습니다. 6년 전에 당신은 무고한 사람이 유죄 선고를 받게 만든 겁니다."

• 증거물 보관 연속성, 관리 연속성이라고도 한다. 증거가 처음 수집된 상태에서 법정에 증거물로 제출되기까지 전혀 훼손 혹은 변경되지 않았다는 것을 보증하기 위한 절차상의 방법을 가리킨다.

9

"테이프를 보고 싶을 테지. 리그 형사가 자네한테 노트북을 준비해 줄 걸세."

갬블이 일어나면서 말했다. 그는 근본적인 믿음이 산산이 부서졌을 때 사람은 안 믿는 쪽에서 믿는 쪽으로 한순간에 바뀌지 않는다는 걸 알고 있는 것이 분명했다. 어떤 일은 눈으로 봐야만 믿을 수 있었다.

갬블 경정은 포를 혼자 내버려뒀고 리그는 노트북을 가지러 갔다. 포는 남은 물을 마셔버렸다. 물은 미지근하고 먼지가 막처럼 끼어 있었으나 그는 상관하지 않았다―입이 바싹 말라붙었던 것이다. 위장이 뒤틀렸고 한쪽 다리가 안절부절못했다. 모두 초조하다는 신호였다. 말이 되지 않았다. 엘리자베스 키튼은 죽었다. 포는 확신했다.

하지만 정말 확신했을까?

당시에는 확신했다. 그 정도는 기억이 났다. 하지만 재러드 키튼을 보자마자 몹시 싫었다는 것 역시 기억했다. 그를 본 순간부터 그가 부정직할 뿐 아니라 남을 조종하는 인간이라는 걸 알았다. 하지만 기만을 볼 거라고 기대하면 어디서나 기만만이 눈에 띄는 법이라는 것도 알았다. 그렇게 되었던 걸까? 키튼을 싫어하는 마음에 있지도 않은 것을 보았던 건가? 증거를 한 가지 방향으로만 해석하고 그것을 뒷받침하는 사실들만 고려하면서, 그에 반하는 사실은 중요하지 않다고 치부해버린 것이었나? 포는 그렇다고 생각하지 않았으나 바로 그게 문제였다. 누구도 자기에게 확증 편향이 있다고 여기지 않는다―그것이 가장 확실한 심리적 장애물인데도.

게다가 키튼이 엘리자베스의 시체를 처분했을 리가 없었다는 사실도 항상 마음에 걸렸다. 포는 키튼이 무척 영리했기 때문에 경찰이 처분 방법을 찾아내지 못한 거라고 자신을 다독였다. 언젠가는 엘리자베스의 시신이 발견될 거라고. 법률상 시신이 없는 살인 사건에도 유죄 판결이 날 수 있음은 정확히 키튼 같은 상황을 위한 것이라고.

생각이 마구 내달렸다. 포는 좋은 경찰이기는 했지만 틀리는 법이 없는 사람은 아니었다. 포가 잘못했다는 것이 그 스스로도 의심할 수 없을 만큼 증명된다면, 엘리자베스 키튼이 절대적인 지옥에서 6년을 보내게 된 일의 일등 공신은 바로 그가 될 터였다. 그리고 그것은 재러드 키튼에게도 그리 나을 것 없는 6년이었을 터.

그런 일은 어떻게 사과할 수 있을까? 어떻게 그런 잘못을 바로잡을 수 있을까?

리그가 회의실에 들어왔다. 그는 노트북을 들고 있었다. 그걸 포 앞에 놓고 노트북을 열었다. 봐야 할 장면이 이미 틀려 있었다.

"인터뷰는 시간순으로 나오게 되어 있습니다. 첫 파일은 앨스턴 도서관에서 따온 CCTV 영상입니다. 그 여자가 처음 접촉하는 걸 볼 수 있죠."

포는 아무 움직임도 보이지 않았다.

"내가 틀렸으면 틀렸다고 하겠네, 리그. 피하지 않을 거야."
리그는 대답하지 않고 회의실에서 나갔다.

앨스턴 도서관 파일은 딱히 도움이 되지 않았다. 화질은 좋았으나 음성이 없었다. 거기에는 여자가 도서관에 들어가서 뭔가 하려고 용기를 끌어내는 듯 주저하다가, 지루한 얼굴의 제복 경관이 앉아 있는 경찰 데스크로 다가가는 모습이 담겨 있었다.

그도 인정해야 했다—그 여자는 정말 엘리자베스 키튼처럼 보였다. 막대기처럼 말랐고 지저분했으나 으스스할 정도로 닮았다.

자리에 앉은 뒤 여자는 무언가를 말했다. 경찰이 곧바로 반응한 것으로 보아 이름을 말한 게 틀림없었다. 경관은 무전기를 꺼내 무전한 뒤, 책상 앞으로 급히 돌아가 여자를 위로했다. 그는 뭐라고 소리쳤다. 화면 바깥에서 차가 만들어졌고, 몇 분 뒤 차 한 잔과 비스킷 한 접시가 중년 여자의 손에 들려 나왔다. 중년 여자가 쟁반을 내려놓자 경찰은 여자에게 가라고 손짓했다.

젊은 여자는 잔에도 음식에도 손을 대려고 하지 않았다.

그 후 30분 동안 별다른 일이라고는 일어나지 않았지만 포는 빨리 감기를 할 마음이 나지 않았다. 경찰과 여자는 말없이 기다렸다. 포는 그가 보라고 남겨둔 사건 파일에 손을 뻗었다. '문제 해결자 앨솝 순경'이 남긴 메모를 발견했다—요즘 사람들이 경찰을 문제 해결자라고 부른다면 세상은 진정 망한 것이리라. 메모는 급히 쓴 것이기는 했지만 일어난 일의 감을 잡게 해주었다. 여자는 자기 이름이 엘리자베스 키튼이라고 했고, 순경은 그 순간부터 여자를 범죄 현장처럼 대했다. 그는 동료 경사에게 연락했고, 같이 앉아 있되 질문은 하지 말고 그냥 여자가 하는 말을 녹음하라는 지시를 받았다. 지원이 오기를 기다리라고.

지원 온 것은 두 형사였다. 그중 한 사람이 리그였다. 그가 그렇게 화를 낸 것도 지당했다. 처음부터 개입했던 셈이니까. 리그와 다른 형사는 잠시 엘리자베스와 같이 앉아 있었다. 두 형사는 여자를 데리고 도서관에서 나가 시야에서 사라졌다.

포는 '경찰 인터뷰'라는 이름의 파일을 펼쳤다. 거기에는 총 세 개의 동영상이 있었다.

동영상 정보에는 조사 장소가 펜리스 경찰서로 기록되어 있었다. 동영상은 화질이 좋았고―법정에 제출할 수 있는 종류―포는 자리를 잡고 앞으로 펼쳐질 이야기를 보기 시작했다.

처음 인터뷰에서 여자는 앨스턴 도서관에 들어갔을 때 입고 있던 옷 그대로였다. 포는 여자가 종이 증거복*을 받지 않은 게 놀라웠지만, 리그 말에 따르면 누가 손대는 걸 그 여자가 원치 않았다고 했다. 낯선 사람 앞에서 발가벗기가 그녀로서는 더 힘들었을 터였다. 여름의 열기에도 여자가 쓴 울 모자는 머리에 꽉 끼었다. 턱은 가슴 쪽으

• 보통 과학 수사 쪽에서 착용하는 복장으로, 종이 같은 느낌의 재질이라서 흔히 그렇게들 부른다.

로 당겨져 있었고 두 팔은 가슴을 끌어안고 있었다. 여자는 공포에 떠는 듯했다.

리그는 좀 전에 포에게 보인 거친 태도와 달리 자기 일을 잘 알았다. 상대에게 공감하면서도 집중력을 잃지 않았다. 여자가 엉뚱한 방향으로 이야기를 끌고 가면 그는 하던 이야기로 부드럽게 되돌렸다. 한 시간에 걸쳐서 그는 스토리보드를 온전히 채웠다―실종되었을 때부터 다시 나타났을 때까지. 세부 사항은 나중에 채우면 된다. 첫 인터뷰는 언제나 전반적인 윤곽을 잡는 데 초점을 두었다.

여자는 납치된 날 밤 일어난 일을 하나하나 이야기했다. 범인은 레스토랑에서 부엌으로 들어갔다. 여자는 놀라기는 했지만 무섭지는 않았다. 식사하던 손님이 그곳의 탁월한 와인들을 마음껏 마시고 화장실에서 잠에 빠져버리는 게 처음 있는 일도 아니었고, 몸싸움이 일어났지만 이내 남자는 여자를 굴복시킨 뒤 요리용 실로 결박했다. 그런 뒤에는 앞서 리그가 묘사한 대로 흘러갔다. 남자는 여자의 피를 좀 모은 다음 부엌 여기저기에 뿌렸고, 그런 뒤에 시간을 들여 청소했다.

여자는 밴으로 끌려가서 뒤쪽에 실렸다. 남자는 여자 얼굴에 뭔가를 가져다 댄 다음 눌렀고 여자는 어떤 지하실에서 깨어났다. 지하 저장고라고 생각했지만 확실하지는 않았다.

그것은 감정적으로 진이 빠지는 이야기였고, 리그가 모두 좀 쉬자고 고집을 부린 것은 적절한 일이었다. 카메라는 꺼지지 않았고 포는 계속 지켜보았다―모든 걸 보고 싶었다. 여자는 앉아서 거의 20분 동안 허공을 응시했다. 아무것도 건드리지 않았다.

이윽고 인터뷰가 재개되자, 리그는 여자를 납치한 남자에게로 화제를 전환했다. 여자는 그가 예전에 벌리스 앤드 슬로에서 식사한 적이 없는 것 같다고 했다. 남자의 인상착의를 설명하고—나중에 경찰 측 화가가 분명 그림으로 그릴—그런 뒤에는 자기가 6년간 어떻게 살았는지 차근차근 말했다. 예상한 대로 참혹했다. 감금 이튿날 아침에 일어났을 때 여자는 뭔가가 심하게 당겼지만 그게 뭔지 몰랐다. 남자가 음식과 주사기를 들고 들어왔을 때 여자는 먼저 주사기부터 잡았다. 본능적으로 그게 자기에게 필요하다는 걸 알았던 것이다. 하루가 채 가기 전에 여자는 중독되었다. 남자가 여자를 통제한 방법이 바로 그것이었다. 그가 찾아갔을 때 여자가 반드시 그가 시키는 대로 할 수밖에 없도록 만든 것이다.

내가 하라는 대로 하면 주사기를 주지. 거역하면 주사는 없다······.

여자가 눈물을 터뜨린 것은 바로 이 시점이었다. 인터뷰는 중단되었고 경찰법의관이 불려 들어갔다. 포는 파일을 확인했다. 법의관은 펄리시티 제이크먼이라는 사람이었고, 여자가 펜리스 경찰서에 도착했을 때부터 대기 중이었다. 40대 초반으로 보였는데 의사들에게 흔히 보이는 사무적이고 고단한 모습이었다. 법의관은 여자의 생명 징후를 확인했다. 맥박, 혈압, 체온을 재더니 인터뷰를 끝내야 한다고 선언했다. 법의관은 제대로 검사를 받도록 여자를 병원으로 보내겠다고 형사들에게 말했다. 리그는 동의했다. 그가 카메라를 흘끗 보았는데 그의 불안이 손에 잡힐 듯했다. 그는 여자의 이야기를 믿는 게 분명했다.

솔직히 말하자면 포도 그랬다.

다음 동영상은 같은 날 밤 더 늦은 시간에 촬영되었다. 여전히 리그가 인터뷰를 진행했다. 경찰법의관은 그 자리에 없었지만 혹시 필요할지 모르니 바깥에 대기하고 있겠다고 여자에게 말해주었다. 동영상에 기록되도록 리그는 여자가 결국 병원에 가지 않았다고 말로 설명했다. 여자가 경찰서를 떠나지 않으려고 했던 것이다. 여자는 아직 충분히 안전하다고 느끼지 않았다. 대신에 법의관은 경찰서 내 진료실에서 여자를 검사했다.

여자는 자기 이야기를 이어나갔다. 감금되어 있던 6년을 단조롭고 생기 없는 목소리로 묘사했다. 듣기에 유쾌하지는 않았다. 여자가 말을 마치자 리그는 현명하게도 다시 쉬자고 했다.

다시 돌아갔을 때 여자는 달아난 당시 이야기를 해주었다. 여자가 겪은 다른 일들과 마찬가지로, 달아난 과정 역시 대답보다는 의문을 더 많이 던져주었다. 남자가 알 수 없는 이유로 더는 그 여자를 찾아가지 않았고, 나흘이 지나 헤로인 욕구 때문에 가만히 있을 수 없어지자 여자는 마침내 힘으로 문을 열고 도망쳤다. 여자가 있던 곳은 허허벌판에 있는 주택이었다. 언덕으로 둘러싸인 곳.

여자는 혹시 남자가 돌아와서 자기를 찾고 있을까 두려워 도로를 피해 밤새 걸었다. 15킬로미터 정도 걸었다고 생각했을 무렵 동이 트며 자기가 어디 있는지 알아볼 수 있게 되었다. 여자는 앨스턴이라는 마을 표지판을 보고 어릴 적 그곳에 갔던 것을 기억해냈다. 여자는 거기에 경찰서가 있었다는 걸 알았다. 사람들에게 길을 물은 여자는 경찰서가 몇 년 전에 문을 닫았다는 말을 들었다. 이제 한 달에 한 번 경찰 데스크가 열릴 뿐이라는 소리였지만, 여자는 운이 좋았다. 그날이 넷째 주 수요일이었던 것이다…….

리그는 약간 이야기를 뒤로 돌려, 여자를 납치한 남자에게 무슨 일이 생겼다고 생각하는지 물었다. 여자는 모르겠다고 했다.

"그 남자가 죽었을 수도 있다고 생각하세요?"

여자는 그렇게 생각하지 않았다. 늙은 사람도 아니었고, 성욕으로 판단하건대 건강해 보였다는 말이었다.

리그는 몸을 숙이고 여성 형사에게 뭔가 속삭였다. 형사는 고개를 끄덕이더니 조사실에서 나갔다. 포는 메모를 통해 리그가 여자 형사에게 뭐라고 말했는지 보았다. 리그는 남자가 다른 심각한 일로 기소되어 구금돼 있을지 모른다는 생각을 내놓은 것이었다. 현재 수사 노선은 지난 한 주 동안 구금되었거나 형을 선고받은 모든 사람의 거주지나 은신처를 확인하는 것이었다.

포는 만족스러운 소리를 냈다. 그도 그렇게 했을 터였다. 그는 동영상을 마저 보았지만 나머지는 일반적인 내용에 불과했다. 그는 잠시 쉬기로 하고 다리를 뻗었다. 어슬렁거리며 매점으로 갔다. 그는 방문객 신분증이 있었지만 출입문 패스워드는 듣지 못했다. 그는 키득거리고 있는 경찰서 직원 둘에게 국가범죄수사국 신분증을 흔들어 보여주고 안으로 들어갔다. 계산대에서 바짝 말라버린 참치 샌드위치 값을 치르고, 자판기에서 코카콜라 캔 하나와 감자 과자 퀘이버스한 봉지를 샀다.

포는 먹으면서 그때까지 본 것을 곱씹었다. 이미 전해 듣지 못한 새로운 점은 없었다고 판단했다. 여자는 엘리자베스 키튼처럼 보였다—하지만 그게 어쨌다는 것인가? 그런 여자는 한둘이 아니었다. 포는 아직 마지막 동영상을 보기 전이었다—리그가 필시 조심스럽게 여자가 정말 엘리자베스 키튼이라는 걸 어떻게 입증할 수 있는지를 유도해내는 그 동영상—그러나 사실 중요한 것은 오직 하나였다. 혈액을 올바르게 다루었는가? 갬블은 증거물 연계성—법정에서 제시되는 증거물이 범죄 현장에서 수집한 증거물과 같다는 것이 명백하게 입증되는 것을 뜻하는데, 증거물 연계성에 틈이 없다는 것은 증거물을 변경하거나 바꿔치기할 기회가 없다는 의미였다—이 흠잡을 데가 없다고 했으나, 포는 자기 눈으로 직접 봐야 했다. 증거물 연계성이 가장 약한 부분은 언제나 제일 첫 단계였다. 그때가 그 과정에 가장 덜 익숙한 사람들이 개입하는 시점이기 때문이었다.

포가 돌아가자 리그가 기다리고 있었다.
"아직 이르지만 생각하신 거라도?"
리그는 곤두서 있던 신경이 조금 가라앉은 듯했다.
"너무 일러."
포가 대답하며 노트북 앞에 앉았다.
"엘리자베스 키튼이 저렇게 마르고 창백한 건 본 적이 없지만, 지하에 6년 동안 감금돼 있었다면……."

리그는 대답하지 않았다.

포는 재생을 눌렀다.

리그는 포가 예상했듯이 여자에게 그녀의 신원에 관해 질문하기 시작했다. 그는 그렇게 하는 걸 사과했다. 여자가 끔찍한 고난을 겪었다는 걸 이해하지만, 여자의 아버지가 살인죄로 유죄 판정을 받았고 형사사건재심위원회—오심 건을 조사하는 단체—가 항소법원에 그의 사건을 회부하려면, 여자의 신원이 의심할 여지없이 증명되어야 한다고 말했다.

여자는 끄덕였다. 당황한 듯 보이지 않았고, 경찰이 요청한 대로 하지 않으면 아버지가 자유의 몸이 되지 않으리라는 것을 인지하고 있었다. 여자는 예전 삶에 관해 할 수 있는 한 상세히 말했다. 어떤 친구들이 있었는지, 취미가 무엇이었는지, 벌리스 앤드 슬로에서 어떤 일을 했는지. 부엌 생활에 관한 일화를 이야기하고, 거기서 일하는 직원들에 대해서도 이야기했다. 유명한 아버지 슬하에서 자라는 게 어땠는지, 또 어머니가 교통사고로 죽은 일까지 전부 말했다.

이야기는 설득력이 있었다. 여자가 말한 어떤 내용은 다른 사람이라면 알 수가 없는 것이었고, 리그는 그것들이 그 후에 검증 완료되었다고 일러주었다. 여자는 진실을 말했거나 아니면 극도로 잘 정리된 이야기를 들은 것이었다.

여자가 말하는 동안, 그 가녀린 목소리가 청중을 사로잡는 동안 포는 점점 더 깊은 회의감에 시달렸다. 그는 언제나 거짓말을 알아보는 능력에 자부심을 느꼈으나 그 여자에게는 그게 보이지 않았다. 그가 본 것은 피해자뿐이었다.
그리고 혈액이 있었다.
정황 증거가 아니었다. 보강 증거도 아니었다.
확실한 증거였다.

10

리그는 펄리시티 제이크먼, 경찰법의관을 불러들였다. 채혈은 의료 행위이고 경찰의 규정은 명확했다―의사가 해야 한다는 것. 그것은 문제가 아니었다. 제이크먼은 여자가 도착한 뒤로 건물을 떠나지 않았으니까. 제이크먼은 딱히 여자를 어머니처럼 보살피는 건 아니었으나, 그녀가 자기 환자이고 그녀를 돌보는 게 우선이라는 점은 분명히 했다.

포는 리그에게 DNA 프로필을 만드는데 어째서 여자의 입안을 면봉으로 문지르는 대신 혈액 샘플을 이용했는지 물었다.

"성병과 혈액 매개 감염이 있는지도 동시에 확인하려고 한 겁니다. 엘리자베스가 병원이나 성범죄 위탁 센터에 가려고 하지 않았기 때문에, 법의관은 여자가 검사받는 걸 *모르게* 하고 싶었던 거죠."

영리히군. 확실하지도 않은 길로 사람을 걱정시킬 필요는 없겠지. 포는 생각했다.

"여자가 임신하지 않았는지도 확실하게 해두고요. 강간범의 아기를 임신하는 건 피해자에게 가장 잔혹한 일이니까요."

리그가 덧붙였다.

포는 몸이 움칠했다. 그의 어머니는 바로 그런 피해자였다. 포가 바로 그런 아기였다. 대부분의 문화권에서는 낙태되었을 아기. 포 유전자의 절반은 그의 어린 시절을 훔쳐 간 괴물에게서 온 것이었다. 그는 핸드폰을 보고 아버지한테서 연락이 왔는지 확인하고 싶었다. 자기를 길러준 남자, 자기 어머니와 결혼하고 그 오랜 세월 비밀을 지켜준 진짜 아빠. 포는 몇 주 전에 그에게 이메일을 보냈지만 아직 답을 받지 못했다.

포의 턱에 힘이 들어갔다. 그는 몸을 숙이고 펄리시티 제이크먼이 여자의 오른쪽 팔 소매를 걷는 걸 응시했다. 트랙 마크라고 하는 약물 주사의 흔적뿐 아니라 팔뚝 아래쪽과 손목 주변에 희미한 선이 있었다. 어떤 것은 갓 생겨서 벌겠고, 어떤 것은 흐릿한 분홍색이었다. 포가 일시 중지를 눌렀다.

"자해인가?"

리그가 끄덕였다.

"허벅지에도 있다더군요. 플릭 말에 따르면."

"플릭?"

"경찰법의관이요. 펄리시티라는 이름을 좋아하지 않거든요. 늙은 사람처럼 들린다나요."

포가 재생을 눌렀다. 경찰법의관은 자해 흔적이 드러나지 않도록 여자의 소매를 정맥이 보일 정도로만 걷었다. 주삿바늘이 들어가는 지점을 소독하고 압박대를 두른 뒤, 정맥이 튀어나오게 만든 다음 진공 채혈기 튜브 네 개를 채워 탁자에 올려놓았다.

법의관이 압박대를 풀고 바늘을 뽑자마자, 여자는 소매를 내리고 무릎을 세우더니 가슴 쪽으로 끌어안았다. 대표적인 방어적 몸짓언어다. 포는 여자를 탓하지 않았다―채혈 같은 침습 의료 행위*는 보통 사적인 장소에서 한다. DNA를 확인하려고 할 때는 그렇게 할 수가 없었다. 여성 형사가 여자에게 이제 차와 비스킷을 누릴 자격이 있다며 어설픈 농담을 건넸다. 여자는 웃지 않았다. 아무도 웃지 않았다.

포는 노트북 화면을 응시했다. 세 개의 컵 중에 콩이 들어 있는 게 확실한 컵을 지켜보는 남자처럼, 그의 눈은 혈액 샘플에 고정되어 있었다. 어떤 시점에도 진공 채혈기 튜브가 화면에서 사라진 적은 없었다. 누군가의 소매에 가려진 적도 없고, 시야에서 벗어난 적도 없었다. 법의관은 단지 그걸 채운 다음 탁자에 올려놓았을 뿐이었다. 훌륭한 과학 수사 절차를 따른 것이었다. 포도 그에 못 미치는 상황은 예상하지 않았다. 혈액이 채취되는 방식은 흔히 법정에서 의문이 제기되는 부분이고, 따라서 절차도 단순하고 해석의 여지가 없었다. 눈속임이 있었다면 데이비드 블레인** 수준의 소규모 마술이었으리라.

그러나 증거물 연계성은 거기에서 끝나지 않았다. 경찰법의관은 끈끈한 라벨이 있는 A4 용지를 한 장 카메라에 들어 보였다. 라벨에는 여자의 이름이 인쇄되어 있었고―그때는 세인 노로 되어 있었

- * 주삿바늘 따위의 의료 장비가 몸속 조직으로 들어가는 경우를 가리킨다.
- ** 1973년에 출생한 미국의 마술사로 길거리에서 작은 마술을 선보이며 90년대 말 유명세를 탔다. 그 후 7일간 좁고 투명한 관 속에 누워서 버티기, 템스강 위에 설치된 투명 상자 안에서 44일간 물만 먹으며 버티기 등 목숨을 건 위험한 스턴트를 잇달아 했다.

다—일련번호가 딸려 있었다. 포가 지켜보는 가운데 법의관이 각각의 진공 채혈기 튜브에 라벨을 붙였다. 이번에도 튜브는 시야를 벗어나지 않았다.

세 번째와 네 번째 단계는 샘플을 증거물 봉투에 봉인하는 과정이었다. 이제까지와 마찬가지로 법의관은 각각의 번호가 붙은 봉투를 먼저 카메라 앞에 들어 보인 뒤 튜브를 봉투에 담았다. 컴브리아 경찰이 사용하는 봉투는 어디에서나 쓰는 표준 디자인이었다. 튼튼하고 투명한 플라스틱의 조작 방지 봉인이 되어 있는 봉투는 앞면에 증거물 연계성 표가 붙어 있었다. 리그는 네 개의 봉투 첫 줄에 서명하고 날짜를 기록했다.

그중 하나는 컴브리아에서 어떤 과학 수사 연구소를 이용하고 있든 그곳으로 갈 터였고, 하나는 분명 재러드 키튼의 법률 팀이 선택한 연구실로 갈 것이었으며, 둘은 나중에 필요할 경우를 대비하여 증거물 로커에 안전하게 보관될 터였다.

포는 네 개의 일련번호를 마음에 새겼다.

동영상이 끝났을 무렵 그의 마음은 떠돌고 있었다. 중요한 것은 오직 혈액뿐이었다. 혈액이 엘리자베스 키튼의 것이라면, 그 여자는 엘리자베스 키튼이었다. 그것만이 현실성 있는 설명이었다. 그리고 그렇다는 것은 재러드 키튼이 그 여자를 살해하지 않았다는 뜻이었다. 그 사실을 피할 길은 없었다.

6년 전에 포는 무고한 남자가 유죄 판결을 받도록 만들었다.

포는 처음으로 돌아가서 동영상을 다시 보았다.

두 번째로 본 뒤에 포는 일어나서 스트레칭을 했다. 노트북에 고개를 빠트리고 앉아 있으려니 목이 뻣뻣하고 어깨도 아팠다. 눈이 사포처럼 느껴질 때까지 모든 것을 샅샅이 살펴보았으나 별다른 점은 발견하지 못했다. 전혀 없었다.

포는 증거물 연계성에 엮인 다른 고리도 점검해보고 싶었지만 자기가 지푸라기에 매달리고 있다는 것을 알았다. 이쯤 되면 은박지 모자*의 영역으로 접어드는 셈이었다. 혈액이 확보된 시점에서, 샘플 네 개를 모두 바꾸려면 성대한 규모와 엄청나게 복잡한 음모가 필요해졌다. 개입된 사람이 너무 많아졌다.

"그래서 어떻습니까?"

리그가 물었다.

포는 리그가 아직도 그곳에 있다는 걸 잊어버렸다. 리그는 조용히 어떤 파일을 읽고 있었다. 아니면 그런 척하고 있었거나. 포는 커피가 든 머그잔에 손을 뻗었지만 커피는 이미 차가워진 상태였다. 그는 인상을 찡그리면서도 다 마셔버렸다.

"확실한 것 같군."

그가 대답했다.

리그는 포의 테이블로 걸어와 팔을 뻗더니 노트북을 껐다.

―――

* 은박지로 만든 모자를 쓰면 정부의 감시나 외계 생명체의 정신 조종, 감시, 감청, 세뇌 등을 피할 수 있으리라는 믿음으로 만든 것으로 틴 포일 햇 Tin Foil Hat이라고도 불리는 음모론의 소재 중 하나다.

"당신은 놀아난 겁니다, 포. 그냥 그겁니다."

그의 목소리는 딱딱하고 통제되어 있었다.

"범인은 납치를 살인처럼 보이게 만드는 선견지명이 있었고 당신은 거기에 속아 넘어간 겁니다. 당신네들 전부."

포는 침을 삼켰다. 자기 머릿속에서도 똑같은 생각이 흐르고 있었고, 리그의 말은 그를 강하게 쳤다. 리그는 문으로 걸어갔다. 그는 조사실을 나가기 전에 돌아보았다. 다시 분노가 돌아왔다.

"다들 쌍, 쪽팔린 줄 좀 아쇼."

그 말을 던지고 리그는 불을 꺼 조사실을 어둠 속에 내던졌다.

11

포는 어둠 속에 오랫동안 앉아 있었다. 그러고 있어 보니 어둠은 생각하는 데 좋은 수단이었다.

어떻게 사람을 그렇게까지 잘못 봤을 수가 있지?

경찰로 일하는 내내 포는 재러드 키튼이 유죄라는 점을 확신한 만큼 뭔가를 확신한 적이 없었다. 그런데도……. 혈액은 위조된 것이 아니었다. 엘리자베스 키튼은 살아 있었다.

지난 몇 년간 포는 말 탄 남자를 표현한 조각상들에 얽힌 흥미로운 사실을 알고 있었다. 말이 발 하나를 땅에서 들고 있으면, 기수가 전투에서 부상을 당했고 나중에 그 때문에 죽었다는 의미였다. 말이 두 발을 땅에서 들고 있으면, 기수가 전투 중에 죽었다는 뜻이었고. 네 발이 모두 땅에 닿아 있으면, 기수가 다른 방법으로 죽었다는 뜻이었다. 그것은 사소하지만 재미있는 정보였고 포는 지난 몇 년간 셀 수 없이 많이 그 이야기를 했다. 동료이자 가장 좋은 친구인, 민간인 분석가 틸리 브래드쇼가 최근에 그게 완전히 말도 안 되는 헛소리라고 알려주었다. 그러나 진실을 읽고 난 뒤에도 포는 여전히 자기가 믿었던 걸 버리기가 힘들다는 걸 알게 되었다. 당시 그는 실제로 뒷받침해줄 만한 근거라고는 전혀 없으면서도 틸리에게 자기 입장을 방어

하고 나서기까지 했다.

지금도 그는 그때와 같은 기분이었다—마음속을 심각하게 재편성해야 하는 느낌. 그 긴 세월 키튼은 무고했던 것이다.

포는 이제 무엇을 할지 생각하면서 커피를 한 잔 더 마실까 싶었지만, 카페인을 과하게 섭취한 탓에 두통이 이는 중이었다. 그는 통증을 다른 데로 옮겨보려고 관자놀이를 주물렀으나 소용없었다. 블랙베리를 흘끗 보고 플린에게 또 부재중 전화가 와 있는 걸 발견했다. 그는 전화했지만 음성사서함으로 넘어갔다. 그는 음성 메시지 남기는 걸 좋아하지 않았다. 그걸 남기려고 하면 영어가 무슨 외국어인 것처럼 횡설수설하게 됐다. 그는 대신 문자를 남겼다.

1분 뒤에 플린이 답장했다. 이 얘길 200자로 하긴 무리야, 포. 여기에 플린은 영상회의 링크를 첨부했다. 포는 리그가 막 꺼버린 노트북을 다시 켜고 그 주소를 입력했다.

전화기 아이콘이 진동하기 시작했다. 섹션의 회의실이 화면에 뜨는 걸 보니 햄프셔에 있는 누군가가 그 전화를 받은 게 틀림없었다. 플린이 테이블에 앉아 있었다. 기분 좋은 얼굴은 아니었다.

"스테프."

"포, 당신 안 보이는데."

화면 오른쪽 상단에 작은 검정 네모가 떠 있었다. 경험에 따르면 여기에 그의 모습이 나타나야 했다.

"주소를 다시 입력해볼게."

그가 말했다.

플린이 사이버 공간 저편에서 그를 노려보았다.

"아무것도 건드리지 마. 틸리가 오고 있어. 틸리가 해결할 거야."

2분이 지나자 브래드쇼가 도착했다. 틸리 브래드쇼는 마른 여성으로, 가느다란 갈색 머리카락에 결코 햇빛을 보지 못한 피부색이었다. 두꺼운 해리 포터 스타일의 안경이 회색 눈동자를 크게 보이게 만들었다. 기호가 있고 그 아래 'Phone Home*'이라는 글자가 쓰인 티셔츠를 입고 있었다. 포가 전에도 본 적이 있는 티셔츠였다. 듣자 하니 그것은 기호가 'et', 그러니까 '그리고'를 나타내는 라틴어 단어를 합음자로 만든 것과 무슨 우주인인지 뭔지에 관한 영화를 가지고 장난을 친 것이라고 했다. 아니면 적어도 그게 포가 생각하는 틸리의 설명이었다. 그때 포는 얼마 안 가 딴생각을 했으니까…….

"죄송해요, 플린 경위님, 화장실에 좀 다녀오느라."

브래드쇼가 말했다.

플린은 굳이 듣지 않아도 되는 그 정보를 무시했다.

포는 웃음 지었다. 브래드쇼는 직장 생활의 대부분과 어린 시절의 상당 부분을 학계에서 수학을 연구하며 보냈다. 아주 총명한 사람이었지만, 국가범죄수사국에 들어오기 전까지는 누구나 당연하게 여기는 사회성을 기를 필요가 전혀 없었다. 다들 학교 운동장에서 이미

- E.T. Phone Home은 영화 〈E.T.〉에서 E.T.가 지구의 언어(영어)를 처음 배우면서 집에 연락하고 싶다는 말을 하는 장면에서 나오는 유명한 대사다.

습득하기 시작하는 그 기술을.

　게다가 수학이 2진법, 그러니까 둘 중 하나로 확실하게 구분되어 선택적인 해석의 여지가 없는 과학이다 보니, 브래드쇼는 의견을 어떤 식으로 표현해야 하는지 셜코 터득하지 못했다. 수학에는 미묘한 점이 없었다. 거기에 조심스러운 판단은 필요하지 않았고 공감도 필요 없었다. 수학은 옳거나 그르거나 둘 중 하나였다. 수학이 진리를 말하기에 브래드쇼도 그렇게 했다. 다르게 해야 한다는 생각은 떠오르지 않았다.

　그렇기는 해도 틸리는 나아지고 있었다……. 몇 달 전의 브래드쇼라면 자기가 화장실에서 뭘 하고 있었는지까지 말했을 거였다.

　"포는 어디 있어요?"

　브래드쇼가 물었다.

　"포는 우리가 보이는데 우리는 포가 안 보이네요."

　브래드쇼가 주도권을 쥐었다. 포에게 몇 가지를 점검해보라고 한 뒤 컴퓨터를 재부팅하라고 했다. 결국 브래드쇼는 짜증이 솟구쳤다.

　"웹캠 커버 벗긴 거 맞아요?"

　"그럼요, 당연히 벗겼죠."

　포가 노트북 상단을 확인했다. 작은 플라스틱 클립이 카메라 렌즈를 가리고 있었다. 그는 그걸 제거했다. 검은색 사각형이 사라지더니 B 회의실이 나타났다.

　"얼간이."

　브래드쇼가 가방을 풀면서 중얼거렸다. 브래드쇼는 플린을 흘깃

보더니 플린이 정돈해놓은 펜과 공책의 형태를 그대로 따라 했다.

플린은 팔짱을 끼고 지켜보았다. 입가에 웃음이 걸려 있었다. 이멀레이션 맨 사건이 끝나고 한 달 뒤, 브래드쇼는 내부 승급을 신청함으로써 모두를 놀라게 했다. 브래드쇼가 신청하자마자 다른 신청자들은 모조리 신청을 철회했다. 승급이 확정되었을 때 브래드쇼는 포에게 팀 관리법에 관해 조언을 구했다. 포는 플린을 역할 모델로 삼는 편이 그러지 않는 것보다 훨씬 나을 거라고 말했다. 이제 브래드쇼는 극단적으로 플린이 하는 행동을 모조리 모방했다. 플린이 뭔가를 기록하면, 브래드쇼도 기록했다. 플린이 핸드폰으로 메시지가 안 왔는지 확인하면, 브래드쇼도 확인했다. 심지어 펜과 공책을 배치하는 방법까지 따라 했다.

포는 그게 귀엽다고 생각했다. 플린은 짜증 난다고 생각했다.

"준비됐나요?"

플린이 물었다.

브래드쇼는 자기 쪽 책상을 플린 쪽과 비교하더니 고개를 끄덕였다.

"포, 어떻게 되고 있는 거야?"

"심란하게 만들고 싶진 않은데, 보스."

"어디 한번 해보지 그래?"

플린이 쏴붙였다.

포는 비꼬는 말을 삼켰다. 플린은 몇 주 동안 분노를 엉뚱한 데 풀고 있었다. 아무도 이유를 알지 못했다. 대신 그는 지금까지 있었던 일을 말해주었다. 플린은 끊지 않고 경청했다.

"내 도움 필요해요, 포?"

그가 말을 마치자 브래드쇼가 물었다. 그녀는 걱정스러워 보였다. 포가 문제에 빠졌다고 생각할 때마다 그랬다.

"그 사람들은 그냥 예전 수사를 되짚어보고 있는 거예요, 틸리. 내가 여기서 걸리적거리는 걸 바라진 않을 거예요. 난 곧 돌아갈 거예요."

"알았어요. 하지만 갖고 있는 자료 전부 나한테 보내요. 살펴볼게요."

"그럴 수가 없어요. 우리는 공식적으로 이 사건에 참여하고 있는 게 아니라서."

"당신은 어쩌고 싶어?"

플린이 물었다. 플린은 그가 실수를 저질렀다면 그걸 바로잡고 싶어 할 거라는 점을 눈치챌 만큼 그를 잘 알았다.

포는 잠시 말이 없었다. 그게 문제였다. 안 그런가? 그가 뭘 할 수 있을까? 그는 칼튼 홀의 회의실 문이 열리면서 불이 켜진 덕분에 어색한 상황에서 벗어났다. 포는 깜빡거리며 눈을 가렸다.

갬블이었다. 그는 화나 보이지 않았다. 체념한 모습이었고 걱정스러워 보였다.

포가 물었다.

"5분만 줄래, 보스? 갬블 경정님이 잠깐 할 얘기가 있으신 거 같아."

플린이 다가오더니 뭔가를 눌렀다. 화면이 까매졌다.

"플린 경위였나?"

갬블이 물었다.

"네."

"나중에 그 친구한테 내가 전화하지."

갬블은 커피 머신으로 걸어갔다. 그는 머그컵에 커피를 붓고, 빈 컵을 집어 들더니 포에게 몸짓했다.

포는 그러면 안 되는 줄 알면서도 끄덕였다. 갬블이 두 컵을 들고 갔다. 그는 의자를 하나 꺼내더니 풀썩 주저앉아 포에게 커피를 건넸다. 포는 한 모금 마셨다. 커피는 오래 끓어서 썼고 그의 기분과 완벽하게 맞아떨어졌다. 포의 안경에 김이 서렸다. 그는 안경을 벗고 재킷에 도로 넣었다. 한동안 둘 다 커피에 입김을 불면서 조금씩 마셨다.

"플린 경위는 어떤가?"

"잘 지냅니다, 경정님. 정식 경위 자리가 잘 맞는 것 같습니다."

갬블이 웃었다.

"틸리는?"

"그쪽도 잘 지내죠. 사실 잘 지내는 정도가 아닙니다. 이멀레이션 맨 사건 덕분에 인정받게 됐지만 거기서 멈추지 않고 더 밀고 나갔거든요. 운전하는 법도 배워서 포드 카^{Ka}*를 샀죠. 이제 분석관들로 구성된 자기 섹션도 따로 있는데, 틸리를 괴짜라고 생각하셨다면 그 사람들을 보시고 생각이 달라지실 겁니다. 다들 '주의! 저는 아직 어울리는 법을 배우는 중입니다'라고 앞뒤로 인쇄된 형광 조끼가 필요한 사람들이죠. 자기들을 '스쿠비 갱'이라고 부르는데, 그 친구들이 보는

• 포드에서 제조하는 소형차.

아이들용 뱀파이어 쇼에서 따온 겁니다. 버플 더 뱀파이어 킬러*라나 뭐라나. 다른 사람들은 그 친구들을 두더지족이라고 부릅니다. 그래도 일은 잘합니다. 스카버러Scarborough의 그 남자 이야기 들으셨습니까?"

"그 연관성 없어 보인다는 흉기 사건들 말인가?"

포가 끄덕였다.

"그 친구들이 보법 분석만으로 해결했죠. CCTV 영상들을 살펴보다가 세 사건 모두 동일범이 저질렀다는 걸 발견했거든요."

"그게 틸리였나? 와, 훌륭하군, 틸리. 범인이 여자로 위장하지 않았던가?"

포가 맞다고 했다.

"한 여자가 아니라 여러 여자로 위장했죠. 대단한 작업이었습니다. 그 친구들이 프로필을 만들었고, 노스 워크셔 경찰에서 바로 그날 체포했죠."

두 남자는 침묵으로 빠져들었다. 포는 커피를 다 마시고 두 사람의 머그컵을 다시 가져가 채웠다. 그가 돌아가자 갬블은 말할 준비가 되어 있었다.

"자네 생각은 어떤가, 포? 그 여자는 정말 엘리자베스 키튼이었나?"

- 원래는 〈버피 더 뱀파이어 슬레이어 Buffy the Vampire Slayer〉다. 1997년부터 2003년까지 미국에서 방영된 TV 시리즈로 동명의 영화에서 파생됐다.

갬블이 물었다.

포는 나이가 들어가는 경정을 뜯어보았다. 갬블은 기력이 쇠진되어 보였다. 마지막으로 봤을 때에 비해 눈가 주름이 길어지고 깊어졌다. 머리카락도 밝은 회색이 되었다. 포는 그의 은퇴가 머지않았다는 걸 알았다. 이멀레이션 맨 사건 후 강등된 뒤로, 포는 그가 위에서 시키는 대로 해왔으리라 가정했다. 하지만…… 지금 그는 오히려 반항적으로 보였다.

포에게 깨달음이 찾아왔다. 갬블은 그에게 뭔가 바라고 있는 것이었다.

"제가 여기 온 진짜 이유가 뭡니까, 경정님?"

갬블은 아무 말도 하지 않았다.

포가 말을 이었다.

"리그와는 전화로 얘기할 수도 있었을 겁니다. 이 북쪽까지 오지 않아도 됐을 겁니다."

이번에도 갬블은 입을 다물고 있었다. 그는 커피를 한 모금 마시고 두 눈을 감았다.

"그리고 기튼에 관한 몇 가지 일화를 빼면 제가 오늘 오후에 말씀드린 건 전부 파일에 있었습니다."

갬블이 눈을 뜨더니 그를 바라보았다.

"확신이 없으신 거군요, 경정님?"

포가 말했다.

갬블이 길고 낮은 한숨을 내뱉었다. 마치 바람이 빠지는 소리 같왔다.

"어찌 생각해야 할지 모르겠네, 포. 지금 내가 있지도 않은 적을 공격하는 걸 수도 있지만, 이멀레이션 맨 사건 때 내가 자네 말에 귀를 기울였더라면 다른 결과가 나왔을지 모른다는 건 분명히 알고 있네."

포는 대답하지 않았다. 갬블은 자신에게 가혹한 잣대를 대고 있었다. 이멀레이션 맨 사건은 경찰 역사상 전례가 없는 일이었다. 시작된 순간부터 갬블로서는 이길 가망이 없었다. 어떤 상급 수사관도 마찬가지였을 테고.

"플린 경위에게 전화해서 중범죄분석섹션에 지원을 요청하겠네. 공식적으로는 엘리자베스 키튼 납치 사건 조사를 지원하는 일이 될 테고, 자네가 처음 수사에 깊이 연관되어 있었으니 자네를 연락 담당으로 요청할 생각이야."

"비공식적으로는요?"

"확실히 하고 싶네. 그 여자가 정말 엘리자베스 키튼인지 확실히 하고 싶다고. 경찰에서 맡은 마지막 임무가 살인범이 풀려나도록 돕는 것이어서야 될 말인가."

갬블이 일어났다. 그는 탁자에 머그컵을 내려놓고 손을 내밀었다. 포는 그 손을 잡았고, 둘은 악수했다. 둘은 서로의 눈을 마주 보았다.

"자네가 확신해야만 나도 확신할 수 있을 걸세, 포."

12

포는 영상회의를 재개했다. 갬블도 회의실에 남았다.

잠시 한담을 나눈 뒤, 갬블이 본론에 들어갔다.

"엘리자베스 키튼 납치와 불법 감금 건 조사에 중범죄분석섹션이 참여해주기를 정식으로 요청하네. 서류는 오늘 밤에 도착할 걸세."

반대편에서 잠시 침묵이 흘렀다.

얼마 후 플린이 말했다.

"경정님, 포의 죄책감을 완화하는 데 섹션이 이용될 수는 없습니다."

"그런 문제가 아니네, 플린 경위. 우리 쪽에서 실수를 했다면 어떤 결과가 나오든 받아들일 거야. 그건 포도 마찬가지일 거라고 보고."

"'실수를 했다면'이라는 건 무슨 말씀이시죠? 이 여자는 엘리자베스 키튼입니까, 아닙니까?"

"거의 확실한 거 같아, 보스."

포가 대답했다. 거짓말해봐야 무의미했다.

"그런데?"

"재러드 키튼은 내가 만난 사람들 중 가장 지능적인 남자야. 이런 걸 해낼 수 있는 사람이 있다면 바로 그자야."

포는 윤색하지 않았다. 플린은 동의하거나 동의하지 않을 것이었다. 두 사람은 최근에 키튼 이야기를 한 적이 있었고―"이제까지 다룬 최악의 사건이 뭐였어?"라는 주제로 한밤중 수다를 떨던 때―그래서 플린도 포가 그를 어떻게 생각하는지 알았다.

30초가 꼬박 지나고 나서야 플린이 입을 열었다. 포가 예상했듯이 플린은 실용적이고 납득할 만한 결정을 내렸다.

"알겠습니다, 경정님. 낯선 자에게 납치당한 사건은 섹션 업무에 해당하니까요. 경정님이 필요하신 만큼 사건에 참여하도록 인가하겠습니다. 지금은 포 경사만 참여하겠지만, 포는 자기 판단에 따라 적절한 인력을 활용할 수 있을 겁니다."

그들은 행정적인 문제를 잠시 논의하다가 전화를 끊었다.

갬블이 포를 쳐다보았다.

"어디서부터 시작하고 싶은가?"

"혈액이죠. DNA 검사가 우리가 믿는 것만큼 완전무결한지 알고 싶은데요."

"그렇다고 하던데."

포는 끄덕였다. 그도 그렇게 알고 있었다. 다른 사람의 혈액을 그냥 '주기만' 한다고 해서 DNA를 바꿀 수는 없었다. 그런 식으로 되는 게 아니었다. 하지만⋯⋯ 의학은 시시각각 발달하고 있었다. 그가 마지막으로 DNA 교육을 받은 이후로 뭔가 달라졌을 수도 있었다.

"그래도 확인해보겠습니다. 확실한 답을 줄 수 있는 병리학자를 알거든요."

"기뻐 보이는 얼굴은 아닌데. 뭐가 문제인가?"

포가 한숨 쉬었다.

"그 여자가 썩어버릴 괴짜라서 말이죠."

다섯째 날

13

생물학적 증거는 어느 형사과 증거 보관실에 있는 냉장고와 냉동고 어디에든 보관될 수 있었지만, 결국은 칼튼 홀로 가게 마련이었다. 여자의 혈액은 가까운 펜리스 경찰서에서 채취된 덕에, 이미 칼튼 홀에 가 있었다. 포는 이튿날 아침 9시에 갬블을 그 앞에서 만나기로 했다.

포가 갬블과 헤어졌을 무렵에 날은 이미 저물어 있었지만 그는 여전히 샵 펠스에 있는 자기 농가로 되돌아가고 싶은 마음이었다. 한동안은 컴브리아에 머무르게 될 것 같았고, 지난 몇 주 동안 집에 가지 못했으니 그곳을 지낼 만하게 만들려면 당장 해야 할 일이 좀 있을 터였다. 발전기는 오일과 필터를 교환해야 할 테고, 물 펌프는 여름철의 낮은 수위에 맞도록 조정해줘야 했으며, 다른 것들은 잘 청소해줘야 했다.

할 일은 많겠지만 솔직히 포는 그곳이 그리웠다. 그곳은 그의 집이었다. 그곳은 빚 한 푼 없이 온전히 그의 것이었고 그 주변 땅도 그의 소유였다. 이멀레이션 맨 사건 때문에 섹션으로 다시 끌려가기 전에, 그는 그곳에서 삶을 일구었다. 포는 자기와 함께 사는 스프링어 스패니얼 에드거도 보고 싶었다. 에드거는 그가 남쪽에 가 있을 때면 이웃인 토머스 흄네 집에 머물렀지만, 최근에 포는 에드거와 죽 함께할 방법을 탐색해보고 있었다.

결국은 이성이 승리했고 그는 펜리스에 있는 노스 레이크스 호텔 앤드 스파에 방을 얻었다. 더블 침대와 빳빳한 면 시트, 바에서 먹는 늦은 저녁 식사의 유혹이 너무 컸다.

　　　　　　　　　　∘ ∘ ∘

포는 CSI 보관실이 문을 열기 15분 전에 그 앞에 가 있었다. 갬블은 5분 뒤에 도착했다. 그는 신임 경찰청장과 회의하고 바로 온 것이었는데—이전 청장은 이멀레이션 맨 사건을 은폐하려다가 실패한 뒤 아무도 모르는 존재가 되어 사라져버렸다—신임 청장은 심기가 썩 좋지 않았다. 단지 일요일에 일하는 것 때문만은 아니었다.

"찾을 수 있는 가장 커다란 TV 카메라 앞에 서서 최초의 수사가 잘못됐다고 공개적으로 선고해야 되기 5분 전" 이것이 갬블이 표현한 신임 청장의 기분이었다.

"청장님이 그렇게 하실까요?"

포가 물었다. 그는 신임 청장을 몰랐다. 그 여자는 포가 컴브리아 경찰 소속이었을 당시 컴브리아 카운티의 서쪽에서 경정으로 일했다. 널리 존경받았고, 치안범죄위원*의 수작을 받아주지 않았다.

• 영국 경찰은 관할구 주민들이 선출한 지역치안위원 Police and Crime Commissioner의 감독을 받는다.

갬블이 고개를 저었다.

"그러지는 않을 거 같네. 약간 정치적인 면이야 있겠지만 부하 직원들이 위기에 처하면 지지해줄 걸세."

앤지 모리슨이라고 하는 젊은 여성인 CSI 보관실 관리자가 두 사람의 대화를 끊었다. 모리슨은 문을 열고 두 사람을 새장 같은 응접실로 안내했다. 그러고는 주요 보관실 안으로 들어갔다. 갬블은 그들이 온 이유가 남은 혈액 샘플 두 개 중 하나를 받기 위해서라고 설명했다.

포는 거기에 서명을 한 뒤 갬블과 주차장에서 인사를 하고, 섹션에서 제공한 렌터카에 올라탔다. 그의 차인 BMW X1은 국가범죄수사국 본부가 있는 햄프셔에 그대로 있었다. 2분 뒤에 그는 M6 고속도로에 진입했고 20분 뒤에는 뉴캐슬로 향하는 A69 도로로 접어들었다.

포는 긴장한 여행객만큼이나 느긋하게 뉴캐슬을 돌아다녔다. 뉴캐슬은 작은 도심에 복잡한 일방통행 시스템이 있는 데다 경적에서 손을 떼지 않는 지역 주민이 끝도 없이 나타나는 장소였다. 그는 라디오를 끄고 나서야—왜냐하면 포는 길을 잃으면 라디오를 껐으니까—렌터카에 위성 내비게이션이 장착되어 있는 걸 발견했다. 그는 곧 맞는 길을 찾아 올바른 방향으로 달렸다.

포는 로열 빅토리아 병원에서 주차장 자리 찾기 도박에 참여했으나 운이 좋아서 방금 나온 빈자리를 꿰찼다. 자리를 찾아 헤매던 다른 차가 분노에 경적을 울렸으나 포는 무시했다.

로열 빅토리아 병원은 뉴캐슬 대학의 부속 병원이었고, 포가 만나러 간 사람은 그곳과 강의실, 뉴캐슬 연구소에서 시간을 보냈다. 에스텔 도일은 북동 지역의 내무부 소속 병리학자일 뿐 아니라, 법외병리학 분야의 부교수이기도 했다. 전 세계의 법의병리학자들이 그 강의를 듣고 싶어서 거기까지 왔다. 강의하지 않을 때면 보통 로열 빅토리아 병원의 깊숙한 곳에서 에스텔 도일을 찾을 수 있었다.

포는 주차기에 돈을 지불하면서 초조해하기 시작했다.

에스텔 도일은 그에게 그런 영향을 미쳤다.

어느 면으로 보나 그 여자는 대단했다. 그러나…… 에스텔 도일에게는 또 다른 면이 있었다.

포는 시신을 가르는 걸 생업으로 삼는 사람들이 볕이 잘 드는 쪽으로는 잘 걸어가지 않는다는 걸 알았으나, 그런 그들의 기준을 참고해도 에스텔 도일은 다소 음침했다. 포는 깊은 지하로 내려가 영안실을 찾아가면서 그녀와 같이 일했던 지난날을 떠올렸다.

한번은 도일이 어린이 시신 보관용 저온실에 들어가 있던 와인을 포에게 주겠다고 한 적이 있었다. 음울하게도 코믹 산스 Comic Sans*로 인쇄된 라벨이 붙은 와인이었다. 도일은 그게 병원에서 가장 좋은 냉

---

* 원래 만화에 쓰려고 만든 친근한 글씨체였으나 진지하거나 공식적인 상황에까지 널리 쓰이게 되면서 조롱과 비난을 받게 되었다.

장고라고 했다. 포는 정중하게 거절했다. 또 한번은 도일이 자기가 해부하던 과체중 남자의 팔을 좀 붙잡고 있어달라고 포에게 부탁했다. "그 힘줄을 당겨요." 도일은 지시하며 팔에 난 구멍을 가리키더니 포에게 수술용 핀셋을 건넸다. 포는 하라는 대로 했다. 시신이 그에게 가운뎃손가락을 들어 올렸다. 포는 충격에 나자빠졌다. 에스텔 도일은 심지어 웃음조차 짓지 않았다.

영안실 문의 뿌연 유리에는 A4 종이 한 장이 붙어 있었다.

"병리학자들은 가장 쿨한 환자를 다룬다."

포는 한숨을 쉬더니 숨을 깊이 들이쉰 뒤 문을 두드리고 안으로 들어갔다.

에스텔 도일은 시신 위로 몸을 숙이고 있었다. 그를 봤다는 기척을 전혀 내지 않은 채 도일은 말했다.

"아, 포. 반갑네요. 이거 어떻게 생각해요?"

포는 믿어지지 않아 입으로 손을 가져갔다.

14

테이블에 놓인 시신이 눈부신 불빛 아래에서 탈색되고 얼룩덜룩하게 보였다. 시신은 나이 지긋한 여성이었다. 마르고 쇠약한 몸에 비틀리고 누레진 손톱이 붙어 있었다. 얼굴은 주름으로 쭈글쭈글했고 눈은 수축되고 탁해졌다.

에스텔 도일은 그 여자의 발톱에 칠을 하고 있었다.

발톱 하나하나가 서로 다른 톤의 자주색이었다. 창백해진 살과 고딕풍의 색상이 극명하게 대비되었다.

포가 멍하게 쳐다봤다.

"오늘 밤에 저녁 약속이 있는데요. 이것들을 발라볼까 했죠. 말해 봐요, 포. 어떤 색이 내 신발과 가장 잘 어울리나요?"

도일은 길고 딱 붙는 치마의 단을 들어 올려 하이힐을 보여주었다. 하이힐은 반들거리는 검은색이었고 밑창은 다홍색이었다. 비싸 보였다.

"음…… 저거요."

포가 말하며 가장 가까운 발톱을 가리켰다.

"아, 프로스티드 Frosted 튤립이요. 잘 골랐네요."

도일의 입술에 미소가 스쳐갔다.

"그래서, 이번에는 뭘 도와주면 되나요, 포? 당신이 오는 게 정말이지 기다려진다니까요."

도일은 마지막 발톱 칠을 끝내고 죽은 여자의 발을 들더니 발톱에 살짝 바람을 불었다. 아주 친밀한 동시에 으스스해 보이는 행위였다.

포는 자기가 올 때를 기다렸다가 도일이 그 일을 시작했다는 걸 확신했다.

도일이 돌아서서 그를 마주 보았다. 그를 위아래로 훑었다. 혀가 아랫입술을 따라 움직였다. 포는 그 시선에 몸을 꼬았다.

포는 에스텔 도일이 믿기 어려울 만큼 섹시하면서도 너무나 섬뜩하다고 생각했다. 힐을 신지 않고도 도일은 키가 그와 비슷했다. 짙고 푸른 눈에는 검정 아이라인을 칠하고 빨간색 아이섀도를 발랐다. 파우더를 바른 얼굴은 진홍색으로 칠한 입술과 날카롭게 대비되었다. 숯처럼 까만 머리카락은 긴 크림색 목에 잉크처럼 흘러내렸다. 광대뼈는 높고 도드라졌다. 양팔에는 문신을 잔뜩 해서 팔목까지 다 감쌀 정도였다.

"몸무게가 빠졌네요, 포. 당신한테 어울려요."

"버거운 한 해였으니까요."

"신문에서 읽었어요. 그래도 결국 당신외 키프리 Frank Capra 감독[•]

- 이탈리아 출생의 영화감독. 1930년대 미국에서 가장 영향력 있었던 감독으로 알려져 있고, 아카데미 감독상을 세 번이나 수상했다. 대표작으로 〈어느 날 밤에 생긴 일 It Happened One Night〉〈멋진 인생 It's a Wonderful Life〉 등이 있고, 개인의 용기가 집단의 악의를 이긴다는 신화적인 미국의 이미지를 만든 사람이다.

같은 자질이 이긴 거죠?"

"음…… 뭐라고요?"

에스텔 도일 앞에 설 때마다 그는 조리 있는 문장으로 말하는 데 애를 먹었다.

"당신은 영원한 약자예요, 포. 바로 그게 당신의 원동력이고, 다른 사람들이 하지 않을 일을 하게 하는 힘이라고요."

포는 대답하지 않았다. 그는 도일이 도무지 무슨 소리를 하는지 알 수 없었다.

도일이 한숨을 쉬었다.

"이멀레이션 맨 사건은 정리된 거 맞죠?"

포가 끄덕였다.

"그런데 또 다른 문제가 생긴 거고요?"

포가 또 끄덕였다. 그는 마음을 가다듬을 시간이 필요했다. 그는 막 매니큐어를 칠한 시신을 가리켰다.

"저런 거 해도 되는 건가요?"

도일이 어깨를 으쓱했다.

"되든 안 되든 여기서 내보내기 전에 다 칠할 거예요."

포는 아무 말도 하지 않았다. 에스텔 도일의 기이함 저울에서 그건 눈금이 움직일 정도도 안 되는 일이었다.

도일은 죽은 여자의 팔을 들어 그가 손목 안쪽을 볼 수 있게 했다.

"이거 보여요?"

그가 조심스레 몸을 숙였다. 옛날에 한 것 같은 작은 문신이 있었다.

그가 알아볼 수 없는 기호였다―원 안에 미로 같은 패턴이 있었다.

"이게 뭐죠?"

"헤카테의 바퀴* 예요. 헤카테 여신의 세 가지 측면을 나타내죠. 처녀, 어머니, 할머니."

도일이 늙은 여자 시신의 머리카락을 어여쁘다는 듯 쓰다듬으며 말했다.

"이 여자는 위칸Wiccan** 이었던 게 틀림없어요. 내 생각에는 바뀐 발톱을 마음에 들어 할 거예요."

도일이 시신을 내려다보았다.

"이 여자가 어떤 인생을 살았을지 상상할 수 있겠어요? 그 문신이 이 여자에게 끼쳤을 고난을."

포는 타고난 호기심에 못 이겨 문신을 가까이 들여다보았다. 직접 새긴 문신으로 보였다. 적어도 50년은 된 것 같았다.

"조금 슬픈 정도가 아니겠죠."

"언제나 그렇듯이 절제된 표현의 대가답군요, 포."

도일이 시신의 몸에 시트를 휙 덮었다.

"그래서 이번에는 무슨 일이죠?"

"문제가 생겼어요. 난해한 문제요."

―――

• 헤카테는 그리스 신화에 나오는 여신으로, 별의 여신 아스테리아의 딸이라고 전해진다. 등을 마주 대고 있는 세 여자의 모습이고, 마법과 주술과 마술을 관장한다.
•• 일종의 현대 종교로 서양 밀교의 한 종류인 위카를 따르는 사람.

"아, 퍼즐이군요."

도일의 목소리는 단조롭고 최면을 거는 듯했다.

"퍼즐은 좋아해요. 계속해봐요."

포는 얼굴이 뻘게졌다. 자기가 이걸 물어보려고 한다는 게 믿기지 않았다.

"죽은 사람이 되살아날 수 있는지 알아야 해서요."

"아하, 드디어 흥미로운 게 나왔네요."

포는 어떤 일이 일어났는지 말했다. 도일은 더 과거로 돌아가서 벌리스 앤드 슬로의 범죄 현장을 묘사해보라고 했다. 그는 피해자가 흘린 혈액량이 생명을 유지할 수 없는 정도라고 판단되었다는 것을 설명했다.

"그게 당신이 저지른 첫 번째 실수예요. 당신 내 연락처 있었잖아요, 나한테 연락했어야죠. 당신들 경찰법과학자들은 항상 현장에서 발견된 혈액량을 과대평가해요. 작은 양의 혈액도, 특히 부엌 타일처럼 흡수율이 낮은 표면에 쏟아지면 범죄 현장을 도살장처럼 보이게 하죠. 혈액이 바로 그 자리에 있는 게 아니라면 얼마나 흘렀는지 알 방법은 없어요. 그렇지 않다고 말하는 사람은 거짓말을 하는 것이거나 능력이 없는 거예요. 몇 년 전에 이것에 관해 내가 쓴 논문이 있죠. 읽어보는 게 좋아요."

"읽어볼게요."

포가 대답했다. 그는 사건 파일을 가져올 만한 선견지명이 자신에게 있었으면 싶었다. 에스텔 도일이 현장 사진을 살펴보는 편이 숱한 병리학자가 실제 현장을 들여다보는 것보다 나은 일이었는데.

"그리고 그 여자가 엘리자베스 키튼처럼 보인다는 건가요?"

"그래요."

"그런데 쌍둥이가 아니에요? 일란성이든 이란성이든?"

"우리가 아는 한은 아니에요."

도일이 면도날처럼 가느다란 눈썹을 치켜올렸다.

"아니에요, 도일. 그 여자는 쌍둥이가 아니에요."

경찰로 일하는 동안 그는 쌍둥이가 개입된 범죄를 수사한 적이 한 번도 없었다.

"혈액이 채취되는 과정을 당신이 봤고요?"

"직접은 아니지만 동영상을 봤는데 증거물 연계성은 깨지지 않았어요. 경찰법의관과 담당 형사는 그게 얼마나 중요한지 알고 있었고, 혈관에서 증거물 봉투로 이동하는 동안 혈액은 모두의 시야에서 벗어나지 않았어요."

"조작 안 되는 증거물 봉투를 썼나요?"

포가 끄덕였다.

"그리고 동일한 봉투가 연구소로 갔고요?"

이번에 포는 어깨를 으쓱했다.

"확인해보기는 할 테지만 그렇지 않았을 가망은 없어 보이네요. 평소에 쓰던 배송 회사에서 배달했고 규정도 모두 따랐으니까요. 속임수를 쓸 수 없는 시스템이죠."

"컴브리아에서 이용하는 연구소가 어디죠?"

포가 말해주었다. 북서 지역의 모든 경찰이 이용하는 연구소였다. 도일이 인정한다는 듯 끄덕였다.

"거기라면 평이 좋죠. 자기 일을 제대로 아는 사람들이고. 서로 무관한 사람들이 어쩌다가 뭉쳐서 샘플을 바꿔치기한 거라고 생각하는 건 아니겠죠?"

포가 고개를 저었다.

"애초에 현장에서 얻은 DNA 샘플, 그러니까 그 여자의 혈액을 비교하는 데 쓰인 샘플은 신뢰할 수 있고요?"

"그래요. 내가 수집했어요."

도일이 끄덕였다. 도일은 이런 면에 뛰어났다. 도일이 일을 제대로 할 거라고 신뢰하는 사람은 결코 그녀에게 자기 행동을 정당화할 필요가 없었다.

도일이 자기 사무실 쪽으로 몸짓을 했다.

"그럼 나한테 온 게 천만다행이네요. 한두 가지 처리할 일이 있는데 그거 끝내고 나면 마음대로 해도 돼요, 포. 저기 좀 앉지 그래요?"

포는 앉았다. 참을 수 있을 때까지는 도일이 작업하는 걸 지켜보았지만 그녀가 늙은 시신의 혈관에서 혈전을 잡아당기기 시작하자 고개를 돌렸다. 도일의 영안실은 교육용으로도 이용되기 때문에 도일이 작업하는 테이블 위쪽에 퍼스펙스˙로 마감한 관찰실이 있었으나 그날은 일요일이어서 비어 있었다. 영안실의 나머지 공간은 퍽 평범했다. 좀 더 현대적이긴 했으나 기본적으로는 그가 가본 다른 곳들과 똑같았다. 저온 저장실들이 소리굽쇠처럼 웅웅거렸다. 어떤 것은 영하 20도에 세팅되었다. 시신을 무한정 보존할 수 있는 온도였다. 너그럽게 표현하자면 '의욕적'이라고 할 수 있는 에어컨 덕분에 포의 이마에 난 땀이 들어갔다. 레몬향이 나는 화학물질 냄새가 공기 중에 감돌았다. 불쾌하지는 않았으나 콧구멍이 따갑고 눈물이 났다. 커다란 싱크대와 배수관 들이 타일로 마감한 벽에 설치되어 있고, 벽에는 안전보건 안내문이 붙어 있었다. 그곳은 죽은 자를 존중하는 공간이었지만, 그걸 위해 진실을 희생하지는 않았다. 포는 영안실이 싫었다. 늘 그랬다. 그곳에 간다는 건 경찰이 한 사람을 지키지 못했다는 뜻이었다

마침내 도일이 그가 있는 자리로 왔다. 그녀는 잡담에 시간을 낭비하지 않았다.

"당신이 내게 뭘 바라는지 영 모르겠네요, 포. 어떻게 된 건지 이미 아는 것처럼 들리는데요."

"그냥 당신 머리를 좀 빌리고 싶어요, 에스텔. 멍청한 소리로 들리겠지만, 어떤 사람 몸에 다른 사람의 DNA가 있을 수 있나요? 연구소를 속일 정도의 절차를 통과할 수 있냐고요?"

놀랍게도 도일은 면전에 대고 웃지 않았다. 아니면 더 심하게, 한 쪽 눈썹을 치켜올리거나.

• 유리 대신 사용하는 단단한 투명 아크릴.

"최근에 이스라엘의 과학자 팀이 범죄 현장을 가공하는 게 기술적으로 가능하다는 걸 증명했죠. 혈액 샘플에서 DNA의 흔적을 전부 제거하고 그걸 다른 사람의 DNA로 대체한 거예요."

포가 빤히 쳐다보았다. 도일의 말은 예사롭지 않았다.

"게다가 과학 수사관들을 속일 정도로 훌륭했고요."

도일이 더더욱 믿기 어려운 말을 덧붙였다.

포의 눈이 더 커졌다. 국가범죄수사국은 법률 집행 쪽에서 최첨단을 달리고 있어야 마땅했다. 그런데 그는 왜 이런 이야기를 들은 적이 없다는 말인가? 그는 이것을 플린에게 전달해야겠다고 머릿속으로 메모했다.

도일이 말을 이었다.

"그리고 장비를 제대로 갖춘 분자생물학 연구실에서는 어지간한 생물학자라면 DNA를 합성할 수 있어요."

포는 잠시 생각했다. 과학이 〈블레이드 러너 Blade Runner〉* 속에 묘사된 세상으로 빠르게 다가가고 있는 것 같기는 하지만, 지금 닥친 일과는 상관이 없어 보였다.

"그렇다고 실제 사람에게 그 방법이 통할 것 같지는 않은데요. 살아 있는 것에 DNA를 합성할 수는 없겠죠?"

- 1982년 상영된 SF 영화로 리들리 스콧이 감독하고 해리슨 포드가 주연했다. '레플리칸트'라는 인조인간이 등장하고, 이들을 잡는 '블레이드 러너'라는 특수 경찰이 나오는 세계의 이야기다.

"그래요, 아직은 안 돼요. 난 예를 들어서 말한 거예요, 포. 당신에게 혈액을 이해시키려고요."

도일은 말을 낭비하는 법이 없었다. 그녀가 혈액을 이해해야 한다고 했다면, 혈액을 이해해야 했다.

"혈액은 생명이에요. 이제까지 존재한 것들 중 가장 완벽하고 전문화된 체액이죠. 최고의 유기공학으로 나온 것이고요. 혈액은 우리에게 필요한 모든 일을 해내요. 우리에게 양분을 주고 우리를 보호하죠. 산소를 몸 여기저기로 옮기고 이산화탄소를 배출해요. 체내 온도를 조절하고 재생하는 걸 돕고요."

포는 아무 말도 하지 않았다.

"빨간색을 보기만 해도 우리 심장은 더 빠르게 뛰어요. 그건 우리가 그 색과 혈액을 연관 짓기 때문이고, 피를 봤다는 건 뭔가 나쁜 일이 생겼다는 뜻이기 때문이에요."

포는 몰랐다. 자기 몸을 그렇게 통제할 수 없다는 걸 이제까지 알지 못했다. 그는 그런 생각을 전했다.

"걱정 말아요, 포. 사람이 피를 너무 많이 보다 보면 언젠가 그런 본능적인 반응이 일어나지 않는 시섬이 분명히 오니까요. 사실 다음번에 강의할 때 그걸 하나의 가설로 제시해서 증명하거나 반박하라고 할 수도 있겠네요."

도일이 펜을 들더니 메모했다.

"어떤 사람한테 엘리자베스 키튼의 피가 잔뜩 있다고 해보죠―그러면 그걸 숙주가 될 몸에 수혈해서 DNA를 바꿀 수 있나요?"

도일이 고개를 흔들었다.

"그런 식으로 되는 게 아니에요. DNA는 부모의 배우자配偶子가 결합돼서 생기는 거예요."

포가 한숨을 쉬었다. 도일의 말에 귀를 기울이는 건 브래드쇼의 말에 귀를 기울이는 것과 좀 비슷했다—도일은 브래드쇼처럼, 복잡한 것을 더 복잡하게 들리도록 말하는 재주가 있었다. 도일은 임상의학 교수였고 그는 고등학교 수준의 생물학에서도 낙제했다. 이해하는 데 필요한 기초가 없었다. 그가 혼란스러워하는 게 훤히 보인 모양이었다.

"배우자란 생식 세포를 말해요, 포. 사람은 그걸……"

포의 멍한 표정에 도일의 말소리가 점점 줄어들었다.

"저기, 내가 설명은 해줄 수 있지만 대신 이해를 해줄 수는 없다고요."

방금 한 말 취소. 브래드쇼가 하는 말에 귀 기울이는 것과 *정확히* 똑같았다.

"미안합니다."

그는 다시 집중하면서 듣는 말을 최대한 따라가려고 했다.

"사람의 혈액이 골수에서 나오는 거지, 반대로 혈액에서 골수가 나오는 게 아니에요. 어떤 사람이 혈액 전체를 수혈 받더라도 DNA가 바뀌지는 않아요. 그리고 몸에서 매시간 적혈구 1000억 개와 백혈구 4000억 개를 생산하기 때문에, 혈액 샘플로 정교한 DNA 검사를 속이려면 수혈과 동시에 피를 뽑아야 할 거예요."

"그러니까…… 가능하지 않다는 얘긴가요?"

"턱도 없어요."

원 스트라이크.

포는 도일이 방금 한 말을 받으며 자기가 주의를 집중하고 있었다는 것 또한 보여주었다.

"골수 이식을 하면 어떻게 되죠? 그러면 그 사람의 혈액을 바꿀 수 있나요?"

"당신이 얘기하는 건 키메라예요. DNA가 두 가지인 사람."

"그래요?"

"그래요. 옛날에 종양학 분야에서, 가령 어떤 유형의 백혈병 때문에 환자의 골수가 전부 파괴되어버렸어요. 그래서 기증자의 골수로 완전히 대체했죠. 이론적으로는 그렇게 하면 어떤 사람의 혈액에 있는 DNA를 바꿀 수 있어요. 그래도 그 사람의 다른 부분에 있는 DNA는 바꿀 수 없죠. 그 사람 몸의 다른 세포는 모두 원래의 DNA를 담고 있을 거예요."

포의 눈이 가늘어졌다. 뭔가 접근하고 있는 것인가?

도일이 그의 의욕을 꺾으면서 밀했다.

"하지만 요즘에는 종양학자들이 환자의 골수를 다 파괴할 필요가 없어요. 따라서 키메라는 자기 DNA와 타인의 DNA가 혼합되어 있는 사람을 가리키죠."

투 스트라이크.

"그러니까 이 여자 몸에 엘리자베스 키튼의 혈액이 있을 수 있는 유일한 가능성은 그 여자가 엘리자베스 키튼인 것밖에 없다는 이야기인가요?"

도일이 어깨를 으쓱했다.

"아니라고는 절대 말하지 않겠어요. 살아 있는 기증자를 제공해주고 감시하지 않는 조건이라면, 검사를 속일 수 있을지도 모르죠. 하지만 연구실 환경에서만 가능해요."

포가 한숨을 쉬었다.

"그리고 문제가 하나 더 있어요. 재러드 키튼이 이용할 수 있는 유일한 살아 있는 기증자는 자기 딸일 텐데……."

"……딸이 이미 그의 곁에 있다면 뭣 하러 이런 소동을 벌이겠냐는 거죠?"

"바로 그거죠."

두 사람은 침묵에 빠져들었다.

결국 도일이 침묵을 깼고, 도일은 그 어느 때보다 날카로운 모습을 보여주었다.

"여기 사실 얘기 나누러 온 거 아니죠, 포? 이런 얘기는 전부 전화로 할 수도 있었잖아요. 말해봐요. 진짜 필요한 게 뭐죠?"

포는 가방에 손을 뻗어 두 가지를 꺼냈다. 그것들을 도일의 책상에 올려놓았다.

"첫 번째 것은 엘리자베스 키튼의 DNA 보고서예요. 처음 수사에서 나온 거죠. 세 군데 출처에서 얻었고, 그게 그 여자 거라는 걸 나는 100퍼센트 확신해요."

"두 번째는요?"

"두 번째 것은 한 일주일 전에 펜리스 경찰서에서 채취한 혈액의 일부예요. 컴브리아 경찰이 이용하는 연구소에서는 그게 엘리자베스 키튼 것과 동일하다고 했죠."

"그런데 나한테 이걸로 뭘 하라는 거죠?"

"블라인드 테스트를 해줬으면 해요. 뉴캐슬 연구소에서 NHS National Health Service* 외의 일도 하는 거 알아요. 난 당신 연구실에서 이걸 검사해주면 좋겠어요. 증거물 봉투에 이름은 없고, 당신만 아는 일련번호가 붙어 있어요. 완전히 익명인 거죠."

"내가 왜 그래야 하죠, 포?"

도일이 나직하고 허스키한 목소리로 대답했다.

포는 전날 밤 갬블이 그에게 한 말을 도일에게 했다.

"그게 엘리자베스 키튼의 피라고 당신이 확신하기 전에는, 에스텔, 나도 그게 엘리자베스 키튼의 피라고 확신하지 않을 테니까요."

• 영국의 국민보건서비스.

15

포는 컴브리아로 돌아가는 길에 갬블에게 전화해 도일이 DNA 검사를 신속하게 해주겠다고 동의했다는 것을 전했다.

갬블이 물었다.

"3시까지 칼튼 홀에 돌아올 수 있겠나? 전략 회의가 있어서. 관계자들을 만날 기회가 될 걸세."

포는 시계를 확인했다. 막 정오가 지난 시각이었다. 그는 뭔가 먹어야 했고 또다시 칼튼 홀의 매점을 이용하는 건 내키지 않았다. 다행히도 A69 도로는 동서를 가로지르는 주요 도로 중 하나로 그가 잠깐 들러서 간단하게 먹을 만한 곳이 잔뜩 있었다. 헥섬에는 좋은 튀김 음식점이 있었고, 그는 튀긴 소시지를 먹은 뒤 얼어버릴 듯 차가운 스프라이트로 내려보내고 싶었다.

"가겠습니다."

사전 회의, 그러니까 선임이 입 다물라고 하기 전까지 경관들이 한창 루머를 퍼뜨리는 와중에 포가 회의실 A로 들어갔다. 아무도 그에게 신경 쓰지 않았다. 양복 차림이어서 누구인지 알아보기가 어려웠을 터였다.

포는 커피 주전자로 가서 컵에 커피를 따랐다. 그걸 회의 탁자로 가져가 모르는 여자 옆에 앉았다. 여자는 예의 바르게 웃더니 방금 전까지 대화 중이던 사람에게 고개를 돌렸다.

"아, 저기. 국가혼돈수사국* 아닌가."

누군가 말했다.

회의실이 바로 잠잠해졌다. 모두가 빤히 쳐다보는 가운데 포는 커피를 한 모금 홀짝였다. 그는 차분하게 커피를 접시에 내려놓은 뒤 말한 사람을 응시했다. 그는 땅딸막한 남자로 눈꺼풀이 처지고 팔뚝이 투실투실했다.

리그가 그의 옆에 앉아 있었다. 키가 큰 리그는 부끄러운 표정을 지을 정도의 품위는 갖추고 있었다.

"당최 여기서 뭘 하는 건가, 포? 짐 싸러 간 줄 알았는데."

땅딸한 남자가 말했다.

포는 음료를 천천히 다 마시고 말했다.

"누구시죠?"

"염병할 대답이나 하라고, 포! 이건 컴브리아 문제야. 내 회의실에서 당최 뭘 하는 거냐니까?"

"*자네* 회의실이라고 했나, 워들 경감?"

갬블이 말했다. 그는 땅딸한 남자 모르게 회의실로 조용히 들어왔다.

• 국가범죄수사국 National Crime Agency을 National Chaos Agency로 바꾸어 말한 것.

"그리고 이건 자네와 아무 상관도 없는 일이지만, 포 경사는 내가 불러서 온 거네."

"이유를 여쭤도 되겠습니까, 경정님?"

워들이 단조롭고 짜증 난 목소리로 말했다.

"아니, 안 돼."

창백하던 워들의 얼굴이 시뻘게졌다.

갬블이 포를 보았다.

"워들 경감은 간부 양성 프로그램으로 들어온 사람 중 한 명이네, 포 경사. 다른 사람들 중에도 같은 계급에 오른 사람이 있다는 걸 종종 잊어버리지."

워들이 인상을 찌푸렸다. 그는 사람들이 자신을 제복 순경으로 근무한 경험 없이 곧바로 간부로 발탁되었기 때문이 아니라, 능력을 인정받아 경감이 되었다고 생각해주기를 바라는 게 분명했다. 이들은 가망이 없을 만큼 준비가 덜 된 사람들로 악명이 높았다―포는 그들 중 좋은 경관을 만나본 적이 없었다. 공개적으로 이런 말을 하면서, 갬블은 포에게 뒤를 조심하라고 언질을 준 것이었다.

"포 경사랑 악수하게, 워들 경감."

갬블이 말했다. 논쟁을 허락하지 않는 어조였다.

워들은 마지못해 포에게 손을 내밀었다. 포는 잠깐 손을 흔들었다. 물고기처럼 축축했다. 모두가 보는 가운데 포는 바지에 손을 닦았다.

갬블이 말했다.

"좋아. 다들 아주 사이좋게 지낼 것 같군. 자, 업무로 들어가보지.

예상한 대로 재러드 키튼의 법률 팀이 그의 사건을 형사사건재심위원회에 넘겼네."

포는 위가 뒤집어졌다. 형사사건재심위원회는 오심이 의심될 경우 사건을 재수사할 권한이 있는 독립 단체로, 유죄 판결을 기각할 권한은 없지만 그들이 사건을 항소법원에 돌려보내면 법원에서는 그것을 심리해야 할 의무가 있었다.

"그건 불가합니다. 형사사건재심위원회는 항소에서 패한 사건만 받아들입니다. 키튼은 아직 항소한 적이 없습니다."

리그가 말했다.

"예외적인 상황을 주장하면 할 수 있습니다."

포가 말했다.

갬블이 끄덕였다.

"그들이 한 게 바로 그거네. 그들이 제출한 의뢰서에 따르면 살인 피해자가 살아 있다고 명확하게 입증되었기 때문에 예외적인 상황이 정당화된다고 되어 있네. 방금 형사사건재심위원회 사례 분석가와 통화했는데 그쪽에서 받아들였다고 하더군. 자기들도 직접 확인해볼 거라고 하지만, 즉시 항소히는 쪽으로 넘기는 것 외에 달리 무슨 결과가 나올지 모르겠군."

포가 끄덕였다. 형사사건재심위원회로서는 달리 방법이 없었다.

"지금으로는 검찰 쪽에서 항소 심리에 반박할 증거를 제시하지 않을 것 같네."

갬블이 방금 한 말을 형사들이 소화하도록 잠시 멈췄다. 그가 시선을 들어 포와 눈을 마주쳤다.

"위원회 사례 분석가 말로는 키튼의 신청을 긴급 건으로 취급하고 있다고 했으니 보름 안에 처리될 거라고 내다볼 수 있겠군. 검찰에서 항의하지 않으면 항소법원에서 그다음 주에 심리할 거야."

리그와 포가 서로 흘끗 쳐다봤다. 리그가 고개를 끄덕였다. 포도 끄덕였다.

"자, 알아들었겠지, 신사 숙녀 제군들. 짧게는 3주 뒤 재러드 키튼은 자유의 몸이 된다네."

16

포는 3주가 낙관적인 전망이라고 보았다. 키튼의 법률 팀은 '판사실 재판'으로 가자고 할 것이 거의 확실했다. 이는 판사가 공판이 아니라 판사실에서 판결을 내리는 보석 신청을 말한다.

키튼은 며칠 뒤면 벌리스 앤드 슬로의 패스pass* 뒤로 돌아갈 수 있을 터였다.

포는 그 전에 해야 할 일이 많았다. 앨스턴 도서관에 있었던 그 경찰과 이야기해보고 싶었다. 경찰들은 이따금 추후 멍청해 보일까 봐 뭔가를 말하지 않고 넘어가는 경우가 있었다. 포는 문제 해결자 앨솝이 혹시 보고서에 적지 않은 게 있는지 확인해야 했다. 또 경찰법의관도 만나볼 작정이었다. 법의관은 그 여자가 인도되어 경찰서로 왔을 때부터 대기 중이던 사람이었는데, 포는 법의관의 의학적 소견을 직접 들어보고 싶었다. 또 혈액 샘플을 배송 업체에 넘긴 담당자와도 이야기해보고, 필요하다면 연구소에 찾아가 담당 과학자와 샘플을

- 플레이팅을 마친 접시를 웨이터가 가져가도록 놓아두는 곳. 음식을 최종적으로 점검하는 공간이다.

다룬 다른 사람들과도 이야기해볼 생각이었다.

증거물 연계성에 관련된 모든 사람을 만나 철저하게 스트레스 테스트를 할 필요가 있었다.

그러나 먼저 집으로 가야 했다. 하루가 저물어가고 있었고 해야 할 일이 있었다.

스코틀랜드의 벽지를 제외하면 허드윅 농장은 영국 본섬 내에서는 가장 외딴 장소였다. 그곳은 섐 펠의 오래된 무어에 있어서, 실제로 거기까지 차를 몰고 갈 수는 없었다. 그의 집과 가장 가까운 이웃은—한때 독일군의 포로수용소 캠프로 사용되었던 호텔—3킬로미터가 넘게 떨어져 있었고 그는 차를 거기 주차해도 좋다고 호텔 측과 이야기가 되어 있었다. 평소 같으면 그의 사륜 바이크가—거친 지형을 운행할 수 있을 만큼 튼튼하고 유일한 운송 수단이—호텔 주차장에서 그를 기다리고 있었을 테지만, 그는 몇 주 동안 집을 비우는데 그동안 바이크를 맡아달라고 호텔에 요구하고 싶지는 않았다. 사륜 바이크는 허드윅 농장에 세워놓았다.

그는 걸어가야 했다.

보통 걷는 건 문제가 아니라 도리어 즐거운 일이었으나 먼저 먹을 것을 좀 사야 했다. 농장의 전기는 발전기에 의지했고 한동안 멀리 나가 있을 때면 포는 모든 걸 꺼놓고 갔다. 쉽게 상하는 음식을 두고 가면 썩을 터였기에, 포는 떠나기 전에 늘 냉장고를 비워두었다—대개는 에드거의 입에 넣어서.

고기, 다양한 뿌리채소와 기타 필요한 것들을 여러 봉투에 담아 들고 무어를 3킬로미터 이상 걸어가는 건 팔이 빠질 듯한 무게를 견디는 행군이었고, 허드윅 농장에―땅 위에 지었다기보다는 땅에서 솟아오른 것처럼 보이는 못생긴 건물―도착했을 무렵 그는 땀으로 흠뻑 젖어버렸다. 그는 바깥에 놓인 탁자에 식료품 봉투를 털썩 내려놓고 5분 동안 근육을 풀어줘야 했다. 그 뒤에 그는 문을 열고 안으로 들어갔다.

집에 왔다. 마침내.

황혼이 내렸는데도 허드윅 농장 안의 공기는 정체되어 있고 뜨거웠다. 아무도 건드리지 않은 먼지 막이 모든 것을 뒤덮고 있었다. 포는 덧문들을 열고 저녁 공기가 통하게 했다. 청소는 내일 할 생각이었다.

따뜻해진 스펀 골드 맥주 한 병을 벌컥벌컥 마신 뒤, 포는 낡은 반바지를 입고 발전기와 씨름했다. 얼마 안 가서 그는 발전기를 전부 분해했다. 마개 중 하나가 부식되려는 기미를 보였다. 몇 주 정도는 새지 않겠지만, 그는 부품을 준비해둔 터라서 교체할 수 있었다. 필터도 바꿔야 했지만 그건 늘 하는 일이었다. 그는 일하면서 웃었다. 2년 전에는 불안정한 탁자 다리 밑에 종이를 접어서 끼워 넣는 게 그가 쓸 수 있는 기술의 전부였다. 자기 팔꿈치를 핥을 수 없는 것과 마찬가지로 그때 그는 발전기를 고칠 수 없었다. 이제 그는 자기가 뭘 하는지 생각할 필요도 없었다.

발전기를 다시 조립한 뒤 그는 점화 버튼을 눌렀다. 한 번에 불이 붙었다. 그는 브래드쇼가 사준 DAB Digital Audio Broadcasting* 라디오를 켰다. 곧 뉴스가 시작될 테고, 다른 사람들과 마찬가지로 그도 폭풍 웬디가 어떤 상황인지 알고 싶었다. 그는 뉴스를 들으면서 냉장고를 다시 채웠다. 새로운 정보는 없었다. 폭풍 웬디는 다가오고 있었지만 정확히 언제 올지는 아무도 몰랐다. 포는 BBC 라디오6 음악 채널을 틀었다. 그 채널의 선곡은 짬뽕이었지만—펑크부터 몽골의 전통 배음 창법 노래까지—포는 종종 마음에 드는 곡을 찾을 수 있었다.

전기가 들어오자 포는 물 펌프로 갔다. 허드윅 농장의 유일한 현실 문제는 깨끗한 물이었지만 그는 운이 좋았다. 그가 우물을 파달라고 의뢰한 업체에서 단번에 물을 발견했던 것이다. 그렇게 깊은 데서 찾은 것도 아니어서 그걸 길어 올리는 데 비싼 펌프도 필요하지 않았다. 포는 펌프의 모터를 살펴보았다. 몇 번 손으로 돌려보고 당장 고쳐야 할 문제는 없다는 걸 알았다. 그는 발전기에 전선을 연결하고 펌프를 작동시켰다. 얼마 안 가서 물이 나왔다.

마지막으로 그는 화목 난로에 불을 지폈다. 따뜻하고 훈훈한 저녁 날이었지만 물을 데우려면 그게 필요했다. 그리고 포는 샤워를 해야 했다.

---

* 디지털로 라디오(오디오) 방송을 들을 수 있게 해주는 기술을 칭한다.

에드거는 이튿날 데리러 가기로 했다. 두 시간 뒤 포는 샙 웰스 호텔 바에 앉아 파이와 맥주를 즐겼다. 노트북을 가지고 간 터라 다 먹은 뒤 브래드쇼에게 진행 상황을 이메일로 보냈다.

브래드쇼는 곧바로 답장했다.

좋은 소식이 아니었다. 재러드 키튼의 법률 팀이 이미 판사실 재판 보석을 신청했다는 내용이었다. 브래드쇼가 링크를 보내주었다. 포는 그걸 읽었다. '무능력한' '수사 문제' '전대미문의 오심' 등의 문구가 서로 같은 뜻처럼, 정확성 따위 상관없다는 듯 사용되었다. 선정적이었으나 원래 그런 것이었다. 메시지는 명확했다—우리가 너희를 막다른 골목으로 몰았으니, 협조하지 않으면 언론에 까발리겠다. 포의 생각이 맞았다. 갬블이 본 3주라는 시간은 너무 낙관적이었다. 이제 몇 주가 아니라 며칠밖에 안 남았다.

브래드쇼는 수신 확인 표시가 되는 이메일을 사용했는지 그가 메일을 읽은 지 10분 뒤에 다시 메일을 보내왔다. 괜찮아요, 포?

포는 키 하나하나가 어디 있는지 찾아가면서 답장을 썼다. 그는 단어를 주의해서 골랐다—안 그러면 그가 여기 오래 머무르는 만큼 브래드쇼가 걱정할 테니. 브래드쇼는 현장에 딱 한 번 나갔는데 그때 결국 그의 목숨을 구해주었다. 그가 혼자 다니거나 연락이 닿지 않으면 브래드쇼는 걱정했다. 포는 짜증스럽기는 하지만 예상한 대로라고 쓰기로 했다. 그가 송신을 누르자마자 그의 블랙베리 전화기가 울렸다. 모르는 번호였다.

"워싱턴 포 경사님이신가요?"

남자 목소리였다. 음역대가 높고 중성적인 스코틀랜드 말씨였다.
"접니다."
"포 씨, 저는 그레이엄 스미스입니다. 저널리스트인데, 새로 드러난 증거에 관해 한말씀 해주실 수 있을까 하는데요?"
포는 입을 열지 않았다.
"6년 전에 일을 대판 그르치셨다는 게 사실입니까, 포 씨?"
"꺼져."
그는 핸드폰을 테이블에 내던졌다. 핸드폰이 달그락거리며 반쯤 빈 맥주잔에 빠져버렸다.
젠장. 그쪽에서는 벌써 언론에 누설했는데 그는 아직 수사에 발가락도 담그지 못하고 있었다.
그는 스미스가 자기 번호를 어떻게 알았을지 궁금했다.

여 섯 째 날

17

갬블은 문제 해결자 앨솝이 아침 8시에 켄들 경찰서에 와 있도록 준비해두었다. 그곳은 허드윅 농장에서 가장 가까운 경찰서였고, 포는 지난번 그곳에 갔을 때 꺼져버리라는 소리를 들었다. 그가 일으킨 소동과 오랫동안 이어진 적대감이 만들어낸 결과였다—그가 컴브리아 경찰로 일하던 때 남긴 유산이었다.

이번이라고 딱히 나을 건 없었다. 일주일 전이었으면 그는 환영받았을지도 몰랐다. 이멀레이션 맨에 관한 진실이 알려지도록 한 사람이 그였으니까. 경찰에 있는 모든 남자와 여자, 개까지 반긴 진실이.

하지만 정치에서 일주일이 긴 시간이라면, 컴브리아에서는 특히 더 그랬다. 키튼 사건을 잘못 수사한 일로 대놓고 그를 비난하는 사람은 없었지만 그가 그렇게 냉담한 대접을 받는 이유는 명확했다. 결국 단 한 사람이 공식 노선을 벗어나 그에게 커피를 타주었다.

앨솝은 몇 분 뒤에 도착했다.

포는 한눈에 그가 마음에 들었다. 그는 믿을 만하고 기본에 충실한 경찰이었다. 무뚝뚝하고, 무슨 일이든 할 준비가 되어 있었다. 포는 그에게 당시 공식 문서에 적을 만큼 중요하지는 않다고 판단했던 것이 혹시 있는지, 아무리 사소한 것이어도 좋으니 말해달라고 했다.

포가 굳이 물어볼 필요도 없었다. 앨솝은 베테랑이었고 자기가 중요하지 않다고 생각했다고 해서 다른 사람도 그렇게 생각하지는 않는다는 걸 알 만큼 현명했다. 그는 메모장을 딱 한 번 확인하며 그날 오전 일을 다시 이야기했으나, 포가 알지 못하는 내용을 말해주지는 않았다.

포는 그에게 국가범죄수사국 명함을 주며 와줘서 고맙다고 말했다.

그는 엘리자베스라고 자칭한 여자와 대화해본 순서대로 사람들을 만나볼 계획이었다. 다음은 경찰법의관이었다.

예전에는 경찰 공의라고 불리던 경찰법의관은 100년도 넘게 경찰 조직의 일부분으로 일했다. 그들의 역할은 여러 가지지만 가장 흔한 호출 사유는 사망을 진단하는 일, 경찰이 보호하는 부상자들을 검사하고 보살피는 일, 술 취한 운전자들의 혈액 샘플을 채취하는 일이다. 경찰법의관이 받는 훈련은 광범위하다. 여기에는 법의학, 경찰 및 형사 증거법, 동의와 비밀 유지 조항, 법정과 검시관에게 증거를 제시하는 방법 따위가 들어간다.

이것은 전문적인 역할이었고 컴브리아 경찰은 다른 소규모 경찰청들과 마찬가지로 몇몇 경찰법의관을 프리랜서로 고용했다. 그래서 포는 펄리시티 제이크먼을 만나기 위해 경찰서 대신 컴브리아 카운티 남쪽 끝 울버스턴에 있는 그녀의 병원까지 가야 했다.

포는 울버스턴이 좋았다. 그곳은 스탠 로럴 Stan Laurel*의 고향이었고, 컴브리아에서 일컫는 축제의 고장이었다. 성대한 먹을거리 행사부터 기이한 포크 콘서트까지, 사람들은 멀리서 이곳을 찾아왔다. 울버스턴은 세계에서 가장 짧고 가장 넓고 가장 깊은 운하가 있는 것으로 유명하고, 오래된 건물이 헤아릴 수 없이 많으며, 구불구불 꺾인 돌길이 미궁처럼 얽혀 있다.

펄리시티 제이크먼은 현직 의사로 일하는 여덟 명 중 한 사람이었다. 포는 가겠다고 미리 연락한 뒤 그날 오전 진료가 끝나고 만나기로 약속했다. 제이크먼은 긴급한 가정 방문 건만 없으면 정오 무렵에는 시간이 날 거라고 했다.

포는 한 시간쯤 일찍 도착해 가까운 카페에서 커피를 한 잔 샀다. 카페에 들어서자마자 계피와 따뜻한 캐러멜, 갓 구운 쿠키 냄새가 콧속을 파고들었다. 위장에서 꾸르륵 소리가 났으나 그는 유혹을 뿌리쳤다. 그는 창가 쪽 자리를 발견하고 옛날풍 레이스 앞치마를 입은 10대에게 아메리카노를 주문했다. 커피는 본차이나 잔에 나왔는데 맛이 좋았다. 그는 쏟아진 물 자국을 따라 원을 빙글빙글 그리며, 울버스턴이 평소처럼 흘러가는 걸 멍하니 지켜보았다.

포는 자기가 아는 걸 짚어보았다. 그래봐야 별게 없었고 결국은 그

• 영국의 코미디언. 무성영화 시대에 올리버 하디와 함께 '로럴과 하디'라는 이름으로 코미디 영화에 출연해 인기를 끌었다. 둘을 한국식으로 부르면 '뚱뚱이와 홀쭉이' 정도 될 것 같다. 스탠이 홀쭉이 쪽이다.

가 에스텔 도일에게 맡긴 혈액 샘플에 모든 게 달려 있었다. 도일의 연구실에서도 컴브리아에서 나온 것과 같은 결과가 나온다면 게임은 끝이었다. 그렇다면 재러드 키튼은 딸을 죽인 게 아니었다. 포는 그에게 직접 사과할 작정이었다.

문에 달린 종이 땡그랑 소리를 내자 포의 시선이 오렌지색과 밤색으로 가득해졌다. 세계적으로 저명한 명상 센터인, 그곳의 불교 사원에 있는 여승들이 일찌감치 점심을 먹으러 온 것이었다. 컴브리아의 다른 동네에서는 머리를 민 여자들이 밝은색 로브를 입고 있으면 의심스럽게 쳐다봤을 테지만, 울버스턴은 불교 수도승들이 정착한 지 오래되어 마을의 멋을 더해주는 일부분이었다.

불교는 평화로운 종교인 듯했다. 포는 '선'의 정의가 뭔지 몰랐지만, 허드윅 농장에서 텔레비전도 없이 자연과 대지와 그 어느 때보다 조화를 이루면서 지내다 보니 거기에 가까워진 게 틀림없다고 생각한 적이 몇 번 있었다.

여승 중 한 명이 그가 쳐다보는 걸 알아챘다. 여승이 웃어 보였다. 그도 마주 웃었다. 그는 시계를 흘끔 보았다. 10분 안에 필리시티 제이크먼의 외과 병원에 가야 했다. 그는 커피 찌꺼기를—시커멓고 걸쭉하고 카페인 알약 프로 플러스 같은—비우고 테이블에 2파운드 동전을 팁으로 남기고 카페를 나섰다.

울버스턴은 번창하는 마을이었고—바로 옆에 있는, 그보다 훨씬 큰 배로-인-퍼니스에 비하면 확실히 그랬다—이러한 특징은 병원

대기실 장식에도 반영되어 있었다. 부드러운 색감, 살아 있는 식물, 최신판 잡지. 플라스틱으로 성형된, 허리가 부러질 것 같은 의자가 아닌 편안한 의자들. 심지어 정수기도 있었다.

포는 접수원에게 자기가 왔다는 것을 알리고 자리에 앉았다. 오전 진료가 거의 끝나가고 있어서 치료받으러 온 환자가 몇 명 안 됐다. 몇 자리 떨어진 곳에 앉은 늙은 여자가 손수건에 대고 힘없이 기침을 했다.

접수원이 불렀다.

"제이크먼 선생님이 뵙자고 하시네요, 포 경사님. 3번 진료실로 가세요. 정수기 바로 옆이에요."

포는 고맙다고 했다.

펄리시티 제이크먼은 편안한 차림으로, 런던의 UCH 병원 로고가 흐릿해진 운동복 상의와 청바지를 입고 있었다. 화장은 가볍게 했고 어깨까지 오는 적갈색 머리는 포니테일로 아래쪽에 묶여 있었다. 제이크먼은 이미 점심식사를 시작한 참이었고, 아시안 샐러드를 한입 가득 문 채로 최대 20분을 줄 수 있다고 포에게 말했다. 그를 만난 것에 별 감흥이 없는 듯했다. 아마도 '전부 포의 잘못' 파에 속한 모양이었다. 포는 자신이 앞으로 그런 대우를 수도 없이 받으리라는 걸 의심하지 않았…….

그곳은 전형적인 지역 보건 병원이었다. 기능에 충실한 가구, 해부도 두어 장, 처방전 출력용 프린터와 컴퓨터, 파란색 시트로 덮인 진

찰대. 책상에는 제이크먼이 캣 벨스Cat Bells*로 올라가는 모습을 찍은 사진이 놓여 있었다. 그 고원의 독특한 형태는 잘못 볼 수가 없었다. 캣 벨스는 케직 가까이에 있었는데 포는 그곳이 싫었다. 비수기에도 인간이 득실득실했다.

포는 책상 옆에 앉았다. 제이크먼은 그가 2주짜리 병결 증명서라도 떼어달라고 한 것처럼 목을 빼고 그를 보았다.

제이크먼은 매력적인 여성으로 아마 에스텔 도일보다 서너 살 많을 듯했으나, 병리학자 그림**은 더는 나빠질 수 없는 환자들을 다루는 반면, 더 나빠질 수 있는 환자들을 다루는 의사인 그녀는 스트레스에 찌들어 보였다. 제이크먼은 의사라면 누구에게나 있는 피로가 얼굴에 아로새겨져 있었죠. 눈가에는 잔주름이 나 있었고 머리카락은 희끗희끗했다.

제이크먼은 먹고 있던 걸 씹어 삼키고는 계속해서 그를 뜯어보았다. 잠시 후 그녀는 어깨를 으쓱하더니 그에게 미묘한 웃음을 지었다. 아마도 그는 적이 아니라고 판단한 모양이었다.

"좀 먹어도 상관없겠죠? 열두 시간 근무하고 나면 포장 음식 메뉴를 거부하기 어려울 때가 있어서, 낮 동안에는 건강에 좋은 걸 믹으려고 하거든요."

―――――

- 컴브리아 레이크 구역에 있는 고원. 주변 풍광이 아름다워 걷기 코스로 많이 찾는다.
- 포가 도일을 재미있게 일컫는 말. 그림 형제의 그림을 가리킨다.

"물론이죠. 닥터 제이크먼, 혹시……."

"플릭이라고 불러주세요. 닥터 제이크먼이라고 하면 전남편이 생각나서요."

포는 별명이라는 걸 좋아한 적이 없었지만—어느 정도는 가까운 사이에서 부르는 말인데 포는 그게 불편했다—그렇다고 싫다고 할 수는 없는 노릇이었다. 그는 의사의 왼손을 흘끗 내려다보았다. 멈출 수가 없었다. 기웃거리는 게 그의 일이었으니. 결혼반지를 끼었던 자국이 보였지만 살색은 다른 손가락과 같았다. 한동안은 안 낀 것 같았다. 적어도 1년은 된 듯했다.

"미안합니다."

그가 반사적으로 대답했다.

제이크먼은 어깨를 으쓱하더니 샐러드 그릇을 내려놓았다.

"고등학교에서 만나는 상대가 '맞는 남자'가 아니라 '틀린 남자'일 때도 있죠."

"그래서 여기로 오신 건가요?"

"나를 조사하셨네요."

눈이 재미있다는 듯 반짝거렸다.

"사실 그건 아닌데, 런던 병원 운동복을 입고 계신 데다 여기 말씨가 아니라서요."

"런던에서 병원 의사로 일했는데 그 사람이랑 갈라선 뒤 변화를 주고 싶었어요. 예전에 휴가로 레이크 지역에 몇 번 와봐서, 그냥 작심하고 여기로 이사한 거죠. 온 지 2년쯤 됐는데 정말 마음에 들어요.

사람들도 좋고 경치도 좋고."

포는 잡담을 더 해도 좋았지만—흥미로운 여자였으니—20분이라는 시간이 이미 흐르고 있다는 걸 알았다.

"엘리자베스가 온 날 얘기를 좀 해주세요."

제이크먼이 팔짱을 끼었다.

"그 아가씨, 고생은 이미 할 만큼 한 거 아닌가요?"

"그렇죠. 제가 거기에 한몫했다는 점은 너무 미안하게 생각하고요. 하지만 지금 제 초점은 그 여자를 잡아간 사람을 잡는 것이거든요."

플릭이 한숨을 쉬었다.

"뭘 알고 싶으신데요?"

"전부 다요."

포가 대답했다.

○ ○ ○

플릭은 그날 아침 10시 반쯤에 호출을 받았다. 플릭은 그 여자가 본인이라고 주장하는 인물의 중요성을 몰랐고, 적어도 처음 조사할 때까지는 거기에 신경 쓰지 않았다. 누구라도, 피해자든, 증인이든, 범죄자든, 경찰이든 똑같은 수준으로 살펴보았을 것이다. 플릭의 일차적인 역할은 의사였으니까.

여자는 병원에 가기를 거부했고, 경찰관들이 한동안 그 여자를 조사할 거라는 점이 분명해 보이자 플릭은 경찰서 내의 진료실에서 여자를 검사했다.

"그 여자는 허약했어요. 영양실조였지만 당장 위험하지는 않았죠. 그리고 최악의 사태에서는 벗어났지만 아편 중독에 시달리고 있었어요. 그 여자의 자해 상처를 경사님도 봤겠지만, 그 여자는 몇 년간 치료해야 할 정도의 심리적인 상처가 있어요."

"새로 난 상처는요?"

플럭이 끄덕였다.

"발목과 손과 얼굴에 자상과 찰과상이 있었어요. 손톱도 두어 개 갈라져 있었고요. 다 숲에서 몸을 보호해줄 것도 없이 뛰어다녔다는 사실과 맞아떨어져요. 내가 가시를 두어 개 뽑고 상처를 처치해줬죠. 점적 장치에 연결해서 식염수도 놓아줬고요."

"그 여자의 이야기를 믿으셨나요?"

"그건 내 일이 아니죠. 난 그저 의사로서 도움을 주러 간 거였으니까요."

"왜 혈액을 채취하셨죠?"

"면봉을 쓰지 않고 말인가요?"

포가 끄덕였다.

"그게 제일 충격을 적게 줄 거라고 담당 경관이랑 합의가 됐거든요."

"그 여자가 임신 중이었는지 확인하는 데 말인가요?"

이는 리그가 그에게 해준 말이었다.

"맞아요. 혈액 검사는 99퍼센트 정확하고, 수정 이후 7일밖에 안 되었을 때도 임신 호르몬 hCG human Chorionic Gonadotropin*을 검출할 수 있어요."

"하지만 그 여자는 임신 중이 아니었죠?"

"맞아요."

"성병도 없었고, 헤로인 정맥 주사와 연관된 바이러스도 없었고요?"

플릭이 고개를 저었다.

"그래요."

"증거물 봉투에 이상한 점은 없었나요?"

"그 일이 얼마나 중요한지 모르는 사람은 그 자리에 없었어요, 포경사님. 테이프를 보셨겠죠? 증거물 연계성에는 의혹의 여지가 없었어요. 법정에 서서 말한대도 그렇다고 할 거예요."

"그 여자는 왜 병원에 가고 싶어 하지 않은 건가요? 아니면 성범죄 위탁 센터는요?"

"둘 다 딱 잘라서 거절하더군요. 나중에 나더러 그냥 혼자 있고 싶다고 했어요. 아빠가 풀려나기 전까지는 레스토랑에도 가고 싶지 않다면서. 그때까지 버틴 이유는 경찰이 필요로 하는 걸 다 해주기 위해서였다고요."

• 인간 융모성 생식선 자극 호르몬은 임신 조기 진단에 주로 사용하는 호르몬으로 수정된 후 태반이 형성되어야 분비된다.

"혈액에서 아편 성분도 검사하라고 요청하셨나요?"

"그랬죠. 무의미할 거라고는 생각했지만요."

"왜죠?"

"헤로인은 몸에 몇 시간밖에 남아 있지 않아요. 엘리자베스는 나흘 동안 아무것도 공급받지 않은 상태에서 탈출했고, 검사 결과도 음성이었어요. 모든 검사가 음성이었죠. 그 여자는 임신하지 않았고, 감염된 것도 없었고, 약물도 검출되지 않았어요."

포는 에스텔 도일에게 연락해야겠다고 머릿속으로 메모했다. 모든 것을 다시 검사해보고 싶었다. 플릭이 맞다는 걸 의심하지는 않았고, 다시 검사해도 처음과 같은 결과가 나오리라 확신했지만, 그래도 모든 측면을 확인해두고 싶었다.

그는 몇 가지 질문을 더 던졌지만 파일에 없는 건 아무것도 알아내지 못했다. 포는 플릭에게 고맙다고 말하고 자기 명함을 주었다. 그가 문으로 갔을 즈음, 플릭은 인터콤을 눌러 다음 환자를 불렀다.

이제까지 포는 경찰이 바쁜 직업이라고 생각했는데……

18

포는 렌터카로 돌아가면서 에스텔 도일에게 전화했다. 도일은 벨이 네 번째로 울렸을 때 받았다.

"산 사람도 이렇게 빨리 DNA 프로필을 받을 수는 없어요, 포. 다 되면 전화할게요. 그래도 오늘은 안 돼요."

"그것 때문에 전화한 게 아니에요. 혹시 혈액 다 썼어요?"

"당연히 아니죠."

"그러면 다른 것도 좀 검사해줄 수 있을까요?"

"컴브리아 쪽에서 기꺼이 비용을 지불하려고 하나요?"

"좋은 지적이네요. 국가범죄수사국에 직접 청구할 수 있어요? 청구서에 스테퍼니 플린 경위 이름을 적으면, 어디로 보낼지 이메일로 알려드리죠."

"필요한 게 뭐예요?"

포는 플릭 제이크먼이 요청한 것과 같은 검사를 읊었다.

"성병 검사, 임신 검사, 약물 검사. 그게 전부예요?"

도일이 따라서 말했다.

"선택의 폭은요?"

"비싼 거 아니면 아주 비싼 거요."

"아주 비싼 건 뭐죠?"

"액체 크로마토그래피 질량 분석법이에요."

포는 항상 뭔가가 '어떻게 작동하는지 알아야 하는' 유형이 아니라 '뭘 할 수 있는지 알아야 하는' 유형이었고, 어쨌든 간에 도일이 자기를 짜증나게 하려고 고의로 과학적인 단어를 쓰는 것이겠거니 했다. 그는 이렇게 말했다.

"그거 좋은 거 맞죠?"

"최고죠. 샘플에 있는 모든 화학물질을 분석하니까요."

"비용은요?"

도일이 말했다. 포는 찡그렸다. 엄청난 금액이었다. 플린에게 전달해야 할 터였다―중범죄분석섹션 경사에게는 그런 큰 금액을 승인할 권한이 없었다. 하지만…… 플린은 안 된다고 할 게 거의 확실했다. 알 게 뭐람. 청구서가 플린 책상에 도착하면 포는 컴브리아 경찰쪽과 뭔가 오해가 있었던 것처럼 얼버무릴 작정이었다.

"그걸로 해줘요."

그가 말했다.

"확실해요?"

"아뇨. 그래도 해줘요."

"어쩌려는 거예요, 포?"

"지푸라기라도 붙잡는 거예요, 에스텔. 지푸라기 잡기요."

포는 갬블에게 전화해서 다음으로 필요한 것을 말했다. 혈액 샘플을 배송 업체에 넘긴 경찰관의 이름. 갬블은 그 경찰을 켄들 경찰서로 보내겠다고 했다. 포는 갬블의 제안이 고마웠지만, 펜리스에 있는 배송 업체와도 이야기해볼 계획이었기에 그냥 본부에서 만나기로 했다.

포는 M6 고속도로로 길을 찾아 갔다. 마침내 고속도로에 올라탔을 때 포는 자기가 집에 없는 동안 에드거를 살펴봐주는 이웃 농부 토머스 흄에게 전화했다. 그날 오후에 에드거를 데리러 갈 작정이었다.

웬 여성이 전화를 받았는데, 그런 일은 처음이었다. 흄은 성마른 고원 농부였고 포는 그도 자기처럼 수도승 같은 생활을 하리라고 짐작했다.

"토머스와 통화할 수 있을까요?"

"누구시죠?"

포가 말했다. 잠시 침묵이 흘렀다. 이윽고 여성이 말했다.

"무슨 일인지 여쭤봐도 될까요?"

"제 개를 데리러 가고 싶어서요. 제가 집에 없을 때 토머스가 에드거를 돌봐주거든요."

"아, 그렇죠. 네, 괜찮아요. 5시 이후면 아무 때나 괜찮은데요?"

"5시 이후 좋습니다."

포는 전화를 끊었다. 이상했다. 포가 자기 이름을 말했을 때 그 여자는 뭔가 걱정스러운 목소리였다. 그런데 그가 개를 데려 오고 싶은 것뿐이라고 하자 안심하는 듯했다. 그는 그 문제를 마음 한편으로 치워버렸다―더 중요한 일들이 있었다.

증거물 보관실 담당 경관은 존 랭리라고 했다. 그는 뚱뚱하고 안짱다리인 남자였다. 그가 자리에서 일어나는 모습을 지켜보는 건 지렛대를 이용한 시소 운동을 목격하는 것 같았다. 그는 강화 의자에 앉은 채 앞뒤로 몸을 흔들다가 운동량이 충분해지자 의자에서 일어났다. 절뚝거리며 문으로 다가와 포를 안으로 들였다.

"오래된 럭비 부상이죠."

그가 말했다.

포는 그 말이 의심쩍었다. 인간의 무릎은 기본적으로 무게를 지탱하는 경첩인데 랭리는 상당한 무게를 짊어지고 다녔다. 갬블은 그가 무릎이 회복될 때까지 제한된 업무만 담당하거나, 그도 아니면 해고될 거라고 했다. 그는 증거물 보관실에서 1년 넘게 근무했고 맡은 일을 잘 알았다. 아니나 다를까, 그는 질문 받는 걸 불쾌해했다.

포는 상관하지 않았다. 혈액이 배송 업체에 전달되는 과정은 증거물 연계성을 구성하는 하나의 고리였다. 그는 그걸 시험하고 있었고, 그러느라 누구를 짜증 나게 하든 신경 쓰지 않았다.

"엘리자베스 키튼 말입니다. 그 여자 혈액을 배송 업체에 넘기기 위해 포장한 게 그쪽입니까?"

랭리는 대답하지 않았다.

포는 기다렸다.

랭리가 굴복했다.

"확인해봐야 하는데요."

"부탁드리죠."

랭리는 잠자고 있는 컴퓨터로 발을 끌며 다가가 마우스를 건드렸다. 화면이 확 밝아졌다. 기적적으로, 보려던 페이지가 이미 펼쳐져 있었다.

조심해야겠군, 포가 생각했다. 랭리는 포가 자기를 만나러 온다는 것을 알고 아마도 걱정하고 있던 모양이었다.

"맞아요, 나였네요."

그는 그 페이지를 인쇄해서 포에게 건넸다. 포는 자기 메모장에 있는 일련번호와 대조해보았다. 일치했다.

"과정을 차근차근 이야기해주시죠. 처음부터 끝까지, 하나도 빠뜨리지 말고."

랭리가 키보드를 치기 시작했다. 한동안 포는 손가락 하나짜리 타이피스트가 딸깍거리는 소리를 견뎌야 했다. 이윽고 생물학적 법과학 증거물을 다루는 방법, 포장하는 방법, 라벨을 붙이는 방법, 운송하는 방법을 다룬 정책에 관한 페이지가 화면에 떴다.

랭리는 30분 동안 단계별로 포에게 설명했다.

샘플을 연구소로 보내야 할 때는 권한이 있는 수사관이—이 경우 리그 형사가—명령을 내렸다. 랭리는 배송 업체에 이메일을 보내 물품 전달 시간을 정했다. 또 연구소에 이메일을 보내 해야 할 일과 일련번호를 알렸다. 배송 업체가 오기 15분 전에 그는 CSI 보관실에서 서명하고 혈액 샘플을 받았다. 그런 다음 그걸 증거물 보관실로 가지고 와서, 다른 직원에게 일련번호가 맞는지 증거물 봉투가 훼손되지 않았는지 확인 후 서명하게 했다. 생물학적 물질을 보내는 상황이기 때문에 랭리는 증거물 봉투를 2차 포장재에 넣었다—연구소에서 제공하는 것으로, 방수가 되는 투명한 플라스틱 봉투였다. 이것을 봉한 다음 생물학적 위험 문구를 붙였다.

배송 업체가 도착하자, 배송 기사는 일련번호를 확인하고 랭리가 증거물을 폴리스티렌 상자에 넣는 것을 지켜보았다. 이것을 봉인한 뒤 모든 면에 생물학적 위험 문구를 붙였다. 기사는 물건을 받았다고 서명하고 그걸 가지고 갔다.

랭리가 말을 끝내자 포가 말했다.

"좋습니다. 이제 *원래* 어떻게 해야 하는지를 말해주셨으니, *실제로* 어떻게 됐는지도 얘기해주시면 좋겠는데요?"

그것은 공격적인 발언이었고 상대도 그렇게 받아들였다.

랭리가 으르렁대듯 말했다.

"방금 한 얘기는 못 들은 걸로 하겠어, 애송이."

포는 반응하지 않았다.

"내가 일하는 곳은 증거물 보관실이다, 머저리야. 위를 좀 보라고."

포는 위를 보았다. 카메라가 3대였다. 창구 바로 위에 있는 것까지 합해서.

"이제 저길 봐라."

랭리가 멀리 있는 쪽 벽을 가리켰다.

거기도 카메라가 있었다.

"니미, 자기가 망쳐놓고 증거물 보관실을 탓하려던 경찰이 네놈뿐인 건 아니야. 이 테이프는 5년간 보관되고, 갬블 경정은 문제가 되는 시간대를 네놈이 볼 수 있게 해줬지. 여기는 라스베이거스의 카지노 같은 곳이다. 모든 거래가 카메라의 감시 아래서 진행되지. 망친 게 있으면 여기서 일어난 일은 아니라는 말이다."

포는 사과했다. 컴브리아는 직무를 잘 수행하는 경찰 조직이었다―주요 증거물 보관실에 멍청이를 앉혀놓을 리가 없었다.

랭리가 다른 화면을 띄우고 뒤로 기대앉을 때 포는 혈액 샘플을 배송 업체 직원이 가져가는 걸 지켜보았다. 랭리가 말한 그대로였다.

또 다른 고리가 확인되었다.

다음은 칼라일에 있는 ANL 파슬스였다.

킹무어 파크, 한때 국방부의 보관 시설로 약 20만 제곱미터에 달하는 사무실과 창고를 보유한 그곳은 자사 홈페이지에 따르면 컴브리아에서 최고의 산업지구였다. 그곳이 시의 북쪽에 있어서, 포는 44번 나들목에서 M6 고속도로를 벗어난 뒤 칼라일 북부 개발 루트, 다른 말로 A689(W)로 알려진 도로에 진입했다. 산업지구에는 100군데가 넘는 업체가 있었는데 그중 하나가 ANL 파슬스라고 하는 지역 배송 업체였다.

포는 아주 쉽게 그곳을 찾았다. 그는 자기가 갈 거라는 말을 일부러 하지 않았다. 임의로 하는 감사처럼 꾸미고 방문할 작정이었고, 국가범죄수사국 신분증만 있으면 그 배송 기사와 이야기도 하고 운송물 추적 시스템도 볼 수 있다는 것을 알았다.

그는 중간 관리자에게 할당된 주차 구역에 차를 대고 접수처로 들어갔다. 키가 큰 여자가 컴퓨터를 보다가 고개를 들었다. 여자는 핸즈프리 헤드셋을 끼고 있었고, 가슴 주머니에 ANL 파슬스 금장 로고가 새겨진 짙은 블레이저를 입고 있었다. 포의 첫인상은 ANL 역시 전문적인 업체라는 것이었다.

여자는 그에게 2분만 달라는 신호를 보내더니 통화를 계속했다. 주문을 받고 있는 것 같았다. 그는 자리에 앉아 번들거리는 안내 책자를 훑어보았다. 거기에 따르면 ANL은 전문적인 지역 배송 업체로서 노스 컴브리아 대학 병원, 컴브리아 경찰청, 여타 소규모 기업들과 계약을 맺고 있었다.

접수대의 여자가 그를 불렀다. 포는 신분증을 보여주고 물류 과장과 이야기할 수 있느냐고 물었다.

얼마 뒤 포는 상황실로 안내되어, 운송 사업에 관해 지나칠 정도로 열정적으로 이야기하는 여자와 앉아 있었다. 여자는 로지라고 했고 그가 하려는 '감사'를 돕기 위해 열심이었다.

3분 뒤에 포는 배송 업체를 점검 목록에서 지울 준비가 되었다. 배송물이 훼손될 만한 현실적인 방법이 보이지 않았던 것이다. 로지는 자기들이 건건이 대응하는 융통성 있는 업체이기 때문에, 기사들을 매일 임의로 지정한다고 설명했다. 포는 30분 정도 누군가 물건을 빼돌려서 거기에 손을 댈 수 있느냐고 물었다.

로지가 인정했다.

"가능하기는 해요. 하지만 출근하기 전에는 물품 수거나 배달 루트가 배정되지 않기 때문에 어떻게 그럴 수 있을지 모르겠네요. 자기가 특정 물건을 수거하도록 미리 손을 쓸 수 있는 기사는 없어요. 이 시스템은 바로 그 문제를 피하려고 고안된 것이니까요."

포는 전화기를 꺼내 랭리가 증거물 일지에 기록한 ANL 운송장 번호를 읽어주었다.

"이 물건을 누가 배송했는지 말씀해주시겠어요?"

"이거 감사 아니죠?"

로지가 물었다.

"네, 아닙니다."

로지는 키보드를 두드리며 인체 공학 마우스를 조작했다.

"마틴 에번스네요. 그날은 가볍게 반나절만 근무했군요. 배로-인-퍼니스에 있는 퍼니스 종합병원에서 물건을 받아서 랭커스터에 배달해준 다음, 그쪽 물건을 통합과학서비스에 배달했네요."

"그 사람은 여기서 일한 지 좀 됐나요?"

"적어도 10년은 됐어요."

"그 사람이 물건에 손을 댈 수도 있다고 생각하시는지?"

"마틴 에번스가요? 맙소사, 아니요."

로지가 웃어버렸다.

"어떻게 말씀드리면 좋을까요? 저희는 딱히 천재들을 고용하는 건 아니에요, 포 경사님. 인간성이 좋고 운전 경력이 깨끗하면 채용될 수 있죠. 마틴은 감자칩 주문보다 까다로운 일에 개입될 만큼 영악한 사람은 못 돼요."

포는 속으로 한숨을 쉬고 ANL 파슬스를 마음속 명단에서 지웠다.

다음, 통합과학서비스. 마지막 단계.

하지만 지금은 아니었다.

지금은 개를 데리러 갈 때였다.

19

포에게는 어릴 적에 기르던 개가 한 마리 있었다—그의 아빠가 속아 넘어가서 데려온, 관절염을 앓던 전직 양치기 개였다. 포는 친구들과 함께 마로니에 열매를 찾으러 나설 때면 테스를 데려갔다. 가까운 공원까지 약 500미터를 나갔다 오면 테스는 그날 내내 불 근처에 널브러져 있었다.

스프링어 스패니얼과 함께 사는 것은 전혀 다른 경험이었다.

포는 그토록 응축된 에너지를 본 적이 없었다. 함께한 첫해에 에드거는 오로지 세 가지 상태 중 하나였다—먹거나, 자거나, 뛰어다니거나. 둘이 허드윅 농장을 나설 때마다 필요한 것보다 시간이 다섯 배는 더 걸렸는데, 에드거가 똑바로는 달릴 수 없는 것처럼 굴기 때문이었다. 둘은 들쭉날쭉한 길로 빙 돌아갔고, 때로는 원래 가려던 곳에서 몇 킬로미터씩 반대로 가기도 했다.

열두 달 동안 에드거는 포에게 좌절을 안겨주었다.

결국 때가 되어 에드거는 차분해졌고, 포는 그제야 왜 스프링어 스패니얼의 반려인들이 그 동물에게 중독되는지 이해했다. 에드거는 함께 있으면 더없이 즐거운 녀석이었다. 포의 소매를 물어뜯고, 그가 어디를 가든 따라다니고, 작은 소리가 들려도 짖어댔다. 얼음이 깔린 개울에 두려움 없이 뛰어들면서도 목욕은 하지 않으려고 했다. 포는 녀석이 먹지 않는 것이 뭔지 아직도 발견하지 못했으나, 녀석은 특히 치즈와 양의 똥을 좋아하는 듯했다. 2분 만에 지저분해졌고 열 시간 동안 제 몸을 핥아댔다. 변기 물을 마신 뒤 포의 얼굴에 물을 줄줄 흘렸다. 포의 접시에서 먹을 것을 빼앗아가고는 포가 도로 가져가려고 하면 으르렁거렸다.

그래도 포는 다르게 살고 싶지는 않았다.

토머스 흄의 농장은 허드윅 농장에서 직선거리로 약 5킬로미터 떨어져 있었지만 차로 가면 더 멀었다. 보통 때 같으면 포는 자기 BMW X1을 그 집 뜰까지 몰고 가서 툴툴거리는 늙은 농부를 부르지 않고 에드거를 데리고 왔을 터였다. 샙의 정보망 덕분에 포가 컴브리아에 돌아왔다는 것을 토머스도 알았을 테니까. 하지만 이번에 포는 세련된 자그마한 렌터카를 몰고 있었고, 유리창에 산탄을 잔뜩 맞고 싶지는 않았다―토머스 흄은 쉽게 겁을 집어먹었고 어디든 12구경 산탄총을 들고 다녔다.

포는 트랙터 너비의 길 끝에 차를 세우고 나머지는 걸어갔다. 모퉁이를 돌자마자 그는 뭔가 일이 벌어졌다는 걸 알았다.

보통 때 같으면 짖어대는 개들과 울어대는 닭들로 정신을 쏙 빼놓던 농장 뜰이 죽은 듯 고요했다. 토머스 흄의 낡아빠진 벤츠는 원래 자리에 있었지만 그 옆으로 작고 깨끗한 차가 세 대 더 있었다. 시골 자동차가 아니라 도시 자동차였다. 컴브리아 시골에 있는 자동차들은 지저분한 편이었고 가벼운 비포장 주행 정도는 감당할 수 있는 강력한 것들이었다.

포는 아까 전화를 받은 여자가 떠올랐다. 여자는 자신을 소개하지 않았고 포가 자기 이름을 말했을 때 조심스러워했다. 사실 여자는 포가 전화한 이유를 밝혔을 때 안심한 듯했다. 포는 토머스 흄에게 문제가 생긴 것은 아닌지 궁금했다. 요즘 고원 농부들이 얼마나 쥐꼬리만큼 벌어들이는지 생각했을 때 경제적인 문제일 것 같았다. 어쩌면 그 여자는 토머스 흄의 딸들 중 하나이고 포를 채권자라고 착각했는지도 몰랐다.

살며시 들어가서 에드거를 데리고 가는 건 지금은 적절한 일이 아닐 것 같았다. 포는 주저하며 무엇이 최선일까 생각했다. 될 *대로 되라지*, 그는 생각했다. 수없이 해보지 않은 일을 하는 것도 아니었고. 그는 앞문으로 다가갔다.

그곳 농가와 별채들은 허드윅 농장과 같은 얼룩덜룩한 회색 돌로 건축되었다—컴브리아의 이 지역 건물들은 제한된 자재들로 만들어져 있었다. 농장의 신축한 구조물들만—양털 깎는 헛간, 가축 분류용 우리, 양 살균용 통 따위—강철이나 골함석 같은 재료로 만들였다.

앞문에 초인종이 없어서 포는 가급적 부드럽게 문을 두드렸다. 아무도 대답하지 않았고 아무 소리도 들리지 않았다. 그는 따뜻한 문에 귀를 대고 다시 좀 더 크게 두드렸다. 이번에는 안에서 속삭이는 소리, 숨죽여 우는 소리와 발걸음 소리가 들렸다. 그는 한 걸음 물러나 기다렸다.

한 여자가 문을 열었다. 여자는 그를 말없이 살펴보았다. 포와 비슷한 나이였고 얼굴은 젖고 얼룩져 있었다. 눈물 자국이 나 있고 두 눈은 부어 있었다. 지금은 아니지만 울고 있었던 것이다.

"무슨 일이시죠?"

갈라지고 거친 목소리가 마치 러시아제 담배를 연거푸 피워대기라도 한 것 같았다.

"어…… 안녕하세요."

포는 사람들이 감정을 드러낼 때 어찌해야 되는지 잘 몰랐다.

"워싱턴 포라고 하는데요, 아까 전화했었죠. 제가 집을 비우면 토머스가 제 개를 보살펴주거든요. 저랑 통화하신 분인가요?"

여자가 끄덕였다.

"토머스 있나요? 얘기 좀 할 수 있을까요?"

여자는 고개를 가로저었지만 더 설명하지는 않았다.

"그 사람 무슨 문제 있는 건 아니겠죠?"

포는 텔레비전에서 배우들이 하는 우는 연기를 여러 번 봤지만 그들은 진짜가 아니었다. 사람들은 보통 '눈물을 불쑥 터뜨리지' 않는다. 거의 백이면 백 천천히 감정이 차오른다. 뭔가 계기가 생기면 사람들은 '겨우겨우 붙잡고 있던' 상태에서 '더는 견딜 수 없는' 상태로 넘어간다.

지금처럼.

여자의 코끝이 빨개졌다. 입이 씰룩거렸다. 눈이 부어올랐다. 눈물 한 방울이 뺨을 타고 흘러내렸다. 두 방울이 더 흘렀다. 얼마 안 가서 몸 전체가 떨리며 소리 없는 흐느낌이 이어졌다.

포는 눈길을 돌렸다. 슬픔은 관음증 환자의 취미 거리가 아니었다. 잠시 후 흐느낌이 잦아들었고 포는 고개를 들어도 된다고 느꼈다. 빨갛고, 눈물이 그렁그렁한 눈이 그를 도전적으로 응시했다. 그는 여자가 뭐라고 말할지 이미 알고 있었다.

"아버지는 돌아가셨어요, 포 씨."

포는 끄덕였다.

"정말 안타깝습니다, 부인……."

"흄이에요. 빅토리아 흄이에요. 맏딸이에요."

어색한 침묵이 흘렀다.

포가 침묵을 깼다.

"몰랐네요. 아팠던가요?"

"뇌졸중이었어요."

"정말 안타깝습니다."

포가 말했다. 그는 개를 돌려달라고 요구하기가 좀 그랬지만 그렇다고 거기서 잡담을 하는 것도 폐를 끼치는 일이었다. 그는 브래드쇼가 거기 있었으면 했다―브래드쇼라면 그냥 단도직입적으로 말했을 텐데. 아마 매년 얼마나 많은 사람이 뇌졸중으로 죽는지에 관한 통계도 덧붙였으리라. 개 짖는 소리가 난 덕분에 포는 어색함을 더 견딜 필요가 없어졌다. 에드거가 작은 헛간 모퉁이를 미끄러지듯 돌아왔고, 바로 뒤에 보더 콜리 두 마리가 따라왔다. 잭 러셀 테리어 한 마리가 다른 개들보다 다리를 두 배는 빠르게 움직이며 마지막에 나타났다. 에드거가 포를 보더니 흥분해서 짖던 소리가 기쁨에 겨워 귀를 찢을 듯 울어대는 소리로 바뀌었다.

녀석은 정말 때와 장소를 구분할 줄 몰랐다.

빅토리아 흄이 힘없이 웃음 지었다.

"당신을 보고 기뻐하네요."

포는 빅토리아가 내뱉지 않은 '적어도 이 녀석은'이라는 말을 포착했다. 그가 모르는 다른 뭔가가 있었다. 포는 그가 전날 전화했을 때 빅토리아가 조심스러워하던 걸 떠올렸다. 빅토리아가 그에게 말해주지 않는 것이 있었는데 그건 아버지의 죽음과 아무 상관도 없는 일이었다.

"저기."

그는 지금은 뭔가를 캐내기에 좋은 때가 아니라고 판단했다.

"저는 이만 가봐야겠네요. 마음이 많이 아프시겠어요. 저는 항상 토머스랑 잘 지냈고, 토머스가 에드거를 봐줘서 도움을 많이 받았어요."

빅토리아는 입을 꼭 다문 채 웃었지만 대답은 하지 않았다. 아버지처럼 자기도 돌봐주겠다는 이야기도 하지 않았다. 그러면 포로서는 곤란해지겠지만 지금은 무엇이든 부탁할 때가 아니었다.

그가 곧바로 돌아서서 떠나지 않자, 빅토리아 흄은 그가 뭔가를 더 바라고 있다고 생각한 것이 틀림없었다. 그녀는 턱을 꽉 물더니 팔짱을 끼었다. 둘은 눈을 마주쳤다.

"죄송합니다. 포 씨, 하지만 지금은 다른 일은 의논할 수가 없어요."

포는 빅토리아의 눈을 응시했다. 그녀가 무슨 소리를 하는지 도무지 감이 오지 않았다.

"이제 들어가야겠어요."

빅토리아는 안으로 들어가더니 문을 닫았다.

포는 닫힌 참나무 문을 한동안 바라보다 몸을 숙여 에드거의 귀를 쓰다듬었다.

"음, 친구, 방금 건 좀 이상했지. 차 마실 준비됐어?"

에드거는 위를 보았고 두 눈은 젖은 갈색이었다. 그저 포의 목소리를 들은 것만으로 기쁜 것 같았다. 녀석은 작게 낑낑거렸다.

"자, 그럼 집에 가자."

일 곱 째 날

20

통합과학서비스는 프레스턴에 있었다. 그곳은 8시에 문을 열었고, 포는 첫 방문자가 되기로 했다. 그곳의 부지가 넓어서 포는 에드거를 데려갈 수 있었다. 달리 방법이 없었다. 빅토리아에게 신세를 지기는 어려웠다.

대표이사와 만나기로 한 시간은 9시였지만 포는 그때까지 여기저기 좀 파헤쳐보고 싶었다. 그들의 작업 프로세스에 약한 고리는 없나 살펴보는 것이다.

M6 고속도로는 차가 평소보다 많지 않았고 포는 통합과학서비스에 15분 일찍 도착했다. 그는 에드거를 데리고 부지를 한 바퀴 산보했다. 단지를 살펴볼 기회였다. 그는 이상한 점을 아무것도 찾지 못했다.

포는 대표이사와의 인터뷰 전략을 머릿속으로 훑었다. 대표는 아마 방어적으로 나올 게 틀림없었다. 경찰 쪽과 맺은 계약은 통합과학서비스 사업의 30퍼센트를 넘게 차지했고, 프로세스에 문제가 있어 증거물이 오염되었다는 것이 발견되면 그들로서는 재앙이 될 터였다. 대표이사는 입을 다물고 법률팀 뒤에 숨을 수도 없었다—은폐하려는 낌새만 보여도 실제로 은폐한 것과 같은 영향을 미칠 것이었으므로. 모든 경찰 관련 계약이 파기될 터였다. 아니, 포는 오늘 대표이사가 매력을 어필할 거라고 예상했다. 자기들의 강점은 치켜세우고 약점은 깎아내릴 것이라고. 포는 걱정하지 않았다. 전에도 기업들을 조사한 적이 있었으니.

전화기가 울렸다. 에스텔 도일이었다.

"어젯밤 늦게 그쪽 프로필이 왔어요, 포."

도일이 말했다.

"그런데요?"

도일이 뜸을 들였다. 좋은 소식을 전하면서 뜸을 들이는 사람은 없었다. 포의 입이 바짝 말랐다.

"분석 내용을 이메일로 보냈지만, 유감이에요, 포. 나쁜 소식이네요. 당신이 준 샘플은 통제 샘플과 같았어요. 그 혈액은 엘리자베스 키튼의 것이에요."

갬블은 포를 자기 사무실로 안내했다. 경정은 눈이 게슴츠레했고 면도도 하지 않은 모습이었다. 그는 자리에 기대고 앉아 목과 어깨를 빙글빙글 돌렸다.

"확실한가?"

"네. 통합과학서비스에 있을 때 에스텔 도일한테서 전화가 왔는데, 그래도 아무튼 확인은 했습니다."

도일의 소식을 들은 뒤에는 증거물 연계성을 확인하러 통합과학서비스에 간 건 불필요한 일이 됐지만, 그래도 포는 확인했다. 결과적으로 에스텔 도일이 말해준 것이 맞다는 점만 증명되었다. 통합과학서비스는 평판이 좋았고 전문적이었다. 그는 이 내용을 갬블에게 전했다.

"그 말이 틀리더라도 이제는 다 부질없는 일이 됐군. 그 여자는 엘리자베스 키튼이고, 재러드 키튼은 엉뚱하게 유죄 판결을 받은 거야."

포가 끄덕였다. 달리 설명할 방법이 없었다.

"자책하지 말게, 포. 이런 일은 한 사람의 문제인 적이 없어. 경찰, 검찰, 키튼의 법률팀, 전부 망한 거네."

물론 갬블 말이 맞았다. 포는 커다란 기계의 작은 부품에 불과했지만 언론에서는 그런 식으로 보지 않을 터였다. 컴브리아 경찰청의 구성원들도 그렇게 보지 않을 터였다. 적어도 포는 확실히 그렇게 생각하지 않았다.

"제가 키튼에게 이야기하겠습니다, 경정님. 빚이 있으니 그 정도는 해야죠."

갬블이 끄덕였다. 그는 다른 데 정신이 팔려 있는 것 같았다. 그에게만 들리는 음악에 귀를 기울이는 것처럼.

"교정국에서 이미 키튼을 더럼으로 이송했네. 당장이라도 석방될 기라고 보고 있을 거야."

말이 되는 이야기였다. 왕립교정국은 가능하다면 항상 형이 끝나기 며칠 전에 재소자들을 석방시킨 후 거주할 주소와 가장 가까운 교도소로 이송했다.

"자네는 내일 키튼을 면회하기로 되어 있네. 리그 형사가 동행할 걸세."

갬블이 말을 이었다.
"제가 부탁할 줄 아셨습니까?"
"딱히 그런 건 아니네."
"그럼…… 왜죠?"
갬블의 눈에 초점이 돌아왔다. 두 눈이 포의 눈을 뚫어져라 보았다.
"왜냐하면 포, 나로서는 도무지 알 수 없는 이유로 재러드 키튼이 자네를 만나고 싶다고 했기 때문이네."

여덟째 날

21

포는 잠을 이상하게 잤다. 잠들어 있기는 했지만 자기가 자고 있다는 걸 알았다. 키튼이 그를 만나고 싶어 한다는 사실이 의식과 무의식 속에서 맴돌았다. 그냥 조롱하려는 거라면 무엇 때문에 조용한 감방 면회실을 잡았겠는가? 키튼은 관심병자였다—전 세계의 언론 앞에서 포를 수치스럽게 만드는 게 훨씬 그다운 일이었다.
 말이 안 되었다. 그래서 포는 긴장되었다.
 재러드 키튼은 아무것도 이유 없이 하는 법이 없기 때문이었다.

포는 일찍 일어나 싱크대 앞에 서서 프라이팬에 있는 음식을 집어 먹으며 아침을 때웠다. 에드거는 팬을 핥아가며 먹어치웠다. 토머스 흄이 죽고 딸들도 포를 두 팔 벌려 반기지 않으니, 포는 절대 하지 않겠다고 다짐한 일을 하는 수밖에 없었다—에드거를 개 사육장에 보내는 일. 장기적인 해결책이 필요하다는 것을 그도 알았지만 적어도 지금 당장은 달리 방법이 없었다.
 공식적으로는 컴브리아 경찰이 방문하기로 되어 있는 상황이라 리그가 운전했다. 리그는 칼튼 홀 정문 앞에서 7시에 포를 태웠다. 시동도 끄지 않고 있다가 포가 문을 닫기도 전에 출발했다.

더럼 교도소는 여러 산을 가로지르는 A66 도로를 직선으로 달린 뒤 A1을 따라 조금 더 가면 나왔다. 리그는 말도 하지 않고 심지어 포 쪽으로 고개조차 돌리지 않은 채 30분쯤 지나서 나오는 워콥 군사 훈련소까지 차를 몰았다. 그리고 그때에도 포가 물은 말에 예의 없이 대답했다.

"그런데 키튼이 왜 나를 만나고 싶어 한다고 생각하나?"

리그는 아무 말도 하지 않았다. 턱이 단단해지더니 경련을 일으켰다.

"왜냐하면 솔직히 난 좀 걱정돼서 말이지."

포가 말했다.

이번에 리그는 속삭이듯 뭐라고 중얼거렸다.

"미안하지만 잘 못 들었는데."

"내 심장에서 자주색 오줌이 나온다˙고 했는데요."

포는 하급자인 리그가 대드는 것을 무시했다. 그의 분노는 본질적으로 선한 의도에서 나온 것이었고, 포는 이유를 설명할 수는 없지만 리그가 자기편에 서기를 바랐다.

아마 포에게 리그가 약간 자기 모습을 떠올리게 만들기 때문인지도 몰랐다.

더럼 교도소는 전국에 몇 개 안 남은, 19세기에 지은 훌륭하고 오래된 교도소 중 하나였다. 그동안 그곳에는 영국에서 가장 악명 높은

˙ 내가 알 바 아니라는 뜻으로 쓰는 속어.

죄수들이 수감되었다. 살인범 로즈 웨스트Rose West*, 마이라 힌들리Myra Hindley와 이언 브레이디Ian Brady**, 갱스터 로니 크레이Ronnie Kray***, 존 맥비커John McVicar**** —탈옥에 성공했다—프랭키 프레이저Frankie Fraser 모두 더럼의 황량한 벽 안에서 시간을 보냈다. 그곳은 지은 지 200년이 되었고 1000명이 넘는 재소자를 수용한다. 사람은 지나치게 많고 재원은 너무 부족하고, 여름에는 견딜 수 없게 덥고 겨울에는 위험할 정도로 추우며 50년 전에 허물었어야 마땅했다. 포는 늘 더럼 교도소가 영국의 고장 난 사법체계를 상징한다고 생각했다.

더럼 교도소는 최근에 고위험 부동산으로 분류되었고, 이는 그곳에 최첨단 출입 시설이 있다는 뜻이었다. 먼저 두 사람의 신분증을 확인하고 출입증을 인쇄한 뒤 철저한 보안 검색을 마친 다음, 둘은

- 남편 프레드 웨스트와 함께 1973년부터 1987년 사이에 적어도 10명을 고문하고 살해한 죄로 지금까지도 수감 중이다.
- •• 둘은 부부로 1963년에서 1965년 사이에 다섯 아이를 살해한 (그중 적어도 넷은 성폭행도) 혐의로 종신형을 선고받았다. 힌들리는 2002년에, 브레이디는 2017년에 사망했다.
- ••• 쌍둥이 형제와 함께 1950년대 말부터 1968년까지 런던 이스트 엔드에서 조직폭력단 활동을 했다. 1968년 체포되어 살인, 무장강도, 방화 등의 혐의로 1969년 종신형 판정을 받고 수감되어 있다가 1995년에 심장마비로 죽었다.
- •••• 1940년에 출생해 10대부터 상점 절도나 자동차 절도 등을 저지르다 소년원에 갔고 성인이 되자 무장 강도로 발전해 8년 형을 선고받았으나, 당시 보안 등급이 최고인 파크허스트 교도소에서 탈옥했다. 도주 중에 다시 무장 강도를 저질러 추가로 15년 형을 선고받아 보안 등급이 최고인 더럼 교도소에 수감되었다. 그러나 거기서도 탈옥해, 런던 경시청에서 "공공의 적 제1호"로 불리다가 결국 다시 체포되었다. 1978년에 가석방되어 저널리스트로 활동하다가 2022년에 사망했다.

공식 방문자 스위트룸으로 찾아갔다. '스위트룸'이라는 말은 양쪽으로 여덟 개의 지저분한 상자가 설치된 통로 비슷한 곳에 붙이기에는 거창한 표현이었다. 그곳은 마치 제3세계의 콜센터처럼 보였다. 불법 복제 처방약을 파는 곳 같은. 벽은 투명한 퍼스펙스 아크릴판이었고 장식은 칙칙했으며 표백제 냄새가 어마어마했다.

두 사람은 왼쪽 두 번째 방인 3번방으로 배정되었다. 그곳에 마지막으로 머무른 사람의 암내와 표백제 냄새가 섞여 있었다. 포와 리그 둘 다 냄새에 인상을 썼다. 탁자 하나와 의자 네 개가 있었는데 모두 페인트칠된 콘크리트 바닥에 고정되어 있었다. 다른 물건은 값싼 깡통 재떨이가 전부였다.

스위트룸에는 양쪽으로 출입문이 있었다. 포와 리그는 방문자 출입문으로 들어갔다. 다른 쪽 출입문은 감옥 내부로 연결되어 있었다. 포는 고요한 금속 문에서 눈을 뗄 수가 없었다. 다른 면회실이 비어 있었기에 다음에 들어올 이는 재러드 키튼일 터였다.

묵직한 철컹 소리와 함께 금속 문이 열렸고 포는 지난밤 꿈에 나타났던 남자를 보았다.

키튼은 3번방으로 걸어가 들어오라는 말을 기다리지 않고 안으로 들어왔다. 그는 남은 두 의자 중 하나에 앉았다. 잠시 포와 키튼은 서로 응시했다. 리그는 거기 없는 것이나 다름없었다.

포는 키튼이 유죄 선고를 받은 뒤 그를 본 적이 없었다. 키튼은 재판 때처럼 말쑥하거나 세련된 모습은 아니었지만 6년간의 수감 생활도 그를 눈에 덜 띄게 만들지는 못했다. 치아도 예전처럼 눈부시게 희지 않았고 금발도 유명 스타일리스트가 아니라 감방 이발사가 깎아주었지만, 여자들에게 인기 있는 배우 같은 모습은 여전했다. 완벽하게 좌우대칭인 얼굴. 뚜렷한 광대뼈와 각진 턱. 디자이너가 다듬은 듯한 수염. 유명한 연푸른색 눈동자. 여성적으로 보이지 않을 만큼 거칠게 생겼지만 누구에게나 호감을 살 만큼 섬세했다. TV 제작사들과 출판사들이 그에게 알랑거리는 것도 놀랄 일은 아니었다.

체포되기 전에 재러드 키튼은 아침에 8킬로미터를 달리고 체육관에서 한 시간을 운동한 뒤에 아침식사를 했고, 교도소 운동 시설이 부족해서 근육의 선명함이 떨어지기는 했지만 감방에서 지급한 운동복이 가슴과 이두박근에 꽉 끼었다. 담배 냄새가 났지만 포가 알기로 그는 담배를 피우지 않았다. 그것도 놀랍지 않은 게, 감방에서는 누구에게나 담배 냄새가 났다.

리그가 헛기침을 했으나 키튼이 한 손을 들어 그가 말하려는 걸 막았다. 키튼은 리그에게 짓궂은 웃음을 던졌다. 매주 방영하는 요리 쇼에 아침마다 온 유명 게스트들에게 복잡한 조리 기법을 설명할 때 그가 카메라에 보이던 바로 그 웃음. 사람을 무장 해제시키면서 동시에 잘난 척하는 웃음. 수많은 잡지 표지와 양면 사진을 장식한 바로 그 얼굴. 한 신문이 묘사했듯이 '상을 줄 만한 미소.'

그가 포를 마주 보았다.

"시작하기 전에 나한테 뭐 할 말 없습니까, 포 씨?"

그의 가장된 프랑스 말씨는 가혹한 감방 생활에서도 어째서인지 살아남아 있었다.

포는 반응하지 않았다. 그는 먼저 사과부터 하고 그 후에는 뭐든 받아들이려고 했다. 키튼은 그에게 부당한 일을 당했고 화를 낼 권리가 있었다. 그저 감에 지나지 않는 것에 의지해서 포는 그의 6년을 빼앗아갔고, 그의 딸에게서도 6년을 빼앗았다.

그러나 분위기가 어딘지 이상했다.

키튼은 격노해서 얼굴이 붉으락푸르락해야 정상이었다. 부글부글 끓어서 감출 수 없는 진노. 그러나 그는 그렇지 않았다. 마치 공격하려는 방울뱀처럼 포를 보고 있었다.

몇 분간 둘은 서로 응시하며 상대를 가늠했다.

둘 다 아무 말도 하지 않으리라는 게 분명해지자, 리그가 입을 열었다. 30분에 걸쳐 리그는 엘리자베스 키튼 납치범을 수색하는 일이 어떻게 되어가는지, 잠재적인 오심 사건을 수사하는 일에서 경찰이 어느 단계에 가 있는지, 형사사건재심위원회가 언제쯤 그의 사건을 항소 법원에 회부할 것 같은지 설명했다.

키튼의 눈은 포에게서 떨어지지 않았다.

결국 리그의 정보도—키튼이 자기 법률팀에게 들어서 전부 알고 있을 게 분명한—바닥이 났다. 리그는 기대하듯 키튼을 바라보았지만 그가 듣기는 했는지 살펴볼 반응조차 얻지 못했다.

"질문 있으십니까, 키튼 씨?"

리그가 물었다.

키튼은 리그 쪽을 보지도 않은 채 30분 전에 한 말을 반복했다.

"나한테 뭐 할 말 없습니까, 포 씨?"

포는 뭐라도 말을 해야 했다.

"대단한 경험을 하셨군요, 키튼 씨."

뭔가가 그에게 사과하지 말라고 했다.

키튼은 눈썹을 치켜올리더니 더 활짝 웃었다.

리그가 인상을 찡그렸다.

"제 동료가 하려는 이야기는……."

키튼이 손을 튕기며 그의 말을 제지했다. 그는 계속 포를 응시하며 말했다.

"동료 말이 맞습니다, 리그 형사. 나는 대단한 경험을 했죠."

리그가 침을 꿀꺽 삼켰다.

"살인자라고 비난당하는 게 어떤지 상상이 갑니까? 친구들이 인간 말종이라고 여기는 게 어떤지? 평판이 바닥에 떨어지는 게 어떤지? 평생을 바쳐 이룩한 것을 잃어버리는 게 어떤지? 그게 어떤지 상상이 갑니까, 리그 형사?"

리그가 고개를 저었다.

포는 푹 빠져서 지켜보았다. 키튼이 사람들을 쥐락펴락하는 방식은 비범했다. 헤아릴 수 없이 많은 면담을 경험하며 백전노장 베테랑이 된 리그가 제자리에 멈춰서 꼼짝도 못했다. 입이 쩍 벌어져 있었다. 그는 무슨 일이 벌어지는지 믿을 수가 없는 것처럼 보였다.

리그가 마침내 말했다.

"그런데 웃고 계시네요, 키튼 씨."

키튼이 고개를 돌려 그를 보았다.

"내가 그런가요?"

"그런데요."

"아마도 기뻐서 그런 모양입니다, 리그 형사. 6년이 지나기는 했지만 혐의를 벗는 건 벗는 거니까요."

리그는 말이 없었다.

키튼은 포에게 고개를 돌리더니 숨기려고 하지도 않고 윙크를 했다.

"아니면 이제 어떻게 될지 알기 때문인지도 모르죠."

22

"어울리지 않게 조용하십니다, 포 경사님."

포도 똑같은 말을 할 수 있었다. 돌아오는 길을 반쯤 왔는데 그것이 리그가 뱉은 첫마디였으니. 리그는 거의 30분 동안, 마치 뭔가 안심되는 말을 듣고 싶은 사람처럼 포를 흘끔거렸다. 차가 A1 도로에 진입한 순간부터 손가락으로 운전대를 두드렸다. 키튼의 우두머리 수컷 같은 행동에 언짢아진 게 틀림없었다. 앞서 보였던 퉁명스러움은 사라지고 반추하는 듯한 분위기가 일어났다. 포도 잘 알았다―키튼을 처음 만나고 나서 똑같이 느꼈기 때문이었다. 키튼은 어떤 곳에 있든 그곳을 지배하는 기이한 능력이 있었다. 어디에 있든 무엇을 하든 상관없었다. 그가 유죄 선고를 받은 살인자라는 점도, 리그가 노련하고 거친 경찰관이라는 점도 상관없었다. 키튼은 손목을 흔드는 동작 한 번으로 리그를 무의미한 존재로 만들어버렸다. 무력하게 만들었다.

"그자한테 휘둘리면 안 되네, 앤드루."

리그가 운전대를 꽉 쥐었다. 주먹 관절이 하얘졌다.

"누구한테 휘둘린다는 겁니까, 포?"

"키튼. 그자가 자네 머릿속을 휘젓게 두면 안 된다고. 안 그러면 절대 그자를 머릿속에서 떨쳐내지 못할 거네. 내 말 믿게."

리그가 고개를 돌려 포를 보았다. 눈을 가늘게 뜨고 있었다.

"자기가 염병 뭐라도 되는 줄 아는 겁니까, 포?"

포는 대답하지 않았다.

리그가 포에게 손가락질했다.

"재러드 키튼은 내 머릿속에 없습니다. 염병, 알아들으시겠습니까?"

"잘 알아들었네, 리그 형사."

"당신도 마찬가집니다."

리그는 다시 양손으로 운전대를 잡고 앞을 응시했다. 턱 근육이 씰룩거렸다.

"좋을 대로."

리그에게 체면치레가 필요한 거라면, 포는 잠시 샌드백이 되는 것도 개의치 않았다. 그는 메모장을 펼쳐 자기 생각을 기록했다. 다 적은 뒤 읽어보았다. 뭔가 이상한데 뭔지 알 수가 없었다. 그게 마음 한편을 좀먹고 있었다. 포는 다시 메모를 읽어보며 뭘 놓쳤는지 찾아보았다. 그러자 나타났다. 포는 자신이 그걸 간과했다는 데 놀랐다. 그리고 키튼은 그걸 감추려고 하지도 않았다. 포는 리그를 흘깃 보았다. 리그는 아직 화가 나 있었지만 이 문제는 기다릴 수 없었다.

"키튼이 자기 딸이 잘 있는지 물어본 기억이 나나?"

리그의 고개가 돌아갔다. 그러나 포에게 짖어대는 대신 리그 내면의 경찰관이 전면에 나섰다.

"사실 기억이 안 납니다."

포는 키튼이 묻지 않았다고 확신했다. 키튼은 실제로 의미 있는 질문은 하지 않았다. 딸이 잘 이겨내고 있는지 묻지 않았다. 리그가 납치범 수색이 어떻게 되어가는지 말했지만 키튼은 그에 관해서 아무것도 묻지 않았다. 그 얘기를 아예 지루해하는 것 같았다.

"자네는 그게 이상하다고 생각지 않나?"

"며칠 전에 통화를 했으니까요. 어쩌면 그걸로 충분한가 보죠."

리그가 말했다.

"어쩌면."

포는 리그와 갬블에게 유명 셰프라는 직업이 사이코패스가 가장 선호하는 인기 직업 3위와 9위에 해당한다고 말했지만, 그것은 키튼의 특이한 정신세계를 보여주려는 가벼운 시도일 뿐이었다. 그가 아는 한 키튼은 공식적으로 진단받은 적이 없었다. 그는 판사가 종신형에 최소 25년 복역 조건을 선고할 때까지, 판결 전 조사를 모조리 거부했다.

어쩌면 어떤 결과가 나올지 알고 있었기 때문일 수도 있었다.

그래서 어쨌다는 건가? 중범죄분석섹션 경관으로서 포는 전체 인구의 거의 1퍼센트가 그 범주에 들어간다는 걸 알았다. 하지만 할리우드가 그 이름을 제멋대로 자기들 것인 양 가져다 쓰면서 정신건강 진단을 마케팅 전략으로 이용한 탓에, 사람들은 대개 사이코패스는 다 연쇄살인범인 줄 안다. 진실은 달랐다. 사이코패스 대다수는 법을 준수하는 시민으로, 다른 사람들과 마찬가지로 지역공동체 안에서 살아간다.

키튼도 그런 사이코패스 중 하나라는 걸 포는 확정된 사실로 받아들였다. 모든 것이 그쪽을 가리켰다. 아마 그가 그렇게 성공한 것도 그 덕분이었으리라—그는 경쟁자들을 물리치는 데 필요한, 가차 없는 면이 있었다.

한편…… 키튼은 원하는 걸 모두 얻기 위해 본성을 숨겨야 했을 것이었다. 자기로서는 느낄 수 없는 감정을 흉내 내는 데 달인이 돼야 했을 터. 빨간색이 뭔지 이해하지 못하는 색맹이지만 신호등의 가장 위쪽 신호가 '멈춤'을 뜻하는 것을 아는 사람처럼, 키튼은 그런 감정들이 제2의 천성이 될 때까지 연습했을 터였다. 그는 아마 공감을 이해하지는 못해도 그걸 보여야 할 때가 언제인지는 알아차렸을 것이다. 다른 사람들과 같이 웃는 법을 터득했을 테고, 사람들이 자기 자식 이야기를 할 때면 귀 기울여 들었을 터였다. 사람들과 날씨와 휴가 계획에 대해 이야기했을 것이고, 그들의 지루한 잡담에 귀를 기울이면서도 사람들을 쇠만큼도 중요하게 여기지 않는다는 걸 들키지 않았으리라. 자기한테 필요한 게 없는 사람은 무가치한 존재로 여긴다는 것을. 그가 누군가를 조금이나마 신경 썼다면 그건 그들이 자기 목적을 달성하는 데 필요한 수단이기 때문이었다.

키튼은 그런 일에 남다르게 뛰어났고, 포가 본 그 누구보다 잘했다. 그는 사람들이 보고 싶어 하고 듣고 싶어 하는 게 뭔지 이해했고 그걸 사람들에게 주었다.

그 때문에 딸의 참혹한 경험에 공감하는 걸 깜빡 잊어버린다는 것이 더더욱 있을 법하지 않은 일로 보였다. 거짓 분노는 어디로 갔나? 납치범에게 복수하겠다는 공허한 맹세는. 그리고 재앙과 같은 잘못을 저지른 경찰 전체를 향한 분노는?

그는 왜 가면을 쓰고 있지 않았을까?

답은 명백했다. 쓰고 싶지 않았으므로.

그러나 왜?

포의 생각은 조수석 사물함에서 나오는 막힌 듯 웅웅대는 소리에 중단되었다. 그는 자기 핸드폰을 다시 꺼내는 걸 잊어버렸는데—국가범죄수사국 직원도 교도소 내에 핸드폰을 가지고 들어갈 수는 없었다—지금 그게 울리고 있었다.

그는 번호를 확인했다. 에스텔 도일이었다.

"포입니다."

그가 말했다.

"약물 검사 결과가 나왔어요, 포."

도일이 낮고 허스키한 목소리로 말했다.

"고마워, 보스."

포는 갬블이 리그가 처리한 일을 재확인하라고 지시했다는 것을 리그에게 알리고 싶지 않았다. 리그는 이미 그에게 화가 많이 난 상태였다.

"지금 얘기 못 해요?"

"맞아."

"무슨 일인데요, 포?"

포는 도일이 웃고 있는 걸 알 수 있었다.

"할 얘기가 뭐야, 보스?"

"헤로인 검사 결과는 음성이에요. 그건 체내에 몇 시간밖에 머무르지 않으니까 이상한 일은 아니죠."

"예상한 대로네. 아무튼 고마……."

"포, 자기, 잠깐 말을 좀 끊어도 될까요? 헤로인은 못 찾았지만 피해자가 겪었다고 하는 곤경과는 안 어울리는 걸 발견했거든요."

포의 위장이 꽉 조여들었다.

"계속해봐."

"우리가 액체 크로마토그래피 질량 분석법이 아닌 다른 기법을 썼더라면 알아낼 수 없었을 거예요. 하지만 국가범죄수사국에서 4000파운드라는 비용을 기꺼이 지불하려고 했기 때문에,"

포는 침을 꿀꺽 삼켰다. 얼마나 비싼지 잊고 있었던 것이다.

"어딘가 이상한 점을 발견할 수 있었죠. 처음에는 그게 테트라하이드로칸나비놀처럼 보인다고 생각했어요. 그거라면 적어도 당신이 말해준 것과 맞아떨어졌겠죠."

"그런가?"

"테트라하이드로칸나비놀은 대마초의 미량 원소를 나타내는데, 대마초는 헤로인보다 체내에 훨씬 오래 머무르니까요. 뭔가 약물이 검출될 거라면 그게 나왔을 거예요."

"하지만 그게…… 아니었던 거야?"

"그래요, 포. 능력이 부족한 병리학자였다면 알아채지 못했을지 모르지만, 전에도 얘기했듯이 나는 그런 병리학자가 아니에요. 그건 THC가 아니라 전혀 다른 물질이었어요. 단백질을 분리해서 다시 검사해보니, 그건 사실 투버 아에스티붐 Tuber asestivum에서만 발견되는 화학물질이었어요."

"투버 아에스티붐?"

그는 리그가 듣든 말든 상관하지 않았다. 어차피 그에게는 아무 의미도 없을 터였다.

"블랙 서머 트러플요, 포. 그거 그램당 값이 금보다 더 비싸요."

"그러니까 지금 얘기는……."

"무슨 말인지 알잖아요, 포. 엘리자베스 키튼이 앨스턴 도서관에 나타나기 전에, 세상에서 최고로 비싼 식재료를 먹었다는 뜻이에요."

23

포는 리그 앞에서 겨우 침착함을 잃지 않을 수 있었다. 대화도 한쪽 말을 듣는 것만으로는 짐작하기 어려운 선을 유지할 수 있었고. 그는 이걸 어떻게 풀어나가야 될지 알 수 없었다.

엘리자베스 키튼이 앨스턴 도서관에 나타나기 전에 트러플을 먹었다면 거기에는 그럴듯한 이유가 딱 두 가지뿐이었다. 그 여자가 세상에서 가장 기묘한 식도락가에게 감금당했던 것이거나, 아니면 아예 감금당한 적이 없거나.

포는 식도락가가 그 여자를 가두었다고는 생각하지 않았다.

키튼이 자기 딸에 관해 묻지 않은 이유는 이제 분명해졌다. 그는 딸이 어디 있었는지 줄곧 알고 있던 것이다.

그 아버지에 그 딸이군······.

하지만 그 여자기 납치되었던 게 아니라면 그들 부녀는 도대체 무슨 일을 꾸미는 것일까? 어째서 그들 인생 중 6년이란 시간을 희생한 것인가? 그들의 동기가 될 만한 게 뭐가 있을까?

그리고 포는 거기에 어떻게 연관된 것인가? 어째서인지 키튼은 그걸 사적인 일로 만들고 있었다. 포를 만나고 싶다고 요청하고는 수수께끼 같은 경고를 던졌다. 포가 놓치고 있는 게 무엇일까? 어떤 퍼즐

조각을 못 보고 있는 것일까?

그는 엘리자베스 키튼과 이야기해봐야 했다. 그는 그걸 리그에게 요청했다.

"왜죠?"

포는 미리 거짓말을 준비해두었다.

"그 여자가 겪은 일에 대해 사과하려고. 그리고 키튼이 왜 그 여자에 관해 묻지 않았는지도 파악해보게."

포는 리그라면 엘리자베스가 너무 연약해서 자기에게 6년이라는 지옥을 안긴 남자와 말할 상태가 아니라는 식으로 요청을 거부하리라 보았다.

그러나 리그는 그러지 않았다.

거부할 수가 없었다.

"실종 상태입니다."

"무슨 뜻이지, 실종 상태라니?"

"엘리자베스 키튼과 연락이 닿지 않는다는 뜻입니다. 그 여자는 마지막 인터뷰를 마친 다음 가족 연락 담당관을 내쳐버렸고 피해자 지원 서비스와 만나기로 약속한 자리에도 오지 않았습니다. 빌리스 앤드 슬로에서 하려던 가족 지원 모임에도 나타나지 않았고요. 유감이지만, 포, 우리도 그 여자가 어디 있는지 모릅니다."

리그가 말을 이었지만 포는 귀를 닫았다. 말이 안 되었다. 엘리자베스가 다시 사라질 까닭이 뭔가? 만약…… 이것도 키튼이 암시한 바의 일부분이라면. 그것도 말이 안 됐다. 그런가 하면 이것은 적어도

6년이라는 시간 동안 준비된 계획이었다—어째서 포는 무슨 일이 벌어지고 있는지 알아낼 수 있다고 자신했을까?

포는 그래도 한 가지는 알았다—키튼 부녀의 꿍꿍이가 뭐든 그게 자기에게 좋은 결말일 거라고는 보지 않았다. 늪에 잠겨 있는 악어처럼 위협이 포진해 있었다. 단지 포는 아직 그걸 볼 수 없을 따름이었다.

엘리자베스가 앨스턴에 다시 나타나기 전에 트러플을 먹었다는 사실을 발견한 것은 행운이었다. 포는 아마 그 여자가 실수했으리라 보았다. 하지만 그건 사소한 일이었고 법적으로 말하자면 무의미했다. 키튼은 딸을 살해한 죄로 유죄 판결을 받았는데 그 딸은 입증 가능한 상태로 살아 있었다. 그 여자가 실제로 납치되지 않았다고 해서 달라질 것은 없었다. 키튼이 살해하지 않았다는 것은 분명했으니.

키튼은 석방될 것이었다. 그리고 그때가 되면 포는 문제에 빠질 터였다. 그는 확신했다.

그는 어떻게 해야 할지 알았다. 이제 낭비할 시간이 없었다. 와일드카드를 쓸 때였다. 핵폭탄 같은 최후의 수단. 그는 블랙베리를 열고, 네 단어로 구성된 메시지를 쓴 뒤 전파에 실어 보냈다.

키튼이 계획할 수 없었던 네 단어—틸리, 나한테 문제가 생겼어요.

24

포는 처음으로 되돌아가야 했다. 예전에도 재러드 키튼을 수사했지만 이번에는 중범죄분석섹션 스타일로 하게 되리라. 더 깊이 들어가고. 완벽한 심리 프로필을 만들고. 그가 정확히 어떤 인간이지 알아내고. 무엇이 그를 움직이는지 알아내고. 그가 요리계의 스타로 떠올랐을 때 누가 다쳤는지 알아내고. 다른 누구도 말해주지 않는 걸 그들에게 말하게 할 셈이었다.

그리고 딸에게도 똑같이 할 작정이었다. 엘리자베스는 지난번에 공모자가 아니라 피해자로 조사받았다. 포가 주문처럼 외는 문구 중 하나는 '누구에게나 비밀이 있다'였고 엘리자베스에게도 분명 몇 가지가 있었다.

그는 무엇을 발견할지 궁금했다.

포는 허드윅 농장으로 돌아가면서 브래드쇼가 언제 도착할지 계산해보았다. 올 거라는 데는 한 점 의심도 없었다. 지금은 2시였고 그가 메시지를 보낸 것은 30분 전이었다. 포는 브래드쇼가 메시지를 받자마자 열어보았다면—전화기가 항상 브래드쇼에게 딱 붙어 있다는 걸 감안하면 타당한 추측이었다—아마도 이튿날 저녁 무렵에는 도착하리라 보았다. 브래드쇼는 이제는 그냥 벌떡 일어나서 떠날 수 없는 처지였다. 먼저 업무를 재분배해야 했다. 가장 일찍 빠져나온대도 내일 점심쯤일 터―그쯤이면 희한한 빵이며 우스운 냄새가 나는 차를 채워둘 시간은 충분했다.

포는 에드거를 사육장에서 데리고 나와 농장으로 돌아갔다. 칼튼 홀을 나서기 전에 포는 원본 파일을 복사했다. 처음 회의 때 리그가 참고하던 그 파일이었다. 갬블은 복사기에 입력하라고 본인 번호를 알려주었다. 포는 그 기계가 하드 드라이브에 모든 걸 기록하는 종류인지 아닌지 잘 몰랐다. 상관없었다. 최악의 사태가 데이터 보안 규정 위반으로 걸리는 것이라면, 그로서는 환영이었다. 그는 브래드쇼가 올 때까지 본수사에 관해 파악하면서 시간을 보낼 계획이었다.

포는 4시가 막 지나서 허드윅 농장에 도착했다. 달걀프라이 샌드위치를 만들고, 남은 달걀을 몽땅 넣어 스크램블을 만들어 에드거에게 주었다. 어차피 곧 상할 거였다.

아직도 폭풍 웬디의 징후는 없었다. 화창한 오후가 장엄한 저녁으로 변해가고 있었고 공기는 여름 향기로 기분을 들뜨게 했다. 이런 저녁이 자주 찾아오는 건 아니어서 포는 바깥에서 일하기로 마음먹었다. 볕이 제일 잘 드는 곳에 탁자와 의자를 놓은 뒤 자리에 앉았다. 처음에 그가 무거운 방부목재로 만든 야외 가구를 구입했을 때는 자연스러운 연녹색을 띠었는데, 거의 2년 동안 해와 바람에 노출되고 나니 지금은 근사한 은회색의, 물에 떠다닌 유목 빛깔이 되었다.

포는 압지로 사용하는 돌을 좀 집어서 파일 내용을 탁자에 펼쳐놓왔다. 에드거는 어딘가로 가서 떠돌아다니기 시작했다. 가까이 있는 양들이 조심스레 그를 지켜보았다.

포는 독서용 안경을 소매로 닦고 파일 내용을 우선순위에 따라 분류하기 시작했다. 범죄 현장 사진들은 흥미롭기는 했지만 그는 그게 연출된 것임을 알았기에 거기에 시간을 너무 많이 쓰지 않으려고 했다. 그는 기억을 되새기려고 사진들을 한 번 훑어본 뒤에 옆으로 치워놓았다.

현장에서 발견된 혈액에 대한 병리학자의 보고서도 무시했다. 납치 사건으로 취급되었을 당시 병리학자는 실혈로 죽음에 이를 만큼 피가 많지는 않다고 했지만, 고위험 실종 사건이 살인 사건으로 바뀌자 이번에는 말을 바꿔서 죽을 정도의 출혈이 발생했다고 했다. 포는 경찰이 듣고 싶어 하는 대로 말하는 병리학자의 말에 신경 쓸 시간이 없었다. 에스텔 도일이 현장에 있었더라면, 거론되는 설에 맞아떨어지든 말든 개의치 않고 자기가 본 대로 말했을 터였다.

포는 엘리자베스가 실종되던 날부터 일주일 전으로 거슬러 올라가며 날씨를 훑어보았다. 브래드쇼에게 다시 확인해보라고 할 생각이었다. 두 부녀가 뭘 계획했든 포는 그날 밤 상황이 둘의 바람대로 흘러가지 않았으리라 짐작했고, 가혹한 한파도 거기에 한몫했을 가능성이 있었다.

포는 '추후 확인할 것 목록'에 서류 두 가지를 추가했다. 키튼이 발골용 칼과 무거운 식칼, 정육점에서 쓰는 톱을 구입한 내역서와 사건 당일에 관한 키튼의 진술에서 앞뒤가 맞지 않는 부분. 키튼이 의도적으로 그런 실수를 저질렀을 수도 있지만, 어쨌든 포는 브래드쇼에게 그것도 확인해보라고 할 생각이었다. 오래된 증거를 새로운 눈으로 보는 것은 결코 해가 되지 않았다.

그가 정말 관심을 가진 부분은 증인들의 진술서였다. 거기에 금이 묻혀 있을 터였다. 원래 수사 때 누구와 면담했던가? 누구와 하지 않았던가? 누구에게 엉뚱한 질문을 했는가? 올바른 질문에 엉뚱한 답을 한 사람은 누구였나?

포는 파일에서 쓸 만한 것을 얻으리라 기대하지 않았으나―그런 게 있었다면 6년 전에 찾아냈을 테니―얘기를 나눠보고 싶은 사람들 목록은 만들 수 있겠다고 생각했다.

이제 무시해도 되는 서류, 다시 읽어보고 싶은 서류, 이미 익숙한 서류로 분류한 뒤에 포는 마지막 서류 무더기를 읽기 시작했다. 그가 아직 보지 못한 서류들을.

그것들은 주로 판결이 나온 뒤에 만든 서류였다. 포는 흔히 MALRAP으로 줄여서 쓰는 '다중 기관 위험 평가 패널(종신형)' 회의록을 곧바로 읽었다. 이것은 키튼의 종신형이 공표된 직후에 열린 회의 자료였다. 더럼 교도소에서 열린 이 회의에는 사건과 관계되었거나 관계될 사람들이 참석했다. 포가 아는 이름도 있고 모르는 이름도 있었다. 그는 만나보고 싶은 사람 목록에 키튼의 개별 담당 교도관 이름도 올려놓았다. 더럼은 최고 등급의 보안을 요하는 범죄자들을 수용하는 교도소였고 키튼은 그곳에 오래 있지 않았지만, 개별 담당 교도관은 키튼이 유죄 판결을 받은 죄수로서 처음 며칠을 어떻게 보냈는지 이야기해줄 수 있을 것이었다. 포는 키튼의 수감 기록도 구해야겠다고 메모했다. 지난 6년 동안 누가 그를 방문했는지 알아두면 유용할 테니.

포는 버틸 수 있을 때까지 읽었지만 결국은 눈이 먼저 피로해졌다. 휴식이 필요했다. 여러 부분으로 해체된 파일을 그대로 두고, 포는 허드윅 농장 건물로 들어가 에드거의 밥그릇에 먹이를 채워준 뒤 자기가 마실 맥주를 따랐다.

그는 밖에 앉아서 일몰을 지켜보았다. 해가 낮아지고 빛이 사그라지면서 하늘이 점점 석류 빛 분홍으로 바뀌었다. 포는 시가에 불을 붙였다. 이것은 포가 허드윅 농장에서 무척이나 좋아하는 부분이었다. 평온함과 유대감. 이런 저녁은 영혼을 치유하는 약이었다. 해의 완벽한 원이 그가 집이라고 부르는 오래된 무어의 지평선에 잘려 반쪽이 되었을 때 포는 나쁜 늑대에게 먹이 주는 걸 그만두어야겠다고 다짐했다. 자기연민을 느끼는 것은 어머니가의 바람이 아닐 테고, 어머니가 보여준 희생을 제대로 기리는 길이 아니었다.

시가가 타들어가고 하늘이 화목 난로 중심부 빛깔에서 어둠으로 바뀌며, 드넓고 완만한 무어의 윤곽을 제외하고는 모든 것을 삼켜버리자 포는 파일을 거두어서 안으로 들어갔다.

포는 토스트에 치즈를 얹어 간단하게 저녁을 먹은 뒤 소파에 다리를 뻗고 앉아 핵심이라고 표시해둔 서류들을 다시 읽었다. 에드거가 펄쩍 뛰어올라 그의 옆에 자리를 잡고 세 바퀴를 빙글빙글 돌더니 쿠션에 풀썩 주저앉았다. 얼마 안 가 녀석은 코를 골았다.

"누구는 속 편해서 좋겠네."

포가 중얼거렸다. 그래도 포는 에드거를 탓하지 않았다. 자기도 눈이 무거워지고 있었다. 자정이 가까워오자 그는 꾸벅꾸벅 졸기 시작했다. 그는 독서 등을 껐다. 에드거를 깨우고 싶지 않았고 귀찮아서 위층으로 올라가기도 싫었다. 양치질은 아침까지 미뤄둘 참이었다.

잠자기에 더할 나위 없는 조건이었다. 열린 창문으로 부드러운 산들바람이 들어오고, 에드거가 나직이 코 고는 소리가 들리고, 편안한 소파가 있었으니. 포는 눈을 감았고, 머릿속이 복잡한데도 곧바로 잠들었다.

세 시간 뒤, 에드거가 으르렁대기 시작했다.

컴브리아의 시골에서 집을 털기는 쉽지 않다. 이론적으로는 쉬워야 마땅하다. 집들이 뚝뚝 떨어져 있으니까. 어떤 곳은 경찰서에서 한 시간 이상 떨어져 있다. 은밀하게 접근할 수도 있다. 현대식 보안 장비를 갖춘 곳이 매우 드물기 때문에. 어떤 집은 심지어 문도 안 잠근다.

그런데 두 가지 문제가 있다.

하나는 개다.

시골집에서는 대부분 개를 한 마리는 키우는 데다 시골은 도시와 시내보다 소리가 멀리 퍼지기 때문에, 창문을 쇠막대로 열 만큼 가까이 다가갈 즈음이면 누군가가 장전한 총을 가지고 기다리고 있을지 모른다.

그게 컴브리아 시골에서 집을 털려고 할 때 만나는 두 번째 문제점이다—산탄총 사용자로 등록되어 있는 집주인들이 많다는 것.

컴브리아에서 엉뚱한 집에 침입했다가는 궁둥이에 산탄이 잔뜩 박히고 보더콜리가 발목을 물고 늘어지는 상황에 처할 소지가 있다.

에드거는 경비견으로 좋은 개는 아니었다. 스프링어 스패니얼들은 대체로 그랬다. 도베르만이나 저먼 셰퍼드는 애초에 침입자들을 공격하고 몰아내도록 사육되지만, 스패니얼은 사냥감을 둥지에서 날아오르게 하거나 풀숲에서 뛰어나가게 한 뒤 총에 맞은 사냥감을 회수하도록 사육된다. 스패니얼은 작고 날렵하고, 늑대나 곰에게는 전혀 위협이 되지 않는다. 그러나 그건 상관없었다—에드거의 경비견으로서 부족한 점은 망할 참견쟁이 기질로 보완되고도 남았으니까.

에드거가 으르렁대는 소리에 깬 것이 몇 번인지 포는 셀 수도 없었다. 보통은 양 때문이었다. 에드거는 몇 번 짖어서 경고는 해도 침대나 소파에서 내려가는 일은 드물었다. 녀석은 그곳이 양들이 아닌 자기 영역이라는 것을 분명히 할 때까지 짖었다.

그러나 이번에 포가 깨어났을 때 에드거는 뻣뻣하게 서 있었다. 문을 노려보면서 낮고 지속적으로 으르렁거렸다. 귀가 위로 솟았고 꼬리도 위로 바짝 섰다. 솜털도 일어났고 이가 드러났다. 포는 에드거가 그러는 걸 본 적이 없었다. 에드거는 터질 듯한 에너지로 몸을 떨었다.

누군가 밖에 있었다.

"누군데 그래, 에드거?"

에드거는 잠깐 고개를 돌렸지만 곧바로 문을 응시했다.

포가 조용히 일어섰다. 자기가 깨어 있다는 걸 알리고 싶지 않아서, 벽을 짚으면서 부엌 쪽으로 이동했다. 싱크대에는 그가 저녁 식사 때 치즈를 썰었던 칼이 있었다. 포는 가만히 문으로 다가갔다. 무기를 들지 않은 손을 에드거의 머리에 얹었다. 에드거는 곧장 으르렁거리는 걸 멈췄다.

포는 호흡을 가다듬으려고 했다. 상대가 문에 얼마나 가까이 와 있는지 몰랐다―에드거의 청력은 후각만큼이나 예민했다. 상대는 문바로 밖에 서 있을 수도 있었고, 수백 미터 떨어져 있을 수도 있었다.

경고도 없이 에드거가 고개를 세우더니 부드럽게 낑낑거렸다. 코를 들고 냄새를 맡으려고 이리저리 움직였다. 꼬리가 흔들리기 시작했다. 녀석이 아는 사람이었다.

포는 시계를 확인했다. 새벽 3시에 도대체 누가 찾아온다는 것인가? 토머스 흄이 죽었으니 컴브리아에서 에드거가 알아볼 사람은 갬블이 유일했다. 아니면 흄의 딸 빅토리아거나. 포는 둘 다 아닐 거라고 짐작했다.

갑자기 덜그럭거리는 소리가 났다. 압지로 놓아둔 돌멩이 중 하나가 의자에 떨어지는 소리 같았다. 밖에 있는 게 누구든 그의 닥자까지 걸어온 모양이었다.

"컹."

설마 이게 실제 상황······?

포가 웃음 지었다. 에드거는 오직 스프링어 스패니얼만 할 수 있는 난리법석을 떨었다. 빙글빙글 돌면서 미친 녀석처럼 짖어대기 시작했다.

"포? 포? 깨어 있어요, 포?"

에드거가 더 크게 짖었다.

잠시 조용했다.

"안녕, 에드거. 너 주려고 간식 가져왔어."

브래드쇼가 열다섯 시간 일찍 도착한 것이었다.

25

"안녕, 포. 메시지 받았어요."

브래드쇼는 주저하면서도 기대에 찬 표정이었다.

포가 문 옆에 있는 전등 스위치를 눌렀다. 브래드쇼가 눈을 가렸다. 그녀는 평소처럼 카고 바지에 운동복 콤보 차림이었다. 새것으로 보이는 플리스 상의가 으레 입는 슈퍼히어로 티셔츠를 감싸고 있었다. 브래드쇼가 국가범죄수사국에 합류했을 때 플린은 복장 규정을 언급했다. 브래드쇼는 그게 바보 같다고 생각해서 바보 같다고 말했다.

현명하게도 플린은 논쟁할 가치가 없는 일도 있는 법이라고 여겼다. 어차피 브래드쇼를 대인 기술이나 우아한 옷맵시 때문에 채용하는 것은 아니었다. 브래드쇼를 채용하는 건 그녀가 전국에서 가장 뛰어난 프로파일러이고 다른 누구도 하지 못하는 일을 할 수 있기 때문이었다.

인력은 서로 다르게 관리해줘야 하는 법.

브래드쇼는 손전등과 투명한 플라스틱 봉투에 넣은 지도를 가지고 있었다. 등에 커다란 배낭을 멨고 울 모자를 썼다. 머리는 포니테일로 땋았다.

포가 어리둥절해하며 쳐다보고 있는데 에드거가 브래드쇼에게 달려들었다.

브래드쇼는 기뻐서 비명을 지르더니 무릎을 꿇고 에드거의 목을 붙들고 꼭 끌어안았다. 그리고 플리스 상의 주머니에 손을 넣어 천연 소가죽 개껌을 건넸다.

"보고 싶었어, 에드거!"

"도대체 여기서 뭘 하는 거예요, 틸리?"

브래드쇼의 웃음이 살짝 약해졌다.

"내가 왔으면 한 거 아니었어요?"

"당연히 왔으면 했죠! 하지만 새벽 3시에는 아니라고요. 칠흑같이 깜깜하잖아요. 무슨 생각이에요, 이 어두운 데서 걸어 다니다니?"

포는 그곳 지형에 대한 감이 있었다. 마음속으로 지도를 만들어서 어디가 푹 빠지는지, 어디가 자빠지기 쉬운지, 바위 하나하나가 어떤 모양인지 기록했다. 무어는 낮에도 만만치 않았지만 밤에는 위험천만했다.

"나도 밤에는 걸어 다니지 않는다고요, 틸리."

틸리가 키득거렸다.

"당신 순 거짓말쟁이에요, 포. 항상 밤에 걸어서 집에 오잖아요. 게다가 반은 취한 상태로."

그놈의 망할 기억력.

"나야 길을 아니까 그렇지, 틸리는 모르잖아요. 길이라도 잃어버리면 어쩌려고요?"

그가 계속했다.

브래드쇼는 그가 익히 아는 표정을 지었다. 손전등과 지도를 들어 보이며 주머니에 손을 넣어 나침반을 꺼냈다.

"난 바보가 아니라고요, 포."

장난하는 게 분명했다. 지도랑 나침반이라고? 컴브리아의 고원은 지도와 나침반을 준비하고 나선 사람들을 수백 명도 넘게 집어삼켜 죽음에 이르게 했다. 날씨는 급변하고, 넘어지고, 길을 잃고…… 포에게 뭔가가 떠올랐다.

"언제부터 지도를 볼 수 있게 된 거예요, 틸리?"

브래드쇼가 웃었다.

"오늘 오후부터요. 구글에 어떻게 하는지 찾아보고 오는 길에는 나침반을 샀죠. 손전등은 이미 있었어요. 새 차에 딸려 나오던데요."

포는 한숨 쉬더니, 누구랄 것 없이 온갖 사람들을 고작 나침반 하나와 무적이라는 느낌으로 무장시킨 채 영국에서 가장 가혹한 환경으로 나가도록 내몬 모든 아웃도어 매장과 수치심 없는 기회주의자들을 속으로 욕했다.

"그래요, 그랬다 이거죠?"

브래드쇼는 죽은 스티븐 호킹보다 아이큐가 높았으니, 인터넷으로 지도 읽기를 배울 수 있는 사람이 있다면 바로 그녀일 터였다. 그를 향한 절대적인 의리 때문에 브래드쇼는 불필요하게 위험한 상황에 처할 때가 있었다.

"그랬죠, 포. 그리고 뭐라고 더 투덜거리기 전에 말하는데, 난 혹시 백업이 필요할 경우에 대비해서 지도 읽기를 배운 거라고요. 내가 벌써 한참 전에 허드윅 농장을 지오태깅geo-tagging*해놨기 때문에, 여기로 나를 안내해준 건 지도가 아니라 핸드폰이었다고요."

"핸드폰이요?"

"그래요, 포, 내 핸드폰이요. 나는 어디에 가든 지오태깅을 하거든요. 당신은 안 그래요?"

포는 고개를 흔들었다. 지오태깅이 뭔지 안다고 한들 그에게 그걸 할 수 있는 기술이 있을 것 같지가 않았다.

"그럼 필요하지도 않은 지도는 왜 들고 있어요?"

브래드쇼의 표정을 보니 뭔가 구린 데가 있었다.

"그냥요."

포는 그녀가 숨기는 게 있다고 느껴졌지만 그냥 내버려두기로 했다. 말다툼해봐야 무의미했다―브래드쇼는 너무 논리적이어서 틀렸을 때도 이겼다.

"화난 거 아니죠? 나 최대한 빨리 온 거라고요. 호텔에 체크인하자마자 여기로 걸어왔는데요."

포는 화가 난 게 아니었다. 어떻게 화를 내겠는가? 그가 도와달라고 했더니 브래드쇼는 모든 걸 내던지고 왔다. 하지만 포는 화를 낼 만한 사람을 알긴 했다. 브래드쇼는 그냥 벌떡 일어나서 떠난 모양이었다. 플린은 짜증을 낼 터였고, 그의 탓으로 돌릴 게 뻔했다. 포는 그

---

* 단말기에 지리 및 위치 정보를 저장하는 것을 가리킨다.

렇게 말했다.

"스테퍼니 플린 경위님이 오늘 교육받는 날이어서, 당신한테 도움이 필요한 것 같다고 메시지만 보내셨어요."

"하지만 그렇게 그냥……."

"경위님은 신경 안 써요, 포. 내가 모자 사고 있을 때 전화가 왔는걸요."

"진짜요?"

포는 놀랐다. 브래드쇼는 플린의 주요 자산이었다―섹션이 맡은 대다수 사건의 핵심 인력이었다.

"음, 경위님이 실제로 한 말은 이래요. '컴브리아로 가서 내 경사를 부디 ㄸㅗㅇㅌㅗㅇ에서 끌어내줘요, 틸리.' 경위님은 내가 한 것처럼 철자를 하나하나 부르시지는 않았지만요."

그거라면 좀 더 그럴듯했다. 포는 브래드쇼가 플린에게 달리 여지를 주지 않았으리라 짐작했고, 복장 규정과 마찬가지로 어떤 일은 싸울 가치가 없었다. 일단 브래드쇼의 머리에 뭔가 생각이 자리 잡고 나면 그랬다. 브래드쇼는 무슨 소리를 들어도 무시할 터였고, 상사는 어떻게 브래드쇼를 잡아야 하니 머리를 싸매야 했다. 포는 두 사람이 바깥에서 거의 5분은 서 있었다는 걸 깨달았다.

"들어가요, 이 바보. 주전자 올려놓을게요. 마실 차는 가져왔겠죠. 내일까지는 안 올 거라고 생각한 데다 가게에 갈 기회가 없었거든요."

"왜요, 포?"

"어…… 그냥 없었으니까요. 그래도 지난번에 틸리가 여기 왔을 때

먹다가 남은 게 있을 거예요. 조금 찾아보긴 해야…….."

"아뇨. 근데 왜 내가 내일까지는 안 올 거라고 생각했어요? 오늘 오후에 메시지 받았는데요."

"먼저 사무실에서 정리할 일이 있을 거라고 생각했죠."

브래드쇼가 입술을 한일자로 만들더니 혀를 내밀고 붸- 하고 불었다.

"내가 그런 메시지를 보냈으면, 포는 기다렸겠어요?"

그 말이 맞았다. 상황이 뒤바뀌었더라면, 포는 먼저 출발부터 한뒤에 플린에게 전화했을 터였다. 브래드쇼는 포의 가장 좋은 친구였다—그는 자기도 브래드쇼의 가장 좋은 친구라는 걸 이따금 잊었다.

"그래서요?"

그가 물었다.

"그래서 뭐요?"

"그 냄새나는 티백 가져왔어요?"

브래드쇼가 빙긋 웃었다.

"가져왔죠, 포. 주전자 물이 끓는 동안 어떻게 된 건지 말해봐요."

포는 브래드쇼에게 재러드 키튼과 만난 일과 그의 수수께끼 같은 말에 관해 이야기했다. 에스텔 도일과 약물 검사에서 나온 이상 결과도 말했다. 그리고 엘리자베스 키튼이 다시 실종되었다고도 했다.

브래드쇼는 말을 끊지 않았다. 귀를 기울이며, 배낭에서 꺼낸 노트북에 메모를 했다. 어떤 부분에도 토를 달지 않았다. 포는 이것이 브래드쇼의 일 처리 과정 중 첫 단계라는 것을 알았다. 가능한 한 모든 데이터 수집하기.

두 사람은 머그컵을 다시 채우고, 새벽 4시에는 좋은 결정을 내릴 수가 없다는 가정 아래 브래드쇼의 장비를 설치하는 게 최선이라는 데 동의했다.

"뭘 가지고 온 거예요, 틸리? 무거워 보이는데."

브래드쇼는 만족스러운 얼굴로 배낭을 열었다. 노트북 두 대와 서로 다른 색과 두께의 케이블 몇 개와, 소형 프로젝터처럼 보이는 것을 꺼냈다. 그것들을 부엌 벤치에 놓은 다음 다시 배낭에 손을 넣었다.

"아하! 찾았다."

브래드쇼는 작고 납작하고 짙은 파란색이 나는 상자를 소파 옆 테이블에 놓았다. 독서 등을 켜서 그가 제대로 볼 수 있게 해주었다. 두 눈이 흥분으로 반짝였다.

"짜잔!"

포는 반응을 안 보였다.

"자, 어때요?"

포는 그걸 어리벙벙하게 보았다. 거기에는 케이블을 끼울 수 있는 금속 연결부가 있었고 위쪽은 2, 3센티미터 깊이로 냉각 통풍구가 나 있었다. 포는 하루 종일 추측해도 그 상자의 용도가 무엇인지 감도 못 잡을 거라고 생각했다. 그게 연한 올리브색이었다면 포는 블랙워치Black Watch*에 있었을 때 들고 다니던 클랜스먼—통신병이 쓰던 전투용 무전기—보조 배터리랑 비슷하게 생겼다고 했으리라. 브래드쇼가 안테나 두 개를 보여주자—하나는 커다랗고 하나는 휩 형태의—그는 더 혼란스러워졌다. 그가 할 수 있는 최선은 어깨를 으쓱하는 것이었다.

브래드쇼가 실망한 표정을 지었다.

"이게 뭔지 몰라요?"

"몰라요."

브래드쇼가 낄낄거리자 포는 그녀가 자기를 놀리고 있다는 걸 알았다. 브래드쇼는 포가 아예 감도 잡지 못할 줄 알고 있었다.

"우리가 지난번에 여기서 일할 때 가장 큰 문제가 뭐였죠?"

"파란색 상자가 없었다는 거요?"

브래드쇼가 끄덕였다.

"바로 그거예요! 이건 핸드폰 신호 증폭기예요. 이걸 지역 핸드폰 안테나에서 가장 가까운 건물 바깥에 놓아두면, 이게 신호를 받아서 여기 이 중계기로 보낼 테고,"—브래드쇼가 또 다른 장비를 들어 보였다—"그리고 그게 다시 내가 여기 있을 때 내 핸드폰 신호를 증폭해주죠."

"그래요?"

• 영국군에서 꽤 알려진 보병 부대.

포는 다른 사람들의 기술적인 노하우를 고마워할 줄 알았다. 자기는 노하우가 없어도 된다는 뜻이니까.

"그래요, 포."

"이거 전부 해서 얼마나 들었어요?"

"전부 다 해서 600파운드도 안 들었어요."

"잘 건졌네요."

"알아요, 그죠!"

"그런데 이게 왜 필요하죠?"

브래드쇼가 고개를 저었다.

"나를 대인 기술 때문에 여기로 부른 게 아니잖아요, 포."

그렇다면 파란색 상자는 인터넷 접속과 연관되어 있을 터였다. 지난번에 허드윅 농장에서 일했을 때 브래드쇼는 '테더링'이라고 하는 것을 했다―자기 휴대전화를 인터넷으로 만들어 컴퓨터에 연결하는 혼란스러운 과정이었다. 하지만 그건 상당히 느렸고―허드윅 농장은 보아하니 '대역폭'이 좁은 모양이었다―단순한 텍스트 파일보다 용량이 큰 것을 이용하려면 브래드쇼는 샙 웰스 호텔에 가서 그곳의 와이파이를 써야 했다.

"그러니까 내가 여기서 일할 수 있다는 뜻이에요, 포. 호텔에는 프린터며 다른 장비도 몇 가지 있지만 이 정도면 시작하기에는 충분해요. 포가 아침까지 기다리자고 한 건 알지만, 정신 차려요, 포, 지금이 아침이라고요."

브래드쇼가 핸드폰을 확인했다.

"4시 22분이라고요."

브래드쇼는 오후 2시에 메시지를 받았다. 열세 시간 뒤에 허드윅 농장에 와 있었다. 그 시간 동안 진행 중인 사건들을 사람들에게 맡기고, 이런저런 전자 거시기와 생존 장비를 사고, 지도 읽는 법을 배우고, 600킬로미터 가까운 거리를 차로 달려 북쪽으로 왔다. 그런 다음 배낭을 싸고 3킬로미터에 달하는 거칠고 위험한 무어를 걸어서 가로질렀다.

한밤중에.

그러고도 당장 일하고 싶어 했다.

믿어지지가 않았다.

키튼 부녀는 이제 곧 자기들에게 무엇이 들이닥칠지 알지 못했다.

아 홉 째 날

26

"포…… 포…… 포……."

목소리가 그의 꿈속을 뚫고 들어왔다. 끈덕지고 반복적이었다. 그는 그 소리를 한동안 들은 느낌이었다. 그는 졸음기가 묻어나는 눈을 뜨고 자기 위로 몸을 숙이고 있는 뿌연 형체를 응시했다.

브래드쇼의 얼굴이 자기 얼굴에서 15센티미터도 안 떨어져 있었다. 그는 깜짝 놀라 물러났고 브래드쇼도 그랬다.

"맙소사, 대체 뭐예요……?"

"일어나요, 게으름뱅이."

브래드쇼가 말했다. 그녀는 소파에 있는 포 옆에 풀썩 주저앉았다. 포는 다리를 접어 브래드쇼에게 자리를 내주었다. 에드거가 뛰어올라 브래드쇼 목에 코를 부비적댔다.

"틸리…… 지금 몇 시예요?"

그는 브래드쇼가 앞으로 사용할 예정인 데이터베이스를 진단하고 접속이 되는지 시험해보는 동안 소파에 앉아 있던 것까지는 기억했다. 얼마 안 가서 두 사람은 일방적인 대화에 빠져들었고 거기서 포의 역할은 그저 깨어 있는 것뿐이었다. 그는 실패한 게 분명했다. 얼마나 오래 잔 것인지 궁금했다. 햇살이 목재 덧문의 가느다란 틈으로 스며들었다. 건물 절반이 무대처럼 밝았다. 여름이 한창이었고 이 위도에서는 해가 일찍 떴다.

"5시 36분이에요, 포."

포가 신음했다. 한 시간 좀 안 되게 잔 것이었다.

브래드쇼는 쌩쌩해 보였다.

"식별 가능한 패턴들과 규칙들을 좀 생각해봤어요."

"누구는 아니겠어요?"

"지금 우리 문제는 데이터가 있기는 한데 엉뚱한 데이터가 있다는 거예요."

"젠장맞을, 틸리. 나 일어나서 커피 좀 마시고 나서요."

브래드쇼의 눈이 휘둥그레지자 포는 사과했다. 그가 잠든 게 브래드쇼의 탓은 아니었다.

"괜찮아요, 포. 스트레스가 엄청날 거 아니에요."

브래드쇼가 손을 뻗어 어색하게 그의 머리를 도닥였다.

"에…… 뭐, 그렇겠죠."

"포가 커피 마시고 싶어 할 줄 알고 내가 만들어뒀어요."

브래드쇼가 머그컵을 건넸다. 컵에 꽉 찬 커피는 김이 나도록 뜨거웠다.

"굉장하네요, 틸리."

브래드쇼는 커피를 마시지 않으니 그게 얼마나 진한지 가늠할 수 없었겠지만 이번 것은 완벽했다. 델 듯이 뜨거운 커피를 홀짝이면서 포는 브래드쇼가 방금 한 말을 마음속으로 번역했다. 엉뚱한 데이터가 있다나 뭐 그런 이야기였다. 포가 무슨 뜻인지 물어보려는데 브래드쇼의 말이 그를 화들짝 놀라게 했다.

"11시에 스테퍼니 플린 경위님과 영상회의를 잡아놨어요, 포."

"뭘 했다고요?"

"영상회의를 잡아……."

"도대체 왜 그런 거예요?"

그는 자기가 먼저 플린에게 전화해서 어떻게 된 건지 설명할 작정이었다. 이제 마치 그가 플린을 피한 것처럼 되어버렸다.

"스테퍼니 플린 경위님의 조건이었어요. 매일 보고하는 게요. 우리가 섹션의 프로토콜을 벗어나지 않도록, 수사의 범위를 직접 감독할 거라고 하셨어요."

포는 말이 없었다. 그것은 플린이 아니라 브래드쇼의 말투랑 너무 비슷했다.

"플린 경위가 정확히 뭐라고 했어요, 틸리?"

브래드쇼의 얼굴이 빨개졌다.

"포가 어른의 감시 없이 움직이는 거라고 생각한다면, 빌어먹을 다시 생각하는 게 좋을 거예요."

"그렇게 말했어요?"

"네. 다만 '빌어먹을'이 아니라 욕이었어요."

"무례하기도 하지."

"이제 시작해도 돼요?"

"그럼요, 틸리. 돌을 하나하나 뒤집어보면서 숨은 것들을 찾아내봅시다."

브래드쇼가 끄덕였다.

"말 한번 잘했어요, 포."

두 사람이 차와 토스트를 먹으려고 자리에 앉을 때 포는 브래드쇼가 나타난 후로 물어보기 두려웠던 질문을 했다.

"어머니가 당신 여기 있는 거 아세요?"

그는 좀 바보 같다고 생각했지만 달리 방법이 없었다―브래드쇼 부인에게는 그의 연락처가 있었다. 브래드쇼는 그보다 고작 몇 살 어릴 뿐이었지만, 어머니 관점에서는 절대 학계를 떠나 국가범죄수사국에 취직해서는 안 되는 사람이었다.

"아세요, 포."

포는 자기 딸이 북쪽으로 득달같이 달려가 또 어찌 될지 모를 일을 하려는 상황을 두고 어머니가 괜찮다고 하지는 않았다는 걸 알아챘다. 지난번에 두 사람이 컴브리아에서 일했을 때는…… 불필요할 정도로 흥분되었다. 브래드쇼는 결국 그를 불타는 건물에서 끌어내기까지 했다. 두 사람 다 흉터기 남았다.

"그리고요?"

"좋아하지는 않으세요, 포."

"정확히 뭐라고 하셨어요?"

"포에게 와달라고 부탁할 권리가 없다면서, 나를 또다시 위험에 빠뜨릴 게 뻔하다고 하셨어요."

"그러면 아빠는 뭐라고 하셨나요?"

"빌어…… 워싱턴 포는 참 좋겠구먼. 그랬더니 엄마가 아빠더러 욕한다고 야단쳤어요."

브래드쇼가 대답했다.

포가 웃었다. 그는 브래드쇼의 아버지를 딱 한 번 만났다. 그는 용접공이었다. 속속들이 육체노동자였다. 좋은 남자였다. 아내와 딸을 사랑했다. 자기와 브래드쇼 부인의 유전자가 어떻게 이어져서 지금 허드윅 농장에 있는 것 같은 사람이 나왔는지 당최 알지 못했다.

하지만 브래드쇼는 달라졌다. 처음에 만났을 때 브래드쇼와 그는 첫눈에 서로가 마음에 안 들었다. 그는 신기술 반대론자였고 그녀는 가방끈 긴 멍청이였다. 그런데…… 그게 어찌어찌 잘 맞았다. 그리고 그랬기에 두 사람 다 태도가 바뀌었다. 브래드쇼는 이제 수학이나 과학에 관련된 것이라면 무엇이건 포가 무관심해한다는 사실에 좌절하지 않고, 포는 브래드쇼가 보여주는 실례되는 행동을 일일이 바로잡지 않았다. 대신 포는 그것을 즐기기 시작했다. 귀여움에서 당혹스러움까지, 브래드쇼는 브래드쇼였다. 포는 이제 그렇지 않은 브래드쇼는 바라지 않았다.

그리고 서툰 태도도 어느 정도 사라졌다. 브래드쇼는 이제 두 사람이 대화할 때 상대의 눈을 너무 빤히 쳐다보지도 않았고, 자신의 대장 운동에 관해 너무 자주 언급하지도 않았으며, 무슨 말을 하든 '이 수수께끼를 풀어봐요, 포'라는 투로 시작하지도 않았다. 심지어 자기가 독백을 하는 중에 포의 눈이 게슴츠레해지는지 아닌지 알아채기도 했다.

예전에는 포가 잠들었다가 깨어나도 계속 떠들고 있었는데.

27

브래드쇼는 노트북 세 대를 모두 열어놓았다. 하나는 국가범죄수사국 내부 전산망에 연결되어 있었고, 하나는 구글 홈페이지와 브래드쇼가 적은 메모로 화면이 분할되어 있었고, 마지막 하나는 포가 모르는 알려지지 않은 검색 엔진이 떠 있었다. 아마도 다크 웹을 검색하는 용도일 것이었다. 포는 발전기 연료를 다시 채워놓아야겠다고 생각했다. 브래드쇼가 남는 콘센트를 모두 사용하고 있는 와중에 폭풍 웬디가 접근 중이었으니.

"스테퍼니 플린 경위님과 이야기하기 전에 지금 우리 생각을 요약해보는 게 어떨까요, 포?"

"좋은 생각이에요."

보스 앞에서보다는 둘이 있을 때 의견이 안 맞는 쪽이 훨씬 나았다.

"재러드와 엘리자베스 키튼이 뭔가를 계획하고 있다고 생각해요?"

"그래요, 하지만 내가 항상 맞는 건 아니죠."

"그리고 그 계획의 한 부분으로 엘리자베스의 죽음을 꾸몄고요."

포가 끄덕였다.

"그런데 뭔가 틀어졌고 재러드 키튼이 딸을 죽인 혐의로 유죄 판결을 받았어요."

포가 어깨를 으쓱했다.

"내가 재판에 나갔잖아요. 재러드 키튼은 자기가 감방에 갈 거라고는 생각지도 않았던 게 분명해요."

"하지만 알 수 없는 이유로 두 사람은 6년을 기다려야 했고, 그 뒤에 엘리자베스가 자신이 살해되지 않은 걸 증명하기 위해 나타났죠."

포는 가만히 있었다. 그걸 말로 들으니 더 있을 법하지 않은 일처럼 들렸다.

"그런데 또다시 실종되었네요."

브래드쇼가 말했다.

"그런 모양이에요."

"그리고 그건 포가 그 여자 혈액에서 이상한 점을 발견하기 전에 벌어진 일이죠?"

포가 끄덕였다.

브래드쇼가 그를 빤히 보았다.

"그럼 이제 시작하는 게 좋겠어요. 처리할 게 아주 많아요."

"그래요?"

"의문이요, 포. 의문이 아주 많아요."

브래드쇼는 옳았다. 그리고 의문에는 데이터 검색이 뒤따랐다. 그리고 올바른 데이터가 있으면 브래드쇼는 거의 모든 일에 답을 찾을 수 있었다.

"내가 보기에는 주요 의문이 다섯 개 있고 부수적인 게 여러 개 있어요. 각각에는 필요한 정보를 얻는 직접적이거나 간접적인 경로가 있고요. 어떤 건 지금 내가 얻을 수 있고, 어떤 건 허가를 받아야 하고, 어떤 건 나가서 찾아야 해요."

포가 메모장을 들었다.

"말해봐요."

브래드쇼가 손가락을 하나 들었다.

"우리는 엘리자베스 키튼이 6년간 어디 있었는지 알고 싶어요."

"동의해요."

브래드쇼가 두 번째 손가락을 들었다.

"우리는 그 여자가 지금 어디 있는지 알고 싶어요. 같은 곳인가, 아니면 다른 곳으로 이동했나?"

포는 6년 동안 숨기에 안성맞춤인 은신처라면, 며칠 더 머무르는 데도 충분할 거라고 생각했지만 아무 말도 하지 않았다.

"세 번째. 키튼은 포에게 예전부터 악의가 있었던 것인가? 다시 말해서, 지난번 수사 이전에 두 사람이 서로 마주친 적이 있나?"

포는 그 부분은 고려하지 않았다. 마주친 적이 있다고 생각하지 않았지만 아니라고 확신할 수는 없었다. 그동안에 그가 건드린 사람이 많았으니까. 그들 중 하나가 간접적으로 재러드 키튼이었을 가능성도 있었다.

브래드쇼가 네 번째 손가락을 들었다.

"뭐가 그렇게나 중요해서 둘이 합해서 12년이라는 시간을 자발적으로 포기할 수 있었을까?"

"다섯 번째는요?"

"다른 누군가가 개입되어 있는가?"

포가 끄덕였다. 그 역시 이 음모가 키튼 부녀에서 끝나지 않는다고 보았다. 엘리자베스가 감방에 있는 아버지에게 메시지를 전달하는 건 너무 위험했다. 전화는 녹음되었고 우편은 감시되었다. 제3자가 연락책으로 움직이는 편이 훨씬 나았다.

"키튼의 수감 기록이 필요해요. 누가 방문했는지. 누구랑 대화했는지. 그 안에서 누구랑 어울렸는지."

포가 말했다.

"그건 내가 접속할 수 없는 정보예요. 여기서는 안 돼요, 허가가 없으면."

"그러니까 스테프랑 영상회의가 필요한 거군요."

브래드쇼가 끄덕였다.

포는 브래드쇼라면 '틸리, 나한테 문제가 생겼어요'라는 메시지를 받은 지 몇 분 지나지 않아서 영상회의며 이메일이며 문자 등을 뒤져 이미 아는 것들을 취합하고 그 뛰어난 머리를 굴려보았으리라고 자신했다. 브래드쇼는 여러 가지 시나리오를 떠올렸을 테고 그것들 각각에 맞는 행동을 계획해뒀을 터였다.

바로 그런 까닭에 브래드쇼가 일찌감치 영상회의를 하자고 한 것이었다—행동 계획에는 키튼의 수감 기록을 입수하는 것도 빠질 수 없었으니까. 그리고 캐내야 할 데이터원으로써 수감 기록은 양이 방대할 것이었다. 왕립교정국은 어마어마한 조직이었다. 키튼이 머무른 감옥마다 몇 가지 기록을 만들었을 터였다. 각 구역 교도관, 개별 담당 교도관, 규율, 비밀 보안 유닛, 교육, 훈련, 작업, 재소자 재무, 범죄자 관리, 의료―목록은 끝이 없었다. 이것은 처리하기에 상당히 많은 정보였다.

브래드쇼는 방대한 양의 데이터를 무척 좋아했다. 데이터 샘플이 클수록 분석도 더 정확해졌다. 브래드쇼는 예전에 이런 말도 했다―적절한 데이터를 충분히 주면 무엇에서든 패턴을 찾아낼 수 있다고. 그것은 그냥 뻐기는 말이 아니었다. 포가 두 눈으로 직접 보았으니까.

게다가 이제까지 수감 기록을 살필 이유가 있는 사람은 없었을 테니 데이터는 날것 그대로였다. 다른 사람들은 모두 아직 키튼이 말하는 것을 믿고 있었다. 그건 괜찮았다. 써먹을 수 있는 정보를 발견하면 누군가 그걸 망쳐버리기 전에 움직일 수 있다는 뜻이었으니.

포는 브래드쇼가 햄프셔 본부에서 나오기 전에 또 무슨 일을 했을지 궁금했다. 브래드쇼는 벌써 포보다 더 많은 걸 해냈다.

뭔가가, 브래드쇼가 아직 인식하지 못했을 뭔가가 포에게 떠올랐다.

"한 가지 감안해야 할 요소가 더 있어요, 틸리."

브래드쇼는 안경을 코 위로 더 밀어 올리고서 기대하며 기다렸다.

"재러드 키튼의 약점인 자부심이에요."

포가 말했다.

그는 브래드쇼가 새로운 파일을 열고 '자부심'이라고 적는 것을 보았다.

"키튼은 다른 사람들과 천성적으로 달라요. 그 인간의 관점에서는 상대방이 졌다고 스스로 인식하기 전까지는 이긴 게 아니에요. 난 그자가 참지 못하고 그 힌트들을 던져준 것도 바로 그것 때문이었다고 확신해요. 그 자부심이 놈을 이길 방법이에요."

브래드쇼는 자기가 사용하던 프로그램에 일련의 숫자와 글자를 입력했다. 포는 컴퓨터 코드가 브래드쇼의 안경에 반사되는 게 보였다.

"우리 그걸 아웃라이어˙라고 해요, 포."

"바로 내가 하려던 말이었어요."

브래드쇼가 활짝 웃었다.

브래드쇼가 이른 아침에 그를 깨워준 일의 한 가지 이점은 오후에 할 일을—그러니까 폭풍 웬디와 기이한 채식주의자의 방문에 대비해 물건을 사놓는 일을—오전에 할 수 있다는 것이었다.

출발은 그럭저럭 괜찮았다. 아니, 브래드쇼 생각에는 그랬다. 브래드쇼는 스스로 만든 프로그램에 의심스러울 정도로 많은 데이터를 집어넣었다. 브래드쇼는 홈스2˙˙—내무부 대규모 주요 조사 시스템의 두 번째 화신—그러니까 복잡한 사건을 관리할 때 모든 경찰이 사용하는 프로그램을 쓰지 않으려고 했다. "엄청나게 거대한 데이터베이스가 있으면 뭐 해요, 분석하고 예측할 수 없는데?" 브래드쇼의 말

• 평균치에서 크게 벗어나서 다른 대상들과 확연하게 구분되는 것.
•• Home Office Large Major Enquiry System의 약어. 연쇄살인이나 대규모 사기 등 주요 사건을 수사할 때 영국 경찰에서 이용하는 IT 시스템이다.

이었다. 포는 홈스2에 실제로 분석과 예측 기능이 있다는 것을 누가 브래드쇼에게 지적했을 때 그 자리에 있었다. 그 말에 브래드쇼가 비웃음을 던지자 홈스2 기술 애호가가 눈물을 흘렸다.

브래드쇼는 자기 프로그램이 약 90분 동안 돌아갈 거고 그런 뒤에는 키튼의 수감 기록이 필요할 거라고 포에게 말했다. 포는 플린과 영상회의를 하기 전 쇼핑을 다녀올 시간이 충분하다고 판단했다. 그는 브래드쇼에게 뭘 사려고 하는지 보여준 뒤 그녀가 사고 싶은 것 중에 목록에 없는 걸 적어달라고 했다.

브래드쇼는 적었다. 그리고 거기에 의심스러울 만큼 시간을 많이 들였다.

포는 사륜 바이크를 타고 샙 웰스 호텔로 가서, 렌터카에 올라탄 뒤 켄들에 있는 부스 슈퍼마켓에 들어갔다. 보통 그는 샙 마을에 있는 청과물 가게와 정육점을 이용했지만 브래드쇼가 요청한 것을 보고 좀 더 중산층다운 매장이 필요하겠다는 걸 깨달았다. 더구나 평소 가는 청과물 가게에 석류니 금귤 같은 허세 가득한 과일 목록을 보여주고 싶지는 않았다.

부스 슈퍼마켓에 있는 과일과 채소 섹션은 시장 가판대처럼 진열되어 있었고 포는 문신을 한 매장 직원에게 물건들이 어디 있는지 물어야 했다. 브래드쇼가 사달라고 한 과일을 찾은 다음 포는 퓌 렌즈콩, 유기농 통밀 파스타와 두부 따위가 있는지도 물어보았다. 결국 포는 목록을 둘로 잘라서 직원에게 브래드쇼가 부탁한 쪽을 주고, 정육점 계산대에서 만나자고 했다.

매장 직원이 그걸 보더니 히죽거렸다.

"누구신지 오늘 호사를 누리시네요."

"젠장, 그냥 좀 가져다줄래요?"

포가 툴툴거렸다. 포는 그 일이 즐겁지 않았고 브래드쇼의 목록에 있는 것들은 전부 창자를 박박 닦아낼 듯 건강하게 들리는 이름이었다. 포는 자기가 그런 걸 좋아할 리 없다는 걸 알았다.

정육점 계산대로 가자 기분이 조금 나아졌다. 그는 본인이 먹을 것으로 근사하게 마블링 된 꽃등심을 고르고, 냉장고에 채울 베이컨과 블랙푸딩과 컴벌랜드 소시지를 샀다. 문신한 직원이 고리버들 바구니에 포가 모르는 음식을 넘치도록 담아 가지고 왔을 때, 포는 그에게 2파운드 동전을 주고 무례하게 굴어서 미안하다고 사과했다.

"아이, 별말씀을요."

직원은 섬유질이 풍부해 보이는 음식으로 가득한 바구니를 보더니 다시 포를 보았다.

"화장실 휴지는 저기 있는데요……."

그가 허드윅 농장에 돌아갔을 때 브래드쇼는 타이핑을 그만두고 녹차를 마시며 다리를 탁자에 올려놓고 유튜브로 요리 프로그램을 보고 있었다.

정확히 말해 재러드 키튼의 요리 프로그램이었다.

28

 벌리스 앤드 슬로는 2008년 개장해서 요리 평론가들에게 찬사를 받았지만 재러드 키튼은 훨씬 오래전부터 요식업계의 왕족이었다. 그는 10대에 주요 상을 수상했고 얼마 안 가 유명한 잡지에서 그를 영국에서 가장 탁월한 재능을 타고난 셰프라고 소개했다. 런던의 여러 주방에서 수도 없이 제안을 받았으나 전부 거절하더니, 모두를 놀라게 하면서 프랑스 리옹으로 건너갔다. 거기서 그는 유명한 셰프 질 가르니에 문하에 들어가 요리 수업을 계속했다. 젊은 재러드 키튼은 프랑스 요리를 쉽게 터득했고, 곧 가르니에의 *수세프 드 퀴진**이 되었다. 그 레스토랑의 메뉴 중 두 가지 주요 요리가 키튼이 개발한 요리로 대체되었다. 그는 프랑스어를 유창하게 할 수 있게 되었고 손강 강변에 아파트를 빌렸다.
 그러더니 일을 관뒀다.
 그가 쓴 두 권의 자서전 중 처음 발행된 책에 따르면 그는 어느 날 아침 자기가 더는 요리에 흥분을 느끼지 못한다는 걸 깨달았다. 진짜

• 부주방장에 해당하는 자리.

이유가 무엇이었든 다음에 등장했을 때 재러드 키튼은 결혼해서 어린 딸이 있었고, 유명한 퓨전 음식 셰프 엘렌 지가도의 소유인, 파리의 한 레스토랑에 있었다. 바로 그곳에서 그는 음식에 대한 사랑을 재발견했다. 10년 뒤에 레스토랑은 미슐랭 별이 하나도 없던 상태에서 모두들 탐내는 별 세 개로 올라섰다. 그와 지가도는 절친한 친구가 되었다. 그는 파리에서 런던으로 이주했지만 거기 오래 머무르지는 않았다. TV 인터뷰에서 그는 수도 런던의 음식이 너무 보수적이라고 주장했다. 그는 숨 막히는 런던 요리계에서 벗어나 자기 뜻대로 하고 싶었다.

그리고 그것이 바로 벌리스 앤드 슬로였다. 엘렌 지가도의 자금을 받아 그는 컴브리아 코트힐이라는 작은 마을에서 1, 2킬로미터 떨어진 곳에 있는, 허물어져가는 물레방아를 사들였다.

그는 처음으로 미슐랭 별을 받은 뒤에 토요일 오전 요리 프로그램의 주요 출연자가 되었다. 두 번째 별을 받자 자체 TV 시리즈를 맡았다. 그리고 벌리스 앤드 슬로가 국제적인 별 세 개짜리 엘리트 레스토랑 대열에 합류하자, 그는 자기 몸값을 원하는 대로 부르며 초빙 셰프로 진 세계를 여행할 수 있게 되었다.

그는 은퇴할 수도 있었다. 그에게는 돈이 있었다. 벌리스 앤드 슬로가 그만큼 성공하지 않았더라도 TV 계약만으로 연간 일곱 자리 숫자의 돈을 벌어들였다. 책도 마찬가지로 큰 수입이 되었다.

그러나 재러드 키튼은 요리하는 게 너무 좋았다.

200파운드짜리 테이스팅 메뉴가 실제로는 명패에 달린 셰프에게 만드는 법을 배운 사람에게 만드는 법을 배운 사람이 요리하는 경우도 있는 요즘 같은 시대에, 벌리스 앤드 슬로는 훨씬 나은 편이었다. 재러드 키튼이 직접 요리하지 않았다면, 적어도 패스에 서서 음식이 나갈 때 직접 확인은 했을 테니까.

"뭐 좀 있어요?"

브래드쇼가 손가락을 입에 가져다댔다. 그녀는 침묵이 필요했다. 브래드쇼는 자기 주변을 작은 둥지로 만들었다. 가구 위치를 바꿔서 죽 늘어선 컴퓨터 모니터들이 아침 햇살에 닿지 않게 해놓았다. 작업 공간이 초승달 모양으로 배치되어 있었다. 브래드쇼는 그 가운데에 엔터프라이즈호 함교에 있는 커크 함장*처럼 앉아 있었다. 브래드쇼는 유튜브를 보면서, 배에 얹어놓은 휴대용 키보드를 쳤다. 그녀가 쓰는 내용이 왼쪽에 있는 노트북에 나타났다. 브래드쇼는 그걸 한 번도 쳐다보지 않았다. 포는 일부분을 읽으며 오타도 없고 포맷도 완벽한 것을 확인했다. 브래드쇼의 오른쪽에 있는 노트북에는 웬 오디오 프로그램의 그래픽 이퀄라이저가 밝은 색상으로 화면을 가득 채우고 있었다. 1980년대 후반에 있었던 최고급 하이파이 오디오 같았다.

브래드쇼가 일시 중지를 누르자 모든 게 멈췄다.

"당신 말이 맞아요, 포. 키튼은 교과서적인 사이코패스예요. 사이코

---

* 〈스타 트렉 Star Trek〉 시리즈의 주요 함선과 그 선장 커크 대령.

패스적인 나르시시스트라는 게 더 정확하겠네요. 전부 '나' '나를' '나의'로 가득해요. 게스트들과는 거의 소통하지 않고요. 대화를 할 때도 상대방 말을 듣지 않고, 자기가 다시 말할 때를 기다리고 있어요."

"그건 그냥 요리 쇼잖아요. 경쟁이라는 요인도 감안해야 할 것 같은데요. 그가 관리해야 할 잘난 인간들이 그 자리에 있을 테니까요."

포는 키튼을 두둔하는 건 아니었지만 냉철하게 생각할 필요는 있었다.

사실 브래드쇼는 그 점을 이미 감안했다.

"내가 사용하는 텍스트 분석기는 언어학자들이 '기능어'라고 부르는 것들에 초점을 맞춰요. 우리가 생각하지 않고 쓰는 자연적인 말이죠. 대본에 나온 부분을 제외하면, 재러드 키튼의 단어 패턴에는 '나' '나를' '나의'라는 대명사가 다른 셰프들에 비해서도 더 많고, 일반 대중에 비하면 훨씬 더 많아요."

"그럼 적어도 내 생각이 한 가지는 맞았네요."

포가 만족스러운 듯 그르렁댔다. 이제까지 키튼을 사이코패스라고 진단한 사람은 그뿐이었다.

"뭔가 새로운 거 없어요?"

"수감 기록을 받을 때까지는 제대로 된 작업을 할 수가 없지만……. 한 가지 흥미로운 부분이 있어요."

브래드쇼가 유튜브로 돌아가서 다른 동영상을 골랐다. 브래드쇼는 재생을 눌렀다. 어린 엘리자베스 키튼이 화면에 나왔다. 열다섯 살쯤 되었는데 재러드의 쇼에 출연한 것이었다. 다른 셰프도 자기 딸과 함께 나왔다. 무슨 요리 경연 대회에서 아버지들의 음식을 블라인드 테스트하는 상황이었다.

포는 그때까지 엘리자베스 키튼의 사진만 본 상태였다. 그가 보니 오디오 프로그램은 다른 노트북에서 돌아가고 있었다. 유튜브 동영상 아래쪽에 27분짜리라고 나와 있었다. 브래드쇼가 일시 정지를 눌렀다.

"나중에 제대로 볼 수 있지만, 우선 엘리자베스가 어떻게 말하는지 들어보라고요."

잠시 동영상을 들은 뒤 브래드쇼가 다시 일시 정지를 눌렀다.

"엘리자베스의 발화 패턴에는 아버지와 똑같은 나르시시스트의 특성이 나타나지 않아요."

브래드쇼가 말했다.

"그래요?"

"그런 증거가 전혀 없어요."

"아직 어리잖아요. 이런 건 자라면서 생기지 않아요?"

"언어에서는 반대예요. 어린애들은 아직 자기가 어떤 존재인지 숨기는 법을 배우지 못했기 때문에 발화 패턴도 속임수가 거의 없이 자연스럽죠."

포가 뭐라고 대답하기 전에, 중간에 있는 노트북이 날카로운 소리를 냈다. 브래드쇼가 버튼을 누르자 스테퍼니 플린의 얼굴이 화면에 나타났다.

늦게 자고 술을 좀 과하게 마셨을 때 찾아오는 피로가 있다. 그런 피로는 아침에 일어나기가 힘들다뿐 일단 일어나면 곧 희미해진다. 그걸 털어내려면 다음 날 밤에 여덟 시간을 꼬박 자야 한다—이런 식으로 몸은 우리가 이제 스물한 살이 아니라는 걸 알려준다.

그런가 하면 다른 종류의 피로도 있다. 무거운 코트처럼 몸을 내리누르는 것 같은, 뼈가 아프다고 느끼게 하는 피로. 그럴 때는 잠을 얼마나 자든 상관없이 지속적으로 에너지가 부족하다고 느낀다. 항상 피곤하다고 생각하게 된다.

플린은 그런 종류의 피로를 느끼는 듯했다. 눈의 흰자위가 술에 취해서 눈 오줌 색깔이었고 어깨는 둥글게 굽어 처져 있었다. 부스스한 모습이 차에서 잔 것처럼 보였다. 적어도 한 달은 그런 상태였다.

"안녕하세요, 스테퍼니 플린 경위님."

브래드쇼가 말했다.

플린은 다짜고짜 질문부터 했다. 그리고 그걸 브래드쇼에게 던졌다.

"그 인간 얼마나 심각한 똥통에 빠진 거예요?"

브래드쇼의 얼굴이 뻘개졌다.

"잘 모르겠어요, 스테퍼니 플린 경위님. 서류상으로 본 것과 컴브리아 쪽 자료를 검토한 걸 고려하면, 그 사람들의 평가가 정확했다고 봐야 할 것 같아요. 증거물 연계성에 관한 포의 보고서도 철저했고 포의 말도 맞았어요. 혈액은 안전하게 채집되고, 운송되고, 검사되었어요. 따라서 엘리자베스 키튼은 살아 있고, 키튼 씨는 그 여자를 죽였을 수가 없어요."

"그런데요……?"

"그런데 포가 아직 말씀드리지 않은 부분이 하나 있어요."

브래드쇼가 포 쪽으로 몸을 돌렸다.

포는 엘리자베스의 혈액에서 발견된 블랙 서머 트러플의 흔적에 관해 플린에게 이야기했다. 곧 청구서가 플린의 책상으로 날아갈 거라는 점은 언급하지 않았다.

"납치범이 그 여자한테 트러플을 먹였을 수는 없을까? 압박을 받는 상황에서 범죄자들이 무슨 짓을 저지를지 추측하는 건 헛짓거리라고 당신도 수없이 말했잖아."

"그랬을 수도 있지."

포도 인정했다. 그렇지만 과연 그럴까 의심스러웠다. 가장 그럴듯한 설명은 엘리자베스 키튼이, 양육 환경을 감안하면 자연스럽지만, 미식에 맛을 들이게 되었고 추방되어 있는 동안 자제하지 않았다는 것이었다.

플린은 아무 말도 하지 않았다. 포는 그녀가 확신하지 못한다는 걸 알 수 있었다.

"그게 전부야?"

포가 그렇다고 인정하기 전에 브래드쇼가 먼저 말했다.

"그게 다가 아니에요, 스테퍼니 플린 경위님. 엘리자베스 키튼이 지난 6년 동안 어디에 있었다고 주장했냐는 부분에도 문제가 있어요. 그것도 포의 이론을 뒷받침하죠."

"납치라는 걸 안 믿는 거예요?"

플린이 물었다.

"거기에 문제가 좀 있다고 생각해요."

"뭐가 있죠?"

"그 여자가 앨스턴 도서관에 나타난 날 경찰 데스크가 열릴 확률이 3.29퍼센트밖에 안 된다는 점은 차치하고, 중요한 문제는 그 여자가 거기까지 걸어서 갔다고 주장하는 거예요. 어젯밤에 제가 포의 집까지 걸어오면서 얼마나 걸리는지 재보고, 그걸 엘리자베스 키튼 사건에 대입해봤거든요."

포가 브래드쇼를 빤히 쳐다봤다. 뭔가 다른 게 있을 줄 알았다. 브래드쇼는 당장 시작하고 싶었을 뿐 아니라, 엘리자베스 키튼이 밤에 얼마나 빠르게 걸을 수 있었는지 알아내고 싶었던 것이다.

"저는 그 여자가 나흘 동안 아무것도 먹지 않은 사실을 보상하려고 9킬로그램짜리 배낭을 멨어요. 점근선 전개 이론의 한 가지 형태를 가져다가 필요한 대로 수정했고요."

플린이 팔짱을 끼더니 노려보았다.

때때로 브래드쇼의 머리에 있는 내용은 두 사람이 이해할 수 있는 언어로 잘 번역되지 않은 채 입 밖으로 나왔다. 국가범죄수사국에 합류하기 전 브래드쇼는 아이큐가 최상위 백분위 수에 해당하는 사람들하고만 일해봤는데, 그들은 과학적으로 순수한 설명을 이해하고 또 '기대하는' 부류였다. 브래드쇼는 다른 부류의 동료에게 상대를 무시하거나 무례하게 구는 것처럼 보이지 않으면서 뭔가를 알려주는 요령이 없었고, 포가 외교 쪽을 부드럽게 코치해주고 있기는 했지만—자기도 결코 그쪽에 뛰어나지 않으면서—그건 험난한 길이었다.

"내 버전으로 말해줄 수 있어요, 틸리?"

그가 유도했다.

브래드쇼가 한숨 쉬었다.

"그 여자가 얼마나 걸을 수 있었을지 제가 계산한 다음 지도에 원으로 표시해뒀다고요."

"아, 〈도망자The Fugitive〉*에서 한 것처럼요."

포가 끄덕였다.

"이건 기초 통계학이라고요. 두 사람이 어떻게 일을 해내는지 정말 모르겠네요."

브래드쇼가 중얼거렸다.

"그래서요?"

플린이 말했다.

"앨스턴과 주변 지역을 찍은 위성사진에 제 계산을 대입해봤어요. 그곳은 아주 시골이고 근처에 별게 없어요. 그 여자가 정말 건물에서 탈출했다면 경찰이 지금쯤 발견했을 거예요."

브래드쇼가 말했다.

---

* 해리슨 포드와 토미 리 존스가 주연한 1993년 영화. 아내를 살해한 혐의를 받은 남자가 무고함을 밝히려고 도망 다니는 내용이다.

플린이 양손 손가락을 붙여서 세웠다.

"혹시 우리가 지금 거꾸로 생각하고 있는 건 아닐까요? 엘리자베스가 무슨 이유에선지 아버지를 벌주고 있는 거 아닐까요? 자기 죽음을 날조한 다음 편히 앉아 아버지 주변에서 일어나는 일을 즐긴 건 아닐까요?"

포도 그걸 생각해보았다. 이론적으로는 좀 더 타당했다. 그거라면 답이 없는 의문도 확실히 줄어들었다.

"분명 가능한 이야기야, 보스."

포가 말했다.

"하지만 그렇게 생각하지는 않는 거지?"

"그래, 아니야."

"왜지?"

"키튼이 화를 내지 않았기 때문이야. 그자는 엘리자베스 얘기를 거의 하지 않았어. 그 여자가 이 모든 일의 배후에 있었다면, 그자는 딸을 향한 노여움을 숨길 수 없었을 거야. 내가 느낀 건 나를 향한 적의뿐이었어."

"좋아. 당신은 거기 있었고 우린 아니니까."

플린이 말했다.

플린이 그렇게 뛰어난 경위가 된 이유는 결코 시시콜콜 간섭하거나 추측하지 않기 때문이었다. 플린은 믿을 수 있는 팀이 있었고 그들을 신뢰했다.

"한 번에 하나씩, 어떻게 된 거라고 생각해?"

"둘이 같이 계획한 거야."

포가 말했다.

"동의해요, 스테퍼니 플린 경위님."

플린은 생각에 잠긴 얼굴이었다.

"이게 무슨 좆같은 난리인지."

이윽고 말했다.

"동의해요, 스테퍼니 플린 경위님, 이건…… 거지같은 난리예요."

"필요한 게 뭐야?"

플린이 물었다.

"재러드와 엘리자베스 키튼에 대한 섹션의 정식 프로파일링."

포가 대답했다.

"키튼은 6년 전에 프로필을 만들지 않았나?"

"제대로 할 줄 아는 사람이 한 건 아니라서."

"말 되네."

"그리고 현장에서 분석해야 할 정보가 있을 거야."

"그래서……?"

"틸리가 여기 있어 줘야겠어."

놀랍게도 플린은 동의했다. 그보다 더 놀랍게도 직접 와서 돕겠다고 하지 않았다. 포는 플린의 친구였고 문제에 빠져 있었기에 플린 역시 첫 기차를 타고 올 거라고 예상했다. 도대체 플린한테 뭔 일이 벌어지고 거지……?

"키튼의 수감 기록도 필요할 거야. 감방에 들어간 뒤로 그자가 무슨 일을 꾸몄는지 알려진 게 거의 없어. 누가 그를 찾아갔는지도 모르고. 변호사가 누군지도 몰라. 더럼을 빼면 어떤 교도소에 수감되어 있었는지도 모르고."

플린이 메모했다.

"그건 오늘 아침에 처리할게. 다른 건?"

"특정 데이터베이스에 접근할 수 있는 임시 허가가 필요해요, 스테퍼니 플린 경위님."

브래드쇼가 말했다.

"목록이 나오면 전달해줘요. 이제 뭘 할 거야?"

플린이 말했다.

"기본적인 경찰 업무지, 보스. TIE 전략을 세우고 좀 더 써먹을 만한 정보를 취합해야지."

지금 시점에서 달리 할 수 있는 일은 없었다. TIE—추적Trace, 면접Interview, 제거Eliminate—는 형사들이 하는 모든 일의 근간이었다. 면담해봐야 할 사람을 식별하고 찾아내기, 그들에게서 정보를 최대한 많이 끌어내기, 그런 다음 그 정보가 유용한지 판단하기. 웅덩이에서 퍼져 나가는 고리 모양의 물결처럼, TIE 조사를 하다 보면 반드시 또 다른 TIE 조사가 필요해졌다.

플린이 인정한다는 뜻으로 끄덕였다.

"틸리, 수감 기록과 데이터베이스 접속 외에 지금 필요한 건 더 없어요?"

브래드쇼가 고개를 저었다.

"저는 포를 신뢰해요, 스테퍼니 플린 경위님. 일단 일을 시작하면 뭐가 필요한지 포가 알려줄 거예요."

"나도 그렇게 생각해요, 틸리. 좋아요, 두 사람, 잘 들어요. 지금 나는 햄프셔를 떠날 수가 없으니까 거긴 두 사람뿐이에요. 제발, 제발, 제바아알, 나나 NCA를 부끄럽게 만들 일은 하지 말아요."

잠시 두 사람 다 대답이 없었다.

결국 포가 말했다.

"그 말 하면서 왜 날 쳐다봐?"

플린이 콧방귀를 뀌었다.

"시발, 몰라서 그래, 포?"

플린은 몸을 숙이더니 버튼을 쿡 눌렀고 브래드쇼의 노트북 화면이 국가범죄수사국 로고로 전환됐다.

29

플린은 약속한 대로 했다. 30분도 안 되어 압축 파일들이 브래드쇼의 이메일에 들어오기 시작했다. 교정국의 모든 부서와 키튼이 이송된 모든 교도소에서 가져온 기록이었다. P-NOMIS라는 프로그램으로 연결되는 링크도 있었다. 보아하니 전국 범죄자 관리 정보 시스템을 뜻하는 듯했다. 그것은 교도소와 보호감찰 쪽에서 같이 이용하는 실시간 데이터베이스였다. 사법제도 쪽의 모든 두문자어를 알고 있는 듯한 브래드쇼 말에 따르면 P는 교도소를 뜻했다.

브래드쇼는 프린터를 준비하더니 거기에 용지를 쑤셔 넣고 또 쑤셔 넣었다. 포는 점심을 만들었다. 그는 퓌 렌즈콩이 뭔지 잘 몰랐지만 그걸로 괜찮은 인도 요리인 달을 만들 수 있을 거라고 짐작했다. 그는 그걸 끓이고, 향신료 몇 가지를 볶은 뒤, 걸쭉해지는 스튜에 넣었다. 조리되기를 기다리는 동안 포는 자기가 먹을 흰 빵 두 덩어리, 브래드쇼가 먹을 스펠트 빵*이라고 하는 것 두 덩어리, 차가운 물 한

---

* 스펠트밀이라고 하는 밀의 일종으로 만든 빵. 스펠트밀은 기원전 약 5천 년까지 거슬러 올라가는데 청동기와 중세까지도 유럽 지역에서 흔히 먹던 음식이었다고 한다.

주전자를 준비했다. 그것들을 밖으로 가지고 나가 상쾌한 공기를 한 가득 들이쉬었다.

그는 눈을 가늘게 뜨고 올려다보았다. 해는 옥수수빛 노란색이었고 연한 파란 하늘에 난 흠이라고는 비행운이 만든 상처뿐이었다. 경보와 달리 폭풍 웬디는 조만간 올 것 같지 않았다.

게다가 뜨거웠다. 양들에게는 너무 뜨거웠다. 허드윅 양들은 북쪽 품종으로 기원이 수천 년 전으로 거슬러 올라갔는데, 그동안 모두 좀 더 시원한 곳으로 이동했다. 어차피 이렇게 높은 곳에는 먹을 게 없었다. 풀은 창백하고 왜소했고 히스들은 회색에 잘 부스러졌다. 그것으로는 염소들도 살이 안 찔 터였다.

하지만 무어는 꿈에 나올 만큼 아름다웠다. 아름답지만 끝도 없이 펼쳐졌다. 에드거가 일주일 동안 뛰어다녀도 포의 시야에서 사라지지 않을 정도였다. 메쌓기 한 화강암 돌담만이 인간이 그곳에 산 적 있다는 흔적이었다.

포는 뭔가 움직이는 걸 알아차렸다. 사륜 바이크에 보관해둔 쌍안경을 꺼내 가까이 보았지만 그냥 채석장을 떠나는 화물 트럭이었다. 트럭은 돌을 가득 싣고 있었고 포는 그 돌이 어디로 가는지 궁금했다. 그는 고개를 돌려 허드윅 농장을 바라보았다. 그의 집을 짓는 데 쓰인 돌은 세인트 팽크러스역과 앨버트 기념비를 짓는 데 쓰인 돌과 같았다. 나라의 유산과 개인적으로 연결되었다는 자부심에 그는 가슴을 내밀었다.

태어나 처음으로 그에게 집이란 그저 물리적인 장소가 아니라 어떤 느낌으로 다가왔다. 그는 어째서 특정 음악을 들으면 행복해지고 또 어떤 음악을 들으면 우울해지는지 설명할 수 없는 것과 마찬가지로 그 이유를 설명할 수 없었다. 그곳에 다시 돌아올 때마다 떠나기가 더 힘들어졌다. 햄프셔 본부에 있을 때면 고원들이 그리웠고 안개도 그리웠다. 양들도 그리웠고 고요함도 그리웠다. 그곳에 없을 때면 그곳의 리듬이 그리웠다. 도시 생활은 이제 그에게 맞지 않았다. 그는 계절에 따라 달라지지 않는 곳에서는 살고 싶지 않았다. 삶의 주기에서 자기가 어디를 지나는 중인지 알 수 없는 곳에서는.

언젠가 포가 늙은 농부 토머스 홈을 도와 돌담을 보수하고 있었는데, 토머스가 그에게 '헤프팅'이 뭔지 아느냐고 물었다. 포는 몰랐다. 홈이 설명하기로 헤프팅은 고대의 양치기 기술인데 돌담을 쌓지 않고도 양들을 고원의 한쪽에만 머무르도록 꾀는 방법이었다. 그의 말에 따르면 비결은 매일 밤 같은 자리에 먹이를 놓아 양들이 황혼 무렵에 거기 모이게 하는 것이었다. 그러면 그날 밤과 이튿날 낮 동안에도 양들은 그리 멀리 가지 않았다. 이것이 세대를 거치며 전해지면 그 양들은 '헤프팅'되었다고 볼 수 있었다. 그리고 지금 포가 느끼는 게 바로 그것이었디. 그는 허드윅 농장에 '헤프팅'된 것이다. 다시는 떠나고 싶지 않았다.

"괜찮아요, 포?"

브래드쇼가 밖으로 나와 그와 합류했다. 그녀는 종이 뭉치를 꼭 쥐고 있었다.

"괜찮아요, 틸리."

"뭘 보고 있었어요?"

"딱히 뭘 본 건 아니에요. 그냥 여기 없을 때면 여기가 그리워요."

평생을 실내에서 보낸 브래드쇼도 그가 보고 있는 곳을 바라보았다. 인상을 쓰며 목을 길게 빼고 자기가 뭔가 좋은 걸 놓치고 있다는 듯 굴었다. 그러더니 결국 포기했다.

"키튼의 방문자 목록을 인쇄했어요. 포가 기뻐할지 슬퍼할지 모르겠네요."

브래드쇼는 목록을 두 줄로 분리했다. 공식적인 방문자와 사적인 방문자. 공식 방문자 목록은 재소자와 법적인 관련이 있는 사람들로 새로울 게 없었다. 형기 초기에 그의 법률팀이 여러 번 방문했는데 짐작컨대 가능한 항소 방안을 논의했을 터였고, 그 후에 엘리자베스 키튼이 다시 나타났을 때는 형사사건재심위원회에 제출할 요점을 정리했을 터였다. 포는 그것들을 제쳐두었다. 변호사들이 불법 행위의 매개체가 된 적이 없는 건 아니었지만, 포는 그 법률 회사를 알았고 그들은 수상한 일에 개입하기에는 너무 크고 평판이 좋았다. 얻을 것은 적고 잃은 것은 너무 많았다. 보호관찰관도 초기에 키튼을 방문했다. 그것도 놀랄 일은 아니었다―연간 완성해야 할 종신 수감자 검토 목록이 있었으니. 포는 보호관찰관을 조사해봐야겠다고 메모는 했지만 그 사람이 개입되어 있을 것 같지는 않았다. 그 외에도 몇 사람 더 있었지만 그들은 중요하지 않았다. 포는 얼마 전에 자기에게 전화했던 그레이엄 스미스라는 저널리스트가 공식 방문을 시도했다가 실패한 일을 주목했다. 아마도 키튼이 난생처음으로 공짜 홍보를 거절한 일일 것이다.

사적 방문 목록을 보았을 때―재소자가 방문 명령을 작성해야 하는 사람들―포는 충격과 동시에 당연히 그럴 수도 있다는 걸 발견했다. 목록은 짧았다.

한 사람뿐이었다.

키튼은 자식을 살해해 유죄 판결을 받고 암적인 존재로 낙인찍혔지만, 포는 그게 어느 정도였을지 이제까지 실감하지 못했다. 그가 화려함의 정상에 올라 있었을 때는 모두가 그에게 구애했다. 일류 영화배우들이 저녁을 먹고 그와 함께 셀카를 찍었고, 정부 각료들이 인근으로 날을 잡고 와서 벌리스 앤드 슬로에서 식사를 했으며, 심지어 왕족들도 밸모럴성˙으로 가는 길에 컴브리아에 들르는 걸 주저하지 않았다. 재러드 키튼은 만나고 싶은 사람들에게 방문 명령을 내리기만 하면 됐을 터였고, 유죄 선고 전에는 그를 지지하던 수많은 셰프도 유죄 판결이 나자 남모르게 기뻐했으리라는 데는 의심의 여지가 없었지만, 포는 한두 사람쯤은 그의 곁에 남을 거라고 생각했다. 그렇지 않은 게 분명했다.

그것이 사이코패스의 저주라고 포는 생각했다. 그들은 친구가 없었다.

• 스코틀랜드에 있는 영국 왕실 소유의 별장.

그렇기에 목록에는 오직 한 사람만 적혀 있었다. 크로퍼드 버니.

브래드쇼는 그를 미리 검색해서 관련 서류도 붙여놓았다. 퓌 렌즈 콩 커리를 먹으면서 포는 그것들을 훑어보았다.

에든버러 태생인 크로퍼드 버니는 벌리스 앤드 슬로와 초창기부터 함께했다. 그는 채소 섹션에서 일하다가 소스 쪽으로 이동했다. 키튼이 그에게서 뭔가 보았던 게 틀림없는데, 3년이 채 안 되어 크로퍼드 버니는 수셰프, 즉 실질적인 2인자가 되었던 것이다. 〈칼라일 리빙〉과 한 인터뷰에서 버니는 키튼이 유죄 판결을 받았을 때 낙담했다면서, 언젠가는 진실이 밝혀질 거라고 믿는다는 말과 그날이 올 때까지 벌리스 앤드 슬로에서 준비하고 있는 것들을 이야기했다.

포는 그 '준비'라는 것이 정확히 무엇인지 찾아봐야겠다고 생각했다. 브래드쇼가 해준 이야기에 따르면 키튼은 여전히 벌리스 앤드 슬로의 유일한 소유주였다.

포는 또 다른 서류 뭉치에 눈을 돌렸다. 키튼의 통화 기록이었다. 영국 교도소에서는 불법 전화가 판을 쳤기 때문에 이것은 그다지 신뢰하기 어려웠다. 목록에는 앞서 나온 것과 동일한 법률 회사가 있었는데, 이름은 없고 번호만 나와 있었다. 키튼은 크로퍼드 버니와 예약 통화를 규칙적으로 한 것으로 보였고, 그중 어떤 것은 녹음되고 기록되었다. 포가 벌리스 앤드 슬로와 생선 공급자 사이에 문제가 있었다는 대화를 읽고 있을 때, 삐 하는 소리가 났다.

브래드쇼가 시계를 확인했다. 스마트 시계였다. 포는 그게 전화기와 연결되어 있으리라 짐작했다. 브래드쇼가 컵을 들더니 벌컥벌컥

들이켰다. 다 마신 후 전화기에 무언가를 입력했다.

"왜 그래요?"

그가 쳐다보는 걸 알아채고 브래드쇼가 말했다.

"아무것도요. 너무 매우면 카레에 크림 좀 풀어줄 수도 있는데요?"

거짓말이었다. 그는 크림을 사지 않았으니까. 사실 포는 크림을 사 본 적이 한 번도 없었다.

"나는 하루에 물을 여섯 컵 마신다고요, 포. 당신도 그래야 해요."

"나도 물 충분히 마셔요."

"그런 거 같지 않은데요. 내가 어제 도착한 뒤로 포는 차 네 잔이랑 커피 일곱 잔, 맥주 2파인트를 마셨어요. 그리고 난 포가 고기를 얼마나 많이 샀는지도 봤어요. 냉장고에 행사를 해도 될 만큼 소시지가 많죠. 그거 몸에 안 좋아요, 포."

포는 볼이 달아오르는 게 느껴졌다. 자기 식단에 개선할 여지가 많다는 건 알았고, 건강 문제를 나중으로 미뤄놓고 있다는 것도 알았지만, 문제는…… 컴벌랜드 소시지가 한마디로 완벽하다는 점이었다. 그걸 포기하느니 차라리 죽어버리는 게 나았다.

"약국 지나가게 되면 콜레스테롤 검사 키트를 사야겠어요."

브래드쇼가 말하며 포의 육류뿐인 식단이라는 관짝에 첫 번째 못을 박았다.

"우와 신나라."

그가 대답했다. 다퉈봐야 소용없었다.

"여기 앉아 계세요, 아저씨. 내가 가서 푸딩 대신 같이 먹을 과일 샐러드 만들어 올 테니까."

포는 한숨을 쉬고 종이 뭉치를 하나 더 들더니 읽기 시작했다. 얼마 후 그의 얼굴에 웃음이 번졌다. 이따금 잔소리 폭탄을 맞는 것도 나쁘지 않았다.

두 사람은 이른 저녁까지 일했다. 포는 바깥에서 서류를 읽었지만, 눈부신 날씨에도 불구하고 브래드쇼는 밖에 나오기를 거부했다—노트북 화면에 반사되는 햇빛이 너무 눈부셨던 것이다. 포는 브래드쇼가 크로퍼드 버니에 관해 가져다준 추가 자료도 읽었지만 별것은 없었다. 모든 걸 두 번 읽고 메모장에 의문과 견해와 할 일을 채운 뒤, 그는 안에 들어가 브래드쇼와 합류했다. 브래드쇼는 아직 포와 재러드 키튼 사이의 연결 고리를 찾지 못했다. 하지만 포기하지 않았고 접속하고 싶은 또 다른 데이터베이스 목록을 플린에게 보냈다.

포가 그만하자고 해서 둘은 즉석 조리용 토마토 바질 소스에 갈색 파스타를 넣고 차와 함께 먹었다. 포는 자기 것에 베이컨을 넣어도 봤지만 맛은 여전히 끔찍했다.

"엘리자베스 키튼 프로파일링 시작할게요."

브래드쇼가 말했다.

포가 끄덕였다. 중범죄분석섹션 프로필에는 처음 수사에서 고려하지 않은, 엘리자베스의 삶에 관한 내용이 들어갈 터였다. 브래드쇼는 피해자 파일에서 정보를 취해 그것을 다른 각도에서 살펴볼 예정이었다.

브래드쇼는 곧장 시작했다. 브래드쇼의 손가락은 포의 전매특허인 찾고 누르는 타법과 현저한 대비를 보이며 키보드 위에서 보이지 않을 정도로 날아다녔고, 두 눈은 화면을 잠시도 떠나지 않았다.

"이건 시간이 좀 걸릴 거예요, 포. 오늘은 여기까지 하고 난 호텔에 가서 계속하는 게 낫겠어요. 증폭기와 중계기도 좋지만, 이걸 제대로 하려면 더 나은 대역폭이 필요해요. 지금 출발하면 내일쯤 같이 작업할 게 나올 거예요."

타당한 말이었다. 게다가 그는 피곤했다. 자기가 브래드쇼보다 더 많이 잤으니 아무 말도 하고 싶지 않았지만 눈이 또 뻑뻑해졌다. 일찍 잠자리에 드는 편이 두 사람 모두에게 한결 이로울 터였다.

"그럼 가요. 필요한 거 챙기면 내가 데려다줄게요."

° ° °

호텔 바는 만원이었고, 비록 여행객들을 향한 그의 태도가 윌리엄 워즈워스와 같기는 했지만—'그러니 아름다움이 손상되게 하지 맙시다'—그는 샙 웰스 호텔에 있는 사람들이 그다지 싫지 않았다. 여름이 한창인 데도 컴브리아의 고원들에 이끌려 오는 사람들은 오직 진지한 도보 여행자들뿐이었다. 이 지역에는 국립공원에서 흔히 보이는, 사진이나 엽서 같은 아름다움은 없었다. 호수도 없고 높이 솟은 산도 없고 깜찍한 마을도 없고 협궤 선로 증기 기관차도 없었다—21세기의 관광객들을 즐겁게 해줄 만한 게 없었다. 샙 고원은 나무 하나 없는 경사면, 화강암으로 덮인 언덕, 습지처럼 푹 꺼진 지형으로 가득한 가혹하고 황량한 풍경이었다. 양은 수만 마리에 인간은 수십 명이 살고 있는 이곳은 살무사처럼 매력적이었다. 바라보기에는 아름다웠지만 조심하지 않는 사람들에게는 위험했다. 지금은 날씨가 좋지만 이런 시기에도 몇 분 만에 돌변할 수 있었다.

포는 칼라일 양조 회사에서 만든 맥아와 홉 향이 나는 스펀 골드 맥주를 1파인트 사고 브래드쇼가 마실 청량음료 한 잔과 에드거가 먹을 과자를 샀다.

포가 단번에 맥주 절반을 마시고 한 잔 더 마신 뒤에 집에 돌아갈까 생각하고 있는데 브래드쇼가 물었다.

"왜 여자 친구를 안 사귀어요, 포?"

이런 이런……

브래드쇼가 외부와 단절된 채 살았다는 사실이 그녀 성격의 상당 부분을 설명해주기는 했지만, 그게 모든 걸 설명해주는 것은 아니었다. 브래드쇼가 얼마나 직설적이냐는 그것과 무관했다. 때때로 두 사람이 말없이 일하고 있는 와중에 브래드쇼가 이런 말을 불쑥 내뱉을 때가 있었다. "나 당신 좋아요, 포." 그러고는 방금 이상한 소리를 한 게 아니라는 듯이 하던 일로 돌아갔다. 우정 이상의 감정이 브래드쇼 안에서 자라났다면, 그녀는 이미 말했을 것이었다.

그렇다면 그걸 왜 알고 싶어 할까?

그리고 그는 어떻게 대답해야 하나?

진실을 말할 수는 없었다. 그것은 누구에게도 말할 수 없고, 어머니가 자기를 버렸다고 생각한 탓에 모든 관계가 어긋나게 되었다고는 누구에게도 설명할 수 없었다. 여성을 만나는 순간부터 잘 안 풀릴 이유를 찾기 시작했다고는. 모든 결함을 강박적으로 뜯어보고 곱씹어서 결국 불가피한 일이 생기면 연락을 끊어버렸다고는. 가장 긴 연애가 여섯 달이었고 그것도 그중 네 달 동안 그가 잠입 수사를 했기 때문이라고는.

그리고 이제 어머니가 자기를 버리지 않았다는 것을, 실제로는 자기를 위해 모든 걸 포기했다는 것을 알았으니 여자에 관해 처음부터 다시 생각해보기 시작했다는 것을 브래드쇼에게 어떻게 말할 수 있겠는가? 무시무시한 에스텔 도일, 섹시한 이혼녀 플릭 제이크먼, 그리고 그에게 영원한 불명예를 안겨줄 일이지만 애도 중인 빅토리아 흄까지―그들은 지난 며칠 동안 모두 그의 마음속에 있었다.

"틸리?"

"네, 포?"

"우리가 눈치에 관해 얘기한 거 기억해요?"

"네, 포. 아이패드에 메모도 해뒀어요. 가져올까요? 방에 있는데."

포는 웃음 짓더니 고개를 저었다. 그는 맥주를 다 비우고서 말했다.

"그냥 언제 다시 읽어봐요."

"오늘 밤에 읽을게요."

그때 브래드쇼가 뭔가를 깨달았다.

"아, 미안해요, 포."

"틸리, 나한테는 절대 사과할 필요 없다는 거 기억해요? 자, 한잔 더 마실래요? 난 마실 건데."

브래드쇼가 시계를 확인했다.

"아뇨, 고마워요, 포. 이 닦을 때 물을 좀 마시겠지만 또 소변을……."

브래드쇼의 말이 끊겼다.

"아뇨, 고마워요, 포."

포가 웃었다. 브래드쇼의 자제력이 놀라웠다. 1년 전이었으면 방광이 꽉 찬 상태로 잠자리에 들고 싶지 않다고 말했을 터였다. 하지만 포는 한 번도 일어나지 않고 쭉 자는 게 먼 기억이 되어버린 나이였고 어차피 그럴 바에는 마실 수 있을 때 마시는 게 낫다고 보았다. 그는 바로 가서 한 잔을 더 주문했다.

"당신이 스테퍼니 플린 경위님한테 데이트하자고 해야 할 거 같아요, 포."

그가 돌아가자 브래드쇼가 말했다.

"왜 그렇게 생각해요, 틸리?"

"왜냐하면 경위님이 슬프거든요."

포가 끄덕였다. 플린은 무엇 때문인지 슬펐다. 그는 자기 말고 다른 사람도 그렇게 생각한다는 게 기쁘기도 했다. 그리고 비언어적 소통을 파악하는 능력이 잘해야 '발달 중'이라고 할 수 있는 브래드쇼가 알아챘다면 다른 사람들도 그랬을 거였다. 그는 적절한 때가 오면 물어볼 생각이었다. 서로 처지가 바뀌었더라면 플린도 그랬으리라.

"그리고 당신도 슬퍼요, 포. 아닌 척하지만 난 알 수 있어요. 이멀레이션 맨 사건 이후로 계속요."

포는 브래드쇼에게 비밀을 만들고 싶지 않았지만 이것은 아직까지 털어놓을 수 없는 문제였다. 그걸 어떻게 하고 싶은지 스스로 알아내기 전까지는, 할 수 있는 일이 있기는 한 건지도 아직 알 수 없었다.

"난 괜찮아요."

그가 말했다.

"당신과 스테퍼니 플린 경위님은 서로 좋아해요. 둘이 언제 영화라도 보러 가요."

포가 맥주잔을 비워버렸다.

"플린 경위가 동성애자인 건 알아요, 틸리?"

이것은 비밀이 아니었고 따라서 그는 플린의 신뢰를 배신하는 게 아니었다.

"파트너와 함께한 지 거의 15년이 됐고 두 사람은 무척 행복해요. 그리고 그게 아니더라도 나랑 데이트하는 게 플린의 기분을 북돋는 방법이라는 생각은 안 드는데요."

"아."

브래드쇼가 대답했고, 뺨이 빨갛게 달아올랐다.

포는 브래드쇼가 얼굴을 붉히는 걸 본 적이 없었다. 파도가 갈매기들에게 방해가 되지 않듯이 당혹스러운 일도 브래드쇼에게는 아무렇지 않았다.

"하지만 당신 말이 맞아요. 플린은 무슨 일 때문인지 슬퍼 보여요."

브래드쇼는 잠시 아무 말도 하지 않았다.

"당신이 한 일 때문인 게 틀림없어요, 포."

"아무렴요."

두 사람은 주먹을 부딪쳤다.

"아무튼 틸리는 엘리자베스 키튼 프로파일링을 해야 하고 난 좀 자야 해요. 내일 7시 정각에 태우러 올게요."

"내가 그쪽으로 가는 게 아니고요?"

"내일은 아니에요, 틸리. 내일은 현장에 나갈 거니까요."

브래드쇼가 눈썹을 치켜올렸다.

"어디로 가는데요, 포?"

포는 그 답을 안 지 좀 되었지만 곧바로 대답하지 않았다. 그걸 깨달은 건 그가 더럼 교도소에서 나온 후부터였다. 불길에 달려드는 나방처럼, 거기에는 피할 수 없는 뭔가가 있었다.

"벌리스 앤드 슬로에 가요."

열 번째 날

30

포가 일어나니 하늘이 고등어였다—물고기 비늘을 닮은 구름이 물결치듯 퍼져 나갔다. 포는 양치기는 아니어서 날씨를 예측하는 마법 같은 능력은 없었지만, 고원에 한동안 살다 보니 뭔가 변할 때가 되면 그걸 알 수 있었다. 아직 비가 내리지는 않겠으나 저 구름은 충돌의 서막을 알리는 신호였다. 폭풍 웬디가 오고 있었다. 포는 싱크대 앞에서 토스트를 조금 먹고 샤워를 한 뒤 옷을 입었다. 낮에 에드거를 보살펴줄 토머스 흄이 없으니 포는 녀석을 데리고 갈 예정이었다. 벌리스 앤드 슬로는 컴브리아 북부의 벽지에 있었다. 일을 마치고 나서 녀석이 뛰어다니게 해줄 곳이 있을 터였다.

포는 사륜 바이크를 타고 샙 웰스 호텔로 갔다. 브래드쇼가 렌터카 옆에서 기다리고 있었다. 그녀는 작은 배낭을 들고 원더우먼으로 보이는 티셔츠를 입고 있었는데, 그것은 포가 어린 시절에 보아 알고 있는 몇 안 되는 슈퍼히어로였다. 포는 그 시리즈의 이야기는 하나도 기억이 안 났지만 린다 카터Lynda Carter*에게 빠져 있었던 건 기억했다.

• 1975년부터 1979년까지 방영한 TV 시리즈 <원더 우먼Wonder Woman>의 주연 배우.

포는 42번 나들목에서 M6 고속도로를 빠져나온 뒤 웨서럴로 가는 도로를 타고 컴윈턴이라는 마을에서 오른쪽으로 꺾었다. 얼마 안 가서 벤츠가 끄는 캠핑 트레일러 뒤에 막혀버렸다. 그는 정신 팔린 여행자가 더듬거리며 운전하는 상황에 욕지기가 치밀었다.

"컴브리아에 온 걸 환영합니다. 부디 시속 30으로 운전하시고 100미터마다 사진 찍는 것도 잊지 마시길."

그는 뒤를 따라가다가 경적을 울렸다. 결국 앞지를 공간이 나오자 앞 차가 옆으로 빠지며 그가 지나가게 해주었다. 포는 액셀을 밟았고 굼벵이 같은 렌터카가 속도를 높였다.

"괜찮아요, 포?"

브래드쇼가 물었다. 조수석 문손잡이를 꽉 쥐고 있었다.

포가 브레이크를 밟아 속도를 줄였다. 그는 초조했지만 그 이유를 자기도 알 수 없었다. 벌리스 앤드 슬로에 다시 간다는 점 때문이 아니었다—그는 거기 딱 한 번밖에 안 가보았고 그곳에 가는 게 무섭지는 않았다.

또 그게 이제까지 그가 다룬 가장 기이한 사건이기 때문도 아니었다.

그도 뭐라고 꼬집을 수 없는 무언가 때문이었고, 바로 그래서 석성이었다.

차가 굽은 길을 돌아 코트힐에 접어들자—회반죽을 칠한 집들이 서로 기대어 서 있는 아주 작은 마을—포는 정신을 차렸다. 걱정은 나중 일이었다. 도착했다.

벌리스 앤드 슬로는 마을 바로 외곽에 있었다. 개조한 물레방앗간인 그곳은 II등급*으로 등록된 아주 오래된 건물이었다. 벌리스 앤드 슬로의 홈페이지에 따르면, 코트힐 가장자리에 물레방아가 있었던 것은 중세 토지대장이 있던 시기까지 거슬러 올라갔다. 그리고 그곳은 정말 영국의 풍부한 역사의 한 조각처럼 보였다—건물들이 오랫동안 버틸 수 있도록 건축했던 시대를 기념하는 것처럼. 그곳은 이든 강의 작은 지류 중 한 제방에 올라앉아 있었다. 물레방아까지 이어지는 물길을 넓고 깊게 파서, 물이 물레바퀴를 돌릴 수 있었다. 요즘에는 그저 장식이었지만.

그 건물은 처음에 사각형의 2층짜리였는데—아래층은 방아를 돌리고 위층은 옥수수를 보관하는 용도—세월이 흐르는 동안 여러 번 확장되어 크고 볼품없는 복합 건물로 바뀌었다. 그곳도 포의 농장과 같은 얼룩덜룩한 회색 돌로 지어졌다. 언제까지고 거기 서 있던 기둥들은 셀 수 없이 많은 겨울에 시달리고 가혹한 여름에 구워졌다. 마감이 안 된 나무들은 갈라지고 뒤틀렸으며 칙칙해진 쇠처럼 단단했다.

키튼 부녀는 위층을 주거 공간으로 썼고, 조리용 부엌과 메뉴 개발용 부엌, 식품 저장고와 창고는 아래층에 있었다. 레스토랑은 옛 방아가 자리한 곳에 있었고, 키튼이 바꿀 수 있는 것에 제약이 걸린 II등급

- 2등급 등록 문화재-등록 구조물. 영국에서는 건축물을 3등급부터 1등급까지 중요도에 따라 문화재로 등록해서 지역 개발 당국에 허가를 받지 않으면 마음대로 허물거나 변경할 수 없다.

건물이기 때문에 원래 있었던 목재 샤프트, 평톱니바퀴, 기어, 맷돌의 윗부분이 그대로 남아 있었다.

주차장은 도로 반대편에 있었다. 포는 차에서 내려 몸을 풀었다. 그는 에드거를 가까운 들판으로 데려가서 5분 동안 돌아다니며 하고 싶은 일을 시켜준 뒤 다시 차에 태웠다. 나무 아래 주차하기는 했지만 창문 네 개를 모두 열어두었다.

"준비됐어요?"

그가 브래드쇼에게 물었다.

"네."

브래드쇼가 대답하며 안경을 코 위로 밀어 올리고, 양 갈래로 땋은 머리의 밴드를 꽉 조인 뒤 작은 배낭을 들어 올렸다. 포는 그 안에 뭐가 있는지 보지 않았지만 열이면 열 모두 '컴퓨터'일 터였다.

포는 길을 건넌 뒤 커다란 출입문을 무시한 채 건물 뒤쪽으로 다가갔다. 차를 세울 수 있게 바닥을 단단히 다져놓은 작은 공간이 있었다. 거기에 밴이 한 대 서 있었다. 밴은 문이 열려 있고 채소가 가득했다. 초록색 작업복을 입은 남자가 당근이 담긴 나무 상자를 건물 뒷문으로 가져갔다. 포는 다가가서 뒷문을 열어주었다. 배달원은 고맙다고 고개를 끄덕이더니 안으로 사라졌다.

포는 문을 잡고 브래드쇼에게 오라고 손짓했다. 그는 영장과 신분증을 준비했고, 두 사람은 벌리스 앤드 슬로의 내부로 들어섰다.

31

"쓰벌 그놈의 감자는 어디 있는 거야?"

크고 빠른 스코틀랜드 억양의 목소리가 소리쳤다.

포와 브래드쇼는 아무 방해도 없이 부엌으로 들어갔다. 채소 배달원이 나가는 길에 그들과 마주쳤지만 그 외에는 아무도 못 봤다. 두 사람은 목소리가 들리는 쪽으로 이동하며, 보관용 찬장과 흰색 리넨 외에는 아무것도 없는 방과 '와인 저장고'라고 새겨진 문을 지나갔다. 마침내 둘은 플라스틱 안내판에 '메인 주방'이라고 쓰인 현대적 외양의 문을 보았다.

포는 문을 열고 안으로 들어갔다.

물레방아는 수 세기나 된 건물이었지만 벌리스 앤드 슬로의 부엌은 현대적이고 세련되고 널찍했다. 스테인리스 스틸 벤치들에는 어리둥절할 만큼 다양한 장비가 놓여 있었다. 칼꽂이들과 도마들이 정돈된 혼돈 속에서 여기저기 흩어져 있었다. 채소와 허브, 수백 가지 다른 재료로 가득 찬 플라스틱 용기가 수없이 늘어선 금속 선반들 위에 놓여 있었다. 세 개씩 두 줄로 도미노처럼 설치된 여섯 개의 스토브는 불을 뿜는 프라이팬과 김이 피어오르는 구리 냄비로 차 있었다. 천장의 고리에는 도구들이 매달려 있었다. 벽은 흰색 타일로 마감되어 있었다. 모든 것이 티끌 하나 없었다.

포가 그 부엌에 발을 들여놓은 지 6년이 지났지만 그곳은 정확히 그의 기억 그대로였다.

열기만 빼고. 지난번에는 한겨울이었고 아무도 요리를 하지 않았다. 지금은 달랐다. 고작 오전 8시가 지났을 뿐인데 부엌이 벌써 부산했다. 포는 레스토랑에서 가장 바쁠 때는 손님이 가득한 시간일 거라고 가정했지만, 틀린 모양이었다. 포가 세어보니 죽어라고 일하는 셰프가 열 명이었다.

포는 그중 하나가 능숙하게 연어의 비늘을 벗겨내고 뼈를 발라낸 뒤 반쪽짜리 레몬들을 모슬린에 싸고 그걸 리본으로 묶는 모습을 지켜보았다. 또 하나는 오리 아니면 비둘기 가슴살로 보이는 고기를 투명한 플라스틱 봉투에 넣고 그걸 상자 모양의 바지 다리미처럼 생긴 기계 밑에 놓았다. 칙칙 하면서 공기가 나오자 셰프가 도로 빼냈다. 어느덧 봉투는 진공 포장되어 있었다. 포는 셰프가 그걸 중탕냄비에 조심스레 넣는 걸 보았다. 그 여자는 온도를 확인한 뒤 타이머를 설정하고 같은 과정을 되풀이했다.

"세상에."

브래드쇼가 말했다.

"그러게요."

포도 동의했다. 부엌은 스위스 시계 같았다. 효율적이었다. 물 흐르듯했다. 체계적이었다. 그는 목의 깃 주변을 손가락으로 훑었다. 이미 축축했다. 어떻게 이런 환경에서 날마다 일할 수 있는지 궁금했다. 카리브해에 접한 벨리즈의 정글도 이렇게 습하지는 않았다.

"당신들은 쓰벌 누구고 내 주방에서 쓰벌 뭐 하는 건데?"

다시 그 스코틀랜드 억양의 목소리가 들렸다. 감자에 관해 묻던 목소리.

포가 돌아섰다. 포는 잡지 기사에서 본 크로퍼드 버니를 알아보았다. 그는 청바지와 티셔츠 차림이었다. 키가 크고 말랐으며, 원숭이 같은 팔은 창백하고 털이 덥수룩한 데다 비율이 안 맞을 정도로 길었다. 코는 부리처럼 생기고 모공이 눈에 띄게 컸다. 반질반질하게 민 머리는 남성형 탈모를 강조했고—정수리 부분은 미끈거리고 옆머리는 까칠까칠하게 자란 모양—뺨에는 정맥류가 여기저기 보였다. 두 눈은 생기 있고 초롱초롱하며 조심스러워 보였다.

"크로퍼드 버니?"

포가 물었다.

버니가 포에게 턱을 들어 보였다.

"그러는 댁은?"

포가 그에게 신분증을 건넸다.

버니는 그걸 살펴보더니 어깨를 으쓱했다.

"원하는 게 뭡니까?"

"잠깐 얘기나 좀 하자고요."

"체포되는 겁니까?"

"아니요."

"음, 그럼 날짜를 최악으로 잡으셨네요."

그가 카운터 쪽으로 돌아섰다.

"쓰벌 놈의 감자 어디 있냐니까?"

"갑니다, 셰프님."

멀리서 답이 들렸다.

"보세요, 지금 셰프 두 명이 부족해서 내가 소스도 하면서 채소도 준비해야 한단 말입니다. 그러니까 내가 일하는 동안 얘기를 하든지 아니면 내일 다시 오세요."

포는 지금이 좋았다. 바쁜 사람은 방어막을 덜 치니까.

한 젊은 여자가 흙 범벅이 된 감자가 담긴 통을 들고 달려왔다. 여자는 셰프가 입는 하얀 옷에 파랑과 하양 체크무늬 바지를 입고 있었다. 금발 머리는 땀으로 이마에 딱 붙어 있었다. 여자는 포와 브래드쇼를 보더니 인사 나눌 시간이 없는 사람들이 흔히 하듯이 미소 지었다.

버니가 딱딱거렸다.

"이게 뭐야? 쓰벌 씻으라고, 좀! 난 이그제큐티브 셰프 Executive Chef• 지 좆같은 플롱저가 아니야!"

포는 브래드쇼가 옆에서 꼼지락거리는 걸 느꼈다. 브래드쇼는 핸드폰에 뭐라고 씨넣고 있있다.

"여기는 신호가 없을 텐데요, 아가씨. 바깥으로 나가야 할 거예요."

• 총괄 셰프를 가리킨다. 이즈제큐티브 셰프가 있는 경우 셰프 드 퀴진은 그 아래의 자리로 '수석 셰프'라고 할 수 있고, 보통 주방 운영을 담당한다.

버니가 말했다.

"그럼 플롱저가 뭔가요, 버니 셰프? 제가 어젯밤에 부엌에서 쓰는 용어들을 읽어봤는데 이건 못 들어본 거네요."

"냄비 닦이요."

버니는 입술을 얇게 꽉 다물고, 금발 머리 셰프가 싱크대로 종종거리며 가서 감자를 문지르기 시작하는 걸 지켜보았다. 그는 기다리는 동안 일련의 내용을 고함쳤다. 모두 프랑스어였고 포는 이해하지 못했다. 지시를 할 때마다 '위, 셰프!'라는 우렁찬 대답이 돌아왔다.

"미안합니다."

그가 돌아서서 둘을 보며 말했다.

"요즘 젊은 셰프들은 기본을 마스터하려고 하질 않는다니까요. 그저 TV 출연 계약 따낼 생각에만 빠져가지고."

그는 말하면서 티셔츠를 머리 위로 벗어버린 뒤 빨래 바구니에 던진 다음 흰색 옷을 입었다. 그가 재킷의 단추를 다 채웠을 즈음 금발 머리 셰프가 돌아왔다. 감자는 이제 깨끗했다. 버니는 하나를 집어 들더니 포가 당근 껍질을 벗기는 데 걸렸을 법한 시간에 감자를 완벽한 칠면체의 배럴 모양으로 깎아놓았다. 그는 그걸 물이 담긴 그릇에 던지더니 다음 감자를 집었다. 얼마 안 가서 그릇은 모두 똑같은 모양 똑같은 크기의 감자로 가득해졌다. 정확하고 기계처럼 칼을 놀리면서도 그의 눈은 계속해서 부엌을 훑어보았다.

그는 포가 쳐다보는 걸 보고 인상을 썼다.

"채소를 제대로 빠르게 돌릴 줄 아는 셰프가 한 명 있어요. 좆같이 딱 한 명이라니까요. 내가 여기서 일 시작했을 때 키튼 셰프님은 손가락에서 피가 날 때까지 이것들을 몇 자루고 깎게 하셨는데."

포는 할 말을 잃고 구경했다. 그의 눈에는 깎고 남은 감자보다 깎여서 싱크대에 들어간 양이 훨씬 많았다. 하지만 대화의 문을 열기에 좋은 소재였기에 그는 물었다.

"그럼 굳이 왜 하시죠?"

버니가 콧방귀를 뀌었다.

"공식적인 이유를 듣고 싶으세요, 비공식적인 이유를 듣고 싶으세요?"

"공식적인 이유요."

"이러면 균일한 크기가 되기 때문이죠. 그러면 균일하게 조리될 테고 저 모양 때문에 소테 팬에서 뒤집고 굴리기 좋으니 색이 골고루 입혀지거든요."

"그러면 비공식적인 이유는요?"

"왜냐하면 쓰벌 늘 이렇게 했으니까요. 미슐랭 감독관에게 돌려 깎지 않은 감자를 주면 별을 하나 깎아버릴걸요."

"하지만 당신은 별 세 개를 유지했잖아요. 키튼이 감방에 들어간 뒤로 사람들은 분명 평점이 떨어질 거라고 생각했을 텐데요."

버니가 뭐라고 알아들을 수 없는 소리를 중얼댔다.

"잘 못 들었는데요."

포가 말했다.

"그분한테 빚이 있다고요."

"키튼한테요?"

"네, 키튼 *셰프님*께요."

버니가 한숨을 쉬며 칼을 내려놓은 뒤 수건을 집어 들어 목뒤의 땀을 닦았다.

"보세요. 이 일은 모든 걸 바쳐야 해요. 나는 키튼 셰프님의 수셰프로 일주일에 일흔 시간을 일했어요. 지금은 이그젝 대행으로 그보다도 더 오래 일하는데, 예전에는 그런 건 불가능하다고 생각했죠. 연봉이 50만 파운드나 되지만 그걸 내가 일하는 시간으로 나누면 아마 최저임금에도 못 미칠 겁니다."

그가 칼을 들고 다른 감자를 돌려 깎았다.

"대부분은 아침 7시에 시작해서 자정이 넘어서야 끝나요. 오늘은 게가 배달될 예정이라서 그걸 분류하고 분해해놔야 하죠. 나중에 키튼 셰프님의 신규 가을 메뉴 개발에 관해 회의해야 하는데, 고기 공급업체 중 하나가 날아가버렸다는 걸 방금 알게 돼서 오늘 중으로, 쉴 시간이 언제 날지 모르겠지만, 새로운 업체를 찾아야 하고요."

또 다른 감자 하나가 이미 넘쳐나는 그릇으로 풍덩 하고 빠졌다. 셰프 하나가 서둘러 다가와서 그릇을 가지고 갔다. 버니는 이 과정을 처음부터 다시 시작했다. 포는 신규 메뉴에 관해 묻고 싶었고 왜 키튼이 아직도 관여하고 있는지도 묻고 싶었지만, 지금은 버니가 말을 쏟아내게 내버려두는 편이 최선이라고 생각했다.

브래드쇼가 잠시 대화가 끊긴 사이에 들어갔다.

"저라면 그렇게 열심히 일하고 싶진 않은데요, 버니 셰프님. 왜 아직도 그렇게 하세요?"

버니가 짧게 웃었다.

"중독이죠. 사람은 일을 사랑하거나 미워하거나 둘 중 하나인데 나는 내 일을 사랑하는 쪽이에요. 신선한 지역 식재료를 쓰는 데 열정을 느끼는데 운 좋게도 날마다 그것들을 가지고 일할 수 있죠."

그가 양팔을 흔들었다.

"게다가 이 친구들하고 같이 일하고 있고요. 전문적인 주방에서 일해본 적이 없는 사람한테 동료들과 얼마나 가까워지는지를 설명하기는 어려워요. 미칠 듯 정신없는 시간과 업무 강도 때문에, 이 친구들은 대리 가족이 되거든요. 나도 아내보다 이 친구들을 더 많이 보죠."

브래드쇼가 열의를 담아 끄덕였다. 곧 통계 이야기가 나올 것 같았다.

"맞아요, 평균적인 근로자 부모는 자녀들과 하루에 고작 34분을 함께 보내요. 평범한 사람이 일주일에 30시간에서 38시간을 근무한다고 가정하고 셰프님의 초과 근무 시간을 외삽하면, 특히 그게 시간 외 근무라는 걸 감안했을 때, 셰프님은 전국 평균의 절반도 안 될 거라는 계산이 나오죠."

브래드쇼가 기대에 찬 얼굴로 빤히 보았다. 포는 브래드쇼가 오로지 수학에만 관심이 있다는 걸 알았다. 몇 달 전에 비해서 좀 더 공감할 수 있게 되기는 했지만, 인간적인 면은 언제나 과학에 뒤처지게 마련이었다.

버니는 당황한 얼굴이었다.

포가 대신 통역했다.

"브래드쇼는 사고 과정이 남달라서요. 신경 쓰지 마세요."

버니가 어깨를 으쓱했다.

"네, 뭐, 틀린 말은 아니에요. 난 아침 먹을 때랑 어쩌다가 쉬는 날에나 아내를 보거든요. 쓰벌 놈의 자식이 없는 게 감사하죠."

포가 물었다.

"그럼 왜 필요 이상으로 책임을 맡으시죠? 미슐랭 별을 받은 레스토랑에서 벌써 몇 년이나 일해봤잖아요. 다른 데서도, 여기만큼 압박이 심하지 않은 곳에서도 분명 일자리를 잡을 수 있을 텐데요."

"말씀드렸잖아요. 키튼 셰프님께 빚이 있다고."

"무슨 빚이요?"

"이 레스토랑 문을 처음 두드렸을 때 나는 여드름투성이에 열일곱 살이었어요. 어떻게 살고 싶은지 좆도 몰랐죠. 키튼 셰프님은 나를 받아주고, 플롱저로 고용해주고, 직원 명단에 올려주셨어요. 내 뒷조사를 이미 했을 테니까, 접시 닦기부터 채소 다듬기를 거쳐서 수셰프가 되기까지 셰프님이 날 가르쳐주셨다는 걸 아실 테죠. 세월이 흐르는 동안 내게 쌓인 건 화상 흉터만이 아니었어요. 나라는 인간의 정체성도 쌓였죠. 어디든 괜찮은 레스토랑에 들어가셔서 키튼 셰프의 수셰프가 누구냐고 물어보면 다들 내 이름을 말할 겁니다."

"그래도……."

"내가 어떻게 벌리스 앤드 슬로를 이어나가지 않을 수 있겠어요? 그리고 난 그분이 언젠가 패스에 돌아와서 저 친구들을 공포에 떨게 만들 거라는 걸 압니다. 여기 있는 그 누구도 그분이 엘리자베스를 죽였다고 생각하지 않아요."

포는 잠시 말이 없었다. 그때까지 버니가 말한 것은 모두 진실하게 들렸다. 그런데 마지막 부분은 윤색한 느낌이었다. 마치 그 말을 연습한 것처럼. 포는 그가 정말 그렇게 생각하는지 궁금했다.

버니는 감자 돌려 깎기를 끝내고 중탕냄비로 갔다. 웬 금속 부젓가락으로 고기 봉투를 꺼내더니 검지로 찔러보았다. 가까이서 보니 진공 봉투에 들어 있는 것은 오리도 비둘기도 아니었다—돼지 옆구리살이었다. 버니는 만족스러운 소리를 내더니 봉투를 다시 물에 담갔다.

"포장째 끓이기인가요?"

포는 버니가 계속 떠들었으면 했다.

"수비드*죠. 이러면 표면이 과하게 조리되지 않으면서 고기가 균일하게 익어요. 수분도 유지되고요. 이걸 내가기 전까지 여기 뒀다가, 태운 사과식초와 사탕수수 설탕을 좀 넣고 캐러멜화해요. 아까 돌려 깎은 감자랑 같이 나갈 겁니다."

버니가 중탕냄비를 가리켰다. 여섯 개가 있었다.

"우리는 주방에서 이걸 다른 어떤 기계보다 많이 써요. 신이 주신 선물이죠. 여기 이건······."

---

* 진공 포장된 육류를 일정한 저온에서 오랫동안 익히는 조리법.

그가 가장 큰 냄비를 가리켰다.

"믿음직한 일꾼이죠. 56리터가 들어가고, 안에 회전 프로펠러가 있을 뿐 아니라 배수구와 곧바로 연결되어 있어서 옮길 필요가 없어요."

포가 별 감흥이 없이 끄덕였다. 그는 지난번 조사 때에도 그 큰 중탕냄비를 본 기억이 났다. CSI에서도 조사했지만 아무것도 나오지 않았다.

버니는 돼지고기를 준비하는 셰프를 향해 고개를 끄덕이더니 거대한 냄비로 이동했다. 그는 재킷에서 스푼을 하나 꺼내어 그 안에 있는 것을 맛보았다. 소금통을 들더니 포가 일주일 동안 쓸 양보다 더 많은 소금을 냄비에 부었다. 버니는 그가 빤히 보는 걸 알아채고 웃었다.

"비밀을 한 가지 알려드리죠. 오래오래 건강하게 살고 싶으시면 소금 섭취량을 줄이세요. 좋은 음식을 먹으면서 살고 싶으시면 소금을 더 많이 넣으세요. 소금은 가정식과 레스토랑 요리를 가르는 주 요인입니다, 포 경사님. 우리는 음식이 짜다고 느껴지지 않는 선에서 소금을 최대한 많이 써요. 그래야 재료의 진정한 풍미가 살아나거든요."

포가 브래드쇼를 돌아보았다.

"내가 뭐래요."

버니의 핸드폰이 울렸다. 그는 귀 기울여 듣더니 소리쳤다.

"벌리스 앤드 슬로는 쓰벌 이 지역의 새끼 양을 쓴다고! 쓰벌 놈의 스코틀랜드에서 가져올 수는 없다니까."

그가 말을 멈췄다.

"안 돼, 이 병신아! 쓰벌 놈의 컴브리아산이어야 하고, 쓰벌 놈의 허드윅 양이어야 한다고!"

그가 전화를 끊었다.

"잠시 실례 좀 할게요. 가서 내 수첩을 가져와야 해서. 이 문제를 해결하지 못하면 메뉴 전체를 바꿔야 하거든요."

"우리는 상관 마세요. 여기 잠깐 있어도 될까요?"

포가 말했다.

버니가 끄덕였다.

"내 팀원들만 귀찮게 하지 마세요. 지금도 할 일이 넘치니까요."

돌아온 버니는 기분이 나아진 상태였다. 새로운 공급자를 찾아낸 것이었고, 또다시 부엌을 바삐 돌아다니면서 지시를 내리고 격려의 말을 건넸다. 그는 한시도 맛보는 걸 쉬지 않았다. 어느 구역에 가든 그곳의 셰프가 준비하던 것에 스푼을 담갔다. 두 번씩.

"이게 양념을 점검하는 방법이거든요."

그가 설명했다. 맛을 본 뒤에 그는 보통 뭔가를 더 넣었고, 이따금 그저 인정한다는 듯 고개를 끄덕이기도 했다. 포는 버니가 음식을 점검할 때 셰프들이 바짝 긴장하는 걸 알아차렸다. 그래도 부엌은 잘 돌아가고 있었고 채소 준비가 마무리되자 버니도 살짝 긴장을 풀었다.

포는 재러드 키튼에 관해 물었다.

버니의 두 눈이 가늘어졌다.

"일주일 후면 나오신다고 들었어요. 직접 물어보지 그래요?"

"그러지 말고 말해보세요."

"내키지 않네요. 그분은 내 보스이고 경찰이 체면 살리자고 냄새를 맡고 돌아다니는 거라면 말해봐야 나한테 좋을 건 없겠죠."

포가 거짓말을 했다.

"저희는 냄새를 맡고 돌아다니는 게 아닙니다, 버니 씨. 이런 실수가 또 일어나지 않도록 그림을 잘 그려보려는 거죠."

버니는 잠시 아무 말도 하지 않았다.

"레스토랑 사업으로 돈을 좀 만지려면 가장 쉬운 방법이 처음에 거금을 쏟아 붓는 거라는 얘기는 들어보셨을 테죠?"

"들어봤죠."

포가 말했다. 그는 들어본 적 없었다.

"그렇기 때문에 레스토랑의 99퍼센트가 망하는 거예요. 손님들이 다시 예약할 만큼 깊은 인상을 남기지 못하니까요. 남들도 다 하는 똑같은 음식을 조리하면서 다른 결과가 나오기를 바라니까. 키튼 셰프님은 이 업계에서 성공하려면 조리와 *창조*가 어떻게 다른지 알아야 한다는 걸 인지하고 계세요. 조리는 레시피를 따라가는 거고, 팬에서 일어나는 상황을 인식하여 언제 소금을 더 넣고 언제 산미를 더하는 등 기술이 좀 필요하기는 하지만, 기본적으로 누구든 연습하면 할 수 있는 일이에요."

포는 그 말을 진지하게 의심했다. 그는 단순한 레시피를 시도했다가 실패한 전력이 셀 수 없이 많았다. 요즘은 팬에 튀기거나 볶은 다음 흰 빵에 욱여넣을 수 없거나, 열 시간 동안 냄비에 넣고 고아 먹을 수 있는 레시피가 아니면 알고 싶지도 않았다.

버니가 말을 이었다.

"창조는 머릿속으로 요리를 상상한 다음 서로 다른 맛과 질감과 온도와 기술을 조합해서 각 부분의 합 이상으로 뭔가를 만들어내는 겁니다."

"그런데 키튼은 그걸 할 수 있다?"

포는 아무리 해도 이름 뒤에 '셰프'라는 말을 붙일 수가 없었다.

"키튼 셰프님은 하실 수 있죠. 그분은 또 자기가 쓸 재료를 직접 채집한 첫 요리사고, 분자 요리를 이용한 첫 요리사고, 그날 아침에 무슨 재료가 들어왔느냐에 따라서 매일 메뉴를 달리하기로 한 첫 요리사예요. 그리고 여기는 메뉴판이 없는 경험을 손님들에게 처음으로 제공한 레스토랑이죠."

포는 벌리스 앤드 슬로에 메뉴가 없는 걸 알았다. 식당 이용객들은 특정 재료에 제약이 있는 경우를 제외하면 같은 음식을 제공받았다. 때로는 아홉 가지 코스였고 때로는 스무 가지가 넘었다. 포는 이걸 혁신이라고 해야 할지 허세라고 해야 할지 알 수 없었다. 아마도 후자일 테지만, 포도 자기가 이쪽 분야에 있어 선사시대 인물이라는 건 인정했다.

"오랫동안 벌리스 앤드 슬로는 영국에서 식사하기에 가장 흥미진진한 곳이었어요. 키튼 셰프님은 유럽 대륙에서 채택하고 런던에서 따라가던 모델, 그러니까 식당 이용객의 즐거움이 셰프의 창조적 재능보다 부수적인 것으로 취급되는 모델을 무시했어요. 그분은 식당 이용객들이 느긋하게 식사하기를 바랐죠. 그걸 위해서 여기서는 하룻밤에 한 번만 식사를 제공해요. 6시에 오면 11시까지 있어도 되는 거예요. 그 테이블은 손님 것이죠. 어딜 가나 볼 수 있는 '셰프의 규칙에 손님이 따른다'는 같잖은 분위기는 전혀 없어요. 그리고 바로 그런 이유 때문에 벌리스 앤드 슬로가 아직도 이 분야의 선두주자인 거고요."

포는 버니가 셰프로서의 키튼에 관해서 열과 성을 다해 말하는 걸 들었다. 하지만 상사로서의 키튼에 관해서, *인간*으로서의 키튼에 관해서는 아직 듣지 못했다. 그는 그걸 물었다.

"터프하죠."

버니가 동의했다.

"하지만 공정하고요."

브래드쇼가 덧붙였다. 자기도 뭔가 끼어들 수 있어 기쁜 듯했다.

버니가 웃었다.

"아뇨. 그냥 터프만요."

그는 바짓단을 들어 올려 정강이에 난 은색 상처를 보여주었다.

"국자 자국입니다. 그때 우리는 별 두 개를 지키려고 했는데 압박이 어마어마했죠. 다들 극도로 예민해졌어요. 그런데 내가 으깬 피스타치오를 망쳐버렸죠—엉뚱한 견과를 넣었는데, 새끼 양 요리가 패스에 나갈 때까지 아무도 알아차리지 못한 거예요. 키튼 셰프님은 이성을 잃으셨죠."

"아이고 아파라."

포가 말했다.

"그 후로 엉뚱한 견과를 넣은 적은 없어요."

"아무리 그래도……."

"그게 뭐요. 별 두 개가 걸려 있는데 더 이상 실수할 수는 없었다고요."

"별이 위험해질 만한 실수가 뭐였죠?"

버니가 대답했다.

"초보적인 잘못이었어요. 고등어 그라블락스gravlax*를 네 번째 요리로 내보냈는데 검사관이 뼛조각을 발견한 거였어요."

"좀 호들갑 아닌가요?"

포는 뼈가 없는 생선 요리를 먹어본 적이 없었다.

"이 수준에서는 아니죠."

"그래도 별을 잃지는 않았잖아요?"

포가 고개를 돌려 브래드쇼를 보며 맞는지 확인했다.

브래드쇼가 고개를 저었다.

"잃지 않았어요, 포."

버니가 느닷없이 내답을 회피하는 듯 보였다. 마치 대화를 그만둘 이유를 찾으려는 것처럼 두 눈이 부엌을 훑었다.

"버니 셰프."

---

* 보통 연어를 써서 향신료와 함께 절여 만드는 요리. 여기서는 연어 대신 고등어를 썼다.

포가 말했다. 그는 스코틀랜드 출신의 키 큰 셰프가 그를 볼 때까지 기다렸다.

"무슨 일이 있었던 겁니까? 벌리스 앤드 슬로는 어떻게 별을 지킬 수 있던 거죠?"

버니가 뭐라고 웅얼거렸다.

"미안하지만 잘 못 들었는데요."

포가 말했다.

"부인이 교통사고로 돌아가셔서 석 달 동안 연장됐었다고요."

그는 반항적인 얼굴이었다.

그리고 당혹스러워 보였다.

32

"동정을 받은 거로군요?"

포가 물었다. 그는 플린에게 사고 보고서를 보내달라고 요청해야겠다고 생각했다. 로런 키튼이 교통사고로 죽었다는 것 외에 포는 아무것도 알지 못했다.

버니가 인정했다.

"뭐 비슷한 거죠. 아내가 막 죽었는데 별을 줄여버릴 수는 없었던 거예요. 그래봐야 일시적인 유예일 뿐이었어요. 키튼 셰프님은 감독관들이 다시 올 거라는 걸 알았고 그렇기 때문에 우리도 심한 압박을 받고 있었던 거죠."

"그리고 별을 지켰고요."

포가 말했다. 키튼이 아내의 죽음을 이용한 건 놀랍지도 않았다. 그건 냉정하고 기회주의적인 처사였고 포가 아는 그 남자와 어울리는 행동이었다.

"아뇨, 포 경사님. 별을 하나 더 추가했죠. 로런의 죽음은 모두에게 충격이었지만 키튼 셰프님을 더 높은 경지로 끌어올렸어요. 그분은 메뉴들을 새로 바꿨고, 새로운 공급자를 받아들였고, 딸에게 홀을 맡겼죠."

포는 엘리자베스가 돌아온 뒤 그 여자와 이야기해본 직원이 있는지 물었다.

"엘리자베스는 여기 안 왔어요. 경찰이 준비해준 무슨 호텔에 묵고 있는 거 같던데요. 위층에 있는 엘리자베스 방은 예전 그대로니까, 돌아오면 곧바로 거기 자리 잡을 수 있을 거예요. 내가 침구도 바꿔놓고 환기도 해뒀죠."

"직원들은 분명 흥분했겠네요?"

버니가 고개를 저었다.

"직원들은 아직 몰라요. 키튼 셰프님이 곧 돌아오는 것만으로도 이미 버겁거든요. 직원들이 아는 건 새로운 증거가 발견돼서 셰프님의 무죄가 밝혀졌다는 것뿐이에요. 사람들한테 얘기하는 건 셰프님한테 맡기려고요."

브래드쇼는 이야기를 진전시키고 싶었다. 메모장을 펼치더니 말했다.

"감옥에 있는 키튼 셰프를 서른여섯 번 방문하셨던데요, 버니 셰프님. 이유가 뭐였나요?"

그가 얼굴을 찌푸렸다.

"계약에 따라 어쩔 수 없이 한 일이었어요. 이그제큐티브 셰프 자리를 맡으면 미리 동의한 계절 메뉴 변화 외에는 메뉴를 대폭 변경할 때마다 찾아뵈어야 했거든요. 그리고 분기마다 사업 현황을 제대로 보고해야 했고요."

"여기 보면 한 달에 세 번 방문한 걸로 나오네요."

브래드쇼가 말했다. 그녀는 메모장을 보지 않았다.

"펜턴빌 교도소요. 그건 무엇 때문이었죠?"

좋은 질문이었다. 칼라일에서 런던까지 가는 여정은 이만저만 고역이 아니었다. 포는 버니가 키튼에게 얼마나 고마워했든 상관없이 한 달에 세 번은 과하다고 생각했다.

버니는 잠시 그 질문을 생각하다고 생각다.

"그분이 칼에 찔리고 나서였을 거예요."

포와 브래드쇼가 서로 쳐다봤다. 키튼의 수감 파일에는 칼에 찔린 일 같은 건 언급되지 않았다.

"확실한가요?"

포가 물었다.

"한 달 넘게 병원에 계셨거든요."

포가 말했다.

"잠시 실례하죠."

그는 몸을 숙여 브래드쇼의 귀에 속삭였다.

"오늘 밤 플린 경위와 영상회의를 준비해요. 이 사건에 관해 알아보라고 하고, 왜 그게 수감 기록에 없는시노 알아보라고 해줘요. 그리고 하는 김에 부인의 사고 기록도 받을 수 있으면 받으라고 하고요."

"신호가 확실히 잡히도록 바깥에 나가서 할게요, 포. 자동차 열쇠 주면 잠깐 에드거도 내보내주고요."

브래드쇼가 나가자 포가 다시 버니를 향했다.

"계속하시죠."

"더 말할 것도 없는데요. 그분은 칼에 찔렸고, 난 그분이 병원에 있는 동안 위대한 셰프라는 자기 유산에 관해 다시 생각해볼지 모른다고 여겼어요. 나랑 한 계약을 바꿔서 나한테 자유를 좀 달라고 설득할 수도 있지 않을까 싶었죠. 어쩌면 그 좆같은 트러플 숲이 어디 있는지도 알려줄지 모르고요."

포가 눈썹을 치켜올렸다. 트러플 이야기가 나온 게 두 번째였다.

"그게 하나 걸러 한 코스에 들어가는데 그거 사느라 좆같이 많이 들어간다니까요. 이윤을 꽉꽉 깎아먹죠. 키튼 셰프님은 직접 트러플을 따셨는데 그게 어디인지 말을 안 해주세요. 솔직히 놀랄 일도 아닌 게, 꼬마들이 타는 흔들 목마 똥보다도 희귀하거든요."

"그럼 사야 하는 건가요?"

"근데 그게 믿기 어려울 정도로 비싸요. 그램당 값이 금보다 비싸죠."

"내가 듣기로도 그렇다더군요."

버니는 흥미롭다는 듯 고개를 갸웃했지만 포는 더 설명하지 않았다. 그는 키튼 같은 도시 출신이 어떻게 트러플 숲을 발견했는지 묻고 싶었지만, 지금은 칼에 찔린 문제에 집중해야 했다. 그건 새로운 정보였고 포는 그쪽을 파헤치고 싶었다.

"병원에 있으면서 분명 좀 느긋해졌을 텐데요?"

"사실 그 반대였어요. 기운이 넘치시던데요. 그러기 한 달 전에 앨트코스 교도소에 계실 때는 아주 저조했거든요. 무죄를 입증하려고 항소하려던 게 또 기각되어서, 난 그분이 최소한 25년을 온전히 복역하기로 체념한 줄 알았어요. 셰프님은 심지어 이유도 물어보지 않고 새로운 메뉴에 사인하셨죠."

"칼에 찔린 게 기운을 북돋웠다?"

그건 있을 법하지 않았다.

"아뇨, 칼에 찔리기 전에 기분이 나아지셨어요. 사실 내가 펜턴빌 교도소에 처음 방문했을 때죠. 생기가 넘치시더군요. 레이크 구역 중심부에 새로운 레스토랑을 열 계획을 다시 세우고, 심지어 런던에도 팝업 매장을 오픈할 구상까지 하셨죠. 나더러 둘 다 운영하라고 하셨어요. 웃고 농담하면서 한껏 들떠 계셨어요. 아주 이상했죠."

"그러고 나서 칼에 찔린 건가요?"

"그러고 나서 칼에 찔렸죠."

버니가 확인했다.

"그랬는데도 기분이 나빠지지 않았다고요?"

"전혀요. 병원에 두 번 찾아뵜었는데 두 번 다 유쾌하셨어요."

포는 버니가 앨트코스 교도소에 마지막으로 찾아간 시점부터 펜턴빌 교도소에 처음 찾아간 사이의 기간을 살펴봐달라고 플린에게 요청할 생각이었다. 무슨 일이 있었길래 칼에 찔리고도 좋았던 기분이 가라앉지 않았는지 알아보라고.

브래드쇼가 돌아왔다.

"영상회의는 오늘 밤 7시로 잡혔어요, 포."

버니는 대화에 잠시 틈이 생기자 다시 큰 소리로 지시해대기 시작했다. 포는 시간이 거의 다 됐다는 걸 알았다. 이렇게 바쁜 부엌에서 이만큼 알아낸 것만으로도 운이 좋았다. 그는 한 가지 질문을 더 던졌다.
"엘리자베스에 관해 이야기해주시죠. 잘 아셨겠죠?"

버니가 고개를 가로저었다.

"생각하시는 만큼은 아니에요. 엘리자베스는 홀 담당이었고 나는 부엌 담당이잖아요. 이런 레스토랑에서 양쪽은 접점이 별로 없어요."

"하지만 일을 마친 뒤에는 분명……?"

"키튼 셰프님은 딸을 엄청 보호하셨어요. 그리고 그걸 뭐라고 할 수도 없죠. 이 업계에 충분히 오래 있었기 때문에 팀원들, 특히 직원 숙소에 있는 팀원들이 쉬는 시간에 파티에 열을 올릴 수밖에 없다는 걸 아셨으니까요."

"섹스인가요?"

"마약도요. 이쪽은 압박이 심한 환경인 데다 키튼 셰프님은 언제 눈감아줘야 하는지 아셨거든요. 일에 지장만 없으면 일을 마친 뒤에 무엇을 하든 상관하지 않으셨어요."

"그럼 일에 지장이 있었던 적은 없나요?"

버니는 두 사람이 온 뒤로 처음으로 불안해 보였다.

"난 아무것도 못 봤어요."

그건 교묘한 대답이었다. '그렇다'도 아니고 '아니다'도 아닌. 버니가 털어놓지 않는 게 있었다.

"내가 얘기해봐야 될 사람이 누구 없으려나요?"

"죄송하지만, 이제 곧 서빙할 시간이라서요. 일에 집중해야겠네요."

포가 그와 악수를 했다.

"혹시 이른 점심에 우리 둘을 끼워줄 수는 없을까요?"

버니가 어깨 너머를 돌아보았다. "젠!" 그가 소리쳤다.

"*위*, 셰프?"

"점심 예약은 어떤 상황이지? 만석인가?"

"*위*, 셰프."

"두 사람 더 모실 수 있나?"

잠시 대답이 늦어졌다.

"*위*, 셰프. 네 분 자리를 둘씩 나눌 수 있습니다."

"젠이 네 명 앉을 수 있는 테이블에 두 사람을 배정한 거 같네요. 그 자리를 나눠서 두 분께 드릴 겁니다."

버니가 말했다.

포는 끄덕이며 아직 벌리스 앤드 슬로에서 떠나지 않아도 된다는 데 만족했다. 그는 버니에게서 낌새를 맡았다. 키가 큰 셰프 버니는 뭔가 말하고 싶으면서도 해서는 안 된다고 느낀 것 같았다. 적어도 분주한 부엌에서는. 포는 점심 서비스를 받은 뒤에 따로 그와 시간을 내볼 생각이었다.

"12시까지 여기로 오실 수 있나요? 오늘 코스가 아주 깁니다."

포는 손목시계를 확인했다. 한 시간 반 정도 남았다. 이 주변에 산림위원회 땅이 있으니, 에드거를 데리고 숲으로 산책하러 갈 수도 있었다. 평범한 나무들이 어떻게 생겼는지 녀석에게 보여주기도 하고. 섐 고원에 있는 몇 안 되는 나무들은 키도 작고 덜 자라 90도로 꺾여 있었다.

33

두 사람은 이번엔 벌리스 앤드 슬로의 앞문으로 들어갔다. 한 여자가 높고 얄팍한 책상 뒤에 서 있었다. 얼굴이 컴퓨터 화면에서 나오는 빛으로 발그레했다. 두 사람은 이름을 말하고 작은 좌석으로 안내받았다.

빳빳한 흰색 셔츠에 검정 재킷, 벌리스 앤드 슬로 타이를 맨 남자가 두 사람 자리에 다가와 앉았다. 그는 가죽 폴더를 들고 있었다.

"조 더글러스라고 합니다, 지배인이죠. 저희와 함께하신 적이 있으셨던가요?"

두 사람은 없다고 했고 더글러스는 그곳이 어떻게 돌아가는지 설명해주었다.

"오늘은 열네 코스로 구성된 테이스팅 메뉴가 준비되어 있습니다. 각 요리는 12분마다 나오고, 식사를 경험하시는 데 대략 세 시간이 소요될 겁니다."

그것은 포에게 새로운 경험이었다. 식사를 하는 게 아니라 *경험하다니.* 더구나 식사 한 번에 세 시간이 걸리는 것도 새로웠다. 그에게 식사란 책상에서, 차에서, 싱크대 앞에서 먹는 것이었다. 그래도 그는 키튼의 머릿속으로 들어가보고 싶었다―그의 음식을 먹어보는 것도 그리 나쁜 생각은 아니었다.

"소믈리에와 이야기하시겠습니까, 아니면 저희 쪽에 와인 페어링을 맡겨주시겠습니까?"

포는 '페어링'이 무슨 뜻인지 몰랐다. 그래도 상관없었다―포는 와인을 좋아하지 않았다.

"맥주나 한 잔 주십쇼."

"저는 탄산수로 할게요."

브래드쇼가 말했다.

더글러스가 뻣뻣하게 고개를 숙이더니 가죽 폴더에서 아이패드 미니를 꺼냈다. 그는 화면을 건드려 음료 주문을 입력했다.

"버니 셰프가 알고 있어야 할 식이 제약 사항은 없으십니까?"

브래드쇼가 자기는 채식주의라고 말했다.

더글러스가 다시 아이패드를 건드렸다.

"다 괜찮을 것 같습니다. 저를 따라오시면 자리로 안내해드리죠."

벌리스 앤드 슬로의 식당은 아주 간소했다. 바닥은 원래 있던 판석이었고 벽에는 벽돌이 드러나 있었다. 방아 기계는 보존되어 있었지만 손님의 정신을 산만하게 할 만한 건 아무것도 없었다. 그림도, 사진도, 심지어 커튼도 없었다.

이런 미니멀한 분위기는 자리에 앉아서도 끝나지 않았다. 마감하지 않은 나무에 놓인 빳빳한 빨간 냅킨, 주문 제작한 식기, 녹청이 슨 놋쇠 꽃병에 담긴 흰색 장미 한 송이가 테이블에 놓인 전부였다. 소금과 후추가 담긴 통은 없었다. 포는 자기들 테이블만 그런가 해서 주변을 보았는데, 아무도 스스로 양념을 할 수 없게 되어 있는 듯했다.

막 정오가 되었고 식당은 만원이었다. 분위기는 조용하고 경건했다. 단정하게 다림질한 검은색 제복과 흰색 타이 차림의 웨이터와 웨이트리스가 세 사람씩 짝을 지어 소리 없이 움직였다―하나는 접시를 운반하고, 하나는 식사를 서빙하고, 다른 하나는 손님이 먹을 음식을 설명했다. 소믈리에 한 명이 매의 눈으로 지켜보며 와인 잔을 채울 때를 기다렸다.

벌리스 앤드 슬로가 널찍하기도 했고 포도 답답한 느낌이 들지는 않았지만, 그는 키 큰 에든버러 출신의 셰프가 왜 그렇게 자기들을 받아주었는지 궁금했다. 그럴 필요가 없었다. 벌리스 앤드 슬로는 만석이었고 안 된다고 해도 아무 문제 없을 터였다. 그러나 버니는 안 된다고 하지 않았다. 이것은 벌리스 앤드 슬로가 추구하는 탁월함의 예일까, 아니면 다른 뭔가가 있었을까?

적갈색 머리의 웨이트리스가 빵 바구니를 가지고 왔다. 그녀는 화려하게 장식된 집게로 두 사람의 접시에 번 빵을 하나씩 놓았다. 또 다른 웨이트리스는 찐득한 버터로 가득한 돌 냄비를 테이블 가운데에 놓았다.

마지막 웨이트리스가 설명을 시작했다.

"오늘 선보이는 장인의 빵은 버니 셰프의 유기농 사우어도우에 직접 딴 타임을 넣은 겁니다. 버터는 직접 만들었고 우유는 컴브리아 농장에서 나온 겁니다."

웨이트리스는 마치 예수가 직접 버터를 만들기라도 한 것처럼 말했다.

회의적인 그에게도 따뜻한 빵 냄새는 삶의 단순한 즐거움 중 하나였고 포는 깊이 숨을 들이쉬었다. 브래드쇼도 똑같이 했다. 그는 빵을 반으로 가르고 버터를 넉넉하게 바른 뒤 한입 베어 물었다. 그는 기분 좋게 한숨을 쉬었다. 맛있었다.

이번에는 다른 웨이터 트리오가 와서 첫 코스를 제공했다. 포가 기대한 그대로였다. 작고, 보기에도 예쁘고, 믿기지 않을 만큼 복잡했다. 세 번째 웨이터가 말했다.

"앞에 보시는 것은 버니 셰프가 해석한 '살라드 니스와즈'•입니다. 참다랑어 회, 건조한 달걀노른자, 토마토 셔벗, 올리브 리덕션••입니다."

조금 다른 음식이 브래드쇼 앞에 놓였다. 참다랑어 대신 졸인 두부를 썼다고 웨이터가 설명했을 즈음 포는 자기 것을 먹어버렸다. 작게 두 입, 아니면 보통으로 한입 정도일 듯했다. 훌륭했지만 그는 뭔가 놓치고 있는 게 틀림없었다. 그는 그걸 다시 먹으려고 두 달이나 되는 대기 명단에 이름을 올리지는 않을 터였다. 컴벌랜드 소시지만큼 훌륭하지도 않았나.

브래드쇼는 자기 음식을 음미하려고 애썼다. 각각을 따로 야금야

- 니스 스타일 샐러드.
- • 올리브와 올리브유에 몇 가지 재료를 넣고 오랫동안 졸여서 만든 소스.

금 먹은 다음, 이번에는 모든 걸 포크에 같이 얹어서 먹어보았다. 다 먹더니 "냠냠"이라고 했다.

다음 코스는 채식 요리라서 두 사람이 같은 것을 받았다. 솜브레로 크기의 하얀 그릇 가운데에 라비올로 하나가 놓여 있었다. 명함 크기였고 가장자리에 주름이 잡혀 있었다. 꼭 침처럼 보이는 것으로 덮여 있었다.

"이것은 야생 버섯 라비올로입니다. 거품 마늘, 숙성된 파르메산 치즈 가루, 마지막으로 트러플 파우더가 올라갔습니다."

요리의 풍부한 향이 피어올랐고 포는 시간을 들여 먹으려고 애썼다. 그러자 대단히 신선한 흰색 덩어리를 음미할 수 있었다. 썩 구미가 당기는 모양새는 아니지만 거품이 라비올로 파스타를 극도로 잘 보완했고, 트러플의 흙 같은 풍미가 짭짤한 치즈와 근사하게 조화를 이루었다.

"좋았어······. 이번 건 꽤 훌륭하군."

그가 인정했다. 이것은 그가 처음 경험하는 미식이었고, 그는 살짝 위화감을 느꼈다. 당혹감의 임계점이 따로 없는 브래드쇼는 그가 불편해하는 것도 몰랐다.

작지만 세심한 요리가 이어졌고 갈수록 더 복잡한 요리가 나왔다. 성게가 껍질에 쌓인 채 자기 앞에 차려지자 포는 미안했다. 요리에서는 신선한 굴의 짭짤한 맛에 굳힌 커스터드의 식감이 느껴졌다. 그가 한 입 먹을 때마다 브래드쇼가 말했다. "우엑." 당근 에센스—당근 퓨레, 갈아낸 당근 쪼가리, 당근 그래니타*가 들어가는—는 '할 수 있다고 꼭 해야 한다는 뜻은 아니다'라는 격언을 잘 보여주는 사례였다. 날 당근이 훨씬 맛있었다. 당근 요리 뒤에는 뭔가 짭짤한 바퀴 자국 같은 것 위에 사슴 고기 타르타르가 올라간 요리가 나왔다.

그다음 요리는 치킨 너깃처럼 생긴 것이었다. 포는 이게 뭐냐는 듯 올려다보았다.

"채집한 야생 마늘 아이올리 소스**에, 쓴 레몬 시럽을 넣은 새끼 양 튀김입니다."

웨이터가 설명했다.

포는 브래드쇼가 받은 요리를 건너다보고는 말했다. "하하." 브래드쇼는 또 무슨 에센스 요리를 받았다. 이번에는 볼로티 콩으로 만든 것이었다. 예쁜 요리였지만—콩에 분홍빛 붉은 줄이 나 있었다—포는 새끼 양 튀김이었다.

그리고 그건 맛이 끝내주었다. 세심한 풍미가 나고, 다 삼키고서도 오랫동안 맛을 느낄 수 있었다. 먼저 우유에 담갔다가 빵 부스러기를 입혀 튀긴 것 같았다. 미슐랭 3성급 레스토랑에서 내놓은 것이라기에는 좀 질긴 감이기는 했지만, 풍미가 그것을 보상하고도 남았다. 새끼 양도 포가 좋아하는 고기였고 튀김도 그가 좋아하는 조리법이었

• 당근을 살짝 얼려서 만든 이탈리아식 디저트 종류.
•• 마요네즈와 마늘을 섞어 걸쭉하게 만든 소스.

으니 딱히 놀랄 일은 아니었다.

브래드쇼가 그보다 먼저 다 먹었다. 그녀는 포가 접시를 비우는 모습을 지켜보았다. 입술에 기이한 웃음이 걸려 있었다. 뭔가 말하고 싶어 하는 듯 보였다.

"왜 그래요, 틸리?"

포는 접시를 손가락으로 문지른 뒤 마지막 남은 소스까지 깨끗하게 먹어치웠다.

"새끼 양 튀김이 뭔지 알지 않아요, 포?"

"새끼 양을 튀긴 거겠죠 아마."

브래드쇼의 웃음이 더 커지자 그는 불쑥 자신이 없어졌다.

"아니에요?"

"엄밀히 말하면 맞죠."

브래드쇼는 전화기를 열더니 신호가 잡히기를 기다렸다. 얼마 후 뭐라고 써넣더니 그에게 전화기를 건넸다.

그는 새끼 양 튀김에 관한 위키피디아 글을 읽고는 깨끗한 손가락과 더 깨끗한 접시를 내려다보았다.

"제발 농담이라고 해줘요."

"아닌데요. 그거 고환이에요."

브래드쇼의 웃음이 고속도로보다 넓어졌다.

포가 말했다.

"메뉴를 받아야겠어요."

그가 손을 들자 지배인이 테이블로 다가왔다.

"무슨 문제라도 있으십니까?"

그가 딱딱하게 말했다.

"메뉴 좀 주세요. 정확히 뭔지 알기 전에는 아무것도 안 먹을 겁니다."

포가 말했다.

"손님들은 세 번째 디저트 코스가 나온 뒤에 서명된 메뉴˙를 받으시는데요, 선생님."

포가 그를 빤히 쳐다봤다.

"하지만 버니 셰프에게 예외를 둘 수 있는지 물어보겠습니다."

"부탁합니다."

"음식이 좀 거들먹거리는 느낌이지 않아요, 포?"

지배인이 사라지자 브래드쇼가 말했다.

포가 동의하는 뜻으로 끙얼거렸다. 벌리스 앤드 슬로의 음식은 성게에서 해물 맛이 나는 것만큼 거들먹거리는 느낌이 들었다.

지배인이 메뉴판 두 개를 가지고 돌아왔다. 둘에게 하나씩 건넸다.

"고맙습니다."

포가 말했다.

지배인이 고개를 숙이더니 돌아갔다.

포가 메뉴를 펼쳤다. 작은 봉투가 테이블 위로 떨어졌다. 두 사람

- 이런 미식 레스토랑에서는 담당 셰프가 메뉴에 서명을 해서 손님에게 기념으로 주는 경우가 있다.

은 서로 쳐다보았다. 포는 주변을 흘끗 돌아보고 보는 사람이 없는 걸 확인한 다음, 버터 칼을 이용해서 봉투를 개봉했다.

안에는 색인 카드가 들어 있었다. 포는 거기 쓰인 것을 브래드쇼에게 읽어주었다.

"이 남자는 '시간 관리를 심각하게 잘못했다'는 사유로 해고됐는데요. 본인은 다르게 받아들일 것 같네요."

포가 카드를 뒤집었다. 뒤쪽에는 이름이 쓰여 있었다. 제퍼슨 블랙. 그는 카드를 브래드쇼에게 밀었다. 브래드쇼는 그걸 읽고서 곧바로 검색하기 시작했다.

제퍼슨 블랙? 살인 사건 파일에는 없는 이름이었다. 그는 왜인지 궁금했다. 비록 해고된 직원이 때때로 앙심을 품기는 해도, 그들의 말을 잘 걸러서 듣기만 하면 좋은 정보가 많았다.

"신호가 안 잡혀요."

브래드쇼가 말하며 핸드폰을 흔들었다. 그녀는 손을 들었다. 웨이터가 다가왔다.

"여기 와이파이 코드 있나요?"

"손님, 여기는 미슐랭 별을 받은 레스토랑입니다."

브래드쇼가 타이핑을 시작했다.

"전부 소문자인가요?"

포가 웃었다.

"플린 경위에게 찾아보라고 합시다, 틸리. 돌아가는 길에 전화하면 돼요. 우리는 남은 식사나 즐기자고요."

"알았어요, 포."

브래드쇼가 말하고 핸드폰을 주머니에 집어넣었다. 웨이터는 어리둥절한 얼굴로 돌아갔다.

다음 코스를 기다리는 동안 포는 왜 버니가 제퍼슨 블랙이 그들에게 도움이 될 수 있다고 생각했는지 궁금했다—뭐가 그토록 수수께끼처럼 중요해서 개방된 부엌에서는 말할 수 없다고 느꼈을까? 쉽게 알 만한 답은 떠오르지 않았다.

포는 한가하게 메뉴를 집어 들고 다음에 뭐가 나오는지 보았다. 이번에도 사슴 고기 요리였다. 채집한 블랙베리 콩포트*에 푹 삶은 노루 뺨이었다. 포는 메뉴가 짜증스러웠다. 불필요하게 복잡한 조리 기법, 동물의 엉뚱한 부위를 쓴 고기, '농장에서 갓 나와 신선한' '지역에서 재배한' '해체된' 같은 거창한 문구들. '채집한' 같은 단어는 거의 모든 요리에 붙은 듯했다.

버니 말이 맞았다. 트러플이 메뉴에 자주 등장했다—열네 가지 요리 중에서 여섯 개에 그 말도 안 되게 비싼 버섯이 들어 있었다. 키튼이 그걸 어디서 채집하는지 알고 싶어서 버니가 열을 올리는 것도 당연했다.

"틸리, 5분쯤 시간 있을 때 트러플에 관해 간단하게 정리 좀 해줄

- 설탕물에 과일을 넣고 끓여 만드는 디저트. 향신료를 넣기도 하고, 잼보다 설탕 함량이 적고 과육이 살아 있다.

래요? 레스토랑에서 사용하는 종류, 어떤 종류가 영국에 자생하는지, 어디서 찾을 수 있는지, 그런 것들이요."

"알았어요, 포."

브래드쇼가 메뉴에서 고개를 들고 말했다.

"오늘 밤에 해줄게요."

포는 고맙다고 했다. 키튼이 트러플 숲을 어떻게 찾았는지 신경이 쓰였다.

브래드쇼가 자기 메뉴를 테이블 위로 밀었다. 그녀는 아래쪽에 있는 작은 글자를 가리켰다. 포가 얼굴을 찌푸리더니 독서용 안경을 끼고, 브래드쇼의 손가락이 있는 부분을 읽었다.

레스토랑에서 사용하는 공급업체들 목록이었다. 메뉴보다 더 작고 얇은 폰트로 인쇄되어 있었다. 벌리스 앤드 슬로에서 쓰는 지류에 미리 인쇄되어 있는 것처럼 보였다. 반면에 메뉴 자체는 매일 달라졌다.

포는 손가락을 죽 내리면서 목록을 보다가 브래드쇼가 발견한 것을 보았다. 심장이 펄떡였다. 그것은 오전 내내 그의 눈앞에 있었다. 버니는 심지어 그걸 큰 소리로 외치기까지 했다.

토머스 흄은 벌리스 앤드 슬로의 새끼 양 공급업자였다.

34

남은 요리들은 흐릿하게 지나갔다. 포는 계산서를 보고는 신음조차 내지 않았다. 보통 때 같았으면 점심으로 거의 400파운드가 나온 사태에 격노했을 터였다. 그날 그는 아무 말도 없이 값을 치렀다.

그와 가장 가까운 이웃이, 그가 수사 중인 바로 그 레스토랑에 고기를 납품했다. 그리고 토머스는 죽었지만 딸 빅토리아는 아니었다. 더구나 빅토리아는 그를 두 번이나 피하듯 행동했다. 한 번은 통화했을 때였고, 한 번은 그가 에드거를 데리러 갔을 때였다. 그는 그저 개를 데리러 가려는 거라고 했을 때 빅토리아의 목소리가 어떻게 달라졌는지 기억했다. 빅토리아는 안심하는 듯했다. 그 여자가 이 일에 관련되어 있는 것인가? 그는 확신할 수 없었지만 뭔가 있기는 했다. 그가 파헤쳐야 할 뭔가가.

두 사람은 샙 엘스 호델까지 빠르게 이동했지만 사륜 바이크에 올라타 허드윅 농장으로 향할 때는 이미 6시가 다 되어 있었다. 에드거는 내내 바이크 옆에서 달렸다. 포는 에드거를 보살필 다른 방안을 찾아야 했다. 오늘은 어찌어찌 모면했을 뿐이었다.

포는 에스프레소 냄비를 스토브에 올려놓고 진한 커피를 좀 끓였다. 머그잔에 허브 차 티백을 넣고 끓는 물을 부었다. 차가 우러나기를 기다리는 동안 브래드쇼는 영상회의를 준비했다.

7시 정각, 노트북 화면이 깜빡이더니 여전히 피곤해 보이는 플린이 두 사람을 노려보았다.

"밴 질 부장이 참여할 거야. 지금 컴브리아 경찰청장이랑 통화 중이야."

"음. 무슨 일인지 알아?"

포가 말했다.

플린이 어깨를 으쓱했다.

"솔직히 몰라. 지금 이 회의가 뭣 때문인지 아시는지조차 모르겠는걸. 부장님은 통화 마치고 이 회의로 갈아타도 되냐고 물으시기만 했어."

"포가 고환을 먹었어요!"

브래드쇼가 아무 경고도 없이 소리쳤다. 죽도록 얘기하고 싶었던 게 틀림없었다.

"그랬단 말이죠?"

"네, 그랬어요, 스테퍼니 플린 경위님. 접시를 핥기까지 했다니까요. 내가 웃으니까 포가 웨이터한테 투덜거리면서 메뉴를 보고 싶다고 했어요."

플린이 입을 가리더니 웃음을 참았다. 몇 주 만에 보는 진짜 웃음이었다. 뭐 어쩌겠나, 그 하나 희생해서 팀을 살린 거라면.

"당신이 회의하자고 했잖아, 포. 할 말이 뭐야?"

플린이 말했다.

포는 벌리스 앤드 슬로에 대해 그리고 크로퍼드 버니가 은밀하게 제퍼슨 블랙이라는 이름을 전한 것에 대해 말한 뒤, 브래드쇼가 검색할 수 있는 데이터베이스들을 조사해봤지만 그 남자의 마지막 주소지를 아직 찾아내지 못했다는 것을 전했다. 플린은 메모하더니 알아보겠다고 했다.

포는 토머스 흄이 벌리스 앤드 슬로에 새끼 양과 돼지를 공급했다는 것과 그의 딸 빅토리아가 수상하게 굴었다는 것도 말했다.

"말해봐, 그 사람들에 대해 아는 게 뭐야?"

플린이 물었다.

포는 바로 대답하지 않았다. 그가 토머스 흄에 관해 아는 것이 무엇인가? 없는 거나 다름없었다. 흄에게 자식이 있는지조차 몰랐다. 둘이 처음 만난 날 흄은 그에게 허드윅 농장을 팔았다. 지역 당국이 아무것도 없는 허허벌판 건물에 지방세를 매기려고 한다고 말했다. 포는 아직 지방세 고지서를 받지 못했지만 그게 시간문제일 뿐이라는 걸 알았다—결국 그에게 찾아올 터였다.

"별로 없어."

그가 인정했다.

"내가 알아볼게. 다른 건?"

플린이 말했다.

포는 됐다고 하려다가 키튼의 부인이 죽은 교통사고가 절묘한 때 일어났다는 게 떠올랐다. 덕분에 벌리스 앤드 슬로는 별을 잃지 않을 수 있었을 뿐 아니라, 오히려 시간을 번 덕분에 별을 하나 더 얻었다.

포는 사건 보고서를 손에 넣을 수 있겠느냐고 물었다.

"그게 다야?"

"지금으로서는."

"키튼이 칼에 찔린 건요, 포?"

브래드쇼가 물었다.

망할. 제퍼슨 블랙의 주소를 알아내고 흄과 어떻게 연관된 건지 알아내느라, 포는 영상회의의 진짜 목적을 까맣게 잊고 말았다. 그는 키튼이 칼에 찔렸는데 그러고도 고양된 기분이 가라앉지 않았다는 버니의 주장을 플린에게 전했다.

플린이 대답하며 메모를 했다.

"법무부에 아는 사람이 하나 있어. 알아봐달라고 할게."

플린 뒤쪽으로 문이 열리며 에드워드 밴 질 국가범죄수사국 정보부장의 커다란 몸집이 플린 옆의 공간을 채웠다. 그는 암 진단서처럼 엄숙한 표정이었다.

"문제가 있네, 포."

그가 말했다.

왜 놀랍지가 않은 거지? 내 인생의 사운드트랙······ 그가 생각했다.

35

"방금 컴브리아 경찰청장과 통화를 마쳤지만, 그 이야기를 하기 전에 진행 상황을 말해줄 수 있겠나?"

밴 질이 말했다.

플린은 정확하게 사태를 전달했다. 메모장은 단 한 번만 봤고 확실하지 않을 때는 포와 브래드쇼에게 의지했다.

플린이 말을 마치고서도 밴 질은 입을 열지 않았다.

이윽고 그가 말했다.

"포, 내일 오후 3시에 더런힐 경찰서로 출두해서 공식적으로 조사를 받아야겠어."

부장은 손에 든 종잇조각을 확인했다.

"자네 직급이 있어서 워들 경감이 조사를 맡을 거네. 그 친구 아나?"

포가 끄덕였다. 그는 키든이 너럼 교노소에서 자신을 은근하게 협박한 뒤로 비슷한 상황이 생길 거라고 예상하고는 있었지만 여전히 충격이었다.

"청장님께서 이유를 말씀하시던가요, 부장님?"

"안 했네. 시간이 필요하면 좀 벌어줄 수는 있네만? 자네를 담당한

협회˙ 대리인이 2~3일쯤 못 올라간다고 하면 돼. 어쨌든 다시 전화해서 나한테 무슨 일인지 말도 안 하고 내 직원을 조사할 수는 없다고 할 마음도 있으니까. 예의가 아니잖나."

"아닙니다, 부장님, 가겠습니다. 잘됐네요."

"설명해보게."

"제가 계속 '노코멘트'만 하면 그쪽에서는 자기들이 알고 있는 걸 보여줘야 할 겁니다. 정보 수집은 양방향으로 일어날 테니, 우리도 키튼이 뭘 꾸미고 있는지 좀 더 알아낼 수 있을 겁니다."

"좋군."

포는 밴 질도 이미 같은 결론에 이르렀다는 걸 깨달았다. 조사를 중단시키고 싶었다면 벌써 그랬을 터였다.

그가 말했다.

"하지만 한 가지 경고하지, 포. 자네 이거 제대로 해내야 해. 난동을 부려도 안 되고, 너무 영리하게 굴어도 안 되네. 들어가서 그쪽에서 뭘 알고 있는지 알아낸 뒤 나오게. 청장은 자네가 내일 당장 체포되지는 않을 거라고 확언했지만, 자네가 적게 말할수록 그쪽에서 나중에 맥락에 안 맞게 인용할 수 있는 여지도 줄어들 걸세."

"얌전히 굴겠습니다, 부장님."

───

- 영국에는 경찰 협회 Police Federation가 있는데 영국 경찰들은 노동조합에 가입할 수 없기 때문에 문제가 생겼을 때 도움을 받도록 만든 조직이다.

"좋아. 그건 그렇고 워들 경감이라는 친구는 누군가? 자네한테 제대로 꼴린 모양인데."

"사소한 오해가 있었던 사람입니다, 부장님."

밴 질이 눈을 비비더니 양팔을 목 뒤로 올리며 기지개를 켠 뒤 하품을 했다.

"자네가 어떻게 이렇게 쉽사리 적을 만드는지 정말이지 모르겠군."

"지금 우린 포 얘기를 하고 있는 겁니다, 부장님. 포라면 친구한테도 미움을 살 겁니다."

플린이 말했다.

영상회의가 끝나고 둘 다 일찍 잠자리에 들고 싶지 않았기 때문에 포와 브래드쇼는 일하기로 했다. 포는 코끝에 독서용 안경을 걸쳐놓고 수감 기록을 다시 읽었다.

이번에는 키튼이 칼에 찔렸다는 버니의 주장을 뒷받침할 만한 게 없는지 찾아보았다. 포는 얼마 안 가서 발견했다. 재러드 키튼이 3주간 P-NOMIS에 언급되지 않았던 것이다. 그전까지 키튼의 개별 담당 교도관은 양심직으로 기록해왔지만, 해낭 구역에서 벌어지는 문제를 주로 적다 보니 키튼이 실제로 감방에 없었다면—이를테면 병원에 있었다면—적을 게 없을 터였다. 그리고 실제로 칼에 찔렸더라도 키튼은 공식적으로 불만을 제기하지 않을 만큼은 현명한 작자였다—감방에서 '밀고자'라는 딱지가 붙는 것은 아동 성범죄자 딱지가 붙는 것보다 더 나빴으니. 모든 일이 조용하게 처리되었을 테고, 따라서 그들이 얻은 기록에는 아무것도 나오지 않았던 것이다. 키튼의 의료 기록에는 뭔가 있을 테지만 그건 플린도 손에 넣을 수 없었다―그도 그럴 것이 환자 정보 보호가 투옥된 범죄자들에게까지 적용되었기 때문이다. 키튼의 개별 담당 교도관은 키튼이 언제 교도소 내 병동에 있었는지는 여러 번 적었지만, 무엇 때문인지는 적지 않았다. 포는 키튼이 다른 재소자들에게서 떨어지려고 병을 꾸며낸 거라는 인상을 받았다. 그것은 초조하고 겁에 질린 재소자에게 흔히 있는 일이었다. 병동은 좀 더 안전했고, 키튼은 벌리스 앤드 슬로에서야 우두머리였지 성인 교도소에서는 가루 설탕을 뿌려서 먹고사는 남자에 불과했다. 그것과 그의 재산, 그의 죄목 때문에 그는 표적이 되었을 터였다.

포는 키튼의 기록 중 빈 부분에 관해 알아낸 것을 플린에게 문자로 보냈다. 키튼의 개별 담당 교도관이 P-NOMIS에 아무것도 적지 않은 날짜들을 보면 아마도 키튼이 무엇 때문에 기분이 좋았는지 찾는 데 도움이 될지 몰랐다.

그는 브래드쇼를 힐끔 봤다. 그녀는 어울리지 않게 조용했다. 두 사람이 일할 때 보통은 무작위적인 잡담이 일방통행으로 쉴 새 없이 흘러나왔다. 지난 2~3일 동안 포는 배우 마이클 J. 폭스의 가운데 이름이 앤드루라는 것, 종이 한 장을 마흔두 번 접으면 달에 도달할 수 있다는 것, 정글에 사는 동물의 70퍼센트가 무화과에 의지해서 생존한다는 것을 알았다. 알 필요가 없지만 결코 잊어버릴 수 없을 것들.

하지만 지금은 아니었다.

브래드쇼는 노트북을 노려보고 있었다. 그가 지켜보는 가운데 브래드쇼는 안경을 벗고 늘 가까이에 두는 특수한 천으로 광을 냈다. 그러더니 느닷없이 몸을 앞으로 숙이고 말했다.

"세상에 이런."

브래드쇼는 보고 있던 페이지를 잠시 더 살펴보더니 고개를 한 번 끄떡하고 의자에 앉은 채로 몸을 돌렸다. 포가 자기를 지켜보고 있는 걸 알고 놀란 듯했다.

"무슨 일이에요, 틸리?"

"할 말이 있어요, 포."

"보통 사람들이라면 말하지 않는 건가요?"

"웃기네요. 근데 이거 중요해요."

포가 브래드쇼 옆에 가서 앉았다. 브래드쇼가 보고 있던 웹사이트는 부동산 등기와 관련된 곳이었다. 브래드쇼는 켄들에 있는 한 주소를 띄워놓았다.

"재러드 키튼이 이 가게를 사려고 했었어요, 포. 레이크 구역 한가운데 분점을 내려고 했다고요."

"이게 무슨 웹사이드죠?"

브래드쇼는 대답하지 않았고 포도 캐묻지 않기로 했다. 어떤 일은 그가 모르는 편이 나았다. 그는 다시 노트북으로 시선을 돌렸다. 그가 아는 길거리였다. 켄들의 괜찮은 동네였다. 외곽이지만 중심가에서 가까운 곳이었다.

"그게 뭐요?"

그가 물었다.

"매매가 거의 성사될 뻔했는데 가게 소유주가 마지막 순간에 마음을 바꿔먹었어요. 덧붙은 의견에 따르면 의견 충돌이었대요. 보아하니 주인은 키튼이 사회적 기업 레스토랑을 열 거라고 들었는데 그게 아니라는 걸 깨달았고, 또 키튼이 자기 의도를 왜곡해서 말했다는 것을 말고 매물을 빼버렸나 봐요."

"알겠어요……. 하지만 그게 나랑 무슨 관계가 있죠?"

"가게 주인이 당신 아버지예요, 포."

포의 머릿속이 공중제비를 돌았다. 그는 자기가 무슨 짓을 하는지도 모르는 새 어떤 아버지를 말하는 것인지 생각했다. 자기를 애정으로 길러준 아버지? 아니면 자기 어머니를 강간한 쪽? 그는 정신을 가다듬었다―자기 어머니 일을 아는 사람은 극소수였고, 브래드쇼는 그들 중 한 사람이 아니었다.

"그럴 수가 없어요, 틸리. 아빠는 가게 같은 거 소유하지 않아요. 세계 최고의 히피거든요. 소유권이라는 걸 믿지 않는다고요. 데오도런트도 안 믿기는 마찬가지지만."

포가 말했다.

브래드쇼는 한 쪽짜리 문서를 출력해서 포에게 건넸다. 포는 못 믿겠다는 태도로 읽었다. 그의 아빠는 가게를 하나만 소유한 게 아니었다. 여러 개를 소유했다. 그리고 집도 여러 채. 그는 세어보았다. 전부 열네 개였다. 케직에 둘, 윈더미어에 셋, 앰블사이드에 하나. 나머지는 켄들에 있었다. 이 포트폴리오는 수백만 파운드에 달했다. 그가 매년 벌어들이는 수입은 10만 파운드 단위였다.

포가 브래드쇼를 쳐다봤다.

"어떻게 된 거죠?"

브래드쇼가 어깨를 으쓱했다.

"받은 임대료는 윤리적으로 운영되는 펀드로 들어가요. 그게 내가 알아낼 수 있는 전부예요."

포는 무슨 말을 해야 할지 알 수 없었다. 자신의 비트족 아빠가 약삭빠르고 부유한 사업가로 키튼과 부동산 때문에 분쟁을 벌였다니, 믿어지지가 않았다. 이따금 포는 아버지가 어디서 돈이 나서 그런 생활을 하는지 궁금하기는 했지만, 어디든 히치하이킹으로 가고, 배에 선실을 사서 올라탄 다음 일을 해가면서 전 세계를 돌아다니는 거라고 생각했다. 아버지가 비즈니스 클래스를 탄다고는 한 번도 생각해 보지 않았다.

한 시간이 지났는데 포는 아무것도 해낸 게 없었다. 생각할 수 있는 거라고는 아빠뿐이었다. 아빠는 백만장자였다. 적어도 서류상으로는. 포는 어머니가 그걸 알았을지 궁금했다. 아마도, 상관하지 않았으리라.

결국 그는 현실로 돌아왔다. 뭔가가 달라졌다. 그는 귀를 기울였지만 노트북 세 대의 팬이 돌아가는 소리 외에 집은 조용했다. 그는 바로 그거라는 걸 깨달았다. 지난 한 시간 동안은 프린터가 쉴 새 없이 돌아갔다. 지금은 아니었다.

묻지도 않고 그는 스토브에 주전자를 올리고 차를 좀 끓였다. 충분히 담가둔 뒤 머그잔 두 개를 가지고 갔다.

"고마워요, 포."

브래드쇼가 고맙다 말하고, 김을 후후 분 뒤에 한 모금 홀짝였다.

그는 브래드쇼가 인쇄한 것 중 위쪽에 있는 몇 장을 훑어보았다. 모두 소셜 미디어 프로필이었다. 사진, 댓글, 작성 글이 줄줄이 이어졌다. 대부분은 젊은 여자들 계정에서 나온 것이었다. 포는 혼란스러워 얼굴을 들었다.

"여성의 76퍼센트가, 그리고 열여덟 살에서 스물아홉 살 사이의 82퍼센트가 날마다 소셜 미디어를 이용해요, 포. 그중 24퍼센트는 거의 쉬지 않고 이용하고요. 엘리자베스 키튼이 여태까지 살아 있었다면, 그 여자가 소셜 미디어를 완벽하게 무시하는 건 통계적으로 있기 어려운 일이에요."

"그런데 그 여자 프로필은 전부 활동하지 않는 것들이잖아요. 틸리가 처음 확인한 게 그거였죠."

포가 말했다.

"그래요. 하지만 그 여자의 친구들은 아니에요. 난 그 여자들이 어떤 사람들이고, 대다수가 어떤 학교 출신인지를 토대로 가공의 신분을 만들어내서 몇몇에게 친구 요청을 보냈어요."

"수락한 사람이 있어요?"

"전부 다요, 포."

포가 인상을 썼다. 현대의 10대들은 뭘 하든 소셜 미디어에 그걸 토해놓지 않는 일이 없는 것처럼 보이기는 했고, 그들이 '좋아요'나 '공유'를 받는 게 자기 신분을 보호하는 것보다 더 중요하게 느끼는 나이대 같기는 했지만, 모두 다 브래드쇼의 친구 요청을 수락했다는 건 믿기 어려웠다. 그런가 하면, 브래드쇼는 이쪽 전문가였기 때문에 그렇게 믿기 어려운 일도 아닐지 몰랐다. 브래드쇼는 천재적인 지능에, 컴퓨터를 다루는 요령, 즉시 사용할 수 있는 수많은 프로필이 있었으니까. 사실 전설이었다. 브래드쇼는 시간을 들여 프로필들을 만들었다. 그 프로필들은 취미와 친구도 있었다. 글도 올렸다. 그룹에도 참여했다. 실제 사람들과 교류도 했다. 한마디로 그들은 실제로 존재한다면 인간이 할 만한 일을 전부 다 했다. 소셜 미디어를 수사 도구로 사용하는 건 이제 브래드쇼와 그녀의 팀원들 업무의 핵심 부분이었다.

브래드쇼가 인쇄한 서류들은 그저 새로운 친구 목록에서 그치지 않았다. 사적인 메시지와 비공개 그룹도 있었다. 브래드쇼가 접근할 수 없었을 자료들.

"이것들은 다 어떻게 얻은 거예요, 틸리?"

브래드쇼가 말을 안 하려고 했다.

"틸리-이?"

그가 말하며 이름을 길게 끌었다.

"무슨 짓을 한 거예요?"

"화내지 않는다고 약속해요, 포?"

포가 팔짱을 끼었다.

"'만약 내가 해러비 학교 교사라면'이라는 이름의 성격 유형 퀴즈를 만들었거든요."

"그게 뭔데요?"

"내가 만든 퀴즈예요. 그 여자들이 전부 해러비 출신이라서 나도 그 학교에 다닌 것처럼 보일 만한 계정으로 그걸 보냈죠."

포는 브래드쇼가 한 말이 사실은 *진짜* 그 학교에 다닌 것처럼 보이는 계정에서 보냈다는 뜻이라고 짐작했다.

"그렇게 한 그럴듯한 이유가 있었겠죠?"

브래드쇼가 격하게 끄덕였다.

"보여줘요."

브래드쇼가 컴퓨터 파일을 열었다. 암호화가 많이 되어 있었지만 군데군데 단순한 글자들도 있었다. 퀴즈 질문들이었다. 유치하지만 소셜 미디어에 있는 젊은이들이 응답할 만한 종류였다.

내가 처음 기른 동물의 이름은 학생 때 내 별명이다.

어머니의 결혼 전 성은 학급에서 기르는 게르빌루스 쥐 이름이다.

내가 좋아하는 음식은 내 스카프에 얼룩으로 남아 있다.

내가 태어난 장소는 내가 아이들을 현장 학습에 데려가는 곳이다.*

---

* 이 문장들은 틸리가 의도적으로 우스꽝스럽게 보이도록 만든 것이다. '해러비 학교 교사'와 연관된 내용과 흔히 사용되는 '보안 질문'을 뒤죽박죽으로 섞어, 이것을 읽는 사용자들이 경계심을 풀고 저도 모르게 보안 질문의 답을 적도록 유도했다.

등등.

포는 빈 종이를 들어 자기 대답을 써넣었다. 그는 찡그렸다. 답변이 익숙했다.

"이거 혹시……."

"사용자 비밀번호를 찾아내는 데 필요한 보안 질문 중에 가장 흔한 거 맞아요."

"이거 합법적이에요?"

브래드쇼는 질문을 무시했다.

그가 이번에는 좀 더 크게 말했다.

"틸리, 이거 합법적이에요?"

그는 어떻게 그게 합법적일 수 있는지 상상이 가지 않았다. 브래드쇼는 그들의 보안 질문을 수집해서 계정을 해킹한 것이었다.

"회색 영역이죠."

브래드쇼가 인정했다.

포는 그 말을 잠시 생각했다. 이게 회색 영역이라면 극도로 진한 회색일 터였다. 사실 너무 진해서 냉소적인 사람이라면 그냥 검정이라고 할 정도였다.

포가 자기 생각을 말했다.

브래드쇼가 안정된 목소리로 말했다.

"포, 당신 지금 문제에 빠졌어요. 당신을 지키기 위해서라면 내가 하지 않을 일이 없다는 걸 부디 이해해줘요. 자, 이제 다음으로 넘어갈까요? 내가 발견한 거 듣고 싶어요, 안 듣고 싶어요?"

그는 받아들이기로 했다. 어차피 아무도 모를 터였다. 브래드쇼는 어떤 흔적도 남기지 않고 들어갔다가 나왔을 테니.

"발견한 게 뭐예요?"

"이상해요, 포. 아무것도 없어요. 엘리자베스는 사라진 뒤로 주요 소셜 미디어에 아무것도 올리지 않았어요. 그뿐 아니라 자기 친구들이 뭘 하는지도 확인하지 않았어요. 친구들이 만들어놓은 애도 페이지조차 가보지 않았다니까요."

"그건…… 대단한 자제력이군요."

"대단한 정도가 아니죠, 포. 이제까지 드러난 사실들을 어떤 각도로 봐도 엘리자베스와 같은 학교를 다닌 사람들의 삶에 소셜 미디어가 얼마나 깊이 침투되어 있는지 알 수 있어요. 거기서 완전히 벗어나는 건 거의 불가능해요."

"그 여자, 실종되기 전에는 소셜 미디어를 어떻게 이용했었죠? 눈에 띄는 거라도 있었나요?"

"아무것도 없어요, 포. 있어야 할 건 다 있어요. 친구들과 교류도 활발하게 했고, 벌리스 앤드 슬로에 관한 글도 많이 올렸어요. 눈에 띄는 정치 성향은 안 보이고요."

포는 브래드쇼가 인쇄한 사진들을 훑어보았다. 엘리자베스 키튼은 모든 사진에서 웃고 있었고, 모두가 묘사한 모습으로 보였다—사교성 좋고 행복한 10대 소녀. 어떤 사진은 파티에서 찍은 것이었고, 어떤 것은 클럽과 술집에서 찍은 것이었다. 어떤 것은 일터에서 찍은 사진이었다. 엘리자베스는 언젠가 친구들과 휴가를 떠난 게 틀림없었다. 태그가 정확하다면 포르투갈 마데이라였다. 포는 마데이라가 화산섬이라는 걸 알았고, 그런 까닭에 비키니 차림 사진들도 모두 해변이 아니라 콘크리트 수영장에서 찍은 것이었다.

그는 찡그렸다. 뭔가가 맞지 않았다. 그는 확실히 하고 싶어서 사진을 두 번 더 확인했다.

"틸리, 틸리라면 해변에 뭘 입고 갈 거예요?"

브래드쇼는 멍한 얼굴이었다. 체육관에 뭘 입고 갈 거냐고 묻는 것과 다를 바 없었으리라.

"그건 됐어요. 이것들 좀 봐요. 뭐가 보이는지 말해봐요."

포가 말했다.

브래드쇼는 마데이라에서 찍은 사진들을 살펴보았다. 얼마 안 가 이해했다는 표정이 떠올랐다.

"비키니 상의를 입고 있지 않네요, 포. 다른 친구들은 다 입고 있는데 엘리자베스만은 항상 긴소매 티셔츠나 블라우스 차림이에요."

"바로 그거예요. 자해 흔적을 숨기려고 한 것 같아요."

포는 엘리자베스가 열다섯 살일 때 찍은 사진들을 브래드쇼에게 보여주었다. 다른 휴가지에서 찍은 것이었다. 이번에는 태그가 없었지만 컴브리아 서쪽에 있는 앨런비인 듯 보였다. 드물게 화창한 날이었다. 아니나 다를까, 엘리자베스는 비키니를 입고 있었다.

"이 두 번의 휴가 사이에 자해가 시작된 게 틀림없어요."

그가 말했다.

그는 원인이 무엇일지 궁금했다. 아마 어머니가 죽은 일일 터였다.

재러드 키튼은 이걸 알고 있었을까? 알았다면 분명 눈에 띄는 곳에서는 상처를 숨기라고 말했으리라. 자해하는 딸은 그가 투사하고 싶어 하는 이미지와는 어울리지 않았다.

포는 사진을 내려놓았다. 비키니 차림의 젊은 여자들을 더 뚫어져라 보고 있다가는 브래드쇼의 잔소리에 분위기가 어색해질 것이었다.

노트북 중 한 대가 경보음을 냈다. 브래드쇼가 몸을 돌려 새로운 이메일을 읽었다.

"스테퍼니 플린 경위님이 보낸 거예요, 포. 제퍼슨 블랙의 주소는 아직이지만 그가 내일 어디 있을지는 알아냈대요."

"어디래요?"

브래드쇼가 말했다.

포는 괜히 물어봤다고 생각했다.

열 한 번 째 날

36

 어느 도시에나 보처게이트 같은 구역이 있다. 만약 칼라일이 올림픽 개최지가 되겠다고 신청한다면, 경쟁 도시들은 칼라일의 야간 경제 중심지인 그곳 동영상을 개최지 선정 위원회에 보여주기만 해도 경쟁자 하나를 없앨 수 있을 터였다. 가가호호 퍼브, 나이트클럽, 포장 음식점, 유료 자동 출금기가 널려 있었다. 1파운드에 한 잔씩 파는 독주, 알코올 8퍼센트 라거, 쿵쿵거리는 댄스 음악보다 고상한 건 무엇도 바라지 않는 이들을 위한 곳이었다. 금요일과 토요일 저녁이면 보처게이트에는 경찰이 늘 돌아다녔다.
 그리고 그 한가운데에, 마치 똥 중의 똥처럼, 코요테라고 불리는 너저분한 퍼브가 있었다. 컴브리아에서 일어나는 얼마 안 되는 조직범죄가 그곳을 거점으로 움직였다. 창녀들이 포주들에게 돈을 지불하고, 마약상들이 물건을 채우고, 장물아비들이 장물을 팔러 다녔다. 그곳은 전국의 기대수명 평균치를 떨어뜨리는 곳이었다.
 칼라일에서 코요테는 '개'라고 알려져 있었다. 어지간히 거친 남자들도 그곳은 피해 다녔다.
 포는 문 앞에서 보처게이트를 마주 보며 기차역 쪽으로 서 있었다. 그는 재킷에서 신분증을 꺼내 공중을 향해 들었다.

"여기서 뭐 해요, 포?"

"저기 길 위쪽에 있는 기다란 흰색 막대기 보여요?"

"보여요, 포."

"그거 새 CCTV예요, 틸리. 내가 이 안에 들어가는 걸 관리자에게 보여주려는 거예요."

"하지만 200미터는 떨어져 있을 텐데요."

포가 웃었다. 그것은 정말 200미터 떨어져 있었다. 상관없었다―카메라들은 성능이 아주 좋아서, 관리자가 포의 손목시계까지 읽을 수 있을 터였으니까. 이른 시각이지만 포는 누군가 '개'의 출입구를 빈틈없이 경계하고 있으리라는 것을 알았다. 그게 카메라의 기본 설정이었다. 포는 손을 공중에 들고 2분간 기다렸다. 경찰이 '개' 안에 들어가는 걸 관리자가 이해하기에 충분한 시간이었다. 순찰차가 가까이에 있도록 하는 데도 충분했고.

일자 눈썹에 체격이 큰 남자가 두 사람을 밀치고 안으로 비틀거리며 들어갔다. *잘됐군.* 포는 경찰이 곧 들어가려고 한다는 걸 모두에게 경고할 작정이었다. 그건 포가 범죄를 눈감을 필요가 없다는 뜻이었다. 미약이며 장물이 모두 시야에서 사라질 터였다. 포가 바라는 바였다. '개'에서 뭘 발견하게 될지는 아무도 모르는 법이었다.

두 사람이 들어가려는 찰나에 문이 벌컥 열리더니 짧은 원피스를 입은 여자가 휘청대며 나왔다. 여자는 길바닥에 요란하게 구토했다. 브래드쇼는 자기에게 튀지 않도록 뒤로 펄쩍 뛰어 물러났다. 여자가 브래드쇼 쪽으로 고개를 돌리더니 어설프게 웃으며 사과했다. 입을 손등으로 닦은 후 말했다.

"개자식 밖에다 싼다더니."

브래드쇼는 예의 바르게 웃음 지었으나 다행히도 그 여자의 말이 무슨 뜻인지는 묻지 않았다. 여자는 비틀거리며 안으로 다시 들어갔다.

"준비됐어요?"

포가 물었다.

브래드쇼가 주저하다가 말했다.

"네, 포."

"괜찮을 거예요. 돌아가면 두더지족 사람들한테 무슨 얘기를 해줄 수 있을지나 생각해요."

그가 말했다.

"스쿠비 갱 말하는 거죠, 포."

"내 말이 그 말이에요."

포는 문을 밀고 안으로 들어섰다. 코가 충격에 빠졌다. 개는 화장실보다 구린 냄새가 났다. 포는 그 안에 있는 '진짜 화장실'에서는 어떤 냄새가 날지 알고 싶지 않았다. 공기는 뜨겁고 연기가 피어올랐고 대마초의 진한 단내로 가득했다. 창문과 천장은 니코틴으로 누렇게 색이 바랬다. 뚱뚱한 청파리들이 낡고 너덜거리는 카펫에 앉아 뭔가 축축한 것을 신나게 먹고 있었다. 포는 그게 피라고 자신했다. 아마도 머리에 난 상처에서 흐르는 피를 티셔츠로 누르려던, 반라 상태의 남자에게서 떨어진 듯했다. 부상을 입었으면서도 남자는 계속 술을 마시며 옆에 앉은 남자와 수다를 떨었다.

거기는 그런 곳이었다.

"맙소사."

브래드쇼가 말했다.

포는 찐득찐득한 바닥에 붙은 담배꽁초와 밴드에이드를 피하며 바 쪽으로 걸어갔다. 여자 바텐더가 저쪽 끝에 앉은 수척한 남자를 문자 그대로 '상대하고' 있었다. 포는 기다리면서 고개를 돌려 사람들을 훑어보았다.

이제 막 오전 10시가 지난 참이었지만 '개'는 이미 운동복과 민소매 차림의 군상들로 가득해지고 있었고, 그들은 모두 불운에 익숙했다. 사망진단서에 '쓰레기통에서 난 화재로 죽음'이라고 기록되기 딱 좋은 무리였다.

한 여자가 큰 소리로 엉엉 울면서 '사회복지사 개자식들'이 자기에게 보조금을 안 주려고 한다면서 '자기가 씨팔 화장실 청소 따위로 먹고살 거 같으냐'고 했다. 선글라스를 낀 한 남자가 꼭 MI5에서 일하기라도 하는 것처럼 은밀하게 전화기를 확인했다. 밤새 술을 마신 것처럼 보이는 뚱뚱한 남자는 바지에 오줌을 지린 게 확실해 보였다. 아이 둘이 다트 놀이를 했나. 포 눈에는 다트 보드가 보이지 않았다. 포는 원래 없으리라 짐작했다. 당구대가 하나 있었지만 지저분한 녹색 펠트 위에 웬 남자가 드러누워 자고 있었다. 알 수 없는 이유로 누군가 그에게 감자칩을 덮어놓았다.

불법 변종인 핏불테리어 두 마리가 서로 으르렁대며 목줄을 잡아당겼다. 좀 전에 토한 짧은 원피스 차림의 여자가 한 마리에게 너무 가까이 다가갔다가 발목을 물렸다. 모두들 하던 일을 멈추고 웃음을 터뜨렸다.

여자 바텐더가 일을 끝내자 포가 그 여자의 시선을 끌었다. 바텐더는 그를 무시했다. 포가 배지를 흔들자 바텐더가 샐쭉이며 다가왔다. 바텐더는 짧은 반바지에 지저분한 티셔츠를 입고 있었다. 너무 말라서 팔에서 가장 두드러진 부분이라고는 팔꿈치뿐이었다. 왼손에는 밴드를 붙여놓았다. 젊어 보이는 60대거나 거칠게 산 40대였다.

여자 바텐더는 그가 말하기를 기다렸다.

"제퍼슨 블랙. 어디 있죠?"

브래드쇼가 블랙의 옛날 사진을 발견했기에 포는 그가 어떻게 생겼는지 대략 알고 있었고, 그가 아직 '개'에 들어오지 않았다고 자신했다.

"먼저 술부터 사야죠."

여자가 중얼거렸다.

'개'에는 우두머리 수컷이 되고 싶은 자들이 가득했고, 여자 바텐더의 명령에 굴복하는 것은 유리병으로 두들겨 맞는 가장 빠른 길이었다. 포는 바텐더를 무시하고 고개를 돌려 단골들을 마주 보았다.

"워싱턴 포라고 한다. 제퍼슨 블랙이 어디 있는지 말하지 않으면, 놈을 찾을 때까지 날마다 온다. 염병할. 날이면. 날마다."

그것이 그들의 이목을 끌어당겼다. 포가 바 앞에 서 있는 걸 보더니 정장 차림으로 서류 가방을 들고 있던 한 남자가 휙 돌아서서 나가버렸다. 포가 바라는 걸 얻어내는 가장 확실한 길은 놈들의 사업을 망치겠다고 위협하는 것이었다.
 포는 뒤쪽에서 문이 열리는 소리를 들었다. '개' 전체에 안도의 한숨이 퍼져 나갔다.
 포가 돌아섰다.
 문제가 해결되었다. 제퍼슨 블랙이 도착한 것이다.

37

제퍼슨 블랙은 셰프가 되기 전에 낙하산 부대의 일원이었다. 그는 지금도 군인처럼 걸었다. 등에 막대기를 꽂은 듯 빳빳이 서서 성큼성큼, 완벽한 자신감을 보이며 걸었다. 30대 초반인 그는 모래 빛 머리카락을 짧게 깎았고, 코는 권투선수 같았으며, 턱은 모루처럼 네모였다. 느슨한 플란넬 반바지에 1파라PARA* 후드 티셔츠를 입고 험악한 표정을 짓고 있었다.

블랙은 끈적끈적한 카펫을 한걸음에 가로질러 빈구석으로 가더니 자리에 앉았다. 양쪽에 있던 사람들이 뒤로 물러나며 그에게 공간을 내주었다. '개'의 단골손님들은 그와 눈을 마주치지 않으려고 최선을 다했다. 그가 아무것도 요구하지 않았는데 바텐더가 라거 한 잔과 브랜디로 보이는 것 한 잔을 들고 다가갔다. 그는 고맙다는 말도 없이 받았다. 블랙은 한때 엘리트 군인이던 남자답게 주변을 확인하더니 곧바로 포를 바라보았다.

포가 그의 시선을 받았다. 블랙은 살짝 호기심이 이는 듯했다. 포

• 영국 낙하산 연대 제1대대를 가리킨다. 1대대는 특수부대 지원단에 편입되어 있다.

는 다가가 그 옆에 앉았다. 브래드쇼는 두 사람 반대편 스툴에 걸터앉아 주변을 초조하게 둘러보았다.

"여기서 그쪽을 만날 수 있다고 들었소."

포가 말했다.

블랙이 그를 쳐다봤다. 입술에 옅은 웃음이 번졌다.

포가 주머니에 손을 넣었다. 블랙은 살짝 긴장했다. 포는 신분증을 꺼내 테이블 위에 펼쳐놓았고 블랙이 그걸 힐끔 보았다.

"그래, 여기 왔습니다만."

그가 말했다.

포가 시계를 확인했다.

"배고프신가? 여기 맥주 남겨둬도 상관없으면 내가 브런치를 사지. 보아하니 아무도 건드리지 않을 것 같은데."

"먹었습니다. 아침에는 제대로 된 음식을 먹으려고 해서 말입니다. 뱅크가에 가는 데가 있습니다. 오래된 커피집. 거기 셰프가 달걀을 제대로 조리하거든요."

포도 알았다. '존 와트••'라는 곳이었는데, 전 세계에서 들여오는 커피를 팔았다. 포도 그곳에서 종종 커피를 샀다.

"하루 일을 시작하기 전에 거기서 아침을 먹습니다."

―――

•• 칼라일 시내에 실제로 존 와트 앤드 선 John Watt & Son이라는 카페가 있다. 1865년 설립되어 150년 전통을 자랑하는 그곳은 포뿐 아니라 작가도 좋아하는 곳이라고 한다. '워싱턴 포 블렌드'라는 커피 원두도 판매한다.

블랙이 말을 이었다.
"일이라는 건?"
"잔을 기울이는 거죠."
 포는 대답하지 않았다. 경박하게 내뱉은 말이 아닌 것처럼 들렸다. 그는 블랙이 땀을 흘리고 있다는 걸 알아챘다. 모두들 어느 정도는 땀을 흘렸지만—더운 날이었고 '개'는 아무리 좋은 날이라도 세균 배양용 접시 같았으니—블랙은 뚝뚝 떨어졌다. 목뒤가 번들거렸고 코에서 땀이 흘러내렸다. 블랙은 포가 빤히 보는 걸 알면서도 설명하지 않았다.
"그래, 국가범죄수사국의 포 경사님, 어떻게 도와드리면 됩니까?"
 포는 자기도 군에 있었다는 걸 블랙에게 말할 가치가 있을까 잠시 재보았다. 약간의 유대를 형성해보는 것이다. 그는 그게 무의미하다는 걸 깨달았다. 블랙은 '파라'였고, 같은 고동색 베레모를 쓴 사람이 아니라면 싸구려로 일축해버릴 터였다. 포가 블랙워치, 가장 무시무시한 스코틀랜드 보병 연대의 일원이었다는 사실도 중요하지 않을 것이었다. 블랙은 그를 돕든 안 돕든 둘 중 하나를 하리라. 그냥 드러내놓고 묻는 편이 나았다.
"지금 재러드 키튼을 수사 중이오."
 블랙의 콧구멍이 벌어지고 턱이 앙다물어졌다. 맥주잔을 쥔 손의 마디가 하얗게 변했다. 호흡이 가빠졌다.
"무슨 일입니까? 그 개자식이 또 무슨 짓을 저지른 겁니까?"
 그가 으르렁댔다.

포의 이마에 주름이 잡혔다. 키튼이 조만간 보석금을 지불하고 석방된다는 건 이미 공개된 사실이었지만 블랙은 모르는 듯했다. 포는 두 사람 사이에 무슨 일이 있었는지 알아내기 전에는 발설하지 않기로 했다.

"그냥 배경을 좀 알고 싶어서 말이오."

포가 조심스레 말했다. 블랙이 당장이라도 폭발할 것 같다는 인상을 받았다.

"이거 보이십니까?"

블랙이 말을 내뱉으며 손등으로 이마를 닦은 다음 둘에게 땀을 보여주었다.

"시발놈의 재러드 키튼이 날 이렇게 만든 겁니다."

제퍼슨 블랙이 과도하게 땀을 흘리는 원인이 재러드 키튼에게 있다는 걸 설명하기는 쉬웠으나 이해하기는 쉽지 않았다. 키튼이 살인 혐의로 유죄를 선고 받고 1년이 되던 날, 블랙은 보드카 한 병에 파라세타몰 진통제 세 팩을 삼켜버렸다. 이 자살 시도는 실패했을 뿐 아니라 후천적 뇌 손상을 남겼다. 그중 한 가지가 속발성 다한증이었는데, 이는 시상하부에 병변이 생겨 체온 조절 능력이 없어지는 현상이다. 다른 증상으로는 충동 제어가 심각하게 안 되는 것과—더구나 전직 '파라'로서 아마 애초부터 잘 안 됐을 테니—외상 후 스트레스 장애가 돌아온 것이었다.

이로써 '개'에 출입하는 정신 나간 자들조차 그를 피해 가려던 이유가 밝혀졌다. 전직 '파라'에 뇌 부상까지 있어 더더욱 과격해졌으니 무시무시했으리라.

그가 목숨을 끊으려고 한 이유는 포의 예상과 달랐다. 포는 레스토랑 주방에서 학대당한 일화들, 가학 성애자 셰프가 직원들의 삶을 비참하게 만든 일들을 듣게 될 거라고 생각했다. 분할 근무와 연장 근무 이야기. 약물 중독과 섹스 이야기 등.

그런 이야기도 조금은 있었다. 블랙은 키튼이 마진을 늘리려고 사용한 속임수에 관해서도 말해주었다. 그중 어떤 것은 위장이 뒤틀리는 얘기로, 특히 전날 그곳에 가서 음식을 먹은 두 사람에게는 더 그랬다. 직원 음식에 곰팡이 핀 재료를 쓴다는 이야기. 사용 기간이 지난 해산물을 소금과 레몬 물에 씻어 냄새를 없앤 이야기. 남은 음식을 재활용하는 이야기.

"레스토랑에 가면 씨발놈의 수프는 절대 먹지 말라는 게 내 조언입니다. 검은색 젤리 베이비를 먹는 거나 마찬가집니다. 공장에서 나온 쓰레기를 먹는 거라는 말입니다. 맛이 가버린 걸 죄 때려 넣어 만듭니다."

다 포가 예상한 이야기였다.

예상하지 못한 건 사랑 얘기였다. 포는 블랙이 이 모든 걸 엘리자베스 키튼 곁에 있기 위해 견뎠다는 말은 예상하지 못했다.

38

"재러드 키튼은 아주 사소한, 심지어 혼자 머릿속으로 상상한 모욕에도 앙심을 품었습니다. 그런데 더구나 내가 준 모욕은 상상이 아니었죠."

블랙이 설명했다.

"당신이 뭘 어쨌길래요?"

브래드쇼가 물었다.

블랙이 고개를 돌려 브래드쇼를 보았다.

"그 자식 딸과 사랑에 빠진 겁니다."

포가 숨을 무겁게 내쉬었다. 낙하산 부대 대원과 사이코패스의 딸이라. 끝이 좋을 수가 없었다.

"그쪽에서도 당신을 사랑했고?"

블랙은 맥주잔에 생긴 응결에 원을 그렸다. 한가운데를 찌르더니 말했다.

"그랬다고 생각합니다."

그가 숨을 깊이 들이쉬었다.

"분명 그랬습니다."

브래드쇼가 상체를 앞으로 뺐다. 그녀는 '개'에 들어온 뒤로 줄곧 조용했지만—그 술집은 감각에 과부하를 주었다—이 대화가 흥미를 끈 것이었다.

"분명 쉽지 않았겠네요, 블랙 씨."

"우리는 비밀로 했습니다. 그래봐야 우리가 할 수 있는 한 그랬다는 거지만 말입니다. 엘리자베스는 키튼이 뭐라고 할지 무서워서 벌벌 떨었고, 수셰프가 필시 슬퍼할 텐데 나로서는 그걸 원치 않았습니다."

블랙이 대답했다.

"크로퍼드 버니 말이오?"

포가 말했다.

"맞습니다. 괜찮은 남자입니다. 즐거움공포증이 있는 전형적인 스코틀랜드인이지만 공정합니다. 직원들을 강하게 밀어붙이지만, 그건 첫 테이블이나 마지막 테이블이나 똑같이 좋은 음식을 내보내려고 그러는 겁니다."

블랙은 맥주를 비우고서 한 잔 더 달라고 신호했다. 포는 그가 첫째 잔 값을 치르는 걸 보지 못했다.

"우리는 아무도 우릴 볼 수 없다는 게 확실할 때만 만났습니다. 그래도 힘들었죠. 엘리자베스는 홀에 있었고, 어머니가 죽은 뒤로 회계 쪽까지 맡는 통에 쉬는 시간이 제한돼 있었습니다. 그리고 쉬는 시간이 맞을 때조차 뭔가 벌어지는 경우가 종종 있었습니다. 키튼이 셰프들에게 가르치고 싶어 하는 새로운 기술이 있다든지, 언론 이벤트가 있는데 엘리자베스가 옆에 있어주길 바랐다든지, 그런 것들 말입니다."

"엘리자베스도 야심이 있었소?"

포가 물었다.

블랙이 머뭇거렸다.

"아버지가 성공하기를 바랐고, 그러려면 자기가 희생해야 한다는 걸 알았습니다. 홀을 관리하는 건 만만치 않은 일입니다. 가장 중요한 직무인데 급여는 가장 적죠. 그 사람들을 만족시키는 건 언제든 쉬운 일이 아니지만, 엘리자베스는 한 번도 문제가 있었던 것 같지 않았습니다."

"엄격했소?"

블랙이 고개를 저었다.

"아닙니다. 그냥 사랑스러운 소녀였습니다. 싫어할 수가 없는."

그렇게 사랑스럽지는 않던데…… 포는 생각했다. 6년 동안 자기가 납치된 척 꾸며냈으니.

"언제 끝났소?"

"끝나지 않았습니다."

그가 짧게 대답했다.

"하지만 그쪽이 잘렸잖소."

포가 말했다. 그는 기억을 되살리기 위해서라기보다 이것이 다른 사람에게 들은 내용이라는 점을 블랙에게 암시하려고 메모장을 확인했다.

"시간 관리를 너무 못 한다는 사유로."

블랙이 콧방귀를 뀌었다.

"그래, 나도 그런 말을 들었죠. 난 전직 '파라'입니다, 포 씨."

그건 포에게는 충분한 설명이었다.

"집합 5분 전."

포가 중얼거렸다.

"그쪽도 군에 있었습니까?"

"블랙워치. 오래전 일이지."

"그럼 아시겠습니다."

포가 끄덕였다. 약속에 5분 먼저 도착하는 것은 병사들에게 제2의 천성이었다. 그날까지도 포는 실제보다 시계를 5분 이르게 맞춰놓았다.

"의도적으로 해고됐다고 생각하시오?"

여자 바텐더가 블랙에게 새로 맥주잔을 가져다주는 동안 대화가 잠시 중단되었다. 두 사람은 블랙이 길게 한 모금 마실 때까지 기다렸다. 그가 끈끈한 테이블에 잔을 내려놓았을 때는 맥주가 반도 남아 있지 않았다. 블랙은 담배에 불을 붙이더니 짙은 연기를 내뿜었다. 연기가 빙글빙글 돌며 위로 올라가 천장 가까이 맴돌던 니코틴 구름에 합해졌다. 포가 브래드쇼의 팔에 손을 얹었다. 지금은 흡연 법을 줄줄이 읊을 때가 아니었다.

"미슐랭 별을 받은 주방에서 셰프로 일하는 건 먹느냐 먹히느냐 하는 일입니다."

블랙이 마침내 입을 열었는데 두 눈이 다른 시간과 장소에 가 있었다.

"모든 셰프가 그런 곳에서 일하고 싶어 하기 때문에 진급 기회는 드물고 경쟁은 치열합니다."

그가 한 모금 더 마셨다. 담배도 한 모금 빨았다.

그가 이를 갈면서 말했다.

"뱀이 한 마리 있었습니다. 스코티라고 하는 좆만 한 겁쟁이. 나랑 그놈은 벌리스 앤드 슬로에 비슷한 시기에 들어갔고, 서로 다른 구역에 있기는 했지만 일종의 라이벌이었습니다. 어느 날 밤 놈이 엘리자베스와 내가 작별 인사로 키스하는 걸 본 겁니다. 내가 죽는 날까지 후회할 실수의 순간이었습니다. 아마 놈은 경쟁자를 제거할 수 있어서 기뻤을 겁니다."

"키튼에게 말한 건가?"

블랙이 끄덕였다.

"처음에는 아니라고 했지만 내가 놈의 비장을 파열시키니까……."

그렇게 해서 크로퍼드 버니가 블랙의 이름을 대놓고 말하지 못한 이유가 드러났다. 십상팔구 그 스코티라는 놈은 버니와 포가 얘기하고 있었을 때 주방에 있었을 것이다. 버니는 포와 브래드쇼가 방문한 날 오전에 이미 셰프 두 명이 부족했으니, 한 명을 더 겁먹게 만들고 싶지는 않았으리라.

"당신은 해고됐고."

포가 말했다.

블랙이 침을 뱉듯이 말했다.

"씨팔, 그런 식으로 말할 수도 있을 겁니다. 한 인간이 다른 인간한테 그보다 더 심한 굴욕을 주는 건 찾아보기 힘들 겁니다. 키튼은 직원 회의를 소집했습니다. 전원 참석이었습니다. 홀 직원, 주방 직원, 마침 거기 있던 배달원들까지. 우리는 레스토랑이 드디어 세 번째 별을 땄다고 발표하려는 줄 알았습니다. 근데 그자는 거의 15분 동안 공개적으로 나에게 모욕을 줬습니다. 소리소리 질러가면서. 내가 거기서 일한 최악의 셰프라면서. 생산품을 훔치고, 놈의 팁을 가로챘다고 비난했습니다. 시간 관리는 한 번도 언급하지 않았습니다."

"가혹했군."

포가 말했다.

"나중에 내가 짐을 싸서 나온 뒤에도 그놈은 영국 북부와 스코틀랜드 남부에 있는 모든 레스토랑에 소문을 퍼뜨려서 나를 요식업계에서 추방시켜버렸습니다. 그러면 내가 남쪽으로 갈 수밖에 없다고 생각한 겁니다."

이로써 제퍼슨 블랙의 이름이 처음 수사망에서 떠오르지 않은 이유가 밝혀졌다. 키튼은 아마 그가 런던으로 내려가 딸의 인생에서 멀어졌다고 가정했을 터였다. 그리고 상황을 보아하니 블랙은 별생각 없이 똥통에 빠트려서는 안 될 인물이었다. 스코티의 비장이 파열된 것이 그 증거였다. 전직 낙하산 부대원에 관한 문제라면, 직원들은 차라리 집단 기억상실에 걸리는 게 가장 안전한 방법이라고 판단했으리라.

"두 사람은 계속 만난 것 같소만."

포가 말했다.

그 자리에 앉은 뒤 처음으로 블랙이 미소 지었다.

"그랬습니다. 난 내 경력보다 그 여자를 더 사랑했기 때문에 북쪽에 머물렀습니다. 일자리가 나는 데서 일하면서. 같이 있을 수만 있다면 상관없었습니다."

"그러면 엘리자베스는 이 일을 어떻게 받아들였소?"

"아빠를 사랑하기는 했지만 놈이 한 짓에 격분했습니다. 완전히 꼭지가 돌아버렸습니다. 석 달 동안 놈한테 말도 안 했습니다."

"그러면 서로 만나기가 더 힘들었을 거 같은데."

포가 말했다.

"사실 더 쉬웠습니다. 제가 정규직이 아니었으니 엘리자베스가 쉬는 시간에 맞출 수 있었습니다. 우리는 적어도 일주일에 두 번은 만났습니다. 계속 그런 식으로 만났는데………."

"그 여자가 실종된 거군."

포가 말을 맺었다.

블랙이 끄덕였다. 그는 잔에 남은 찌꺼기를 응시했다. 빙빙 돌리더니 목구멍에 한 번에 털어 넣었다. 손을 살짝 늘어 올렸다. 바텐더가 한 잔 더 따르기 시작했다.

"그다음에는 어떻게 됐소?"

"이겁니다."

블랙이 대답하며 자기 옆머리를 격하게 쳤다.

"헬만드˙가 되살아나기 시작한 겁니다. 엘리자베스한테 무슨 일이 생겼는지 확신하지 못하는 동안에는 그래도 견딜 만했습니다. 악몽도 좀 꾸고. 가장 참혹한 순간을 머릿속으로 다시 겪고 그랬습니다. 죽은 전우들, 날아간 팔다리들. 어제 우리를 도와준 통역자가 내일 자폭 테러를 할지 어떨지 알 수 없던 순간들."

포가 인상을 썼다. 그는 복무 중 아프가니스탄에 간 적은 없었다. 그는 오늘날의 병사들이 무슨 일을 겪는지 상상조차 할 수 없었다.

블랙이 말을 이었다.

"하지만 키튼이 엘리자베스를 죽인 혐의로 유죄 판결을 받고 나자 돌아버렸습니다. 빠져나갈 방법을 찾을 수 없었습니다. 모든 걸 끝내려고 했습니다. 그것조차 제대로 못했지만. 깨어나 보니 그 어느 때보다 맛이 가버렸더군요. 이제 내 몸 하나 통제할 수가 없어졌습니다."

그는 갈색 후드 티의 팔을 들어 올려 그 아래쪽에 땀으로 젖은 흔적을 보여주었다.

그런 것에는 어떻게 반응해야 하나? 포는 알지 못했다. 브래드쇼도 마찬가지였다. 브래드쇼는 두 눈이 촉촉했다. 블랙의 이야기가 와닿은 것이었다. 포에게도 와닿기는 했지만 포는 할 일이 있었다.

그는 엘리자베스가 6년 동안 사라졌어야 할 이유가 하나라도 있을

• 아프가니스탄의 지역. 국제안보지원군 ISAF에서 이 지역을 탈레반 근거지로 보고 군사 작전을 실행했다.

지, 블랙에게 어떻게 요령껏 물어볼 수 있을지 고민했다. 그 여자가 죽지 않았다는 것을 알리지 않고서 어떻게 그럴 수 있을지 그는 알지 못했다.

그는 도살장에 양 두 마리가 도착한 덕에 당장 결정해야 할 상황에서 구제되었다.

39

포는 그들을 주변시로 지켜보고 있었다. 그들은 반대쪽 구석에 모여 있던 패거리의 일부였다. 추측하자면 녀석들은 장물아비들인데 포가 그들의 오전 장사를 망치고 있었던 것이다. 두 남자는 무리에서 떨어져 나와 바에 서서 술잔을 넘겼다. 패거리의 결단을 전달하라는 압박을 받고서 알코올로 용기를 끌어 올리고 있는 모양이었다.

한 세월 같은 시간이 흐르고, 그들은 마침내 자기들의 술집을 되찾아야 할 때라고 결정한 듯했다.

두 남자는 짐짓 거들먹거리며 다가왔으나 바짝 긴장되어 보였고 거기만 아니면 어디든 괜찮다고 생각하는 것 같았다. 한 남자는 뚱뚱하고 한 남자는 말랐다. 둘은 민소매 상의, 회색 운동복 바지, 구두처럼 보이는 운동화 차림이었다. 괜찮은 외양은 아니었지만 어째서인지 칼라일의 하층민들은 그걸 받아들였다. 뚱보는 목에 문신이 있었고 홀쭉이는 손등에 있었다.

"그래, 너희 암탉들은 여태 뭐라고 꼬꼬댁거린 거냐?"

블랙이 고개를 들지 않은 채 물었다.

뚱보가 지지해달라는 듯 초조하게 홀쭉이를 쳐다봤다. 홀쭉이가 격려하듯 끄덕였다.

"여기서는 어떤 새끼도 짜부들이랑 말 안 섞는다, 블랙."

뚱보가 말했다. 그의 말은 떨리는 목소리 때문에 다소 맥 빠지게 들렸다.

포가 한숨 쉬었다. 그는 달아나는 것도 한 가지 방법이던 나이를 이미 지나버렸다. 그는 자리에서 움직여 브래드쇼를 가로막았다. 일이 벌어지면 최대한 빨리 브래드쇼를 밖으로 끌고 나간 뒤 다시 들어가 블랙을 도울 생각이었다.

블랙이 천천히 맥주잔을 내려놓았다. 담뱃갑에서 담배를 하나 꺼내 불을 붙였다. 그는 뚱보의 얼굴에 연기를 내뿜었지만 아무 말도 하지 않았다.

파리들이 붕붕대는 소리를 빼면 '개'는 조용했다. 다들 앞으로 무슨 일이 벌어질지 기다리고 있었다.

블랙이 두 남자를 응시했다. 그는 차분했다. 무서울 정도로 차분했다.

뚱보와 홀쭉이는 금세 자신감이 떨어졌다. 홀쭉이는 한마디도 하지 않았지만 목울대가 낚시찌처럼 위아래로 까딱거렸다. 뚱보는 블랙과 자기들을 밀어붙인 패거리 사이에서 눈알을 굴렸고, 패거리는 다들 술에 큰 흥미라도 생긴 듯 자기 잔만 내려다보았다.

그때 그들이 조용히 물러났더라면, 포는 블랙이 둘을 쫓아가지 않았을 거라고 보았다. 그러나 그들은 물러나지 않았다. 그러기에는 너무 멍청했다.

뚱보가 운명을 결정지었다.

브래드쇼라면 한 단어도 알아듣지 못할 두껍고 낮은 억양으로 뚱보가 말했다.

"게다가 이 안경쟁이 계집은 또 뭐야? 좆같은 경찰도 아니잖아."

바로 그 시점에서 블랙은 참을 만큼 참았다고 판단했다—그는 기선을 잡아, 낙하산 연대에서 그를 훈련시키기 위해 막대한 돈을 쏟아부은 바로 그 행동을 취했다.

적에게 폭력을 행사하는 것.

그 후 일어난 일은 엄밀히 말해 싸움은 아니었다. 싸움이란 참가자가 하나 이상이라는 걸 암시한다. 난투라고도 할 수 없는 게, 그건 혼란과 혼돈을 암시하기 때문이다.

'개'의 단골들이 받은 서비스는 앤서니 버저스 Anthony Burgess*가 '초폭력'이라고 한 것을 관람하는 일이었다.

블랙은 그들을 위협하지도 않았고 경고도 하지 않았다. 그는 의자에서 벌떡 일어나 공격했다. 홀쭉이가 가까이에 있어서 첫 공격을 받았다. 블랙은 그의 머리카락을 쥐고 눈을 담배로 지졌다. 홀쭉이가 비명을 지를 겨를도 없이 블랙은 그의 머리를 내려 재빨리 무릎으로 찍었다. 소름 끼치도록 으스러지는 소리가 들렸다. 홀쭉이는 한 번 쿨럭

- *《시계태엽 오렌지》를 쓴 영국의 작가로 이 작품에서 주인공 앨릭스와 그의 친구들은 닥치는 대로 별 이유도 없이 폭력을 과하게 휘두른다.

거린 뒤 조용해졌다. 의식을 잃고 바닥에 쓰러졌다.

뚱보는 달아나려고 했지만 냄새가 퍼지는 속도만큼이나 느릿느릿 움직였다. 블랙이 그의 다리 아래쪽을 걷어차자 뚱보는 지저분한 카펫에 나자빠졌다. 그가 일어나려고 했으나 블랙은 살점이 두둑한 갈비뼈를 걷어차 그를 눕혀두었다. 그가 누워서 버둥거리는데 블랙이 다리 사이에 서더니 사타구니를 짓밟았다. 포가 찡그렸다. 블랙은 울부짖는 뚱보 위에 다리를 벌리고 서서, 민소매 상의를 붙잡아 일으켜 세우더니 콧대를 이마로 강타했다. 뚱보의 양쪽 콧구멍에서 피가 치솟았다. 블랙은 그를 바닥에 쓰러지게 내버려두었다. 뚱보의 얼굴 한가운데가 납작해졌다.

그것은 잔혹했고 충격적이었다. 고작 몇 초 만에 끝나버렸다. 포가 끼어들 틈이 없었을 터였다.

반 시간도 안 된 과거에, 한 여자가 개에게 물리자 웃음을 터뜨렸던 '개'의 단골들은 침묵을 지켰다. 창백한 얼굴로 자기 테이블만 내려다보고 있었다.

블랙은 뚱보와 홀쭉이를 옆으로 눕혀놓고 아무 일도 없었다는 듯 자리에 앉았다. 다시 담배에 불을 붙였다.

"실례합니다. 어디까지 말했습니까?"

40

"아, 그래, 내가 어떻게 모든 걸 얻었는지 말했죠. 새 직장과 나를 사랑하는 여자. 그런데 이제 씨발 날 보십쇼. 이런 일이 일어날 때만 살아 있다고 느낍니다."

블랙은 의식을 잃은 두 남자 쪽으로 몸짓했다.

"하느님 맙소사!"

브래드쇼가 외쳤다. 브래드쇼는 바닥에 놓인 파괴의 장면에서 눈을 떼지 못했다. 일어나더니 소리쳤다.

"여기 의사 없어요?"

포는 거기서 무슨 일이 벌어지는지 잘 몰랐지만, 한 가지는 알았다. '개'에 의사는 없었다.

"앉아요, 틸리. 괜찮을 거예요. 블랙이 저치들을 회복 자세로 해놨거든요."

포가 부드럽게 말했다.

"하지만……."

"자식들은 괜찮을 겁니다."

블랙도 확언했다.

적어도 브래드쇼는 그 안에 쌓이던 긴장을 터뜨렸다. 단골 두어 명이 브래드쇼의 의사 운운에 킬킬거렸다. 얼마 안 있어 바 여기저기서 웃음소리가 터져 나왔다.

시끌벅적하게 건배를 외치는 와중에, 티셔츠를 머리의 상처에 대고 있던 남자가 소리쳤다.

"여기 의사가 있으면 나도 의사다!"

'개'는 평상시로 돌아갔다. 뚱보와 홀쭉이는 둘을 보낸 패거리들에게 끌려갔다. 그중 하나가 블랙과 눈을 마주치더니 미안하다고 끄덕였다.

브래드쇼는 여전히 걱정스러워 보였다. 아마도 충격을 받아 정신을 분산시킬 뭔가가 필요한 듯했다.

"틸리, 블랙에게 SNS에서 찾아낸 자료 좀 보여줄 수 있어요?"

잠시 가만히 있다가 브래드쇼가 "알았어요, 포." 하고 대답했다. 그녀는 가방을 열어 아이패드를 꺼냈다. 익숙한 행동에 차분해지는 듯했다. 브래드쇼는 화면을 몇 장 넘겨 자료를 발견했다. 그걸 블랙에게 주자 블랙이 사진들을 살펴보았다. 그는 둘을 어리둥절해하며 보았다.

"이게 뭐 어떻냐는 겁니까?"

포는 못 들은 척했다.

"최근의 엘리자베스 사진을 보면 친구들과는 옷차림이 다르더군."

그는 자기가 열다섯 살 난 엘리자베스의 비키니 사진을 봤다고는 블랙에게 말하지 않는 편이 낫다고 보았다.

"팔을 가리기 시작했을 때가 열일곱 정도였을 것 같은데—팔에 난 자해 상처를 숨기려던 것 같소."

블랙은 브래드쇼의 아이패드에 담긴 사진들을 뚫어져라 보았다.

"엘리자베스는 자해하지 않았습니다."

포는 자기가 알기로는 다르다고 말하려다가 그만두었다. 블랙은 아이패드에서 눈을 떼지 않았고 목소리도 흔들림이 없었다. 그는 그저 사실을 말했다.

"확실하오?"

블랙이 끄덕였다.

"왜 자해했다고 생각하는 겁니까?"

포는 대답하지 않았다. 블랙 말이 맞다면 엘리자베스의 자해는 실종된 후에 시작된 것이리라. 하지만 그렇다면 비키니를 입어야 할 날씨에 왜 긴팔 티셔츠를 입었을까?

"그녀를 찾았습니까?"

블랙이 물었다.

포는 대답했다.

"찾았습니까?"

브래드쇼가 움찔했다. 포도 그랬다. '개'가 다시 침묵에 빠져들었다. 포가 블랙의 눈을 마주 보았다. 그는 긴장을 누그러뜨릴 최선의 방법은 솔직함뿐이라는 걸 알았다. 그는 블랙이 엘리자베스가 살아 있는지 물은 게 아니라 그녀의 유해를 발견했는지 묻는 것이라는 생각도 들었다.

"아니, 제퍼슨. 찾지 못했소."

포가 말했다. 그건 완전히 거짓말은 아니었다. 방금 일어난 일을 본 뒤이기는 했지만 그는 제퍼슨 블랙이 꽤 마음에 들었다.

"그러면 어째서……?"

블랙의 눈이 흐려졌다.

"나한테 말하지 않는 게 뭡니까? 왜 그녀가 자해했다고 생각하는 겁니까?"

"그건 말할 수 없소. 아직은 안 되지만 말할 수 있게 되면 바로 알려주겠다고 약속하지."

포가 말했다.

블랙은 포가 한 말을 생각해보더니 대답했다.

"이 티셔츠 문제가 중요한 겁니까?"

포가 어깨를 으쓱했다.

"그럴지도 모르지."

두 사람은 블랙이 결정을 내리기를 기다렸다. 경고도 없이 그가 후드 티를 벗었다. 지방질 없는 그의 상체가 땀으로 번들거렸다. 어깨 위쪽에 공습부대 문신이 있었다. 비명을 지르는 독수리가 발톱을 벌리고 웬 딱한 놈에게 다가가는 모습이었다. '1PARA: 하늘에서 내려온 사신'이라는 글자가 그 위에 새겨져 있었다.

블랙이 몸을 돌려 포가 다른 어깨를 볼 수 있게 했다.

다른 편 어깨에는 더 단순한 문신이 있었다. 직소 퍼즐 조각 한 개. 4센티미터쯤 되는 사각형이었다. 테두리는 빨간색이었지만 더 큰 그림의 한 부분은 아니었고 그 안에 글자가 있었다. 엘리자베스.

포가 빤히 보았다. 심장이 내달렸다. 그는 잠시 그 의미를 새겼다. *저것이 그가 생각하는 바로 그걸 의미하는 건가?* 만약 그렇다면 모든 것을 바꿔버릴 수도 있었다.

모든 것을.

그는 목소리를 최대한 차분하게 유지하면서 유일하게 의미 있는 질문을 던졌다.

"엘리자베스가 이것과 짝이 맞는 문신을 새겼소, 제퍼슨?"

블랙이 눈물 한 방울을 떨어트렸다.

"우리는 같이 새겼습니다. 두 조각은 서로 맞물리는 겁니다. 내 이름이 엘리자베스 문신 가운데에 있습니다. 이걸 발견했다면 키튼은 정신이 나갔을 겁니다. 놈과 같이 이벤트에 참석할 때 엘리자베스는 끈 달린 드레스를 입었기 때문에 좀 더 은밀한 곳에 새겨야 했습니다―그래서 오른쪽 엉덩이 바로 위에 있습니다."

브래드쇼는 아이패드를 잡고 포가 이미 알고 있는 것을 검색했다. 플릭 제이크먼은 의료 검사를 실시했을 때 문신 이야기를 한 적이 없었다. 브래드쇼는 1~2분 찾아보더니 혼란스러운 얼굴로 고개를 들었다.

"그게 무슨 뜻이죠, 포?"

브래드쇼가 물었다.

그는 모른다고 대답할 뻔했지만 입안이 말라서 말이 나오지 않았다. 알 것 같다는 생각이 들기 시작했기 때문이었다…….

두 사람은 블랙에게 고맙다고 말하고 그가 조용히 술을 마시도록 내버려두고 나왔다. 포는 바깥에 나오자마자 플릭 제이크먼에게 전화했다. 제이크먼은 능력 있는 의사인 듯했지만 포는 이중으로 확인하고 싶었다.

"여보세요?"

"닥터 제이크먼, 포 경사입니다. 느닷없이 연락드려서 죄송한데 혹시 엘리자베스 키튼에게 문신이 있었는지 기억하시는지요?"

잠시 침묵이 흘렀다.

"그런 거 같지는 않은데 메모를 확인해봐야 해요. 왜 물어보시죠?"

"얘기가 나와서요."

포는 이 이상 다른 설명은 보태지 않았다. 그가 증인을 유도했다는 말이 생길 수도 있기 때문에 제이크먼에게 더 말하고 싶지 않았다.

"메모를 지금 가지고 계신가요?"

"지금은 병원에 있어서요, 포 경사님. 사본이 집 컴퓨터에 있는데 좀 기다리셔야 할 거 같네요. 중요한가요?"

"그럴 수 있습니다."

"이 번호로 연락드리면 될까요?"

"네."

"그럼 최대한 일찍 연락드리죠."

포는 제이크먼이 한 말을 브래드쇼에게 전했다.

"그 사람 좋아하죠, 포?"

포가 어깨를 으쓱했다.

"괜찮은 여자예요."

브래드쇼는 웃었으나 다른 말은 하지 않았다.

포는 자기가 아는 지하 레스토랑으로 차를 몰았다. 거기서 훈제 요리와 바비큐를 팔기는 했지만 포는 브래드쇼와 같은 샐러드를 주문했다—건강에 좋은 음식을 먹으라는 브래드쇼의 잔소리를 받아들여서가 아니라, 워들에게 조사받을 때 느른하다고 느끼고 싶지 않아서였다.

주문한 음식을 기다리는 동안 브래드쇼가 이메일을 열더니 웃음 지었다.

"스테퍼니 플린 경위님이 우리가 요청한 자료를 전부 보내주셨어요, 포."

브래드쇼가 아이패드를 포에게 건넸다. 거기에는 이메일이 두 통 있었다. 위의 것은 제목이 "로런 키튼: 사고 보고서"였다. 아래 것은 "재러드 키튼: 칼에 찔린 사건"이었다. 포는 아래 파일을 먼저 열었다.

메일은 짧고 명료했다. 재러드 키튼은 정말 칼에 찔렸지만 그를 공격한 자를 고소하지 않았기 때문에 의료 기록에는 사고로 되어 있었다. 폭행은 교도소 운영 평가에 안 좋은 영향을 미치기 때문에 다른 것으로 기록할 수 있을 때는 항상 그렇게 했다. 칼날이 그의 방광을 뻤고, 키튼은 거의 한 달을 병원에서 보냈다.

포는 키튼을 찌른 사람에 관한 정보를 찾아보았지만 기록에는 아무것도 없었다. 키튼은 그 사람을 몰랐거나, 그자를 너무 무서워했거나, 아니면 꼰지르면 위험하다는 걸 알 만큼 현명했던 것이다.

크로퍼드 버니는 키튼이 칼에 찔리기 전에 기분이 좋았고 찔리고 나서도 그 상태가 유지되었다고 말했다. 포는 무슨 일이 있었길래 그가 고조되었는지 알아내야 했다. 그게 중요하다는 느낌이 들었다.

포는 플린에게 좀 더 캐낼 수 있겠냐는 메시지를 보냈다. 문신 이야기는 하지 않았다. 곧바로 알겠다는 무뚝뚝한 답이 왔다. 플린은 워들 경감과 약속이 잡혀 있는 걸 잊지 말라는 말도 덧붙였다.

포는 도착한 샐러드를 다 먹고 나서 다른 메일을 열었다. 플린의 요약이 첨부된 기술 보고서보다 더 흥미로웠다. 비 내리는 밤, 키튼은 굽은 길에서 자동차를 제어할 수 없게 되어 나무에 정면으로 충돌했다. 도로에 진흙이 있었는데 이는 컴브리아에선 흔한 일이었다. 키튼은 가슴이 운전대에 받혔지만 운전석 에어백이 터진 덕에 심각한 부상을 면할 수 있었다. 로런 키튼은 그렇게 운이 좋지 않았다. 그쪽 에어백은 터지지 않았던 것이다. 조사에 따르면 로런은 전날 아이들을 차에 한가득 태우고 지역 극장에 〈알라딘〉을 보러 가기 위해 에어백을 꺼놓았다. 조수석에 앉은 아이가 유아용 보조 의자에 앉았고, 그 당시에는 에어백이 어린아이들에게 해가 된다는 인식이 있었다. 보고서는 로런이 에어백을 다시 켜놓는 걸 잊어버렸다고 결론 내렸다. 검시관은 이에 동의하고 사고사로 기록했다. 포는 기술 보고서를 훑어보았고 그에 따른 적절한 결론이 나왔다고 판단했다. 로런 키튼의 죽음은 재러드 키튼에게 이득이 되었을지 모르지만 사고였다.

두 사람은 차를 주문하고 말없이 마셨다.

포는 곱씹어볼 게 많다. 자기 스스로 만든 황금률을 무시했던 것 같다는 끔찍한 느낌이 들었다—무슨 일이 벌어지는지 알 것 같다는 생각 자체가 모른다는 확실한 신호라는 황금률. 문신이 사건을 더 혼란스럽게 만들기는 했지만, 포는 대부분의 의문에 답을 찾았다고 생각했다. 이제 할 일은 그 질문들을 재구성하는 것뿐이었다. 그러려면 허드윅 농장에 돌아가야 했다.

그러나 그보다 먼저 머저리와 같이 앉아 있어야 했다.

41

"늦었군, 포 경사."

워들이 딱딱거렸다.

포는 무시했다.

"뭘 하고 있었나?"

"경찰 업무죠."

포는 자세히 말하지 않았다.

조사는 출발부터 좋지 않았고 점점 더 나빠지기만 했다. 포는 워들이 그를 체포하고 싶지만 그럴 권한을 받지 못한 것이라고 짐작했다. 컴브리아 경찰은 엘리자베스 키튼 수사를 자율적으로 할 권한이 있었지만 그 누구도 국가범죄수사국에 싸움을 걸고 싶어 하지는 않았다.

대신 워늘은 포가 조사실 바깥에서 15분 동안 기다리게 만들었다. 워들은 정장 차림으로 히죽거렸다. 정장은 맞춤이 아니어서 그의 짧은 다리 아래쪽에 바짓단이 뭉쳐 있었다. 처진 눈은 지난번 보았을 때보다 더 처져 보였다. 포는 그가 이번 조사를 준비하느라 밤을 새웠으리라 생각했다. 그에게는 확실히 큰일이었던 것이다. 포는 조심해야 한다는 걸 알았다. 워들은 멍청이였지만 출세주의자였고 이 둘의 조합은 위험했다.

워들은 반대편 자리를 가리키더니 녹화 버튼을 눌렀다. 리그 형사도 같이 있었지만, 조사를 참관하는 것 외에는 별다른 역할이 없는 듯했다. 엄밀히 말해 그는 어차피 질문을 할 수 없었다. 포는 경사였고 리그는 형사였다.

"내가 체포된 겁니까?"

다들 자리를 잡자 포가 물었다.

"아니라는 거 알잖나, 포 경사."

워들이 대답했다.

"음, 그럼 그 좆같은 기계는 끄시죠."

"안 꺼."

워들이 대답했다.

"그럼 다음에 봅시다."

그리고 이것이 직급이 있어 가장 좋은 부분이었다.

워들은 기계를 끈 다음 자기 생각에도 이성적인 답을 들을 수 없을 게 틀림없는 질문들을 연달아 던졌다.

"오늘 아침에 '개'에 간 이유가 뭔가?"

"더운 날이라서요. 한잔하러 갔습니다."

"개에서?"

"난 좋아하는데요. 괜찮은 퍼브거든요."

포는 밴 질의 조언에 따라 내내 '노코멘트'로 일관할 의도가 충만

했지만, 먼저 워들을 각본에서 벗어나게 해야 했다.

화가 나면 실수를 하게 마련이었다.

워들은 그가 더 말하기를 기다렸다. 그 방법은 통하지 않았다. 포는 수년간 범죄자들을 면담했고 워들이 아는 수법을 모조리 꿰고 있었다. 반면 워들에게는 안된 일이었지만 워들은 포가 아는 수법을 다 알지 못했다.

포가 워들의 각본을 제대로 읽었다면 다음 단계는 포를 화나게 만드는 것일 터였다. 아니나 다를까, 워들 경감은 리그를 보더니 말했다.

"이 친구랑 같이 있던 그 팔푼이는 어때? 그 여자를 불러다가 무슨 말을 하는지 들어보면 어떻겠나?"

리그는 아무 말도 하지 않았다. 포는 워들이 브래드쇼를 불러들인다는 생각에 웃음이 났다. 그게 정말 좋은 작전이라고 여긴다면 워들은 자기가 뭘 하고 있는지 정녕 감도 못 잡은 것이었다. 브래드쇼는 그를 가지고 놀 터였다. 경찰 및 형사 증거법을 속속들이 알았으니까—워들은 직장에서 떨어져 나가지 않으면 다행일 것이었다.

"그냥 날 여기 왜 불렀는지 얘기해보시죠, 워들?"

포가 말했다.

워들은 포가 예상했듯이 인상을 썼다. 그에게는 신분이 전부였다.

"워들 *경감*이야."

"그래요, 그거. 할 말이 뭔지 해보시라고요?"

워들이 말했다.

"말이지, 포 경사. 난 자네처럼 반권위주의적인 기질의 인간이 뭣 때문에 직급을 절대적으로 존중해야 되는 직업을 택했는지 모르겠어."

포는 아무 말도 하지 않았다. 그 스스로도 오랫동안 같은 생각을 했다.

"자네가 내 직급을 존중하지 않는다면, 나도 자네 직급을 존중하지 않겠네."

워들이 말했다.

아, 이런. 포가 생각했다.

워들은 마닐라 폴더에 손을 뻗어 한 장짜리 서류를 꺼냈다. 그걸 포에게 건넸다.

"이게 뭔지 아나?"

그것은 기지국 분석 보고서였다. 포는 지난해에 이멀레이션 맨 조사를 받다가 그 기지국을 알게 되었다. 그곳은 허드윅 농장에서 가장 가까운 기지국이었다. 전화번호는 바로 눈에 들어오지 않았지만 그랬다면 오히려 놀랄 일이었다—그는 자기 번호조차 몰랐으니까. 누가 그를 막기도 전에 포는 전화기를 켜서 그 페이지를 사진으로 찍었다.

워들은 화가 나 얼굴이 하얘졌지만 그가 할 수 있는 일은 없었다—포는 국가범죄수사국 암호가 걸린 블랙베리가 있었고 수사팀의 일원이었다. 워들은 서류를 다시 뺏어가더니 여행지에서 산 기념품처럼 품에 안았다. 포는 전화기를 테이블 위에 내려놓고 또 뭐든 보여주면 사진으로 남기겠다는 걸 분명히 했다.

"그 기지국 알아보겠나, 포?"

그가 참조 번호를 가리키며 말했다.

포는 대답하지 않았다. 그는 아직 이야기가 어디로 가고 있는지 알지 못했다.

"모르나?"

워들이 말을 이었다. 그는 핸드폰 번호를 가리켰다.

"음, 그럼 내가 깨우쳐드리지. 이 기지국은 이 핸드폰이 7일 전에 자네 집 주변에 있었다는 걸 증명하는 거네. 누구 번호인지 알겠나?"

포는 팔짱을 끼고 기다렸다.

워들은 포가 계속 침묵하자 히죽거렸다.

"그건, 이 잘난 친구야. 피해자 지원 서비스에서 엘리자베스 키튼에게 준 전화기라고."

그러자 갑자기 모든 것이 아주 명확해졌다.

비록 포 역시 뭔가 일어날 것을 예상하기는 했지만, 너무나도 대담한 키튼의 계획에 여전히 큰 충격을 받았다. 그는 위장이 조여들고 척추가 뻣뻣해졌다.

워들은 첫 승리를 만끽하며 웃었다.

포는 상관하지 않았다. 그는 이제 무슨 일이 벌어지는지 알았고 워들은 그 일과 무관했다. 살짝 반격할 순간이었다. 몸을 숙이지 않고, 뭐가 다가오든 받아주겠다는 것을 보여줄 때.

"방금 삼각측량이라고 하지 않은 거 들었는데요."

포가 말했다.

"뭐라고?"

"핸드폰이 7일 전에 허드윅 농장 '근처에 있었다'고 했잖습니까. 왜 삼각측량이라고 하지 않았죠?"

워들이 자세를 바꿨다.

"내가 이유를 말씀드리죠. 장소를 삼각측량하려면 안테나가 적어도 세 개는 필요하고, 몇 미터 내로 범위를 좁히려면 그보다 더 많아야 하는데, 내가 우연히도 거기는 딱 하나뿐이라는 걸 알기 때문입니다. 그 기지국은 넓은 범위를 커버하죠. 그러니까 '근처'라는 말은 전화기가 기지국에서 반경 약 11킬로미터 내에 있었다는 겁니다."

워들은 아무 말도 하지 않았다.

"자, 내가 머틸다 브래드쇼는 아니지만 그런 나조차 원의 면적이 반지름 제곱에 파이를 곱한 거라는 건 압니다. 11 곱하기 11은 121. 파이가 몇인지는 모르지만 반올림하면 약 3이죠. 누구 계산기 있습니까?"

"363이요."

리그가 말했다.

워들이 동료를 노려보았다.

리그가 으쓱했다.

"맞는 말이잖아요, 보스."

"그러니까 제대로 해보죠. 내가 사는 363제곱킬로미터 면적 안에서 이 전화기가 응답해, 당신은 그게 뭘 증명했다고 생각하는 겁니까? 경찰 업무를 훌륭하게 해내셨네요, 워들. 고속 승진 코스에서 그런 것도 가르쳐줍니까? 나한테 수갑 채울 겁니까, 아니면 내가 직접 할까요?"

포가 손목이 위로 가도록 양손을 내밀었다.

워들의 얼굴에 떠오른 분노는 값을 매길 수 없었으나 결국 공허한 것이었다. 엘리자베스 키튼은 7일 전에 사라졌고 이제 경찰은 답을 찾기 위해 포를 주시하고 있었다.

그리고 포는 기지국 분석 보고서가 그 출발 신호에 불과하다는 것을 알았다. 키튼은 시신 없는 그의 딸을 살해한 혐의로 포가 체포되도록 꾸미고 있었다.

그리고 포는 막을 방법을 생각해낼 수 없었다.

워들은 엘리자베스 키튼의 알려진 동선을 세세하게 말하기 시작했다. 앞서 실수한 것을 반복하지 않도록 자기가 읽는 서류에 포가 가까이 오지도 못하게 했다. 포는 집중하려고 했다. 이 내용을 기억해 둬야 했다.

그것은 리그가 더럼 교도소에서 돌아오는 길에 한 이야기와 같았다. 엘리사베스는 필요한 경찰 인터뷰에는 나타났지만 그 후에 사라졌다. 경찰에서는 그녀가 지금 어디 있는지 몰랐고, 그동안 어디에 있었는지도 몰랐다. 마지막으로 기지국에 반응을 보였을 때 그녀의 전화기는 허드윅 농장 근처에 있었다. 그런 뒤 전원이 꺼졌거나 파괴되었으리라.

"그날 밤 어디 있었는지 말해주겠나, 포?"

포는 문제에 빠졌다. 그것은 그가 컴브리아에 도착한 밤—그가 노스 레이크스 호텔 앤드 스파에 머무른 밤이었다. 포는 바에서 한잔한 뒤 잠자리에 들었다. 이튿날 아침까지 아무도 그를 보지 못했다. 상상력이 빈곤한 누군가에게는 그가 알리바이를 준비하고 있었다고 들릴 만한 이야기였다. 별다른 이유도 없이 집에서 떨어져 있었다는 것은 배심원이 합리적인 범위를 넘어선다고 생각하게 만드는 일들 중 하나였다.

아무튼 기소 측 변호사는 그런 식으로 제시할 터였다.

그물이 죄어들고 있었다. 그에게 남은 시간은 아주 제한되어 있을 터였다. 그는 통제할 수 없는 일에 낭비할 시간이 없었다. 그는 허드윅 농장으로 돌아가서, 사라진 문신을 조사해야 했다.

포는 한마디도 더하지 않고 조사실에서 나갔다.

42

이상적인 세상이었다면 포는 바로 허드윅 농장으로 돌아가서 엘리자베스 키튼의 동영상 인터뷰를 봤으리라. 플릭 제이크먼이 점점 부풀어 오르는 그의 의심이 맞다고 확인해주었을 때 대비가 되어 있어야 했다.

그러나 포는 먼저 할 일이 있었다.

빅토리아 흄.

이 사건은 기묘하게 엮인 사람들을 던져놓았다—재러드 키튼과 포의 아빠가 연관되어 있다거나, 토머스 흄과 벌리스 앤드 슬로가 연관되어 있는 식으로. 아빠 문제는 기다릴 수 있었지만 빅토리아의 일은 그렇지 않았다. 그 여자가 이 일에 연루되었다면 당장 알아야 했다.

포와 브래드쇼는 브래드쇼가 허드윅 농장에서 기다리는 동안 포가 흄의 농장에 가는 걸로 합의했다. 500미터가 남아 있을 때 브래드쇼가 그의 어깨를 톡톡 쳤다. 포가 사륜 바이크를 세웠다. 에드거가 뛰어내려 냄새를 맡기 시작했다. 얼마 안 있어 작은 새가 꽥 하는 소리를 내며 공중으로 날아올랐다.

포가 자리에서 몸을 돌렸다.

"무슨 일이에요, 틸리?"

브래드쇼가 허드윅 농장을 손가락으로 가리켰다.

"누가 당신을 기다리고 있어요, 포."

포는 햇빛 때문에 눈을 가늘게 떠봤지만 겨우 형체만 보일 뿐이었다. 사륜 바이크의 옆쪽 보관함에 손을 넣어 쌍안경을 꺼내 들었다.

도대체 뭐지……?

그 사람은 빅토리아 흄이었다.

뻔뻔하게도, 두 사람이 어제 일한 바로 그 테이블에 앉아 있었다. 심지어 그가 압지로 쓰던 돌까지 재배치를 해놓았다.

그를 만나러 온 것이다.

하지만 왜?

열기와 습기에도 불구하고 빅토리아는 청바지와 따끔거리는 카디건을 입고 있었다. 화장도 하지 않고 머리카락은 포니테일로 바짝 당겨 묶었다. 아버지의 사륜 바이크를 타고 허드윅 농장으로 온 것이었다.

포는 자기 바이크에서 뛰어내렸다.

"흄 부인, 제가 도와드릴 일이라도?"

그의 어조가 빅토리아를 놀라게 한 듯했다.

빅토리아는 첫마디부터 더듬거렸다.

"사실 미스예요. 빅토리아라고 해도 좋고요. 그…… 그러니까 지난번에 무례하게 군 거 사과하고 싶어서요. 그건…….'

"바라는 게 뭐죠? 키튼이랑은 무슨 관계고?"

시간을 허투루 쓰기에는 사태가 너무 심각했다.

"키튼이요……?"

대답하는 빅토리아의 표정이 혼란스러웠다.

"지금 그 말씀은…… 딸을 죽인 그 셰프 말씀하시는 거 아니죠?"

포가 빅토리아의 시선을 마주 보았다.

"무슨 관계냐고요?"

그가 다시 물었다.

빅토리아의 혼란이 분노로 바뀌었다.

"도대체 무슨 소리를 하는 거죠? 난 아무 관계도……."

그녀가 쏘아붙였다.

"당신 아버지는요, *미스 흄*, 벌리스 앤드 슬로에 새끼 양을 공급하는 유일한 사람이었다 이겁니다."

"난 벌리스 앤드 슬로가 뭔지도 모른다고요. 이 멍청한 인간아!"

포가 콧방귀를 뀌었다.

"진짜요? 컴브리아에서 유일한 별 세 개짜리 레스토랑을 못 들어봤다는 거예요? 믿기 어려운데요."

빅토리아 흄은 주먹을 움켜쥐더니 팔짱을 꽉 끼었다. 앙다문 치아 사이로 그녀가 말했다.

"당신이 젠장 믿든 말든 내 알 바 아니에요. 하지만 혹시 관심이 있을지 몰라 말하는데, 난 지난 12년 동안 데본에 살았어요."

포는 입을 꾹 다물고 있었다.

빅토리아가 소리쳤다.

"아, 이런 거만한 인간 같으니! 아버지가 이 벌리스 앤드 슬로인지 뭔지에 공급을 했는지 어떤지는 모르지만 이건 말해두죠. 아버지는 컴브리아에서 최고의 허드윅 양을 기르는 사람이었어요. 아버지가 거기에 공급했다고 한다면, 그래요, 아마 그랬겠죠. 아버지는 도살장과 계약을 맺고 레스토랑과 정육점에 직접 고기를 공급했어요. 1년에 1000마리가 넘는 양을 키웠고, 그걸 하나도 빠짐없이 팔았죠. 난 오히려 컴브리아에 있는 레스토랑 중에 아버지가 공급하지 않은 데가 있다면 놀랄 거라고요!"

포는 흔들렸다. 그는 빅토리아가 거짓말하는 게 아니라고 생각했고, 아버지에 관한 그녀의 이야기가 사실이라면 벌리스 앤드 슬로와 엮인 것은 그저 우연일 뿐이었다. 하지만…… 빅토리아가 말하지 않는 게 분명 있었다.

"재러드 키튼이랑 상관없다면 여기서 뭘 하는 거죠?"

빅토리아의 얼굴이 구겨지더니 흐느끼기 시작했다. 브래드쇼가 그에게 종이 손수건을 건넸다. 포가 그걸 다시 건넸지만 빅토리아는 바닥에 떨어지게 내버려뒀다. 산들바람에 손수건이 빙글빙글 돌며 떠갔다. 에드거는 그걸 게임이라고 생각하고 쫓아가며 흥분해서 짖어댔다.

"여기 온 이유가 뭔지 얘기해보지 그래요?"

포가 좀 더 부드럽게 말했다.

빅토리아가 눈을 들었을 때, 슬픔은 사라지고 없었다. 가늘게 뜬 두 눈은 사나웠다.

"좆 까!"

빅토리아는 뒤를 돌아보지도 않고 사륜 바이크에 올라타고 가버렸다.

무어가 침묵에 빠져들었다. 유일한 소음은 빅토리아의 엔진이 붕붕거리는 소리와 포의 바이크가 식으면서 틱틱대는 소리뿐이었다.

포가 브래드쇼를 바라보았다.

"참 잘 풀렸네요."

브래드쇼가 끄덕였다.

에드거가 돌아왔다. 입에 휴지를 물고 있었다. 포가 가져가려고 하자 으르렁댔다. 포는 그만두었다.

"가요. 이 인터뷰들이나 살펴보자고요."

포가 말했다.

안으로 들어가려는데 포의 핸드폰이 울렸다. 모르는 번호였지만 지역 코드가 01229였다―배로-인-퍼니스와 울버스턴 쪽이었다. 경찰법의관 플릭 제이크먼이 확실했다.

맞았다. 그는 스피커폰으로 전환했다.

제이크먼이 단도직입적으로 말했다.

"포 경사님, 메모를 두 번 확인했는데 문신에 관해서는 아무것도 적어놓지 않았네요."

"엉덩이 아니면 그 위에 있었을 겁니다."

포가 말했다.

"그럼 확실히 아니에요. 내가 엘리자베스의 생식기 부근을 철저하게 살펴봤거든요. 엉덩이에 있었으면 뭐든 알아차렸을 거예요."

포는 플릭에게 고맙다고 말하고 전화를 끊었다.

"제퍼슨 블랙은 왜 엘리자베스에게 문신이 있다고 했을까요, 포? 그 남자가 거짓말했다고 생각해요? 아유, 아니면 좋겠네요."

브래드쇼가 말했다.

포는 잠시 침묵했다.

"아니요, 틸리. 나도 제퍼슨이 거짓말했다고 생각하지 않아요."

"그럼 이게 무슨 뜻이죠?"

"우리가 그 동영상들을 봐야 한다는 뜻이죠."

43

엘리자베스 키튼 인터뷰들은 섹션이 공식적으로 수사에 참여하게 됐을 때 갬블이 제공한 링크로 모두 접속할 수 있었다. 브래드쇼가 볼 준비를 했고 두 사람은 모니터 앞에 자리를 잡았다. 브래드쇼가 재생을 누르자 엘리자베스 키튼이 화면에 나타났다.

지난번에 봤을 때 포는 엘리자베스가 하려는 말에 귀를 쫑긋 세우고 집중해 들었다. 그 여자가 벌리스 앤드 슬로에서 어떻게 습격당했는지. 어떻게 밴에 실렸고 어딘가에 있는 지하 저장고로 끌려갔는지. 엘리자베스가 탈출했을 때를 묘사하는 동안 그는 귀를 세우고 들었다.

그때 그는 메모를 셀 수 없이 많이 했다. 모두 앞뒤가 맞았고, 가능성 있는 이야기였다.

이번에는 그 여자가 하는 말에는 관심이 없었다. 그는 소리를 끄고 그 여자가 한 *행동*을 살펴보았다.

마지막 테이프를 다 봤을 즈음 포는 자기가 맞다는 걸 알았다.

이 모든 게 대단했다. 헤아릴 수 없이 복잡했지만 철저하게 단순했다. 숨이 멎을 정도로.

포는 브래드쇼에게 자기들이 보는 화면을 플린도 자기 화면에서 볼 수 있도록 영상회의를 설정할 수 있는지 물었다.

브래드쇼가 콧방귀를 뀌었다.

"그건 여덟 살 때도 할 수 있었다고요, 포."

플린은 햄프셔에 있는 회의실에 있었다. 정보부장 밴 질도 동석했다. 두 사람은 영상회의 화면을 펼쳐놓고 미러링이 된 컴퓨터도 켜놓았다. 포와 브래드쇼가 허드윅 농장에서 보는 것을 플린과 밴 질도 자기들 컴퓨터에서 볼 터였다.

포는 브래드쇼에게 모든 걸 보여주고 싶다고 설명했다. 브래드쇼가 고개를 끄덕이자, 그가 브리핑을 시작했다.

그는 자기가 보기에 이치에 닿는 순서대로 설명했다.

브래드쇼는 엘리자베스 키튼이 엘스턴 도서관에 걸어 들어가는 동영상을 띄웠다.

"레깅스와 울 모자, 긴팔 티셔츠 차림입니다."

포가 말하며 화면을 가리켰다. 브래드쇼는 그의 손가락이 가리키는 곳으로 커서를 움직였다. 그 부분을 확대하여 햄프셔에 있는 화면에서도 잘 보이도록 했다.

그런 뒤 포는 '문제 해결자 앨숍'의 공책을 찍은 사진과 CCTV 스틸 컷들을 보여주었다. 포는 앨숍과 한 시간 전에 통화했는데 그는 기꺼이 돕겠다고 했다.

"그날은 더운 날이었고 그 여자는 6년 동안 지하 저장고에 갇혀 있었을 뿐 아니라 아마 거의 일주일 동안 음식이나 물을 섭취하지 못했을 겁니다. 그런데도 마실 걸 줬는데 거부했죠. 건드리지도 않았습니다."

포가 말했다.

플린도 밴 질도 아무것도 묻지 않았다.

다음으로 포는 리그가 엘리자베스 키튼과 한 인터뷰를 띄웠다.

"두 분이 영상 네 개를 전부 다 보실 수는 없을 테지만, 저와 틸리가 말씀드리는데 그 여자는 여기서도 아무것도 건드리지 않았습니다. 음료수도. 그 여자에게 주려고 가지고 온 마스 초코바도. 그것들을 밀어낸 것도 아니고 그냥 내버려둔 거죠."

플린과 밴 질이 서로 잠깐 눈을 마주쳤지만 잠자코 있었다.

"그리고 그 안은 더웠습니다. 여자 앞에 놓인 컵 옆으로 물방울이 맺혀서 흐르는 걸 보실 수 있죠. 하지만······."

그는 화면을 가리키며 브래드쇼가 커서를 움직이기를 기다렸다.

"그 여자가 입고 있는 걸 보십시오. 야구 모자, 후드 티, 청바지. 거의 기절하기 직전이었을 겁니다."

포는 이 말이 두 사람에게 스며들기를 잠시 기다렸다.

"이제 뒤로 돌아가보겠습니다. 6년 전으로요. 틸리, 엘리자베스의 소셜 미디어 페이지에서 발견한 걸 보스와 밴 질 정보부장님에게 말씀드리겠어요?"

브래드쇼는 어떻게 엘리자베스의 프로필을 만들었는지 그리고 그 여자의 온라인 교우 관계에 어떻게 침투했는지 약 15분 동안 설명했다. 그런 다음 젊은 여자들의 SNS 이용 습관에 관해 브래드쇼 스타일로 브리핑을 했다. 10분 뒤에 포가 브래드쇼를 멈춰 세웠다.

"틸리 얘기는 소셜 미디어를 활발하게 이용하는 젊은 여자들이 이용을 안 하게 되는 일은 드물다는 겁니다. 그런데 저희가 발견한 바에 따르면 재러드 키튼이 실종 신고를 한 날 밤 이후로 엘리자베스의 소셜 미디어는 아무것도 바뀌지 않았습니다. 아무것도요. 그 여자는 자기 계정들에 한 번도 로그인하지 않았고, 친구들의 페이지에 댓글을 달지도 않았고, 심지어 친구들 페이지를 보지도 않았습니다. 이메일을 보내지도 읽지도 않았고 전화도 전혀 걸지 않았죠. 그 여자의 친구들도 그 여자의 남자 친구도 연락을 한 적이 없다고 했습니다."

밴 질이 말했다.

"자네 지금 이게 그 여자가 자신의 납치를 꾸며냈다는 설을 무너뜨린다는 거 알고 있나, 포? 브래드쇼 양 말이 맞네. 나도 10대 여자아이가 둘 있는데, 이건 말해주지. 그 애들이 6년 동안 술래잡기를 하는데 소셜 미디어 계정에 접근하지 않는다는 건 있을 수 없는 일이네."

"저는 이제 그 여자가 스스로 납치를 꾸며냈다고 생각하지 않습니다, 부장님. 잠시 제 이야기를 더 들어주시기 바랍니다. 좀 더 과거로 가보겠습니다."

포가 대답했다.

브래드쇼가 페이스북과 트위터 계정에서 찾아낸 '이전'과 '이후' 사진들을 화면에 띄웠다. 엘리자베스가 비키니와 배꼽티를 입은 사진들과 좀 더 보수적인 드레스를 입기 시작한 이후의 사진들. 포는 그런 변화가 일어난 시기와 제퍼슨 블랙이 설명해준 내용을 두 사람에게 전했다.

"엘리자베스는 문신이 있었고, 어느 사진에서나 그걸 가리고 있었습니다."

포가 간략하게 말했다.

밴 질이 인상을 썼다.

"자네가 뭘 생각하는지 모르겠군, 포. 나도 딸들이 화장하는 게 기쁘지는 않아. 누구라도 문신한 딸을 발견하면 화가 나서 펄쩍 뛰었을 거네."

포도 끄덕였다.

"저도 백번 동의합니다, 부장님. 엘리자베스와 제퍼슨 블랙은 서로 짝이 되는 문신을 했고, 방금 말씀하신 것 같은 반응이 두려워서 그 여자는 아버지에게 문신을 숨겼죠."

"그래서……?"

포가 뒤로 기대어 목을 돌렸다.

"이 사건은 처음부터 악몽이었습니다. 우리는 계속 자기 꼬리만 쫓아다녔죠. 저는 혈액의 증거물 연계성이 깨지지 않았다는 걸 확인했고, 그것은 엘리자베스가 6년간 있었던 일을 설명한 것과 어긋나지 않습니다. 모두가 보이는 대로 받아들였죠. 그런데 그때 그 여자 혈액에서 트러플의 흔적이 발견된 겁니다. 그건 그 여자가 사실 자기가 납치된 척 꾸며낸 거라는 걸 암시합니다. 하지만 어느 쪽이 진실이었을까요? 그 여자는 납치되었던 걸까요, 아니면 그보다 훨씬 더 음흉한 음모의 일부였던 걸까요?"

"그래서 자네는 이제 아는 거겠지?"

포가 끄덕였다.

"제퍼슨 블랙이 저와 틸리에게 문신에 관해 말했을 때 모든 게 바뀌었습니다. 답은 다 나와 있었지만, 그것들이 이치에 맞지 않았던 건 우리가 엉뚱한 질문을 던졌기 때문입니다."

그는 농담하는 게 아니었다. 그가 경험하기로 그렇게 많은 증거가 모두 같은 방향을 가리킨 적은 없었다. 그는 모든 걸 로르샤흐 테스트처럼 바라보기 시작한 뒤에야—이쪽저쪽으로 뒤집어 보며 새로운 관점으로 바라본 뒤에야—무슨 일이 벌어지는지 알 수 있었다.

"중요한 건 두 가지 질문입니다, 부장님. 하나는 지금 대답할 수 있지만 다른 하나는 할 수 없습니다."

포가 계속했다.

"답할 수 있는 것부터 말해보게, 포."

밴 질이 지시했다. 그가 카메라에 하도 바짝 다가서서 플린을 가려 버렸다.

"물론입니다, 부장님. 제 질문은 이겁니다. 왜 경찰법의관은 엘리자베스를 검사했을 때 문신을 발견하지 못했는가?"

양쪽 방 모두 침묵에 잠겼다.

"왜죠, 포? 왜 닥터 제이크먼이 문신을 못 본 건가요?"

결국 브래드쇼가 물었다.

플린이 목을 가다듬더니 말했다.

"그 여자가 문신을 보지 못한 건 재러드 키튼도 엘리자베스에게 문신이 있었다는 걸 몰랐기 때문이에요."

"이해가 안 가는……."

"엘리자베스는 죽었어요, 틸리. 재러드 키튼은 6년 전에 그 여자를 죽인 거예요. 화면에 보이는 여자는 가짜예요."

44

"그 여자가 인터뷰에서 아무것도 안 건드리고 아무것도 안 마신 건 DNA나 지문이 옮겨가는 걸 피하기 위해서였습니다."

포가 설명했다.

"그리고 긴 옷을 입고 모자를 쓴 건 머리털이나 피부를 남기지 않기 위해서였고요."

플린이 덧붙였다.

"당연하게도 그 여자는 정말로 엘리자베스를 아는 사람이 있는 곳에는 갈 수가 없었고, 그래서 벌리스 앤드 슬로에는 가지 않았습니다. 그냥 앨스턴 도서관에 나타나 경찰서에서 하고 싶었던 일을 한 뒤에 다시 사라진 겁니다."

"그래서 그 여자가 SNS에서 누구와도 연락하지 않은 거군요. 왜냐하면…… 아, 세상에, 정말 끔찍하네요, 포."

브래드쇼가 말했다.

밴 질은 회의실에서 나가고 없었다. 그는 문자를 받고 통화를 하러 갔다. 플린은 앞으로 할 일을 조정하기 위해 남아 있었다. 그들에겐 키튼이 석방되는 걸 막을 만한 증거가 아직 부족했다.

"가설은, 포?"

"몇 개 있지, 보스. 그런데 모든 부분을 꿰뚫는 건 없어. 전부 혈액에서 막혀."

아직도 이치에 맞지 않는 것은 그것뿐이었다. 혈액은 엘리자베스 키튼의 것이 맞았지만 그럴 수가 없었다. 누구와 이야기를 해봐도, 무엇을 조사해봐도, 한 사람의 몸 안에 다른 사람의 피가 흐를 수는 없다고 했다. 그건 과학적으로 불가능한 일이었다. 그리고 그는 혈액의 증거물 연계성을 모든 단계에서 직접 시험해보았다. 혈액은 바꿔치기 되지 않았다.

포는 태어나 처음으로 '이중 사고'라는 말을, 그가 좋아하는 책 조지 오웰의 《1984》에서 처음 쓰인 그 문구를 이해하게 되었다. 그것은 두 가지 모순되는 생각을 동시에 믿는다는 뜻이었다. 엘리자베스 키튼은 살아 있었다―혈액이 그걸 입증했으니. 그러나 엘리자베스 키튼은 죽었다―그는 확신했다.

"이 가짜가 누군지 알아내야 해. 그 여자를 발견하면 다른 모든 것들, 설명이 안 되는 혈액까지 다 무의미해질 거야."

플린이 말했다.

그러면 워들이 추적하려고 단단히 벼르고 있는, '엘리자베스가 허드윅 농장에 있다가 다시 사라졌다'는 빵 부스러기도 사라지게 될 터였다.

플린이 계속했다.

"키튼이 이 모든 일의 배후에 있다고 봐야 할 텐데, 그건 그자가 감방에서 기분이 좋아졌던 일이 생각보다 더 중요하다는 뜻이야. 그자가 확실히 우울해하던 시기의 막바지부터 확실히 들떠 있던 시기의 초반까지는 내가 알아볼게. 키튼은 어떻게 해서인지 이 여자를 만난 거야. 이제 우리도 뭘 찾는지 알게 됐으니 뭔가 놓친 게 없는지 찾아봐야지. 제대로 기록을 남기지 않은 방문자라든지 뭐 그런 거."

"아니면 수감자의 딸이라든지. 다른 수감자를 면회하러 간 여자를 키튼이 봤을 수도 있지."

포가 제안했다.

플린은 끄덕였지만 메모하지 않았다. 포는 플린도 이미 같은 결론에 이르렀다는 걸 알았다.

밴 질이 다시 회의실로 들어왔다. 심각한 표정이었다.

"갬블 경정이었네. 그 친구 지금 '정원 휴가' 상태인데, 그러다가 강제 퇴직될 것 같다고 하는군. 어차피 올해 말에 끝날 예정이기는 했지만. 워들 경감이 경정 대행으로 진급해서 지금 엘리자베스 키튼 납치, 재출현, 실종을 총괄하고 있네. 우리한테 알려야 할 것 같아서 연락했다더군."

"왜 강제 퇴임되는지는 아신답니까?"

플린이 물었다.

"확실하지는 않지만 포를 좀 더 공식적으로 불러들이라는 압박을 받았다고 하네. 체포하거나 그러라는 거겠지. 내가 경찰청장하고 통화했지만 이 양반 좀처럼 입을 안 여는군. 그리고 기지국 관련 정보가 허술할 뿐만 아니라 기껏해야 정황 정보라는 건 그쪽에서도 인정하지만…… 나더러 자네 위치를 항상 파악하고 있으라더군, 포."

제기랄. 지금도 일정이 빠듯한데 엘리자베스 키튼의 닮은꼴이 자기들을 조종하고 있다는 이야기를 워들이 받아들일 가능성은 없었다.

"게다가 그게 전부가 아니네. 중범죄분석섹션에 요청한 지원도 정식으로 철회되었어. 우리는 이제 이 사건과 무관하네."

밴 질이 말했다.

사실 그건 그렇게 중요하지 않았다. 워들은 엘리자베스 키튼이 틀림없다고 여기는 여자의 시신을 찾고 있었다. 어느 시점에서 키튼은 포 쪽을 가리키는 훨씬 더 가공된 증거를 준비할 터였다. 워들은 결국 포의 체포 영장을 받아내리라. 한편 포는 엘리자베스가 아닌 게 틀림없는 여자를 찾아내 워들이 찔끔찔끔 공급받는 증거를 하나하나 반증할 수 있도록 할 작정이었다. 양쪽이 이제 정보를 교환하지 않는 게 최선일 터였다.

브래드쇼는 말이 없었다. 그녀로서는 할 일이 없었다. 그 여자를 찾는 일은 플린으로부터 시작되어야 했다. 키튼의 계획은 감방에서 생겨났고 해답도 바로 그곳에서 찾게 될 터였다.

"내가 어떻게 해야 도울 수 있죠, 포?"

브래드쇼가 물었다.

"혈액이요, 틸리. 그걸 설명할 수가 없어요. 다들 혈액을 바꿀 수는 없다고 하네요."

브래드쇼가 평소보다도 더 강렬하게 그를 응시했다.

"그자들이 어떻게 한 건지 알아내요, 틸리. 전문가들이 틀렸다는 걸 증명하고 어떻게 이 여자 몸에 엘리자베스 키튼의 피가 흐르는지 알아내요. 틸리가 해내면 나도 과일 먹기 시작할게요. 약속해요."

브래드쇼의 턱이 단단해졌다. 포가 한동안 보지 못한 표정이 얼굴에 떠올랐다. 그는 그게 무엇인지 알아보았다. 이제까지 브래드쇼가 한 일은 자기 한계 안에서 편안하게 할 수 있는 것들이었다. 거의 일상적인 일들. 키튼과 포의 아버지가 연관되어 있다는 걸 발견하는 일, 10대 소녀들의 소셜 미디어 계정을 해킹하는 일─이런 건 어려운 일이 아니었다.

하지만…… 어떻게 사람이 동시에 살아 있으면서 죽어 있을 수 있는지 알아내는 것은…… 그건 달랐다. 진정한 도전이었다.

열 두 번 째 날

45

영국에서 비가 가장 자주 내리는 지역에 살기는 하지만 포는 비를 좋아하는 사람은 아니었다―비가 온다고 기쁨이나 마음의 평화가 찾아오지는 않았다. 그러나 그는 컴브리아 사람이었고 그건 그가 오리들만큼이나 날씨를 상관하지 않는다는 뜻이었다. 피부는 방수였고 옷은 말리면 그만이었다.

영상회의를 한 이튿날 아침, 슬레이트 지붕에 후드득 하며 비가 내리기 시작하더니 두다다다 쏟아지기에 이르렀다. 예고된 만큼 파괴적인 날씨는 아직 아니었지만 기상학자들이 이번에는 맞는 것 같았다. 포는 라디오를 켜고 기상청에서 덤프리스 갤러웨이, 컴브리아, 랭커셔에 적색 경고, 심각한 날씨 경고를 발령한 것을 들었다. 기상청은 앞으로 마흔여덟 시간 동안 국지적인 홍수와 전력망 문제가 있을 것으로 예측했다. 적색 경고는 자신과 주위 사람들의 안전을 위해 행동할 필요가 있다는 뜻이었다. 포는 거기에 주의를 기울이지 않았다. 허드윅 농장은 기상청이 존재하기도 한참 전부터 섑 고원에 있었고, 기상청 따위가 긴축 방안에 쓰러진 뒤에도 오랫동안 남아 있을 터였다.

문을 열자 구름이 빠르게 움직이는 것이 보였다. 구름은 낮고 어두웠고 부풀어 있었다. 아마도 그날은 덧문을 닫고 가만히 웅크리고 있어야 할 듯했다. 어차피 그가 사건 관련해서 할 일은 아무것도 없었다. 할 수 있는 일은 모두 진행되고 있었다. 플린은 키튼이 그 여자를 감방에서 만났는지 알아보려고 수감 기록을 살피고 있었고, 브래드쇼는 밤새 혈액 문제를 조사하고 있었다. 브래드쇼는 자정이 지났을 때 아무것도 찾지 못했다고 전화로 알렸다.

"부정적인 결과는 실패를 뜻하는 게 아니에요, 포. 이건 과학적인 발견이고 내가 벌써 열세 가지 방법을 걸러냈다는 뜻이니까요."

포에게는 그 정도면 실패라는 말처럼 들렸지만 그가 뭘 알겠는가? 브래드쇼는 10대 때부터 연구 기금을 끌어모았고 포는 화학 실험 시간에 자기 손에 불을 끌어모은 인물이었는데.

그렇다고 아무것도 안 하고 앉아 있고 싶지는 않았다. 날씨가 나쁘든 말든 그는 계속 움직여야 했다. 그는 두꺼운 방수 재킷을 걸치고 바깥으로 나갔다. 꼭 펌프를 단 강력한 샤워기 아래 서 있는 듯했다. 포는 손을 내밀고 손이 빗속으로 녹아 사라지는 걸 지켜보았다. 바짝 마른 땅이 스펀지처럼 물을 빨아들였다. 시들시들한 풀이 이미 녹색 빛깔을 되찾고 있었다. 필시 곧 허드윅 양들이 나와 새로 돋은 잎들을 뜯어 먹을 터였다. 포는 휘파람을 불어 에드거를 불렀다. 에드거는 흠뻑 젖었다. 꼬리를 흔들며 흥분해서 낑낑거렸다. 에드거는 비를 무척 좋아했다. 포가 사륜 바이크에 올라타자 에드거도 뒤에 뛰어 올랐다.

시야가 고작 몇 미터밖에 미치지 않았지만 포는 금세 샙 웰스 호텔에 도착했다. 그와 에드거는 렌터카에 올라타 켄들로 향했다.

오늘 그가 해야 할 일이 있었다.

지난번에 파크사이드 공동묘지에 들렀을 때 포는 연쇄 살인범의 또 다른 희생자를 발견했다. 오늘의 그곳은 토머스 흄이 매장되는 장소였다. 토머스의 딸에게 의심스러운 점이 있기는 했지만 포는 그 노인에게 작별 인사를 하고 싶었다. 토머스는 포에게 잘해주었고, 언제라도 도와주거나 조언해줄 준비가 되어 있었을 뿐 아니라 항상 기꺼이 에드거를 맡아주었다.

도착해보니 식이 이미 시작된 상태였다. 포는 뒤쪽에 서서 조의를 표했다. 그는 빅토리아 흄을 보았다. 빅토리아는 검은색 바지 정장을 입고 비슷하게 생긴 두 여자 옆에 서 있었다. 필시 다른 자매들이리라. 목사가 토머스의 시신을 땅에 묻도록 지시했을 때, 빅토리아가 흘끗 눈을 들었다가 포를 알아챘다. 그녀는 몸이 뻣뻣해졌지만 이내 긴장을 풀었다. 그에게 불쾌한 표정을 짓는 대신 주먹을 세 번 쥐었다 폈다 하더니 손을 입으로 들어 음주를 가리키는 만국 공통의 신호를 보냈다. 15분 뒤에 만나서 한잔하자는 이야기였다.

재미있군······.

포가 가까이 있는 '블루벨 인'이라는 곳을 가리키자 빅토리아가 끄덕였다. 그러고는 아버지를 매장하는 일로 주의를 돌렸다. 포는 젖은 흙덩어리가 처음으로 관에 닿았을 때 자리를 떠서 술집으로 향했다.

거의 45분이 지나서야 빅토리아가 나타났다. 포는 어차피 15분이라는 시간이 낙관적인 예상이라고 보고—예배가 끝난 뒤 빅토리아가 만나야 할 사람들이 있을 터였으니—좀 더 넉넉하게 기다리고 있었다. 그는 바에서 빅토리아를 만나 자기가 한잔 사겠다고 했다.

"진과 슬림 토닉으로 부탁해요."

그녀가 말했다.

포는 빅토리아에게 더블 샷을 주문해주고 자기가 마실 맥주 한 잔을 샀다. 두 사람은 각자 자기 음료를 들고 테이블로 돌아갔다. 빅토리아는 한 모금 홀짝이더니 고맙다고 했다. 손이 떨렸다.

"저기 말이죠……"

포가 말하려고 했다.

"미안해요……"

포는 빅토리아가 먼저 말하도록 기다렸다. 그녀에게 뭔가 할 말이 있다는 느낌이 들었다.

"아빠는 좋은 분이었어요, 포 씨. 농부로서도 훌륭했고 아버지로서는 더 훌륭했죠. 하지만…… 사업가로서는 그렇지 않았어요."

빅토리아가 말했다.

그런 농부는 별로 없지, 포는 생각했다. EU 보조금이 곧 사라질 테니 앞으로 더 나빠질 터였다. 그런 까닭에 정부에서는 농부들에게 작물을 다양화하라고 끊임없이 장려했다. 포는 그래도 흄이 괜찮게 해내고 있었다고 생각했다. 양이 수천 마리인데 간접비는 적었으니—30퍼센트 이윤이면 농부로서 운이 좋았다고 하는 소 농사에 비해, 양은 거의 100퍼센트를 벌어들였다.

빅토리아가 말을 이었다.

"어쩌다 보니 아빠는 무시무시한 빚을 지고 말았어요. 마지막에 만나러 왔을 때 아빠는 끔찍한 얘기를 했죠. 당신과 관련된 이야기요."

포는 나쁜 소식을 듣겠거니 하고 마음을 다잡았다.

"뭐 하나 물어봐도 될까요?"

빅토리아가 물었다.

"물론이죠."

"지방세 청구서를 받으신 적 있나요?"

포가 인상을 썼다. 그는 받은 적이 없었다. 토머스 흄은 허드윅 농장이 100년 전에 주거지였으니 현재도 주거지라고 판정하는 지역 의회의 말을 믿고 그걸 포에게 팔았다. 그곳이 주거 불가능하다는 사실은 당국에게 중요하지 않았다. 포는 농장 건물과 그 주변 땅을 양쪽 다 만족할 만한 가격에 사들였다. 포는 돈을 써서 그곳을 편안하고 자립할 수 있는 환경으로 만들었지만, 지방세 고지서는 한 번도 받지 않았다. 지역 선거니 그런 행사들에서 투표 용지가 날아오는 걸 보면 그가 거기 있는 사실을 당국에서 모르는 건 아니었다.

포는 받지 않았다고 말했다.

"분명 나중에 체납금 폭탄을 맞겠죠."

빅토리아가 한숨을 쉬더니 고개를 저었다.

"아니요, 포 씨, 아닐 거예요."

포는 침을 꿀꺽 삼켰다.

"허드윅 농장이 이제 레이크 구역 국립공원의 확장 경계선 내에 있는 거 아세요?"

포는 몰랐다. 상업적인 이유로 국립공원의 경계선은 퀜들 지역을 분명하게 배제하도록 그려졌다. 그는 그 이야기를 전했다.

"그게 확장돼서 허드윅 농장이 그 안에 들어가게 됐어요."

빅토리아가 말했다. 그녀는 뒤숭숭해 보였다.

"아빠가 지방세 납부 요구서를 받았다고 한 건 거짓말이었어요, 포 씨. 2~3년 전에 아빠는 자본이 좀 필요해서 지방 의회의 정책 계획 포털 사이트에서 농장의 사용 변경을 신청했어요. 계획 허가가 사전 승인이 나면 부동산을 팔기가 훨씬 쉬워지거든요. 아빠가 받은 응답은 '섑과 주변 지역 개발은 현재 사업 계획에 들어 있지 않습니다'였어요. 국립공원이 확장되기 전에 신청했더라면 아마 괜찮았을 테지만요."

"그래서요······?"

뱃속에서 끔찍한 느낌이 들었다.

"그래서 아빠는 지독한 일을 했어요, 포 씨. 의회에 가서 그들의 결정에 불평을 늘어놓다가 당신을 우연히 만나서, 당신한테 이야기를 들려준 거죠. 아빠는 당신을 속여 땅을 사게 만든 거예요. 물론 당신은 소급 계획 허가를 신청할 수는 있어요. 나도 아버지의 행동을 설명하는 청원을 써서 지원할 마음이지만, 국립공원이 유네스코 세계유산 지위를 얻은 이상 당신이 성공할 가능성은 마이너스예요."

포의 위장이 요동쳤다. 지난 1년 반 동안 겪은 온갖 혼란 속에서 허드윅 농장은 하나의 고정점이 되어주었다. 포는 그곳을 다시는 떠나고 싶지 않은 집으로 만들었다. 현대의 이기를 버리고 더 간소한 삶을 받아들였고, 어머니에게 일어난 일을 알게 됐지만 평온이라 할 만한 무언가를 찾을 수 있었다.

그런데 지금 빅토리아는 그게 전부 환상이었다고 말하고 있었다. 허드윅 농장 같은 건물이 그와 같은 사람들을 위한 게 아니라고. 관광객들을 위한 것이라고. 무엇이건 '그 지역의 특성을 지켜주지 않는다면'—쉽게 말해서 모든 걸 베아트릭스 포터 Beatrix Potter*의 시대처럼 보이게 유지하지 않는다면—더는 필요가 없다는 뜻이었다.

"그럼 이제 어떻게 되는 거죠?"

"허드윅 농장과 이 땅은 당신의 소유예요. 그건 달라지지 않아요. 당신은 그걸 합법적으로 샀으니까요."

"하지만……?"

"하지만 어느 시점이 되면 지역 의회에서 그곳을 당신이 현대화하기 전의 상태로 복구하라고 지시할 거예요. 그럼 거기 사실 수 없게 되겠죠."

"그럼 당신이 날 피하던 건 그것 때문인가요?"

빅토리아가 다시 끄덕였다.

"난 당신이 이걸 알아낸 게 분명하다고, 계획 부서의 누군가가 당신을 이미 찾아갔다고 생각했어요. 언젠가는 당신과 이야기해야 한

• 《피터 래빗》으로 유명한 작가로 컴브리아에 살았다.

다는 걸 알았지만 아빠가 막 죽어서 준비가 안 돼 있었어요."
"그러니까 벌리스 앤드 슬로와는 정말 아무 연관도 없는 건가요?"
"지금 뭘 수사하고 있는지는 모르겠지만요, 포 씨, 단언컨대 저는 거기와는 아무 상관도 없어요."

포는 숨을 들이쉬고 자기가 쓰는 가장 짜증스러운 격언에 마음을 집중했다. 지시를 따르지 않으려는 직원을 자기 뜻에 따르도록 할 때 사용하던 격언이었다. 그런데 그게 지금 상황에 딱 맞는 듯했다. *급한 일 때문에 중요한 일이 방해받아서는 안 되지······.*

지금 막 그의 주거 상황이 절박해지기는 했지만 허드윅 농장 문제는 기다려야 했다. 이 불운한 소식은 어쩌면 좋은 기회를 동반할지도 몰랐다. 앞으로 며칠 동안 키튼의 그물망이 좁혀 올 텐데, 포는 유연하게 움직일 수 있어야 했다. 렌터카에 있는 축축하고 냄새 나는 개, 점심시간에 술 한잔하려는 사람만 봐도 짖어대는 에드거 녀석은 짐짝이 될 터였다. 에드거를 며칠간 맡기면 걱정할 일이 하나는 줄어들 것이었다.

그는 빅토리아에게 녀석을 맡아줄 수 있느냐고 물었고, 빅토리아는 안심해서 숨을 내쉬었다.

"기꺼이 맡아드릴게요, 포 씨."
"워싱턴이라고 불러주세요. 다들 그러거든요."

두 사람은 기분 좋은 침묵 속에서 음료를 다 마셨다. 둘 다 그곳에 오래 머무를 수 없었다. 빅토리아는 경야에 가봐야 했고 포는 돌아가서 브래드쇼가 뭔가 발견했는지 봐야 했다. 두 사람은 주차장에서 인사를 했다. 포는 에드거를 좀 더 작은 빅토리아의 차에 싣고 최대한 일찍 데리러 가겠다고 말했다.

샙 웰스 호텔로 돌아가는 길에 포는 우체국에 들러 보험을 좀 샀다. 우표첩과 완충재를 댄 봉투. 그는 그것들이 필요하지 않기를 바랐다.

호텔로 돌아가니 평소 그가 차를 세우는 자리에 차 한 대가 서 있었다.

BMW X1이었다.

그의 차.

어제까지만 해도 햄프셔에 있었던 것.

이것은 한 가지를 의미했다.

스테퍼니 플린이 왔다.

46

플린과 브래드쇼는 초록색 방에 있었다. 그곳은 짙은 녹색 가죽으로 감싼 높은 좌석이 있는 안락한 바였다. 바는 직원이 있을 때가 드물어서 보통 조용했다. 브래드쇼는 그곳의 와이파이 신호가 썩 강하지 않았기에 별로 좋아하지 않았다. 두 여자는 동영상을 보고 있었고 포는 그게 스트리밍 영상이 아니라는 걸 알 수 있었다—브래드쇼의 노트북에 메모리 스틱이 끼워져 있었던 것이다. 플린이 가져온 게 틀림없었다.

두 여자가 고개를 들었다. 플린이 일어서서 웃음 지었다.

"포."

그녀가 말했다.

플린은 여전히 피로에 절어 보였지만 암울하던 기분은 좀 나아진 듯했다. 두 사람 다 '접촉 문화'에 속한 사람들이 아니었는지라 플린이 그를 끌어안았을 때 포는 너무 놀라서 두 팔이 어쩔 줄 모르고 허공에 떠 있었다.

"웬수."

플린이 말하며 그의 팔에 주먹질을 했다.

"좀 나아진 거야?"

플린은 끄덕이면서도 설명을 덧붙이지는 않았다.

"내 차 가져다줘서 고마워."

플린이 열쇠를 던져주었다.

"더 일찍 오고 싶었는데…… 햄프셔에서 해야 할 일이 좀 있어서. 그때가 아니면 안 되는 일이었거든. 틸리가 그동안 있었던 일들 다 말해줬어."

그와 플린은 그저 보스와 부하 사이가 아니었다―둘은 친구였다. 포는 무엇이 플린을 그렇게 관짝 같은 얼굴이 되게 했는지 시간을 들여 알아내야 했다. 그는 플린을 안 지 오래되었는데 플린은 스트레스에 쉽게 굴복하지 않았다.

하지만 그보다 먼저 플린이 거기까지 가져온 게 뭔지부터 봐야 했다. 그는 노트북 쪽으로 고개를 까딱거렸다.

"뭐 좀 찾았어?"

"별건 없어. 크로퍼드 버니가 말한 시간대에 수감 기록을 뒤적거려봤는데 키튼의 기분이 고양될 만한 뻔한 이유는 안 보였어."

플린이 말했다.

포가 다가서서 화면을 잠시 지켜보았다.

"그럼 저건 뭐고?"

그는 감방의 CCTV 동영상이 정지 화면 상태인 것을 알아보았다. 화면은 깨끗했고 컬러였다. 포는 그 구역 재소자의 절반이 자기 감방에서 나와 있는 것처럼 보였기에 그때가 교류 시간이었다고 생각했다. 두 재소자가 당구를 치고 있었다. 나머지는 서서 이야기하며 담배를 태웠다.
"2~3년 전에 펜턴빌 교도소에서 폭동이 일어났던 거 기억해?"
플린이 물었다.
포는 기억했다. 모호하게. 그 일은 전국의 기삿거리가 되었고, 죄수들이 교도소 지붕까지 올라갔기 때문에 사람들이 볼 수 있는 라이브 동영상도 있었다. 그 사건은 몇 시간 동안 일종의 언론 행사가 되었다. 결국 '토네이도' 부대가—특수 장비를 갖춘 훈련받은 교도관들—투입되어 한 시간 뒤 교도소를 탈환했다.
플린이 말했다.
"여기가 그 일이 벌어졌을 때 키튼이 있던 구역이야. 폭동은 교도소의 다른 구역에서 일어났지만"—플린이 브래드쇼 앞으로 몸을 숙여 재생 버튼을 눌렀다—"어떻게 되는지 좀 봐."
포는 화면을 응시했다. 카메라는 구역을 원거리에서 찍고 있었다. 모두가 화면에 담겨 있었고 누구도 식별할 수 있을 만큼 가까이 있지 않았다. 그러나 그건 플린이 보여주고 싶어 한 부분이 아니었다.
음성이 없어서 포는 다음에 일어난 일을 추측만 할 뿐이었다. 모든 죄수가 하나가 되어 고개를 돌리고 같은 방향을 보았다. 그다음 잠시 혼란스러운 시간이 흘렀다. 어떤 죄수는 불안해 보였고 어떤 죄수는 흥분되어 보였다. 대다수는 다시 자기 감방으로 돌아갔다. 몇몇은 서서 기다렸다.
플린이 설명했다.
"방금 그건 자기 방으로 돌아가라는 경보음이었어. 그런데 그게 자유 시간에 울렸고 고참 죄수들은 뭔가 일이 터졌다는 걸 알아챈 거야."

포는 교도관들이 그 구역으로 서둘러 들어가 아직 남아 있던 죄수들을 방에 가두기 시작하는 걸 지켜보았다. 결국 그 구역은 정리가 됐고 교도관들은 그곳을 떠나 아마도 문제가 벌어진 곳으로 간 듯했다. 포는 찡그렸다. 교도소의 다른 구역에서 벌어진 폭동이 사건과 무슨 관계가 있는지 알 수 없었다.

플린이 그의 혼란을 알아챘다. 어깨를 으쓱했다.

"뭔가 이상한 점이 없었냐고 했잖아. 이거야. 이상한 건 이것뿐이야."

"그럼 이때 키튼은 어디 있었어?"

브래드쇼가 노트북을 조작했다. 영상이 확대되더니 이윽고 키튼이 보였다. 그는 혼자 서 있었다. CCTV라는 매체를 통해서 보는 것인데도 포는 그가 비참해하는 걸 알 수 있었다. 키튼은 핀 지 한 달은 된 수선화처럼 고개를 푹 꺾고 있었다. 각자 자기 감방으로 돌아가라는 안내 방송이 나왔을 때, 키튼은 무서워하는 죄수들 무리에 끼어 있었던 것 같았다. 그는 주변을 미친 듯이 두리번거렸다. 그의 감방 쪽이라고 추정되는 방향으로 걸어가려고 했지만, 다른 죄수들이 몰려와 그를 벽에 밀쳐댔다. 그가 움직일 수 있게 되자 교도관들이 그 구역에 들어왔고, 그가 서 있던 곳 옆방으로 그를 밀어 넣었다.

"이건 누구 감방이죠, 틸리?"

브래드쇼는 문 위에 있는 ID를 확대했다. B2-42였다. 브래드쇼는 그걸 어떤 목록과 상호 대조했다.

"이건 리처드 블록스위치라는 사람이 쓰는 독방이에요, 포. 재러드 키튼의 방은 B2-14예요. 거기는 공동 감방이에요."

"우리가 블록스위치에 관해 아는 게 있나요?"

브래드쇼는 고개를 저었지만 손가락은 키보드 위를 날아다녔다. 이마에 주름이 잡혔다.

"이상하네요……. 그 사람에 관한 기사가 없어요."

"보도 제한인가?"

브래드쇼는 반쯤 끄덕이며 반쯤 어깨를 으쓱했다.

"그럴지도요. 그래도 수감 기록은 볼 수 있어요."

그녀는 서류를 하나 인쇄해서 포에게 전달했다. 그것은 요약이었다. 포는 그걸 보지 않고 플린에게 건넸다. 이제 플린이 책임자였다.

플린이 소리 내어 읽었다.

"리처드 블록스위치. 장부 허위 기장으로 7년을 선고받음."

"그게 다 뭔 소리야? 부패 회계사야?"

포가 물었다.

플린이 포의 어깨 너머를 보았다. 아무 경고도 없이 플린은 서류를 청바지 뒤에 쑤셔 넣었다.

"컴퓨터 꺼요, 틸리."

브래드쇼가 뭔가를 누르자 화면이 까매졌다.

포가 돌아보았다.

제복 경찰과 사복 경찰 한 무리가 호텔 로비에 모여 있었다. 그들 중 하나가 녹색 방을 들여다보고 소리쳤다.

"찾았습니다."

워들이 진군하듯 들어왔다. 그는 종잇조각을 올림픽 성화라도 되는 양 공중에 들고 있었다.

"워싱턴 포. 자네 자동차와 집을 수색하라는 영장을 가져왔네."

그가 기세등등한 웃음을 머금고 말했다.

47

"포, 당신 BMW 열쇠를 준 거 알아요? 워들 경감은 아마 당신이 여기서 쓰던 렌터카 열쇠를 가져가려고 한 것 같은데요."

브래드쇼가 말했다.

"아이고 저런."

"아."

브래드쇼가 웃음을 참으며 말했다.

"일부러 엉뚱한 걸 줬군요."

"그건 별로 내가 할 만한 일인 것처럼 들리지 않는데요, 틸리."

그것은 작지만 중요한 승리였다. 그 BMW에서 뭔가 발견된다면, 포는 그게 조작된 증거라는 점을 입증할 수 있었다. 포는 워들이 부패 경찰이라고는 한순간도 생각하지 않았지만 키튼은 이걸 계획할 시간이 몇 년이나 있었다. 그가 다음에 어떤 식으로 나올지 누가 알겠는가?

그것은 포에게 타고 다닐 다른 차가 아직 있다는 뜻도 되었다.

플린은 있어서는 안 되는 일이 일어나지 않게 워들을 따라 허드윅 농장에 갔다. 무슨 짓을 저지를지 모르는 포는 데려가지 않았다.

"틸리, 부탁 하나 들어줄래요?"

"물론이죠."

전형적인 반응이었다. 브래드쇼는 자기가 무엇을 괜찮다고 하는지도 모르고 괜찮다고 했다.

포는 브래드쇼에게 돈을 좀 주었다.

"가서 등록되지 않은 선불 전화 세 대만 사다줄래요?"

"대포폰이요?"

"그래요. 이제 막바지에 접어드는 거 같은데 최대한 오랫동안 소통할 수 있어야 하니까요."

"그걸 어디 가서 구해야 할까요, 포?"

포는 잠시 생각해보았다. 장소는 CCTV가 구석구석 설치되어 있지 않을 만큼 작은 곳이어야 했지만 핸드폰을 팔 만큼 큰 곳이기도 해야 했다. 그리고 브래드쇼가 자동차 번호판 자동 인식 ANPR 카메라에 너무 많이 걸리지 않는 길로 갈 수 있어야 했다.

이윽고 그가 말했다.

"세드버요. 여기서 멀지 않고 M6 고속도로에서 떨어져서 달리면 ANPR 카메라는 대부분 피할 수 있을 거예요."

"지금 갈까요?"

"부탁해요, 틸리."

그가 대답했다. 그는 워들이 허드윅 농장에서 뭘 발견할지, 뭔가 나오기는 할지 알 수 없었지만 그들이 수색하고 있다는 건 시간이 많지 않다는 뜻이었다.

"그리고 위성 내비게이션 말고 지도를 이용해요."

그가 덧붙였다. 위성 내비게이션은 목적지를 지워도 복구가 가능했고 포는 브래드쇼의 동선을 최대한 오래 감추고 싶었다. 결국 저들은 그 가게를 찾아내고 대포폰 번호도 알아내겠지만 그들에게 단서를 주는 건 무의미한 일이었다. 그는 쇼핑백을 열고 아까 사둔 봉투와 우표첩을 꺼냈다. 그는 자기 블랙베리 전화기를 켜놓은 채로 봉투에 넣었다. 거기에 필요 이상으로 우표를 많이 붙인 뒤 아우터 헤브리디스의 스토너웨이에 있는 어떤 집에 도착하도록 적었다. 포는 그곳이 국가범죄수사국의 한 여직원이 휴가 때 쓰는 별장이어서 지금은 비어 있다는 걸 알았다.

포는 우편 체계가 스코틀랜드 최북단에서 어떤 식으로 작동하는지 잘 몰랐지만 빠르지는 않을 것 같았다. 워들이 그의 핸드폰으로 그를 추적한다면, 그가 북쪽으로 이동하고 있는 걸로 보일 터였다. 덕분에 몇 시간쯤 벌 수 있을지도 몰랐다.

포는 시간이 아주 중요해질 거라는 예감이 들었다.

모두가 바쁘고 플린은 그가 허드윅 농장에 가는 걸 바라지 않았으니, 그는 동영상을 다시 보기로 했다. 이번에는 리처드 블록스위치를 찾아보았다. 아까는 그를 보지 못해서, 포는 그가 감방을 나가 다른 죄수들과 교류하지 않았으리라 짐작했다. 긴급 상황이 지속되는 동안 그와 키튼은 분명 한 방을 공유했으리라.

포는 자기가 관심 있는 부분을 다시 보았지만 플린 말이 맞았다. 눈에 띄는 건 없었다. 포가 뒤로 감기를 눌러 다시 보려는데 워들이 녹색 방에 들어왔다. 그는 기분이 안 좋아 보였다.

"개는 어디 있나, 포?"

그가 쏘아붙였다.

"무슨 개요?"

"이 씨발놈의 개!"

워들이 소리치며 포가 갖고 있는 유일한 에드거의 사진을 들었다.

포가 예의 바르게 웃었다.

"그게 전부입니까, 워들? 원래 들어 있던 사진을 빼놓지도 않은 액자?"

"자네도 여기 있잖아, 이 인간아!"

포는 워들이 들고 있는 걸 보는 척했다.

"아닌데요. 전혀 나처럼 안 보이는데요."

그는 뒤로 기대며 웃음 지었다. 그는 에드거가 어디 있는지 워들에게 알리고 싶지 않았다. 빅토리아는 지금 이 어릿광대가 아니어도 충분히 정신없을 터였다.

"사실 포, 이게 전부가 아니야."

포가 그를 날카롭게 쏘아보았다.

"말해보시죠."

"자네 트레일러 말이야. 젖었던데. 최근에 씻은 것처럼 보인다고."

포가 일어섰다. 워들이 한 걸음 물러났다.

"저기 하늘에 커다랗고 회색에 구름처럼 생긴 거 보이십니까, 워들?"

포가 창문 쪽을 가리켰다.

"밤새, 오전 내내 비가 내렸거든요. 허드윅 농장에서 차가 두 대 들어가는 크기의 차고 봤습니까? 못 봤다고요? 그건 내가 트레일러를 밖에 두기 때문이죠. 그러니 씨부럴 젖는 게 당연하지!"

"어디 두고 보자고. 내 승진 소식 들었나?"

워들이 뻣뻣하게 말했다.

"글자 그대로 아무도 그 얘긴 안 하는데요."

워들 뒤에서 리그가 웃음을 참고 있었다.

워들이 말했다.

"내가 유성처럼˙ 떠오르기는 했을지 모르지만, 포. 내가 이 일을 잘 모른다고는 한순간도 생각하지 말라고. 자네가 집이라고 부르는 곳에서 엘리자베스 키튼과 자네를 연결하는 게 하나라도 나오면 자네는 평생 감방에서 썩어야 할 거야."

포가 하품하더니 기지개를 켰다.

"소행성이겠지요, 워들, 유성이 아니라. 유성은 대기권에 들어온 다음 불타는 공이 되어 지구에 충돌하는 겁니다. 불길하다고 할까요?"

그가 기억하기로 이것이 브래드쇼가 알려준 사소한 지식을 처음으로 써먹은 사건이었다.

워들이 복어처럼 몸을 부풀렸다. 금세 시뻘겋게 달아오른 이마에

- 한국에서는 주로 '혜성처럼'이라고 쓰지만 영어권에서는 '유성처럼 meteoric'이라는 표현을 쓴다. 포는 그 표현이 '과학적 사실'과 맞지 않는다는 틸리의 말을 기억했다가 써먹었다.

서 혈관이 불뚝거렸다.

"언제든 연락받을 수 있게 하라고, 포. 다시 불러들일지 모르니까."

"단숨에 달려가겠습니다요."

"머저리 자식."

워들이 투덜거리며 성큼성큼 바에서 나갔다.

워들 뒤에 있던 리그는 가지 않고 남아 있었다. 그는 기분이 좋아 보이지 않았다.

"저한테 하실 말씀 없습니까, 포 경사님."

공격적인 질문이 아니었다. 리그는 화해를 제안하는 것 같았다. 음, 그것참 안됐군. 워들에게는 저의가 있었다—승진 기회를 붙잡는 것. 그와 같이 일하는 사람은 누구든 신뢰해서는 안 되었다.

"아니, 없는데. 이제 가보게."

리그는 움직이지 않았다. 그는 부끄러움을 내비칠 정도의 양식은 있었다. 포는 마음을 풀었다. 아주 조금.

"하나 말해주지, 리그 형사. 이 게임에 끼고 싶으면, 자네가 인터뷰한 여자 몸에 왜 문신이 없었는지부터 자문해봐."

리그가 눈을 가늘게 떴다.

"문신이 있었어야 한다는 얘깁니까?"

"아니, 자네는 워들의 아첨꾼이 되는 대신 경찰이 되려고 해야 한다는 얘기야."

포는 노트북으로 주의를 돌렸다. 잠시 후 리그가 나가는 소리가 들렸다.

포는 위들이 들이닥쳤을 때 일시 정지를 누르는 걸 잊어버렸고, 동영상은 그가 브래드쇼, 플린과 함께 보던 지점보다 한참 뒤로 가 있었다. 교도소 휴게실은 비어 있었다. 죄수들은 아직 자기 방에 있었고 교도관들은 다른 곳에 배치되어 있었다. 포는 호기심에 더 빠르게 재생하면서 그들이 언제까지 그렇게 갇혀 있는지 보았다. 폭동이 있든 없든 아마도 언젠가는 식사를 위해 내보냈을 것 같았다.

처음 경보가 울린 것은 오전 11시 15분이었다. 그런 다음 일곱 시간이 지나서야 다시 문이 열렸다. 죄수들은 하나둘 감방에서 나와 그 구역을 벗어났다. 분명 저녁 식사를 할 시간이었다. 포는 키튼과 블록스위치가 감방에서 나오기를 기다렸다. 키튼은 한 교도관이 지나갈 때까지 그 방에 있었다. 그런 뒤 그는 교도관에게 딱 붙어서 시야에서 사라졌다.

낙담해 보이던 분위기가 사라졌다. 그는 웃고 있었다.

포는 아직 블록스위치를 보지 못했다. 그는 그 구역이 텅 비고 교도관이 그곳 문을 다 잠글 때까지 동영상을 보았다. 블록스위치는 자기 방에 없었던 것이었다. 이 사라진 회계사가 어디로 갔을지 궁금해져서, 포는 빠르게 감아서 죄수들이 돌아오는 장면으로 갔다. 이번에는 블록스위치도 같이 있었다. 그는 경보가 울렸을 때 그 구역에서 벗어나 있었던 게 분명했다. 그는 자기 감방으로 곧장 들어가더니 문을 닫았다. 키튼도 자기 방으로 돌아가서 문을 닫았다.

새로 찾은 자신감 넘치는 분위기는 여전했다.

블록스위치의 방에서 무슨 일인가가 일어났다. 포는 확신했다.

키튼은 그 방에 혼자 일곱 시간 동안 있었다.
그리고 거기서 나올 때 그는 웃고 있었다.

48

포는 키튼이 블록스위치의 감방에 들어간 게 그때가 처음인지 알고 싶었다. 다행히 메모리 스틱에 있는 동영상은 폭동 당일만 담고 있지 않았다. 포는 일주일 전으로 돌아가 확인했다.

그 기간 동안에도 키튼은 세 번이나 그 방에 찾아갔고, 두 사람은 친구는 아니어도 서로 아는 사이 같기는 했다. 두 사람은 이따금 서로 책을 바꿔서 보는 것 같았다.

포는 메인 바로 천천히 걸어가서 커피를 한 주전자 주문했다. 그는 그걸 자기 테이블로 가지고 갔다. 이번에는 동영상을 더 빠르게 감아, 폭동이 잠잠해진 다음 며칠에서 몇 주 뒤까지 돌려보았다.

포도 브래드쇼에게 확인해보라고 하겠지만 그냥 보이는 것만으로도 키튼은 폭동 이전보다 폭동 이후 블록스위치의 방에 더 많이 간 게 분명했다. 그렇다고 두 사람의 교류가 마찬가지로 늘어난 건 아니었다. 폭동 전에 블록스위치는 키튼의 감방에 이따금 책을 한 권 가져다주었는데, 폭동 후에는 키튼이 더 자주 방문해도 책을 가져다주지 않았다. 키튼이 블록스위치에게 부담스럽게 구는 것 같았다.

이런 일은 키튼이 사라질 때까지 이어졌다.

포가 메모장을 확인하니 이는 키튼이 병원에 있던 날짜와 맞아떨어졌다. 블록스위치가 자기를 괴롭히지 못하게 하려고 키튼을 찔렀던 걸까? 그는 그런 유형으로는 보이지 않았다. 솔직히 전형적인 회계사로 보였다. 안경 끼고 마른 체형에 반질반질한 대머리까지. 누군가에게 돈을 주고 시켰을 수도 있기는 했다. 지원자를 찾기가 어렵지는 않았을 터였다. 소년 같은 외모와 버릇없는 오만함, 수백 억에 달하는 은행 잔고 덕분에 키튼은 교도소에 들어서자마자 반감을 샀을 테니까. 아마도 그것 때문에 교도소 내 병동에서 최대한 오래 지내려고 했을 터였다.

중범죄분석섹션 사무실에 바로 확인해보니 블록스위치는 아직 펜턴빌 교도소에 있었다. 포는 특별 방문 담당 부서에 전화해서 이튿날 오후에 예약을 잡아놓았다. 길고 아마도 무익한 여행이 될 테지만 달리 방법이 없었다—사건이 그를 그곳으로 데려간.

포가 남쪽으로 가는 가장 좋은 루트를 따져보고 있는데 플린이 바로 걸어 들어왔다.

"등신 새끼들."

플린이 그의 옆에 앉으며 말했다.

"워들은 어디 있고?"

그가 물었다.

"틸리는 어디 있는데?"

플린이 받아쳤다.

"내가 심부름 하나 시켰어."

플린이 그를 쏘아봤다.

지금은 그의 경위에게 뭘 숨길 때가 아니었다. 포는 브래드쇼에게 무엇을 사다달라고 했는지, 자기 블랙베리를 어떻게 할 생각인지 말했다.

놀랍게도 플린은 고개를 끄덕였다.

"포, 무슨 일이 벌어지고 있는지 아는 척하지는 않겠지만, 그 자식들 거기서 정식으로 과학 수사를 하고 있어. CSI가 온갖 것들에서 샘플을 체취하고 있는데, 만약 누군가 당신을 함정에 빠뜨리려고 하는 거고 엘리자베스 키튼이 당신 농장에 있던 게 되도록 뭔가 심어놓았다면, 저 자식들이 납치 혐의로 당신을 기소하는 걸 막을 방법이 없어. 나도 밴 질도."

"결국은 살인까지 가겠지."

포가 덧붙였다.

플린이 끄덕였다.

"결국 살인까지 갈 거야."

일어서는 플린의 얼굴에 결의가 드러났다.

"좋아, 마실 걸 좀 가져올게. 뭔가 확실한 걸 찾을 때까지는 여기서 움직이지 않는 거야."

"워들 경감에게 우리가 발견한 걸 말하면 왜 안 되는지 다시 말해줄래요?"

브래드쇼가 물었다.

포는 애정 어린 미소를 지었다. 브래드쇼는 정직이 역효과를 낼 거라는 생각을 받아들이기 어려워하고 있었다.

그가 설명했다.

"우리한테는 증거가 없어요, 틸리. 워들의 관점에서 보면—그 인간한테 우리 방식으로 볼 이유가 없다는 걸 잊지 말아요, 그러면 갬블이 복귀한다는 뜻이 되니까—우리가 사태를 혼란시키려는 걸로 보일 거예요. 혹시 내가 기소될 때를 대비해 미리 변호할 준비를 하는 걸로요."

"변호할 준비요?"

"사건이 다르게 진행되었을 가능성을 보여주는 거죠. 배심원들은 검사 측 이야기와 다른 그럴듯한 대안이 있을 때 합리적인 의심을 받아들이는 경향이 있어요."

"그리고 어떻게 이 여자의 몸속에 엘리자베스 키튼의 피가 있는지 아직 설명할 수 없기 때문에 지금으로서는 우리가 그 싸움에서 이길 수가 없어요. 우리에게 있는 건 추측인데 그쪽에 있는 건 사실이니까."

플린이 덧붙였다.

브래드쇼는 상처받은 듯 보였다. 과학적 발견이라는 것이 안 되는 것들을 하나하나 기록해나가다가 결국 되는 것을 찾아내는 일이라고 확언했지만, 브래드쇼는 낙담했다. 포에게 그녀의 도움이 필요한데 브래드쇼는 애를 썼으나 답을 못 찾았다. 브래드쇼는 안경을 코 위로 밀어 올리고, 노트북을 편 뒤에 일에 뛰어들었다.

플린과 포는 작은 목소리로 논의를 계속했다.

"혈액을 설명할 수 없다면 남은 건 한 가지 방법뿐이야."

플린이 말했다.

포가 끄덕였다.

"그 여자를 찾아야 돼. 그러면 키튼의 계획은 무산되는 거야."

그 여자의 이름도 별 도움이 되지 않았다. 또 다른 수작이라고, 키튼의 법률팀은 엘리자베스 키튼이 그 조사실에 있었다는 걸 입증하는 DNA 프로필을 보여주면서 그렇게 말할 터였다. 포는 그 여자가 필요했고, 그 여자가 어떻게 혈액을 위조했는지 설명하게 해야 했다. 그게 아니면 그 무엇으로도 키튼을 이길 수 없을 터였다.

"내일 펜턴빌에 가려고."

포가 말했다.

플린이 찡그렸다.

"뭣 하러?"

포는 감방 CCTV 영상을 보다가 뭘 발견했는지 설명했다. 플린도 그걸 보더니 끄덕였다.

"확실히 기분이 달라지기는 했네. 내가 같이 가……."

플린이 동의하려는데 전화벨이 울려 말이 끊겼다. 플린은 그에게 화면을 보여주었다. 모르는 번호였다.

"플린 경위입니다."

플린이 대답했다.

포는 반쪽짜리 대화를 듣고 있었지만 플린이 달가워하지 않는 건 명백했다. 플린은 발신자에게 스피커폰을 써도 괜찮겠느냐고 물었다. 포가 자신을 밝혔다. 브래드쇼는 컴퓨터에서 고개를 들지 않았다.
"바버라 스티븐스 경감입니다."
자그마한 목소리가 말했다. 그 여자는 조르디 억양이 살짝 묻어났다. 뉴캐슬 사람들이 사랑하는 고향을 어쩔 수 없이 일정 기간 떠나 있으면 나타나는 그 부드러운 억양.
"나도 NCA예요. 포 경사, 교도소에 가서 리처드 블록스위치를 만나기로 예약했더군요. 왜 그 남자한테 관심을 보이는지 물어봐도 될까요?"
"컴브리아에서 다루는 사건에서 그 남자 이름이 나왔습니다."
"그럴 것 같지 않은데요. 리처드는 내가 아는 한 그쪽과 연관이 없어요."
"그 남자가 재러드 키튼하고 접촉했거든요."
포가 말했다.
"아. 딸을 죽인 그 셰프 말이군요. 그쪽으로 뭔가 벌어지고 있다는 얘기는 들었어요. 그래도 우리가 개입됐는지는 몰랐네요. 지역 경찰에서 해결할 일인 줄 알았는데요."
포는 지금 어떤 상황인지 설명했다.
한 세월이 흘러갔다고 느낄 만큼 지난 뒤 스티븐스가 말했다.
"당신에게 필요하다는 걸 이해 못하는 바는 아니지만요, 포 경사. 방문은 인가할 수 없을 것 같네요."
스티븐스 경감은 자기가 국가범죄수사국의 어느 파트에 있는지 말했다. 그러자 블록스위치의 사건이 왜 보도 제한이 걸려 있는지 이해되었다. 포는 자기들의 우선순위가 더 높다고도 주장할 수 없었다―그렇지 않은 게 거의 확실했으니까. 국가범죄수사국에서 맡은 사건들은 하나같이 중대했다.

어떤 건 어마어마하게 큰 사건이었다.

스티븐스가 말했다.

"하지만 필요한 게 뭔지 말해주면 내가 직접 가서 그 남자를 만나보죠. 그가 도울 수 있는 게 있는지 들어볼게요."

포의 암울한 기분이 나아졌다. 이건 사실 더 좋은 상황이었다. 스티븐스는 이미 블록스위치와 관계를 맺은 터였으니 뭔가 발견할 가능성도 더 컸다. 포는 자기들이 CCTV에서 뭘 보았는지 설명했다. 스티븐스는 자기도 살펴본 다음 두 사람에게 연락하겠다고 했다.

브래드쇼가 그 동영상을 압축 파일로 이메일에 첨부해 보냈다. 그들은 초조하게 30분을 기다렸다. 아무도 말을 하지 않고 있던 터라, 막상 플린의 전화벨이 울렸을 때는 모두 놀라서 펄쩍 뛰었다. 플린은 다시 스피커폰을 켰다.

스티븐스가 말했다.

"나도 동의해요. 그쪽 타깃이 블록스위치의 감방에서 뭔가를 본 것처럼 보이네요. 그런데 좀 이상하군요. 그 방에는 밀수품도 없는데요."

"어떻게 확신하시죠?"

포가 물었다. 죄수들은 물건을 숨기는 데 천재적인 능력을 보였다. 그런 이유로 핸드폰이 그렇게 문제가 되는 것이었다.

"확실하니까요."

논쟁을 받아들이지 않는 어조였다.

포는 경감이 말해주지 않는 게 무엇인지 궁금했다. 스티븐스는 블록스위치의 중요성을 깎아내렸다. 그냥 흔하디흔한 부패 회계사라고 하면서. 다만 앞뒤가 맞지 않는 부분이 있었다. 부패한 회계사들은 교도소에서 주기적으로 감시해야 하는 인물이 아니었다. 더구나 포화된 교도소에서 혼자 쓰는 방을 얻지도 못했다. 어쩌면 그는 더 큰 사기 사건의 일부분일지도 몰랐다. 어쩌면 더 큰 사기 사건에 증언을 하는지도 모르고.

더 생각해봐야 의미는 없었다. 국가범죄수사국은 각 파트가 서로 분리되어 기능했고 각각의 보안 등급도 달랐다. 크게 볼 때 중범죄분석섹션은 거의 바닥에 가까웠다. 밴 질조차 스티븐스의 팀이 무얼 하는지 알지 못할 터였다.

"오늘 이따가 내 남편 트레버랑 런던에서 만날 예정이에요. 오늘 밤에 리처드를 만나보고 내일 연락드리죠."

스티븐스가 말했다.

"오늘 밤이요. 저희는 아무도 자지 않을 겁니다."

플린이 말했다.

"그럼 오늘 밤이요."

스티븐스가 동의했다.

49

스티븐스는 말한 대로 했다. 그녀가 전화했을 때는 밤 11시가 다 된 시각이었지만 세 사람은 아직 깨어 있었다. 셋은 8시에 저녁을 먹고 계속 일했다.

브래드쇼는 점점 더 분노했다. 문제를 받았는데 그걸 풀 수가 없다고 느껴진 탓이었다. 브래드쇼는 자동차 열쇠를 잃어버린 사람들처럼 중얼거렸다.

"어떻게 할 수 있었을지 도무지 모르겠어요. 최신 기술의 합성 혈액으로도 법과학자들을 속일 수는 없거든요, 포."

브래드쇼가 얼굴을 찡그렸다.

젠장. 다들 그렇게 말하기는 했지만 포는 브래드쇼라면 그 문제를 해결할 거라고 가정했다. 이제는 그녀도 다른 사람들과 같은 말을 했다. 포는 다른 사람들 말은 안 믿었지만 브래드쇼는 믿었다.

하지만 포는 자기 생각이 맞다는 것도 알았다.

이중 사고.

그러다 보니 스티븐스의 전화는 구원이었다. 그 무엇보다 기이한 문제에서 벗어나 쉬는 시간.

"별다르게 도움이 되는 건 없는 것 같네요. 리처드는 키튼을 알았지만 서로 친구는 아니었어요. 두 사람 다 책을 읽었고 각자 취향은 달랐어도 교도소의 장서는 제한되어 있으니까요. 두 사람은 자기들이 가진 책을 공유했어요."

"폭동 이후에 키튼이 블록스위치를 더 자주 방문했다고 하던가요?"

"그래요. 이유는 모르겠다던데요."

"그의 감방에 키튼이 관심을 보였을 만한 불법적인 건 없었고요?"

"절대 없어요."

또 느슨한 매듭인가······.

혹시······ 혹시 그들이 이걸 엉뚱한 각도에서 보고 있는 거라면. 그들은 젊은 여자를 찾고 있었고, 포는 밀수품은 아니지만 죄수들이 숨기는 물건을 하나 알고 있었다.

가족사진. 때때로 죄수들은 다른 죄수들이 보지 못하게 가족사진을 숨겨놓았다. 특히 사진에 아이들이나 젊은 여자가 있을 때는 더 그랬다. 누구도 자기가 사랑하는 사람이 남의 자위 은행에 들어가기를 바라지는 않았다.

"그 남자 감방에 들어가보셨죠?"

포가 물었다.

"그래요."

"그 남자 가족사진이 눈에 보이는 데 있던가요?"

한동안 침묵이 흘렀다.

"아."

스티븐스가 말했다.

"바로 그겁니다."

포가 말했다.

"게다가 그 남자한테 딸이 있어요. 클로이라고. 이제 20대 초반이 겠네요."

"블록스위치한테 숨겨놓은 사진이 있는지 확인하는 데 얼마나 걸릴까요, 경감님? 엄청 중요한 일이라서요."

플린이 말했다.

"오래 걸리지는 않을 거예요. 자기도 쉽게 꺼내볼 수 있어야 할 테니 단순한 방법으로 숨겼을 거예요."

스티븐스는 다음 날 교도소가 열자마자 수색해보겠다고 약속했다. 사진이 있으면 오전 중에 가장 먼저 사본을 보내겠다고 했다. 포는 고맙다고 했지만 그게 필요할 것 같지는 않았다. 브래드쇼가 이름을 알았으니 클로이 블록스위치를 소셜 미디어에서 찾아낼 터였다.

온라인에는 수많은 클로이가 있을 테지만 그들에게는 이점이 있었다. 그들이 이미 그 여자의 생김새를 알고 있을 가능성이 있었으니까. 죽은 여자를 사칭해서 컴브리아에 나타났던 바로 그 여자일 가능성이……

○ ○ ○

포와 플린은 브래드쇼를 기다리는 동안 대포폰 세 대에 프로그램을 넣었다. 그것들은 싸고 허접하고, 정확히 그들에게 필요한 물건이었다. 만약 포가 모습을 감춰야 되면, 그걸 써서 세 사람은 아무도 기지국을 이용해 위치를 추적하거나 엿듣지 않는 상황에서 통화할 수 있을 터였다.

하던 일을 하면서도 브래드쇼는 보안을 유지하려면 무엇을 더 해야 하는지 일러주었다.

"음성사서함을 이용해도 안 되고 문자를 보내도 안 돼요. 둘 다 복구할 수 있거든요."

브래드쇼는 화면에서 눈을 떼지 않고 말했다.

"그쪽에서 이 전화기를 모르니까 전원을 끄고 배터리를 빼놓고 있을 필요는 없어요…… 혹시 메시지를 받으면, 한 대나 아니면 세 대가 전부 발각되었다고 가정해야 해요. 그때는 배터리를 빼고 파괴하세요."

"말은 여기에다 대고 하는 거죠?"

포가 물으며 대포폰의 마이크 부분을 가리켰다.

"지금 장난하는……!"

브래드쇼가 포의 얼굴을 봤다.

"아, 나 놀리는 거군요. 하-하-하."

"쓸데없는 짓 그만둬."

플린이 말하며 포가 음성사서함 기능을 찾지 못해 이것저것 누르고 있던 전화기를 가져갔다. 플린은 세 사람에게 필요하지 않은 기능을 전부 꺼버리고 세 대를 모두 가까운 콘센트에 꽂았다.

플린이 물었다.

"혹시 필요해지면 가 있을 데 있어? 복잡한 데는 말고, 포. 잠적한 성범죄자들 추적하던 경험으로 단순한 게 최선이라는 걸 알아. 전에 가본 적 없는 곳. 거기 가 있어. 길에서 떨어져 있고."

포는 아무 말도 하지 않았다. 플린의 '단순한 게 최선'이라는 말은 스티븐스가 한 말과 공명하는 지점이 있었다. 스티븐스는 블록스위치가 가족사진을 아마도 '단순한 기술'을 써서 숨겼을 거라고 말했다.

단순한 방법이라······.

혈액 수수께끼를 풀려고 써본 방법은 모두 첨단 기술이었다. 유전자 분할이니 합성 혈액이니 하는 것들. 포는 지금까지 고집을 부렸지만 이제는 전문가의 말에 귀를 기울여야 할 때인지도 몰랐다—한 사람의 혈액을 다른 사람의 혈액으로 바꿔치기하는 첨단 기술은 없다는 것.

그리고 그런 방법이 있을 이유가 뭐가 있는가?

키튼은 이 계획을 교도소에서 짰고 더군다나 과학자도 아니었다. 요리사였다. 그렇다. 똑똑하기는 했지만, '감방에서 인간 유전자를 고쳐 쓸 수 있는' 수준으로 똑똑하지는 않았다.

그들은 '단순한' 해법을 찾아봤어야 했다.

포가 이런 새로운 변수를 브래드쇼에게 말하려고 할 때, 브래드쇼가 평소답지 않은 행동을 했다. 욕을 한 것이다.

"아, 이런 썅."

플린과 포 둘 다 몸을 기울여 브래드쇼의 화면을 들여다보았다. 브래드쇼는 페이스북과 핀터레스트에도 가보았지만 그 여자를 발견한 것은 인스타그램에서였다. 클로이 블록스위치는 온라인에 남은 자기 흔적을 지우려고 했지만 다른 사람들이 본인 계정에 올린 것까지 지울 수는 없었다.

사진은 밤에 어떤 술집에서 찍은 것이었다. 찍힌 사람 모두 눈이 악마같이 새빨갰다. 취한 밤이었다. 상관없었다. 이미지는 여권 사진처럼 또렷했다.

클로이는 앞쪽의 가운데에서 양팔을 또래로 보이는 남자애에게 걸치고 있었다. 남자애 이름은 네드였고 사진이 올라온 것은 그의 계정이었다. 아래에는 이렇게 쓰여 있었다.

"나 이 씨× 계집애 졸× 사랑해!"

포는 앨스턴 도서관에 걸어 들어오던 여자를 몇 시간이나 뜯어보았기에 곧바로 알아보았다. 의심이라고는 전혀 없었다. 머리도 경찰 인터뷰 도중에 했던 것과 같이 살짝 갸웃하고 있었다. 심지어 머리카락도 왼쪽 귀 뒤로 넘기고 있었다.

포는 노트북을 응시했다―엘리자베스 키튼을 사칭하고 있는 여자를.

재러드 키튼을 풀어주고 그 과정에서 포의 인생을 파괴하려고 하는 여자를.

그 여자는 천사처럼 보였다.

열 세 번째 날

50

한 걸음 나아가고 두 번 걷어차인 듯 물러나고. 세 사람이 아침을 먹는데 플린이 그 두려운 전화를 받았을 때가 바로 그런 느낌이었다.

전화한 사람은 갬블이었다. 그는 포에게 전화했지만 포의 전화기는 묵음으로 설정된 채 완충재를 넣은 봉투에 들어가 있었다.

플린은 말을 끊지 않고 들었고 얼굴이 점점 굳어갔다. 이윽고 그녀가 말했다.

"고맙습니다. 이언."

플린은 전화를 끊고 포와 브래드쇼를 마주 보았다.

"보아하니 갬블 경정은 아직 경찰에 아군이 있는 모양이네. CSI가 당신 사륜 바이크의 트레일러에서 혈흔을 발견했대. 그쪽에서 DNA를 서둘러 확인하고 있지만 워들은 오늘 아침에 보석 불가 영장을 신청하러 켄들 치안판사 법정에 갈 거라네."

포가 물었다.

"보석을 허가하지 않는다고? 그건 믿기 어려운데. 혈흔만으로는 부족할 텐데. 자세히 뜯어보면 거의 무엇에든 피는 묻어 있다고."

"워들은 당신이 그걸 지우려고 했다고 주장하고 있어."

"비가 오고 있었고 난 그걸 바깥에다 둔다고! 내가 썩을 그 자식한테 말도 했다니까."

플린이 한 손을 들자 포의 분노가 푸시식 식었다. 이건 플린의 잘못이 아니었다. 그리고 워들은 딱 그가 할 법한 일을 그대로 하고 있었다―자기가 원하는 걸 확실하게 얻기 위해 영장부터 발부하는 것.

망할.

포는 시간이 좀 더 있기를 바랐다. 경찰들은 대개 사전 협의에 따라 체포되었다. 정해진 시간에 자기 변호사를 대동하고 경찰서에 출두했다. 극적인 일도 난리법석도 없었고, 다른 무엇보다, 지루해진 법원 담당 기자들이 엄지손가락을 빙글빙글 돌리며 스캔들이 일어나기를 바라는 공개 법원에 보석 불허 영장을 신청하는 일은 없었다. 보석 불허 영장이 경찰에게 발부되는 것은 한 시간 내에 인터넷을 강타하고 그날 오후면 모든 지역 황색 신문들의 1면을 장식하는 사건이었다.

물론 이것도 워들이 의도한 바였다.

포는 그 피가 누구의 것인지 몰랐고, 아마도 에드거의 피일 테지만―그 산만한 스패니얼 녀석은 걸핏하면 몸에 생채기를 냈다―엘리자베스 키튼의 피일 가능성도 배제할 수는 없었다. 있을 수 없는 일인데도 그 여자의 피는 클로이 블록스위치의 혈관에도 들어가 있었으니, 그의 트레일러에 묻어 있을 수 없다고 생각하는 건 순진한 짓이었다.

그리고 포는 결과가 어느 쪽인지 알아내기 위해 기다리는 위험을 감수할 수 없었다.

플린은 달리 방법이 없었다. 밴 질에게 알려야 했다. 브래드쇼가 다시 영상회의를 준비했다.

"알아낸 게 뭔가?"

밴 질이 단도직입적으로 물었다.

플린이 말했다.

밴 질 부장이 침묵에 잠겼다. 포는 밴 질로서 고려할 점이 많다는 걸 알았다. 국가범죄수사국은 대중 및 여타 기관에게 신뢰받고 있을 때 가장 효과적으로 기능할 수 있었다. 밴 질은 포를 내버리지는 않겠지만 할 수 있는 일에 제약이 많을 터였다.

"자네들이 이제까지 발견한 걸 제시한다고 워들 경감이 마음을 바꿔먹을 거라고 생각하지는 않는 거겠지?"

그가 이윽고 말했다.

플린이 대답했다.

"그렇습니다, 부장님. 게다가 괜히 이쪽 패만 드러낼 소지가 있습니다. 우리가 클로이 블록스위치에 관해 안다는 걸 키튼이 알게 되면 절대 그 여자를 찾지 못할 겁니다."

밴 질이 턱을 쓸었다. 그는 면도할 시간이 없었고 하루 지난 수염에서 나는 꺼끌거리는 소리가 스피커를 통해 들려왔다.

"워들은 여기에 올인하고 있습니다. 갬블의 자리를 노리고 있고, 포가 개입됐다는 가설에서 한 걸음이라도 물러나는 건 워들에게 재앙이 될 겁니다."

플린이 덧붙였다.

"컴브리아 청장 집 앞에 언론이 진을 치고 있네. 보석 불허 영장 소식이 뉴스에 나오면 청장으로서도 철회할 수 없는 입장이 될 거야. 아마 워들이 이렇게 공개적으로 나선 것도 그래서겠지. 청장을 자기와 한배에 태우려고."

밴 질이 말했다.

"바로 그겁니다, 부장님. 이러면 워들은 자기 카드를 동시에 다 보여주는 게 될지 모르지만, 그의 패가 강력한 건 사실입니다."

플린이 말했다.

"어떻게 하는 게 좋겠나, 플린 경위? 이건 내가 건드릴 수 있는 문제가 아닌 것 같은데."

"공식적으로 우리는 이 문제에 대해 들은 바가 없는 겁니다, 부장님. 갬블 경정은 그냥 포가 무고하다고 믿기 때문에 알려준 겁니다. 워들이 아는 한 보석 불허 영장은 아직 중대한 비밀이죠. 저는 우리가 계속 아무것도 모르는 것처럼 하는 게 좋을 것 같습니다. 공식적으로 우리는 모르는 상황이니까요."

"그 여자를 찾을 수 있을 것 같나?"

플린이 끄덕였다.

"그렇습니다, 부장님. 우리 쪽의 다른 팀에서 다루고 있는 사건과 그 여자가 연관되어 있어서 활용할 수 있는 정보가 있습니다."

밴 질은 그 다른 팀이 누군지 묻지 않았다. 바버라 스티븐스 경감에 관해 알고 있는 게 틀림없었다. 포는 놀라지 않았다—밴 질의 위치까지 운으로만 올라갈 수는 없는 법이었으니.

밴 질이 물었다.

"혈액은 어떻게 하나? 클로이 블록스위치를 찾지 못하면 혈액이 어떻게 뒤바뀌었는지 설명해야 할 텐데."

그가 브래드쇼를 바라보더니 말했다.

"미스 브래드쇼, 내가 알기로 이건 과학적으로 불가능한 일이지 않은가."

브래드쇼는 계급을 존중한다는 개념을 이해하지 못했다. 과학이 반박당할 때는.

브래드쇼가 조롱하듯이 혀를 내밀고 부에에 하고 불었다.

"과학은 단순히 결과가 아니라고요, 에드워드 밴 질 부장님. 그건 노력도 가리키는 거예요. 발견은 그 결과로 나오는 것일 뿐이에요. 과학은 과정이고, 이론이고, 가설이에요."

밴 질은 대답하지 않았다. 입을 부우우 하고 부는 것에 과학 연설이 더해지면 누구라도 입을 다물게 마련이었다.

브래드쇼가 말을 이었다.

"메타 데이터 자체는 그게 과학적으로 불가능한 일이라는 걸 암시하지만, 아시다시피 메타 데이터는 존재하는 모든 데이터를 포괄하는 게 아니거든요."

"그런가?"

밴 질이 말했다.

브래드쇼가 열정적으로 고개를 저었다.

"아니에요. 클로이 블록스위치 몸에 엘리자베스 키튼의 혈액이 정말 있었기 때문에 그건 과학적으로 가능한 일일 뿐 아니라 밝혀낼 수도 있는 일이에요. 그럴 수밖에 없어요—실제로 일어난 사실이니까요. 제가 어떻게 된 일인지 알아낼 거예요, 에드워드 밴 질 부장님. 저는 포를 실망시키지 않을 거예요."

"음…… 좋아. 계속하게."

밴 질은 브래드쇼에게 연설을 들은 뒤에 모두가 짓는 그 어리벙벙한 표정을 지었다.

포가 웃더니 브래드쇼를 향해 양손 엄지손가락을 들어 보였다. 그 순간 그가 등 뒤를 맡기고 싶은 사람은 오직 브래드쇼뿐이었다.

밴 질이 결론을 내렸다.

"포 경사를 체포하라는 영장이 발부됐다는 걸 내가 공식적으로 전달받으면 NCA는 당연히 컴브리아의 동료들을 최대한으로 보조할 걸세. 그때까지 우리는 서로 얘기하지 않은 거네."

플린이 끄덕였다.

밴 질이 덧붙였다.

"그리고 포는 여기서 빠지는 거네, 플린 경위. 자네와 젊은 브래드쇼는 포 없이 이 일을 해내야 해. 포, 자네에게 주어진 유일한 일은 워들 경감이 있는 곳이 어디든 거기 서 있지 않는 거야. 자네가 듣고 싶은 말이 아니라는 건 나도 알지만 이건 협상이 아니네."

포가 화면을 노려보았다.

"이게 문제가 되지는 않겠지, 포?"

포는 대답하지 않았다.

플린이 부장에게 지친 웃음을 지었다.

"부장님, 문제가 되면 이 친구는 분명 입이 근질거려서 가만히 못 있을 겁니다."

"더럽게 웃겨, 스테프."

포가 중얼거렸다.

"합의한 건가, 포?"

밴 질이 물었다.

포는 침묵했다.

"포?"

밴 질이 다시 물었다.

"그렇습니다, 부장님."

"뭐가 그렇다는 거지?"

"플린 경위와 틸리에게 사건을 맡기는 데 합의한다는 말씀입니다."

"잘됐군."

51

10분 뒤에 포는 길에 있었다. 비는 그쳤으나 구름은 오히려 더 낮아졌다. 포는 그동안 몰던 작은 렌터카를—워들이 모르는 바로 그 차를—몰고 그가 알기로 CCTV가 없는 가장 가까운 우체통으로 가서 미리 포장해둔 블랙베리를 부쳤다. 지금부터 가짜 흔적을 남기기 시작하는 편이 나을 터였다. 그런 뒤 포는 유턴해서 허드윅 농장으로 향했다. 집에 가는 것은 아니었다. 포는 그 동네에 근거지로 삼을 곳이 필요했고 자기에게 빚을 진 사람을 알고 있었다…….

플린은 길가에서 기다렸다. 그가 가 있으려는 데가 얼마나 고립된 곳인지 확인하고 싶어서였다. 또 혹시 필요해지면 그곳에 서둘러 갈 수 있는 방법도 알아두어야 했다. 플린은 대포폰은 가지고 있었고 업무용 핸드폰은 브래드쇼에게 맡겨두고 왔다. 마치 그들이 제이슨 본 영화에 나오는 것 같았다. 그토록 심각한 상황이 아니었더라면 재미있었으리라.

포는 플린을 지나쳐 진흙투성이 농장 길을 따라 이동했다. 포는 주차하고 차에서 내렸다. 플린도 똑같이 했다.

지난번에 그 뜰에 갔을 때는 차가 네 대 있었다. 이제는 두 대뿐이었다. 토머스 흄의 메르세데스 벤츠와 빨간색 포드 포커스.

포가 문을 두드렸다. 플린은 그의 옆에 섰다.

빅토리아 흄이 나왔다. 청소하는 중인 듯 보였다. 머리카락은 매듭지어 묶고 소매는 걷어 올렸으며 노란색 고무장갑을 끼고 있었다.

"워싱턴. 에드거 데리러 오셨나요?"

빅토리아가 말했다.

플린이 눈썹을 치켜올리고 포를 쳐다봤다.

"워싱턴?"

포는 어깨를 으쓱하고 살짝 얼굴을 붉혔다. 플린은 그가 이름의 배경을 알게 되었다는 걸 몰랐다. 플린이 아는 한 그는 아직도 그 이름을 싫어하는 쪽이었다.

빅토리아가 플린 쪽을 초조하게 흘깃거렸다. 포는 왜 그런지 알았다. 자기 아버지가 포에게 부당한 일을 했는데 그의 옆에 어떻게 봐도 변호사처럼 생긴 여자가 가느다란 세로 줄무늬 정장 차림으로 서 있었던 것이다.

"도움이 좀 필요해요."

포가 말했다.

두 사람을 소개한 뒤 포는 아무도 모르게 지낼 장소가 필요하다고 설명했다. 그렇다고 불법적인 일을 하는 것은 아니고 언제든 그에게 나가라고 할 수 있다고도 덧붙였다.

빅토리아는 두 사람을 안으로 들여 부엌으로 인도했다. 부엌은 컸고 아가 난로 덕분에 따뜻했다. 차고 문 크기의 참나무 탁자가 방의 중심을 차지하고 있었다. 주전자에서 차가 이미 우러나고 있었고, 빅토리아는 세 컵을 따랐다.

빅토리아는 통찰력 있는 질문을 몇 개 던졌고, 두 사람은 그중 몇몇에는 대답했지만 몇몇에는 대답할 수가 없었다. 마지막으로 포는 만약 불편하면 도와야 한다는 의무감을 느낄 필요는 없다고 했다.

"상황을 생각하면 제가 하는 게 최소한의 도리인 것 같네요."

빅토리아가 말했다.

이번에도 플린은 혼란스러워하며 포를 보았다―포에게 새로 생긴 주거 문제도 몰랐던 것이다.

"고맙습니다."

플린이 말했다.

"머무르고 싶은 만큼 머물라고 하셔요. 괜찮은 분인 것 같아요."

"아, 그건 이 친구를 아직 잘 모르셔서 그래요."

포가 작게 중얼거리는데 플린의 전화벨이 울렸다. 포는 바짝 긴장했으나 그게 대포폰이고 전화한 사람이 브래드쇼일 수밖에 없다는 게 떠올랐다.

플린이 귀 기울여 들었다. 얼마 안 가서 플린은 얼굴을 찌푸렸다.

플린이 전화기를 살짝 내리며 말했다.

"틸리야. 요청한 보고서 이메일로 보냈다는데."

"무슨 보고서?"

포가 물었다. 그는 아직 받지 않은 자료가 있었는지 기억나지 않았다.

"무슨 보고서예요, 틸리?"

플린이 물었다. 플린은 포를 다시 쳐다봤다.

"트러플이랑 관련된 거라는데?"

아무렴. 포는 키튼이 어떻게 트러플 숲을 발견했는지 신경이 쓰였는데 더 급한 일들이 생기는 바람에 제쳐두고 있었다.

"시간 날 때 읽어보겠다고 해줘."

플린이 포의 말을 옮겼다. 플린은 인상을 쓰더니 포에게 '왜 나한테' 하는 표정을 지었다.

"그래요, 틸리. 이제 끊어도 돼요."

플린이 한숨을 내쉬었다.

플린이 간 뒤에 빅토리아는 포에게 그가 쓸 방을 보여주겠다고 했다. 그곳은 오래된 부속 건물이었다. 간소하지만 편안한 곳이었다. 더블베드 하나, 침대 머리맡에 놓는 탁자 하나, 옷장 하나가 있었다. 건물은 농막 본채에 붙어 있었지만 분리된 출입문으로만 들어갈 수 있었다. 포는 농장 노동자들을 위한 곳이었으리라 짐작했다. 그곳은 잠자는 것 외에 별다른 용도가 없는 방이었다.

"에드거 데려다줄게요."

빅토리아는 과하게 흥분한 녀석과 함께 돌아오면서 종잇조각도 하나 건넸다.

"와이파이 비밀번호예요."

빅토리아가 설명했다. 그녀는 옆에 있는 벽을 건드렸다.

"신호가 여기를 통과할 만큼 강할 거예요."

포는 고맙다고 했다.

그는 브래드쇼가 빌려준 태블릿을 펼쳤다. 태블릿은 이미 사용할 수 있도록 설정되어 있었다. 그는 와이파이 번호를 넣었다. 신호는 강력했고 브래드쇼의 이메일은 금방 다운로드되었다.

문제가 있었다.

포는 형사로 오랫동안 재직하면서 단순한 출동 건이 때로는 집에서 72시간 동안 떨어져서 지내는 장기 근무로 변할 수 있다는 걸 알았다. 섹션에서는 일이 좀 더 차분하게 진행되기는 했지만 포는 '비상용 가방'을 준비해두는 습관을 버린 적이 없었다. 포는 컴브리아로 돌아오자마자 가방을 싼 다음 그걸 렌터카 트렁크에 넣어두었다. 문제는 짐을 기계적으로 쌌다는 점이었다. 물병, 보존식, 여분의 옷, 손전등과 배터리, 감식용 장갑 등 범죄 현장에서 오래 머무를 때 필요할지 모르는 것들이었다. 그가 늘 싸던 그대로.

그는 독서용 안경은 싸지 않았다. 아직 버릇이 들 정도로 안경을 쓴 지가 오래되지 않았던 것이다. 포는 재킷의 위쪽 주머니를 확인해봤지만 안경이 없는 것은 알고 있었다. 샙 웰스 호텔의 녹색 방을 떠날 때 테이블 위에 올려놓은 게 떠올랐다.

제길.

글자는 그가 읽기에 너무 작았고, 브래드쇼가 손가락으로 한 것처럼 꼬집어서 확대하려고 해봐도 아무 일도 일어나지 않았다. 그는 짜증이 나서 태블릿을 침대에 던져버렸다.

벽 반대편에서 희미한 소음이 들려와 그가 그 건물에 있는 유일한 사람이 아니라는 걸 상기시켰다. 빅토리아더러 브래드쇼의 이메일을 인쇄해달라고 하면, A4 문서는 눈을 가늘게 뜨면 어찌어찌 읽을 수 있을 터였다.

하지만 샤워가 우선이었다.

빅토리아는 그가 문을 두드리고 부엌으로 들어가자 미소를 지었다. 청소를 마치고 음식을 하고 있었다.

"혹시 일찌감치 점심 같이 먹지 않으려나 해서 가보려고 했어요, 워싱턴. 어젯밤에 만든 태티 폿*이 남아서 데우고 있거든요."

포는 아침을 안 먹은 지가 오래됐다고 말하려고 했지만 위장이 뇌를 굴복시켰다. 마지막으로 태티 폿을 먹은 지도 제법 되었다.

"그거 좋죠, 빅토리아. 고마워요."

포가 탁자에 자리를 잡자 빅토리아가 음식을 넉넉하게 담아주었다. 포는 몸을 숙여 강한 향을 들이마셨다. 천국의 냄새였다. 그는 번들거리는 새끼 양, 진한 블랙 푸딩, 얇게 썬 금색의 감자를 한 숟가락 퍼서 입에 넣었다. 눈을 감고 한숨을 쉬었다. 음식은 맛있었다―벌리스 앤드 슬로에서 먹은 그 어떤 요리보다 훨씬 나았다. 얼마 안 가서

• 양고기와 블랙푸딩, 감자와 채소 등을 넣고 오븐에 조리하는 요리. 태티는 스코틀랜드 방언으로 감자를 가리킨다.

포는 그릇을 싹 비웠고 빅토리아가 더 채워주었다.

포는 세 그릇을 먹고 만족했다. 빅토리아가 그와 자신에게 차를 한 잔씩 따라주었다. 두 사람은 이완된 침묵 속에서 차를 마셨다.

얼마 후 포가 말했다.

"당신 아버지한테 프린터가 있었나요, 빅토리아? 태블릿에 읽어야 할 문서가 좀 있는데요."

"아뇨, 없었어요. 아빠는 농장 계좌를 관리하기 위한 와이파이만 설치하셨어요."

망할.

빅토리아는 그가 실망한 것을 알아챘다.

"하지만 나중에 켄들에 갈 거예요. 거기서 인쇄해줄 수 있어요."

포는 고개를 저으며 고맙다고 했다. 그건 트러플에 관한 보고서였다. 뭐 얼마나 중요하겠는가?

두 사람은 침묵으로 빠져들었다. 잠시 후 포가 말했다.

"당신은 나에 관해 많이 알죠—음, 적어도 임박한 주거 문제에 관해서는요—그런데 나는 당신에 관해 아무것도 모르네요."

"별로 할 얘기도 없는걸요."

포는 편안한 의자에 앉아 빅토리아가 농장에서 보낸 어린 시절 이야기를 들었다. 빅토리아도 다른 자매들도 고원 농업이라는 가족의 전통을 이어가고 싶어 하지 않았을 때 토머스가 얼마나 실망했는지. 빅토리아는 집을 가장 늦게 떠났지만 가장 멀리 가버렸다. 데본 카운티의 처들리로 가서 교사가 되었다.

"난 거기가 무척 맘에 들지만, 돌아오고 나니 다시 떠나고 싶은지 잘 모르겠네요. 그때는 고원 농사가 끌리지 않았지만 이제는 나이도 들었고요. 어쩌면 내가 할 수 있는 일인지도 몰라요. 아빠의 유산을 이어받아서."

포는 그게 무슨 뜻인지 알았다. 컴브리아는 여타 카운티들과는 달리 내면 깊은 곳으로 스며들었다. 특히 인생의 봄에 해당하는 젊은 시절이 지나가고 삶의 우선순위가 바뀌었을 때는 더 그랬다.

"아무튼 인쇄해야 할 서류라는 게 뭔데요?"

빅토리아가 물었다.

포는 보고서에 관해 말하고 독서용 안경이 없다고 이야기했다.

"오늘 오후에 안경 좀 사다놓을게요. 하지만 아빠한테 데스크톱 컴퓨터가 있었어요. 나한테 그 문서를 이메일로 보내면 더 큰 화면에서 볼 수 있을 거예요."

포는 주저했다. 지하에 사는 버섯에 관한 보고서에 뭔가 기밀이 있을 것 같지는 않았고 암호화된 파일을 보안이 되지 않는 네트워크에 보내는 것은 허용된 일이 아니었다. 브래드쇼가 그 이유를 말해준 적이 있었다. 듣자 하니 트로이의 목마*와 관련이 있다고 했다. 그는 브래드쇼가 말을 끝내기 한참 전에 딴생각으로 빠져서 그리스 신화에 나오는 전술이 이메일을 보내지 못하는 것과 무슨 상관인지 여

• 여기서 말하는 트로이 목마는 바이러스, 악성 프로그램에 관한 것이다.

전히 몰랐지만, 브래드쇼가 하는 말이 신뢰할 만하다고 생각했다.

"그럴 수가 없을 것 같네요."

포는 떠오른 생각에 얼굴이 밝아졌다.

"하지만 당신이 읽어주는 건 괜찮아요."

52

빅토리아가 문서를 읽더니 어리둥절해하며 고개를 들었다.

"트러플에 관한 보고서네요."

포는 그게 트러플에 관한 보고서라는 걸 알고 있었다. 그가 요청한 것이었으니까.

"뭐라고 되어 있죠?"

빅토리아가 태블릿으로 여러 페이지를 넘기며 보았다.

"데이비드 애튼버러 David Attenborough* 스타일로 할까요?"

"안 될 것 없죠?"

포가 씩 웃었다. 빅토리아 흄은 재미있는 여자였다······.

"투버 아에스티붐, 혹은 서머 트러플이나 블랙 서머 트러플로 알려진 버섯은 영국에 자생한다. 숙주가 되는 나무의 뿌리와 공생 관계를 맺는 균근이다."

포가 인상을 썼다.

• 영국의 유명한 자연사학자, 생물학자, 다큐멘터리 내레이터. BBC의 자연사 파트와 함께 오랫동안 다큐멘터리 〈더 라이프 The Life〉 시리즈를 찍었다.

"균근이요?"

"상어 옆구리에 들러붙어서 깨끗하게 청소해주는 물고기 알아요?"

포가 끄덕였다.

"균근은 기본적으로 그건데, 식물에 해당하는 거예요."

빅토리아가 마지막 페이지로 넘겼다.

"미스 머틸다 브래드쇼에 따르면…… 세상에, 이 사람 박사 학위가 한두 개가 아니네요……. 트러플은 나무에서 분리된 식물 세포를 먹고 살아요."

빅토리아가 좀 더 읽었다.

"기본적으로 흙과 뿌리 상태를 조절해서 나무를 건강하게 해주죠. 트러플이 있는 나무는 없는 나무에 비해 수분과 영양분을 더 잘 흡수해요."

"당신은 이걸 어떻게 알아요?"

"생물을 가르치거든요."

포는 이마를 찰싹 때리고 싶었다. 분명 교사라고 했는데 포는 무슨 과목이나 학년을 가르치는지도 묻지 않았다. 여자와 평범한 대화를 해본 지도 오래되다 보니…….

"물어봤어야 하는 건데 그랬네요."

포가 말했다.

"아빠는 당신한테 허드윅 농장에 관해 사실대로 말했어야 하고요."

빅토리아가 맞받았다. 그녀는 보고서로 주의를 돌렸다.

"보아하니 블랙 서머 트러플은 남쪽을 보고 자라는 너도밤나무, 자작나무, 참나무를 좋아하나 봐요. 건조하고 물이 잘 빠지는 흙과 적어도 해발 30미터는 되는 곳이 필요하다고 해요. 여기보다는 남쪽에서 흔히 볼 수 있고요."

잠시 포는 자기가 그 보고서를 부탁했을 때 어설프게 생각했던 바를 되짚어보았다. 키튼이 트러플 숲을 혼자 힘으로 발견하는 시나리오를 그로서는 생각해낼 수가 없었다. 그런데도 크로퍼드 버니는 키튼이 혼자 찾았다고 했다. 뭔가가 맞지 않았다.

그렇지만 크게 봤을 때 그게 정말 중요할까?

클로이 블록스위치를 발견하는 건 중요했다.

혈액이 어떻게 뒤바뀌었는지 발견하는 것도 중요했다.

남은 평생 감방에서 지내지 않는 것도 중요했다.

키튼이 어디서 트러플을 얻었는지는 중요하지 않았다.

"그게 비싼가요?"

그가 물었다.

"여기에 따르면 1킬로그램에 2000에서 2500파운드 사이래요."

포가 휘파람을 불었다. 그거라면 쉽게 포기할 수 없을 터였다. 키튼이 크로퍼드 버니에게 그 장소를 알려주지 않은 것도 당연했다. 거금을 벌 수 있었을 테니.

"이게 국가범죄수사국에서 하는 건가요? 트러플 도둑을 수사하는 게요?"

포가 말했다.

"난 그냥 어떻게 칼라일에서 자란 사람이 트러플이 있는 숲을 발견할 수 있었는지 알아내려고 하는 거예요."

빅토리아의 웃음기가 사라졌다.

"심각한 수사인가요?"

포가 끄덕였다.

"아주요."

빅토리아가 의자에 등을 기대더니 잔을 비웠다. 포의 잔을 가리켰다.

"한 잔 더요?"

"부탁해요."

주전자에 가 있던 빅토리아가 말했다.

"이거 엊그제 말한 그 레스토랑이랑 연관된 건가요?"

포는 그 기억에 얼굴을 찡그렸다. 그건 빛나는 순간이 아니었다.

"맞아요."

"있잖아요. 아빠는 처음 농장을 시작하셨을 때 양들을 다른 농부들처럼 경매에 넘겼대요. 그런데 도살장들이 고기를 사들이는 유일한 주체여서 그쪽에서 가격을 멋대로 주물렀죠. 아빠의 양들은 품질이 좋았는데도 다른 양들과 같이 묶여서 넘어갔어요. 아빠는 딱히 사업가는 아니었지만 결국은 중개인을 없애면 더 좋은 가격을 받을 수 있다는 걸 깨달았죠. 아빠는 양들이 제대로 도축되도록 그쪽에 도축은 맡겼지만 고기는 직접 팔았어요. 그런데 초기에는 고객 목록이 없었죠. 그래서 아빠가 어떻게 하셨는지 알아요?"

포가 고개를 저었다.

"컴브리아에 있는 괜찮은 음식점과 정육점에 모조리 샘플을 보냈어요. 가격 목록을 주면서 자기가 공급할 수 있는 것과 공급할 수 없는 걸 말해줬죠. 얼마 안 가서 아빠는 자기가 생산한 것을 전부 팔았고, 곧 수요가 공급을 초과해버렸어요."

머릿속이 반짝했다.

"그러니까…… 빅토리아 말은 키튼이 트러플 숲을 스스로 발견한 게 아닐 거라는 얘기군요. 다른 사람이 발견했는데, 그 사람이 그 장소나 혹은 트러플을 그에게 팔았고 그걸 키튼이 자기 거라고 했다는 거죠?"

빅토리아가 어깨를 으쓱했다.

"아빠한테 레스토랑에 직접 팔 만한 상품이 있었다면 다른 사람이라고 그러지 말라는 법은 없잖아요?"

"그리고 그 사람이 그걸 어떤 레스토랑에 제안했다면, 다른 곳에도 제안했을지 모르겠네요."

포가 말했다.

말이 되는 이야기였다. 키튼은 당연하게도 트러플 숲을 스스로 발견한 게 아니었다. 그게 어디 있는지 소개받고 그런 뒤 자기가 그 공로를 차지한 것이었다. 참으로 그다운 짓 아닌가.

그렇다고 그 정보가 어떻게 도움이 될지 포로서는 알 수 없었다. 그가 던진 의문에 답은 되었지만, 이쪽이든 저쪽이든 상관은 없었다. 트러플 숲의 장소를 비밀로 하는 것은 경제적으로 신중한 행동이었다.

그런데 그렇지가 않았다.

정말로는.

키튼은 여전히 벌리스 앤드 슬로의 유일한 소유주였고 트러플에 들어가는 추가적인 비용도 그의 주머니에서 나갔다. 당연히 직원 중 누군가가 새로운 레스토랑으로 가서 그 중요한 정보를 누설하지 못하도록 그 장소를 비밀로 했을 수도 있었다.

하지만 만약 거기에 다른 이유가 있다면……?

53

씨부럴 난 몰라.

해서는 안 되는 일인 줄 알면서도 하게 해주는, 이 짧지만 해방감을 주는 문구. 이번에 그는 흄의 농장을 떠나서는 안 된다고 명확하게 지시받았지만, 또 그가 밴 질과 플린을 대단히 존중하기는 했지만, 그가 두 사람을 완전히 무시하지 않을 거라고 생각했다면 그들은 멍청이였다. 그는 플린이 클로이 블록스위치를 힘겹게 찾아내는 데 도움을 줄 수는 없을지 모르지만, 이제는 그에게도 잘 묶어줘야 할 느슨한 매듭이 있었다.

포는 빅토리아에게 가능성 있는 레스토랑들을 찾아가서 누군가 가게마다 다니며 트러플을 팔았을지 모른다는 그녀의 설을 확인해보겠다고 했다. 빅토리아는 아빠의 낡은 랜드로버를 이용하라고 고집을 부렸다. 헛간에 있지만 완벽하게 잘 굴러간다며.

"누가 당신을 찾고 있다면 양 떼로 뒤덮인 너저분한 차를 쳐다보지는 않을 거예요. 아무튼 곧 비가 한꺼번에 쏟아질 것 같은데 그 멍청한 렌터카로는 갑작스러운 홍수에 쓸려가버릴걸요."

포는 반박할 수 없었다. 하늘은 하루쯤 지난 멍 자국 빛깔이었고 바람도 거세어졌다. 공기는 이제 끈적이지 않았다. 폭풍 웬디는 곧 서

해안을 강타할 예정이었고, 그때가 되면 우기처럼 비가 내릴 터였다. 포는 생각했다. 근사한 사륜구동 차는 됐다. 기상청 예보가 맞다면 터프하고 실용적인 랜드로버가 딱 그에게 필요한 것이었다.

포는 브래드쇼의 도움을 받았으면 싶었다. 브래드쇼라면 데이터를 두드리고 뭉쳐서 우선순위 목록을 만들어주었을 터. 하지만 브래드쇼를 끌어들일 수는 없었다―브래드쇼는 포가 지시대로 하지 않는다고 걱정할 테고 걱정이 심해지면 플린에게 말할지도 몰랐다.

포는 벌리스 앤드 슬로 주변에 원을 하나 그렸다. 엘리자베스 키튼―클로이 블록스위치가 가상의 지하실에서 탈출했을 때 얼마나 멀리 이동했을지 브래드쇼가 계산한 것처럼. 브래드쇼는 방정식과 컴퓨터를 이용했지만 포는 빨간색 펠트펜을 썼다. 포는 먼저 벌리스 앤드 슬로에서 가장 가까운 레스토랑부터 시작해 점점 바깥쪽으로 갈 생각이었다. 그게 안 통하면 수색 범위를 넓힐 것이었다.

그는 처음 탐색할 지역에 몇이나 있을 지 세어보았다. 아홉 개였다. 레스토랑 세 군데와 퍼브 여섯 군데. 포는 퍼브가 모두 미식 퍼브면 어쩌나 걱정이었다―촌구석 술집의 잿더미에서 일어난, 반은 술집 반은 레스토랑인 색깔 없는 잡탕 말이다. 안타깝게도 아마 전부 자기네 음식이 최고급이라고 여길 테니 하나하나 다 찾아가봐야 할 터였다.

포는 주유소에서 새로 독서용 안경을 구입한 다음 목록에 있는 첫 번째 퍼브로 향했다.

꽝이었다.

"튀기지 않은 음식은 팔리지가 않는다네, 친구."

기름진 얼굴의 주인장이 말했다.

"그럼 전에 트러플을 사라는 제안을 받은 적도 없습니까?"

"그게 뭔가?"

포가 말해주었다.

그는 포에게 메뉴를 내밀었다. 그나마 건강에 좋은 메뉴가 스카치 에그˙였다. 본질적으로 소시지 고기를 튀긴 것으로서는 상당한 성취인 셈이었다.

다음에 찾아간 퍼브 두 곳은 음식은 팔았지만 기본적인 것들이었다. 햄버거, 피시 앤드 칩스, 라자냐, 스테이크와 에일 파이˙˙ 등의 흔한 음식들. 질도 괜찮았지만 트러플은 없었다.

그가 처음 시도한 레스토랑은 좀 더 가망이 있어 보였다. 그 가게는 메뉴에 트러플이 있었고 자기들이 미식 식당이라고 여겼다. 그러나 시간대가 맞지 않았다. 더 솔티드 피그는 키튼이 트러플을 채집했다고 주장한 시기에는 존재하지도 않았다. 수석 셰프가 포에게 어디서 트러플을 구할 수 있는지 아느냐고 묻더니, 만약 안다면 자기들도 관심이 있다고 말했다.

• 삶은 달걀을 소시지 안에 넣고 겉에 빵가루를 입혀 튀긴 음식.
•• 부드러운 스테이크에 에일 맥주와 채소를 넣고 고은 뒤 그걸로 속을 채워 만든 파이. 영국의 퍼브에서 흔히 볼 수 있는 메뉴.

포가 레스토랑에서 나올 때 폭풍우가 몰아쳤다. 포는 더 솔티드 피그의 차양 아래 잠시 서서 격렬하게 내리는 비에 감탄했다. 캔버스 위로 떨어지는 빗소리에 기분이 고양되었다. 포는 5분간 거기 서서 상쾌해지는 공기를 음미했다. 그는 깊이 들이쉬며 젖은 흙의 냄새를 한껏 맡았다.

포는 잠시 비가 잦아든 틈을 이용해 랜드로버로 뛰어갔다. 빅토리아에게 돌아갈까도 생각했지만—이런 날씨에 돌아다니는 건 무모한 일이었으니—여태 목록의 절반밖에 확인하지 못했다. 튼튼한 랜드로버의 존재가 안심되었고, 아직 빗물이 강둑을 넘어 도로까지 침범할 단계는 아니었다. 그는 할 수 있을 때 계속하기로 했다.

다음 찾아간 퍼브 두 곳도 다를 게 없었다. 한 곳은 예전에는 음식을 안 팔았고, 다른 곳은 나머지 가게들과 메뉴가 똑같았다. 합리적인 가격의 퍼브 음식들. 그중 어느 가게도 셰프나 주인이 기억하는 한 트러플을 사겠냐는 제안을 받은 적이 없었다. 포는 레스토랑 두 군데를 더 가보았지만 이야기는 비슷비슷했다. 한 곳은 이탈리안 레스토랑이었고 다른 곳은 인근 캠핑장과 캠핑카 주차장에 음식을 제공하는 가게였다. 종일 고원에서 걸은 관광객들은 근사한 음식보다 배를 채워주는 음식을 찾았다.

마지막으로 간 퍼브는 웨서럴이라는 마을 근처에 있었는데, 벌리스 앤드 슬로에서 3~4킬로미터 되는 위치였다. 포는 거기서 한잔하고, 조금 더 범위를 넓혀보기로 했다. 그 가게는 더 게임키퍼스 키친이라고 하는 곳으로 특수 사냥감 요리를 판매한다고 되어 있었다. 주차장이 뒤편에 있어서 포는 정문까지 가는 동안 흠뻑 젖어버렸다. 가게는 비어 있었다.

포는 바에 앉아 스펀 골드 맥주 반 파인트를 주문했다. 여자 바텐더는 할 일이 생겨서 기쁜 듯 보였다. 그는 기다리는 동안 바의 수건으로 머리를 털어냈다. 배는 고프지 않았으나 아무튼 뭘 좀 먹기로 했다. 언제 돌아갈지도 모르는데 빅토리아에게 폐를 끼치고 싶지 않았다. 포는 바텐더에게 메뉴를 달라고 했다. 메뉴에는 사냥감이 많았다. 바텐더는 곧 직원이 나와서 주문을 받을 거라고 했다. 몇 초 뒤에 근사한 콧수염을 기른 남자가 나타나 뭘로 할지 골랐느냐고 물었다. 포는 토끼 파이에 파스닙을 넣은 매시 포테이토를 주문한 뒤, 남자에게 국가범죄수사국 신분증을 보여주고 셰프와 얘기를 좀 나눌 수 있겠느냐고 물었다. 포는 부엌으로 안내되었다.

부엌은 벌리스 앤드 슬로를 축소한 모양새였다. 비슷한 장비들이지만 크기가 작고 수가 그만큼 많지 않을 뿐이었다. 수석 셰프는 게일 키드미스터라고 하는 여자였다. 40대 초반으로 그곳에서 일한 지 10년이 넘었다고 했다.

포는 오후 내내 물었던 것과 같은 질문을 했다가, 그렇다는 대답을 듣고 되려 놀랐다.

"트러플을 사라고 제안한 사람이 있었다는 말씀인가요?"

게일이 끄덕였다.

"이제 몇 년 됐겠네요. 적어도 8년. 희한하게 생긴 남자였죠. 솔직히 말하자면 뭘 채집하는 사람이라기보다 취미로 기차를 관찰하는 사람 같아 보였어요. 그래도 트러플은 땅에서 막 나온 신선한 거였죠. 그 남자 손톱 밑에 묻어 있던 흙을 보면요."

"그런데 거절하셨나요?"

"그래요. 필요가 없었거든요. 그때 여기는 미국식 스테이크 하우스였어요. 낮은 온도로 오래 굽는 BBQ 고기, 특수 햄버거, 그런 것들을 팔았죠. 하우스 버거에 트러플을 써볼까 생각도 했지만 그러면 가격이 거의 70퍼센트나 치솟겠더라고요. 결국 벌리스 앤드 슬로라고 하는 레스토랑에 가보라고 했어요. 들어보셨나요?"

"들어봤습니다."

"거기가 그때 괜찮은 평을 받기 시작했고 제가 알기로 트러플을 썼거든요. 그 남자는 고맙다고 하더니 가버렸고 그게 마지막이었어요."

"토끼 파이 하나!"

다른 셰프가 뒤쪽에서 외쳤다.

"제 겁니다. 가서 먹어야겠네요. 다른 질문이 있으면 다 먹고 나서 다시 와도 될까요?"

포가 말했다.

"그럼요."

셰프가 대답했다.

포는 평소 토끼를 즐겨 먹지는 않았지만—그의 입맛에는 너무 기름기가 없어서—그 파이는 맛있었다. 토끼의 섬세함이 베이컨, 리크와 잘 맞아떨어졌다. 그것을 두꺼운 달걀 커스터드가 감싸고 있었다.

파스닙과 버터를 넣어 만든 매시 포테이토는 풍부했고 속을 따뜻하게 해주었다. 아이러니하게도 이 음식을 더 낫게 만들 수 있을 만한 것은 갈아넣은 트러플뿐일 듯했다.

포는 먹으면서 자기가 들은 말을 생각해보았다. 한 남자가 게일 키드미스터에게 8년 전에 찾아왔다. 그는 트러플을 팔겠다고 제안했고 게일은 그를 벌리스 앤드 슬로로 보냈다. 또 그 남자가 전형적인 채집꾼처럼 보이지 않았다고도 했다. 어쩌면 그는 채집꾼이 아니었는지도 몰랐다. 어쩌면 우연히 트러플을 발견했는데 그게 무엇인지 얼마나 값어치가 있는지 알 정도의 상식이 있었는지도 몰랐다.

포는 휙 하고 생각에서 빠져나와 현실로 돌아왔다—아직 흰색 셰프 복장을 한 게일이 그의 옆 스툴에 앉은 것이었다. 바텐더가 그녀에게 레모네이드를 따라주었다.

"한 셰프가 우리 이야기를 엿들었어요. 그 친구 말로는 그 남자가 여기서 뭘 먹었다고 하네요. 그게 그날의 첫 테이블이었고 웨이터들이 아직 도착하기 전이어서 자기가 직접 서빙했기 때문에 기억한다는군요."

게일이 설명했다.

"그러니까 그 사람이 부엌에서 당신에게 트러플을 팔려고 한 뒤에 여기로 와서 치즈버거에 맥주를 먹었다는 건가요?"

"그런 거 같아요. 그런데 그게 다가 아니에요. 셰프가 음식을 가져다줬더니 그 남자가 우리 단골 한 명이랑 같이 앉아 있더래요. 브라이언 래튼이라고 하는 우체부죠. 두 사람이 수다를 제대로 떨고 있던 것 같다던데요."

"그럼 그 브라이언 래튼이라는 사람은 아직도 단골인가요?"

"30분만 기다리시면 올 거예요."

포가 게일의 뒤쪽을 내다보았다. 비가 너무 거세게 내려 누가 호스로 창문에 물을 뿌리는 것 같았다.

"이런 날씨에도요?"

게일이 콧방귀를 뀌었다.

"물난리가 났을 때도 야외 테이블에 나가 긴 장화를 신고 방수 모자를 쓰고 앉아 있었는걸요. 그 양반 여기 안 오면 죽은 거예요."

"그럼 기다리죠."

포가 다 먹을 무렵 브라이언 래튼이 도착했다. 누가 알려줄 필요도 없이 포는 그냥 알았다. 퍼브에는 동네 사람들이 드나들었고 방금 들어온 사람은 동네 사람이었다. 그가 들어오자마자 여자 바텐더가 파인트에 맥주를 채우기 시작했고, 그가 방수 재킷을 옷걸이에 걸기도 전에 바의 끄트머리에 있는 스툴 앞에 맥주가 놓였다.

포는 그가 한 모금을 마실 때까지 기다렸다가 그에게 다가갔다.

"브라이언 래튼 씨?"

"그렇소만."

그가 두툼하고 털이 많은 손을 내밀었다.

포는 악수를 하고 자기 신분증을 보여주었다.

"제가 맥주 한잔 사겠습니다."

"그러시겠소?"

"대신 선생님께서 몇 년 전에 만난 어떤 남자에 관해 얘기를 좀 해주시면 좋겠는데요. 가게 뒤쪽에서 트러플을 팔려고 했던 남잔데요……."

브라이언 래튼은 기억이 서류 캐비닛처럼 정돈되어 있었다. 포는 우편배달부들에게는 특이한 자질도 아닐 거라고 짐작했다. 특히 컴브리아는 집 주소를 붙이는 체계가 좋게 말해 격식이 없는 곳이기도 했다.

래튼은 그날과 그 남자를 잘 기억했다.

포는 두 사람이 무슨 이야기를 했는지 물었다.

그가 대답했다.

"트러플이었소. 나한테 하나 보여주더이다. 내 점심에도 넣어보라고 했지만 난 됐다고 했지. 마른 개똥이랑 너무 비슷해 보여서 말이오. 아직도 아니라는 생각은 안 드는걸."

포가 웃었다. 그는 래튼이 무슨 말을 하는지 알았다. 브래드쇼의 보고서에 나온 사진을 보면 좀 똥처럼 보이기는 했다. 그걸 처음으로 먹어본 사람이 누구든 아마 용감한 이였을 것이다.

"그 남자가 그걸 어떻게 손에 넣었는지 이야기하던가요?"

래튼이 고개를 흔들었다.

"안 했소. 사실 그 부분은 말을 피하더이다."

포의 귀가 쫑긋 섰다. '피한다' 같은 단어를 들으면 경찰들은 귀가 쫑긋 섰다.

"무슨 말씀이시죠?"

"에, 그때 우리는 트러플에 관해 떠들고 있었소. 그게 뭔지, 어디서 자라는지, 어떻게 사는지 뭐 그런 것들. 그 사람한테 그걸 취미로 하는지 아니면 그게 생계인지 묻는 건 아주 자연스러운 일이었지."

"그런데 그 사람이 뭐라고 하던가요?"

"어느 쪽도 아니라고 하더이다, 포 씨. 뭐 이상할 것도 없지. 나도 개를 데리고 산책하다가 버섯을 딸 때가 종종 있고, 철이 맞으면 달래를 따기도 하지만 내가 채집꾼이라고 소개하지는 않을 테니까 말이오."

"그런데 그걸 어떻게 구하게 됐는지 물어봤더니 그 사람이 말을 피했다는 말씀인가요?"

"그랬소."

"어쩌면 그 사람도 개를 산책시켰다거나?"

포가 제안했다.

"그것도 물어봤는데 아니라고 하더군."

"그러면서도 뭘 하고 있었는지는 말하지 않으려고 했다는 말씀이죠?"

"그랬소."

그건 흥미로웠다. 회피란 감추려는 의도를 암시한다. 반드시 범죄와 연관되어 있다는 뜻은 아니지만 그렇다고 아니라고 할 수도 없었다.

"그 사람이 혹시 이름을 말해주지는 않았겠죠?"

"레스 모리스요. 좋은 사람이었소, 포 씨. 나한테 술도 샀고 우리는 꼬박 40분은 이야기를 나눴지. 그 사람, 자기가 어디서 혹은 어떻게 트러플을 발견했느냐는 문제를 빼면 말도 많았소."

"여기 사람인가요?"

"그렇소."

잘됐다. 포는 브래드쇼에게 이 지역에 사는 레스, 레슬리, L. 모리스를 취합해달라고 할 작정이었다. 포가 '눈에 안 띄도록 조심하는' 일을 여전히 진지하게 받아들이고 있다고 어떻게 브래드쇼를 설득할지 생각하고 있는데, 래튼이 이 모든 걸 무의미하게 만들었다.

"그 양반 주소는 필요 없으시겠지?"

"주소를 아세요?"

"그 사람이 스카프를 놔두고 갔는데 내가 집배원이잖소. 분류 사무소에 물어보니 내가 찾던 레스 모리스를 동료가 알고 있더군. 동료가 다음에 나갈 때 스카프를 돌려줬소. 그건 당신네들이 사는 근사한 도시에서는 받지 못하는 서비스라오, 포 씨."

"저는 섑에 삽니다."

래튼이 웃으며 사과했다. 그는 포에게 주소를 알려주었다. 그곳은 지금 포가 있는 자리에서 8킬로미터쯤 떨어져 있었다.

포는 래튼에게 고맙다고 인사하고 그의 앞으로 맥주를 한 잔 예약해주었다. 그가 비를 무릅쓰고 나가려는데 대포폰이 울렸다.

어라라. 브래드쇼는 절대적으로 필요할 때만 소통하자고 고집했다. *이거 좋은 일이 아니겠는걸······.*

포가 맞았다. 좋은 일이 아니었다.

"포, 문제가 생겼어."
그가 받자마자 플린이 말했다.

54

포, 문제가 생겼어······.

포는 이 말을 너무 자주 들어서 아예 그걸 벨소리로 설정해놓는 편이 나을 것 같았다. 지난번에는 밴 질이 그에게 정식으로 조사받게 될 거라고 했고, 그전에는 갬블이 엘리자베스 키튼이 저승에서 돌아왔다고 말했다.

이번에는 더 나빴다.

키튼의 판사실 재판 신청이 성공적으로 끝나 그가 보석으로 풀려난 것이었다. 검찰에서는 재심에서 증거를 제출할 의향이 없다고 이미 귀띔했다.

그리고 그건 플린이 하려는 말 중에서 덜 나쁜 부분이었다.

포의 트레일러에서 발견된 혈액이 엘리자베스 키튼의 피라고 판명된 것이었다. 포는 이제 공식적으로 살인 사건의 용의자였다. 밴 질은 플린에게 그를 직접 데리고 출두하라고 했다. 포에게 변호사를 붙여두었다면서.

포는 아무 데도 가지 않겠다고 했다.

플린은 어디 있냐고 물었다.

포는 전화를 끊었다. 그는 브래드쇼가 대포폰이 발각되었을 때 하라고 한 대로 배터리를 제거했다.

엄밀히 말하자면 그래봐야 아무것도 달라지지 않았다. 컴브리아의 모든 경찰이 이미 그를 찾고 있었으니. 워들이 보석 불허 영장을 발부한 덕분이었다.

아무것도 달라지지 않았다.

그들은 클로이 블록스위치를 찾든지 아니면 혈액 문제를 해결해야 했다.

ㅇ ㅇ ㅇ

레스 모리스는 아마스웨이트에 살았다. 그곳은 벌리스 앤드 슬로가 있는 코트힐과 그리 다르지 않았다. 작고, 예쁘고, 주변 경관이 놀랄 만큼 아름다웠다. 목초지 천지였다. 말 운반용 트레일러와 사륜구동 차들이 진입로에 주차되어 있었다. 심지어 빨간색 공중전화 박스도 있었다.

목가적이었다, 루퍼트 브룩Rupert Brooke*의 시처럼.

마을 풀밭에서 크리켓을 그리고 차에는 꿀을…….

모리스는 좌우 대칭으로 된 방갈로에 살았다. 잔디는 짧게 깎여 있

- 영국의 시인으로 제1차 세계대전에 참전하던 중 쓴 이상주의적인 시로 알려졌다. 전쟁 중 사망했다.

었고 집 둘레에는 화사한 색의 다년생 꽃들이 피어 있었다. 사과나무 한 그루에 새 모이통이 있었다.

여자가 문으로 나와 포를 맞았다. 포는 신분증을 제시했다.

"모리스 씨와 얘기 좀 할 수 있겠습니까?"

"난 모리스 부인이에요."

여자가 대답했다. 여자는 성 말고 이름은 밝히지 않았다. 화가 난 목소리였는데 포가 자기가 거기 왜 갔는지 이야기하기도 전이었다. 여자는 키가 크고 성마르게 보였고, 40대 후반이나 50대 초반에 차에 치여 죽은 동물을 보고 웃을 것 같은 사람이었다. 정수리에 쪽을 찐 회색 머리칼이 너무 당겨서 얼굴이 팽팽했다.

비가 마구 쏟아지는데도 여자는 포의 신분증을 자세히 살펴본 뒤에야 그를 안으로 들였다. 여자는 부엌으로 가는 내내 투덜거리면서 그가 집을 난장판으로 만들고 있다는 것을 모호하지 않게 알렸다. 솔직히 맞는 말이었다.

여자는 하나뿐인 의자에 앉더니 그에게 따뜻한 음료라도 마시겠느냐고 묻지도 않았다.

"모리스 씨를 뵙고 싶었는데요. 일하러 가셨나요?"

여자가 콧방귀를 뀌었다.

"당최 내가 어찌 알겠어요? 그 쓸모없는 놈팡이를 거의 8년이나 못 봤는데."

포는 눈을 깜빡거려서 눈에서 빗물을 빼내려고 했다. 결국 포기하고 수건을 좀 쓸 수 있겠느냐고 물었다. 여자의 태도는 꼭 그가 그 집

주전자에 오줌을 눠도 되느냐고 물은 것 같았다. 모리스 부인은 구시렁대며 일어나 축축한 행주를 던졌다. 포는 그래도 고맙다고 했다. 머리카락에서 물을 대충 털어냈다.

"그 쓸모없는 남자한테는 뭘 바라는 거예요?"

그가 머리를 말리는 중에 여자가 물었다.

"수사 중에 그분 이름이 나와서요."

그가 말했다.

부인의 얼굴이 살짝 밝아졌다.

"혹시 그 인간이 곤란한 건가?"

포는 아니라고 대답하려다가, 모리스 부인이 그 말을 듣고 싶어 하지 않는다는 걸 깨달았다. 독일어 단어 샤덴프로이데Schadenfreude가 불현듯 떠올랐다. 다른 사람의 불행에서 즐거움을 느끼는 것.

"그럴지도 모릅니다."

그가 조심스레 말했다.

그것은 옳은 결정이었다. 부인의 입꼬리에 뒤틀린 웃음이 걸렸다.

"그럼 주전자에 물 올릴게요."

부인이 말했다.

"모리스 씨를 8년 동안 못 봤다고 하셨는데요."

여자가 차를 만드는 동안 포가 물었다.

"그래요. 그놈은 어느 날 오후에 나가서는 다시 돌아오지 않았어요. 경찰은 관심도 안 보였고. 어딘가에서 웬 걸레랑 붙어먹었겠거니 하면서. 그놈의 클럽에 오는 거만한 것들 중 하나겠지."

포는 '클럽'을 질문 목록에 올렸다.

"남편이 도망쳤다고 생각하십니까?"

부인은 돌아서서 양손을 뼈만 앙상한 엉덩이에 얹었다.

"그년이 그놈한테 질리면 허둥지둥 돌아올 거예요. 다리에 꼬리를 말고. 두고 보라지."

포는 의심했다. 그는 모리스가 달아난 거라면 돌아올 것 같지 않았다. 모리스 부인 같은 여자에게 묶여버렸다는 걸 알고 나면 팔을 물어뜯어서라도 달아나려고 할 터였다.

포는 화제를 바꿨다.

"모리스 씨가 트러플을 찾으러 다닌 적이 있습니까?"

"그게 뭐요?"

여자가 대꾸하며 그의 질문에 사실상 답한 셈이 되었다.

포는 트러플이 뭔지 어디서 발견되는지 설명했다.

여자가 킬킬거렸다.

"그런데 그게 숲에서만 발견된다는 거예요? 레스는 클럽에 앉아서 집에서 만든 맥주나 마시는 부류라고요, 포 경사. 그 작자가 그게 뭔지 알기라도 했다면 내가 놀랐을 걸요."

그 말은 적어도 그가 이제까지 들은 말들과 들어맞았다. 셰프도 우편배달부도 그를 채집꾼이라고 생각하지 않았다.

모리스 부인은 자기 자리로 돌아와서 묽어 보이는 차를 두 사람에게 따랐다. 차가 우유와 같은 색이 될 때까지 우유를 부었다. 브래드쇼도 그보다는 차를 잘 만들었다. 포는 그래도 고맙다고 하고 그 맛

없고 밍밍한 음료를 홀짝였다. 그는 찡그리지 않으려고 애를 썼다.

"그분한테 개가 있던가요?"

모리스 부인이 히죽거렸다.

"우리 레스한테? 개가? 아닌 거 같은데. 털에 닿으면 천식이 일어나거든."

"그럼 남편 친구 중에 개를 기르는 사람은요?"

부인이 어깨를 으쓱했다.

"주변 사람들은 전부 개가 있지."

타당한 말이었다. 포는 뭔가 떠올랐다. 모리스 부인은 남편이 '걸레'랑 바람이 났을지 모른다고 했다. 혹시 그 걸레에게 개가 있었던 것은 아닐까 싶었다. 남자들은 거시기에 휘둘리다 보면 어지간한 것은 참을 수 있었다. 숨을 잘 못 쉬어 쌕쌕거리는 가슴팍도 분명 그 어지간한 것에 해당되었다. 결혼한 여자와 바람이 난 거라면 그 역시 래튼에게 트러플을 어떻게 찾았는지 말하지 않으려고 한 일과 맞아떨어졌다.

그렇다고 그걸 부인에게 물어볼 수는 없었다. 그랬다가는 더 이상 아무 말도 못 들을 터였다.

"혹시 산책하러 잘 가시던 데가 있을까요? 숲으로 들어가는 길로?"

모리스 부인이 또 콧방귀를 뀌었다.

"레스는 숲은 물론 걷는 것에도 관심이 없다니까, 포 경사."

이야기가 급속도로 막다른 골목으로 달려가고 있었다.

"물론 그게 들판이라면야……."

부인은 말을 맺지 않았다.

포가 미끼를 물었다.

"들판이요?"

"음, 아까 말한 클럽 말이에요."

부인은 클럽을 언급하기는 했지만 그게 뭔지는 말하지 않았다. 그 점은 그도 알았고 부인도 알았다. 부인은 기본적으로 재수 없는 여자였다. 하지만 그는 경찰이었고 경찰은 재수 없는 인간들을 늘 다루었다.

"다시 말씀해주시죠."

부인은 히죽거리며 작은 승리에 즐거워했다.

"그 자식은 로카의 컴브리아 지부 회원이었어요."

"로커요?"

"펑크 록의 그 로커 말고, 로카 말이에요. 왕립대공감시단협회. ROCA."

포는 어안이 벙벙했다. 그는 왕립대공감시단협회가 뭔지 전혀 몰랐다. 그는 모리스 부인에게 되물었지만, 남편이 곤란에 빠진 게 아니라는 게 분명해지자 부인은 다시 기분이 나빠졌다.

"그 멍청한 클럽 얘기는 하고 싶지도 않아요. 그놈이 허구한 날 거기 가서 죽치고 있었던 것도 나쁜데 이젠 참견쟁이 경찰까지 그걸 다시 떠올리라고 하니 원."

포가 일어났다. 그는 그 집에서 나가려다가 뒤쪽 정원에서 헛간을 발견했다. 정원은 잘 손질되어 있었지만 모리스 부인이 했을 것 같지는 않았다. 부인은 너무…… 까탈스러웠다. 깔끔을 떨었다. 아마 정원사가 따로 있을 터였다.

그리고 정원사들은 자기 장비가 있게 마련이었다.

한편 영국에서 헛간은 아내에게 바가지 긁히는 중년 남자들의 피난처였다. 그리고 까다로운 여자들은 절대 헛간에 들어가지 않았다. 그곳은 너무 더러웠으니까. 거미도 득실거리고.

"저건 남편의 헛간인가요?"

"그게 뭐 어쨌다는 거죠?"

"혹시 거기 왕립대공감시단협회 물건이 좀 있을까요?"

부인이 짜증스러운 한숨을 내쉬었다.

"들어가서 전부 버릴 수도 없고, 그 허무맹랑한 것들 천지네요."

"제가 잠시 좀 들여다봐도 되겠습니까?"

"나한테 무슨 득이 된다고?"

부인이 교활하게 말했다.

빌어먹을 체포당하지 않기 위해서지 그는 그렇게 말할 뻔했다. 대신 그는 지갑을 꺼내 부인에게 20파운드 지폐를 세 장 건넸다. 부인은 그걸 카디건 주머니에 찔러 넣고 헛간 열쇠를 주었다.

부인이 그의 뒤에 대고 소리쳤다.

"아무것도 가져가면 안 돼요, 아셨죠. 레스가 언젠가 돌아올 텐데 누가 거기 망쳐놓은 거 알면 좋아하지 않을 거라고."

포는 부엌에서 나가 뒤쪽의 정원으로 갔다. 헛간의 맹꽁이자물쇠를 열고 안으로 들어섰다.

그는 놀라서 빤히 바라보았다. 헛간은 박물관 같았다. 수백 개의 지도, 서류, 사진이 벽에 핀으로 꽂혀 있었다. 어떤 것은 오래되어 누렇게 변색되었고 어떤 것은 훨씬 새것이었다. 휘어진 선반들에는 기이하게 생긴 기구며 낡은 제복이며 세심하게 배치된 왕립대공감시단 기념물이 가득했다. 오래된 가이거 계수기와 손으로 작동하는 사이렌이 소나무 진열장에 담겨 중요한 자리를 차지하고 있었다. 다른 누군가의 보물을 모아놓은 것이었다.

그래, 집착이란 이런 모습이로군, 포가 생각했다.

열 네 번째 날

55

플린이 호텔 방을 법정 변호사처럼 서성댔다.
"대체 왜 여기로 돌아온 거야?"
플린이 물었다.
포는 침대에 앉아 있었다. 브래드쇼는 호텔 방 책상에 앉아 있었다. 포는 수사가 어떻게 진행되고 있는지 물었지만 좋은 반응은 얻지 못했다. 브래드쇼는 부루퉁했고—혈액이 어떻게 뒤바뀌었는지 탐색하던 일이 여전히 아무 성과도 없어서—플린은 클로이 블록스위치가 흔적도 없이 사라졌다고 생각하는 모양이었다. 플린이 거둔 작은 성공은 클로이의 남자 친구 네드가 어디 있는지 알아냈다는 것뿐이었다. 네드는 아시아 배낭여행 중이어서 연락이 닿지 않았고, 이 모든 일이 벌어지기 몇 달 전에 출국한 상황이었다.
지금은 새벽 3시였고 15분이 채 안 된 과거에 포는 플린의 대포폰에 전화해서 브래드쇼의 방에서 만나자고 했다. 그러기 5분 전에는 호텔의 비상계단을 몰래 타고 올라가 브래드쇼의 방문을 두드렸다. 브래드쇼를 깨울 만큼은 크게, 그러나 옆방 사람들을 깨우지 않을 만큼 작게. 짐작했어야 했다—브래드쇼는 자고 있지 않았다. 여전히 혈액 문제를 탐색 중이었다.

"날 침대에서 끌어낼 만한 이유가 있는 거겠지. 게다가 대체 어디 갔었어? 몰골이 좆같은 차에서 잔 것 같네."

플린이 말했다.

포가 찡그리며 말했다.

"앉아, 보스. 해줄 이야기가 있는데 좋은 게 아니거든."

플린이 앉았다.

브래드쇼가 화면에서 고개를 들고 그를 마주 보았다.

포는 이야기했다.

포는 자기가 알게 된 것들을 말했다—대공감시단이 1925년에 형성된 시민 방위조직으로 영국 상공을 날아다니는 항공기를 눈으로 식별, 감시하고 보고하는 일을 맡은 곳이었다. 이들은 제2차 세계대전 도중 브리튼 전투에서 세운 공로를 인정받아 '왕립' 칭호를 부여받았다. 1955년에는 핵폭발을 감시하고 보고하라는 추가 임무도 받았다—냉전 시대에 필요한 일이었다.

그들의 임무가 항공기를 추적하는 일이었을 때는 감시 초소가 지상에 있어도 괜찮았다. 초소는 벽돌로 쌓아 올리고 관측대가 있는 꼭대기에는 지붕이 없었다. 그러나 냉전 시대의 핵폭탄은 한 시간에 8000킬로미터를 이동하는 열방사와 폭풍 충격파를 일으켰다. 인간들은 열기로 숯이 될 테고, 그다음은 충격파로 먼지가 되어버릴 터였다. 가연성인 것은 뭐든 녹거나 폭발해버릴 터였다. 지상에 있는 감시 초소는 쓸모가 없었다. 정부는 폭발에서 살아남고, 그 후로 적어도

14일 동안은 더 버티어 핵폭발 후 공격 상황에서도 기능할 수 있는 구조물이 필요해졌다.

포의 설명에 따르면, 그래서 그들은 자기들이 할 수 있는 유일한 일을 했다.

지하 벙커를 지은 것이었다.

공식적으로 왕립대공감시단ROC 지하 감시 초소로 불리던 그곳은 핵폭발에서도 살아남으면서 방사능 영향을 제한할 수 있도록 깊은 곳에 만들어졌다. 핵폭탄 충격파의 강도, 높이, 거리, 범위를 작전 지휘소에 전달하는 데 필요한 모든 장비와 지원자 세 명을 수용할 정도로 넓었다.

포가 계속했다.

"정부는 그걸 잔뜩 지었어. 영국 각지에 총 1500개가 넘었지. 기본적으로 그곳은 지하에 콘크리트 상자를 만들고 흙을 다져놓은 시설이었어."

브래드쇼와 플린이 귀를 기울였다.

"애초에 벙커에는 감시실, 화학 변기, 벙커 침대가 놓인 방이 있었어. 4.5미터 깊이의 수직 통로로만 들어갈 수 있었고."

"그래서 당신은 이걸 어떻게 아는데?"

플린이 말했다.

포는 자기가 뭘 발견했는지 말했다. 1991년에 냉전이 마침내 종식되자 정부에서 마지막 남은 벙커들을 어떻게 폐쇄했는지. 정부는 벙커 내부를 싹 비우고 봉인한 뒤 버려두었다. 대부분은 그대로 방치되었고 위치도 잊혔다.

포가 말했다.

"하지만 영국인들은 자기네 역사에 자부심이 있는 사람들이고, 왕립대공감시단의 일은 역사에서 묻혀서는 안 되는 것이었어. 당시에 자원했던 사람들을 위한 단체가 생겨났어. 왕립대공감시단협회ROCA였지. 이들의 목적은 감시단의 일을 홍보하고, 예전의 벙커들을 수복하고, 예전 회원들 중 사정이 어려워진 사람들을 위해 자선기금을 제공하는 거였어. 하지만 대체로는 옛 회원들이 같은 경험을 한 사람들과 유대를 쌓는 통로였어. 모리스는 ROCA의 컴브리아 지부 회원이었지. 그 사람은 왕립대공감시단의 자원자는 아니었어—그때는 너무 어렸거든—그래서 정회원이 아니라 준회원이었지. 그래도 그의 헛간은 감시단의 수집품으로 가득했어."

포는 질문이 없나 잠시 기다렸지만 아무도 묻지 않았다.

"난 한 시간 동안 자료들을 읽어봤지만 트러플밭을 발견했다는 암시 같은 건 아무것도 없었어. 그래서 포기하려고 했는데 회원 명부를 발견한 거야. 2~3년 된 것이기는 했지만 모리스와 같은 마을에 사는 ROCA 회원의 이름은 실려 있더라고. 그 사람은 해럴드 헤이워드-프라이스였는데, 왕립대공감시단에서 실제로 일한 적 있는 인물이었어."

포는 자기가 모리스 부인에게 고맙다고 인사하고 마을을 가로질러 해럴드 집의 문을 두드렸다고 말했다. 그 남자는 70대였지만 정정했다. 백발 머리카락이 반짝반짝한 대머리를 감싸고 있었다. 손톱은 치즈 껍질 같았다. 포는 자기가 왜 거기 갔는지 설명했고 해럴드는 그에게 안으로 들어오라고 했다. 얼마 전에 아내를 잃어 말벗이 궁한 듯했다.

그는 감시단과 감시단협회에 관한 전문가이기도 했다.

두 사람이 같이 있는 동안 포는 감시단과 감시단협회에 관해 알아야 할 것은 다 알게 되었다. 포는 모리스가 어떻게 해서인지 트러플을 발견했는데, 혹시 그게 어디인지 모르냐고 해럴드에게 물었다.

깜짝 놀랍게도, 해럴드는 알았다.

대강.

그리고 그건 모리스가 숨겨두려고 한 여자 친구와는 아무 상관도 없었다.

그보다 훨씬 더 흥미진진한 얘기였다.

해럴드는 모리스가 늘 준회원인 것에 신경을 썼고, 그 지부에서 자기 위치를 끌어올리고 싶은 마음에 대다수 회원들이 헛수고라고 생각한 일에 착수했다. '사라진' 벙커를 찾기 시작한 것이었다.

사라진 벙커는 ROCA 칼라일 지부에서 하나의 신화였다. 듣자 하니 처음 만들어진 위치가 곧바로 부적절하다고 간주되어 철거된 벙커라고들 했다. 어떤 소문에서는 홍수가 너무 잘 나는 곳이라서 철거되었다고 했고, 어떤 소문에서는 필수 요소인 360도 시야가 확보되지 않아서라고 했다. 모리스는 그곳이 완공되자마자 정부에서 거기에 돌무더기를 채우고 봉인한 뒤 묻었다고 보았다. 그는 그 생각에 집착했고 그걸 찾는 것이 ROCA 정회원으로 가는 길이라고 여겼다.

그러나 그건 단순한 소문에 불과했다. 컴브리아의 벙커는 모두 실제로 확인되었던 것이다. 어떤 곳은 재단장하여 이따금 대중에게 공개하기도 했다.

하지만……. 사라지기 약 1년 전에 모리스는 자기가 그걸 찾았다는 걸 흘리기 시작했다. 구체적인 정보는 없고 그저 곧 정회원이 될 거라느니 그런 소리를 해댔다.

해럴드는 모리스가 존재하지 않는 지하 벙커를 찾아다니다가 트러플을 발견했을 가능성이 있다고 생각했다.

헛간에는 모리스가 실제로 뭔가 발견했다고 여길 만한 것이 아무것도 없었지만, 해럴드는 그런 생각을 바로 물리쳤다. ROCA 회원들이 다른 회원의 헛간에 걸핏하면 들락거렸기 때문에 모리스가 벙커와 관련된 것을 찾았다면 누가 볼 수 있는 곳에 내버려뒀을 리가 없다는 얘기였다. 항상 자기 몸에 지니고 있었을 거라고.

바로 그 시점에 배경으로 조용히 흘러나오던 〈10시 뉴스〉가 끝나고 지역에서 방송하는 〈주변 뉴스〉, 애칭으로 '동네 수다와 둘러보기'라고 불리는 프로그램이 시작되었다. 포의 얼굴이 전면 한가운데 나왔다. 그는 앵커가 뭐라고 하는지 들리지 않았지만 해럴드에게 음량을 올려달라고 할 수도 없는 노릇이었다. 어차피 메시지는 명확했다. 대중들에게 그가 나타나는지 살펴보라고 요청하는 것이었다. 아마 그에게 접근하지 말고 999에 전화하라는 경고로 끝났으리라. 보도가 다른 화면으로 바뀌면서 경찰이 포의 집에서 물건을 끄집어내는 장면이 나왔다. 하나하나 증거물 봉투에 담긴 물건들이 허드윅 농장에서 수거되어 CSI의 레인지로버 트렁크에 실렸다. 그게 아마 그곳의 거친 지형을 통과할 수 있는 유일한 자동차일 터였다. 밖에는 아직 비가 오고 있었고 투명한 플라스틱 증거물 봉투가 빗방울에 번들번들했다.

포는 그때는 깨닫지 못했지만 그 장면의 뭔가가 그의 머릿속에 있는 어떤 문을 열어젖히고, 정전이 된 뒤 전자시계가 초기화되어 깜빡일 때처럼 그를 괴롭히기 시작했다.

뉴스가 끝나자 포는 가봐야겠다고 했다. 갈 데라고는 없었지만 아마스웨이트 근처에 머물러서는 안 된다는 걸 알았다. 해럴드가 오늘 밤에 뉴스를 더 보지는 않겠지만 모리스 부인이 보도를 보고 경찰을 불렀을 가능성도 있었다.

포는 폭풍 웬디가 쏟아내는 초기 공격을 뚫고 누구의 눈에도 띄지 않고 아마스웨이트를 빠져나갔고, 잠시 휴식을 취할 만한 외딴 임시 주차장을 발견했다.

놀랄 일도 아니었지만 잠이 오지 않았다. 랜드로버의 지붕을 두드리는 빗방울 소리가 마치 작은북 같았다. 포는 개의치 않았다. 생각할 게 어차피 너무 많았으니.

있을지 모를 벙커에 관한 소식이 흥미롭기도 하고 어쩌면 중요할지도 몰랐지만, 그의 기억 한구석을 계속 건드리는 것은 증거물 봉투가 CSI 레인지로버에 실리던 장면이었다. 사라진 벙커가 아니라 바로 이것에 주의를 기울여야 한다고, 뭔가가 그에게 말해주었다.

포는 랜드로버 뒤쪽에서 팔다리를 펴고 그날 저녁에 있었던 일을 회상하면서, 그가 본 게 무엇이었을지 머릿속 깊숙한 곳을 뒤적였다.

새벽 2시, 그는 찾아냈다고 생각했다. CSI는 레인지로버를 썼는데, 6년 전에 키튼도 그랬던 것이었다.

하지만…… 그것일 리가 없었다. 키튼의 차는 압수되어 치밀한 과학 수사를 거쳤다. 거기에서는 딸의 실종과 연관된 단서가 아무것도 발견되지 않았다. 키튼이 레인지로버를 이용했다면 혈액이 발견되었을 터였다. 범죄 현장에 혈액이 너무 많아 시신을 커다란 쓰레기봉투로 감쌌다고 해도 증거물 전이를 피할 수 없었다.

레인지로버와 연결되었다는 생각을 버리고 나서 그는 허드윅 농장에서 나가던 증거물 봉투에 관해 생각하기 시작했다. 그것들이 신경에 거슬렸지만 이유를 알 수 없었다.

포는 답에 다다를 수가 없었다. 아무리 애를 써도 그것은 계속 숨어 있으려 했다. 증거물 봉투가 뭘 의미하는지 생각하는 대신 그는 그것들이 무엇인지에 초점을 맞추었다.

플라스틱이었다.

방수였다.

완벽하게 봉해졌다.

안이 보였다.

포가 TV에서 본 것은 빗방울이 뚝뚝 떨어졌다.

물이 떨어질 정도로 젖었다.

마치…….

포는 벌떡 일어나 앉았다. 숨을 멈췄다. 생각이 달아나게 하고 싶지 않았다. 그는 최근의 기억을 훑어보았다. 누군가 어떤 과정을 설명하던 기억이었다. 포는 그다지 귀 기울여 듣지 않았지만 왠지 그것은 기억에 남았다.

드디어 알아냈을 때, 답은 느닷없고 무시무시했다. 그리고 이제까지 그걸 알아내지 못한 이유는 그게 너무 끔찍하고 머리가 하얘질 만큼 사악한 짓이어서 그냥 그쪽으로 생각이 돌아가지 않았기 때문이었다.

불가능해…….

그럴까?

그는 스트레스 테스트를 해보았다. 한 단계 한 단계, 그가 아는 일련의 흐름에 치명적인 오류가 있기를 바라면서. 그는 자기 생각이 맞지 않았으면 했다.

역겨웠다.

지독했다.

믿기지 않았다.

그런데도 포는 평생 그때만큼 확신에 찬 적이 없었다.

56

"우리가 증거물 봉투를 쓰는 이유가 뭐지, 보스?"

플린이 딱딱거렸다.

"지금 새벽 5시라고, 포. 좆같은 퀴즈 놀이 할 시간 따위 없어!"

플린은 다시 방 안을 서성였다. 포는 플린을 탓하지 않았다. 플린은 진퇴양난에 빠져 있었다. 그 자리에서 그를 체포하지 않았으니 범죄를 저지르고 있는 셈이었다―방조 행위.

"에너지 음료 드시겠어요, 스테퍼니 플린 경위님?"

포는 살짝 웃고 말았다.

"안 웃기거든, 포. 게다가 이게 무슨 상관이라는 거야?"

"그러지 말고 대답해봐."

"썩을. 헛소리하기만 해봐."

플린이 중얼거렸다.

포가 방금 전에 한 질문을 반복했다.

"그래, 우리가 증거물 봉투를 쓰는 이유가 뭐지? 그 기본적인 기능이 뭐야?"

플린이 짜증스럽게 양팔을 쫙 벌렸다.

"반박의 여지없이 증거물 연계성을 확보하기 위해서."

"더 기본적으로 말하자면."

플린의 미간이 일그러졌다.

"균이 투과할 수 없고 오염이 안 되는 환경에 증거물을 보관하려고."

"바로 그거야. 일단 봉투를 봉하고 나면, 적어도 플라스틱 봉투들은 그 안으로 아무것도 들어가지 않고 거기서 아무것도 나오지 않아."

"핵심을 말하라고, 포."

플린이 말했다.

"6년 전으로 돌아가서 당신이 벌리스 앤드 슬로의 부엌에 있다고 상상해봐. 당신이 재러드 키튼인데 무슨 이유에서인지 방금 딸을 살해했어."

플린이 그를 빤히 쳐다보았다. 브래드쇼도 똑같이 했다. 좀 전보다 그의 이야기를 따라오고 있다는 반응이었다.

"당신은 딸을 죽일 계획이 아니었지만, 사이코패스이다 보니 이 상황에 평범하게 반응하지 않아. 공황 상태에 빠지는 대신 생각하기 시작하지. 당신이 보기에 지금 두 가지 선택이 있어. 다른 누군가에게 죄를 뒤집어씌우거나 아니면 다 사라지게 만들어버리거나."

"아무 계획도 없는 상태에서 다른 사람에게 뒤집어씌우는 건 위험한 일이야. 너무 통제가 안 되어 있잖아."

플린이 말했다.

"바로 그거야. 그래서 당신은 문제가 사라지게 만들기로 해."

포는 브래드쇼의 미니 바 겸 냉장고를 열었다. 위에서 바닥까지 브래드쇼가 좋아하는 에너지 드링크 POW로 가득했다. 그것은 과일로 단맛을 내고, 브라질에서 자라는 덩굴식물 과라나에서 추출한 천연 카페인이 함유돼 있었다. 포는 한 병을 따서 길게 한 모금 마셨다. 느글느글할 정도로 달았지만 카페인 효과가 즉시 느껴졌다. 나중에 이자까지 쳐서 갚아야 하는 빌려온 에너지.

"이제 2년 더 앞으로 가보자고. 당신은 레스 모리스라는 남자에게 제안을 받았어. 그 남자가 당신한테 귀한 트러플을 팔겠다고 한 거지. 괜찮은 거래라서 당신은 그걸 좀 구입해. 하지만…… 트러플을 직접 딸 수 있다면 더 이윤이 남겠지."

포는 두 사람이 따라오도록 한동안 기다렸다.

"키튼이 레스 모리스를 죽였다고 생각하는 거야?"

"가능한 얘기라고 생각해. 그 남자는 확실히 그 후로 모습이 안 보였으니까."

"당신 아까 벙커가 없다고 한 줄 알았는데?"

"난 벙커가 없다고 하지 않았어. 해럴드가 그랬지. 그리고 키튼은 아마 살면서 만날 법한 사람들 중 가장 설득력 있는 남자일 거야. 그 자한테 모리스가 어디서 트러플을 발견했는지 털어놓게 하는 건 세상 쉬운 일이었을 거라고."

"그리고 거기 갔을 때 아마 모리스는 새로운 친구에게 자기 비밀 벙커를 보여주고 싶은 욕망을 이기지 못했겠지."

플린이 덧붙였다.

"내가 보기에는 그래."

포가 말했다.

"그래서 키튼이 그자를 죽이고 벙커에 내버려둔 거라고 생각해?"

"그게 딱 내 생각이야. 혹시 모리스가 누구에게 말했을 때를 대비해서 사고처럼 보이게 위장했겠지. 어쩌면 키튼은 출입구 뚜껑을 닫고 모리스가 거기서 굶어죽게 내버려뒀을지 몰라, 어쩌면 머리를 강타해 떨어뜨렸을지도 모르고."

"그리고 키튼은 트러플을 차지하는 거고."

플린이 말했다.

"그리고 혹시 필요해질 때를 대비한 은신처까지."

"좋아. 키튼은 시신 유기 장소가 있어—지면이 너무 얼어서 땅을 팔 수가 없는 문제를 해결할 방법이 되겠지—하지만 그자가 자기 차로 엘리자베스를 실어 나르지 않았다는 건 우리도 알잖아. 내가 감식 보고서를 봤어. 차에서는 죄를 입증하는 증거가 아무것도 나오지 않았어."

"동감이야. 그렇다고 그자가 쓸 수 있는 다른 차가 있었던 것도 아니지."

"그럼……?"

"그래서 다시 증거물 봉투로 돌아오는 거야."

플린이 또 찡그렸다.

"수수께끼는 그만둬, 포. 그냥 아는 걸 말하라고."

"해럴드 집에 있었을 때 TV에 내가 나오는 걸 봤어. 내 집에서 CSI 레인지로버 트렁크로 증거물 봉투들이 하나하나 실려 나갔지. 그리고 밖에는 비가 쏟아졌어."

"나도 거기 있었거든."

플린이 상기시켰다.

"음, 아무튼, 그 봉투에 어딘가 익숙한 점이 있었던 거야. 안이 비쳐 보이고 물이 뚝뚝 떨어지는 게. 그게 뭔가를 연상시켰는데, 내 머릿속에서 계속 빙글빙글 도는 거야. 그러다 새벽 2시 10분쯤 그게 뭔지 떠올랐지."

플린은 아무 말도 안 했다.

"그건 바로 수비드 봉투였어, 스테프. 벌리스 앤드 슬로의 중탕냄비에서 나오던 것들……."

57

"구역질 나는 얘기야, 포. 지금 진짜 그 자식이 자기 딸을 먹었다고 말하는 거야?"

"아니, 물론 아니야."

"하지만 놈이 제 딸을 요리했다고 하는 거 아니야?"

"아니야."

"그럼 뭔데?"

"내 생각에 놈은 엘리자베스를 그 수비드 봉투들에 담고 봉투 겉면을 씻어낸 다음, 그 벙커로 차를 몰고 가서 안에 떨어뜨린 거야."

플린이 그를 빤히 보며, 아연해서 입을 떡 벌렸다.

"그건…… 너무 터무니없는데, 포."

"그럴까? 살인 피해자를 운반하는 방법으로 수비드 봉투는 절대적으로 완벽해. 그건 뜨거운 물이 안으로 스며들거나 안에 있는 육즙이 밖으로 빠져나오지 않게 하면서 한 번에 몇 시간씩 고기를 담고 있도록 만들어진 거야. 차에 전이된 증거물이 남지 않을 테지. 아무것도."

"아니요. 그건 안 맞아요, 포."

브래드쇼가 고개를 흔들며 말했다.

"내가 그 사람들이 쓰는 진공 포장기를 봤어요. 몸 전체가 들어갈 만한 크기에는 전혀 못 미쳤다고요."

"몸 전체가 아니에요."

포가 대답했다.

"설마 지금……?"

플린이 말했다.

그가 끄덕였다.

"내가 처음에 키튼을 주시하게 된 이유가 뭐였지?"

"놈의 진술에 앞뒤가 안 맞는 데가 있어서였지. 〈매치 오브 더 데이〉가 방영되지 않았잖아."

"그리고?"

침묵. 포는 그저 기다렸다.

먼저 플린의 두 눈에서 서서히 깨닫기 시작했다는 신호가 나타났다. 눈이 커졌다. 호흡이 가빠지더니 얼굴이 창백해졌다. 플린은 충격으로 양손을 입에 가져다 댔다.

"하느님 맙소사, 그 말이 맞아."

플린이 속삭였다.

브래드쇼가 물었다.

"뭐예요, 포? 스테퍼니 플린 경위님은 알아냈는데 나는 알아내지 못한 게 뭐죠?"

포가 답했다.

"칼이에요, 틸리. 키튼은 칼 세트를 새로 주문했어요. 정육점에서 쓰는 톱과 식칼."

"이해가 안 돼요."

"재러드 키튼은 딸의 시신을 토막 내서, 각 부분을 수비드 봉투에 진공 포장한 다음, 레스 모리스가 발견한 벙커에 유기한 거예요."

이 가설은 끔찍하기는 했지만 이치에 맞았다. 세 사람은 철저하게 논의했다. 모든 각도에서 살펴보았다. 셋은 키튼이 자기 딸뿐 아니라 자기가 입고 있던 옷가지와 딸을 적절한 크기의 조각으로 해체하느라 사용한 도구들도 진공 포장했으리라는 데 동의했다.

포가 맞다면, 그가 확신하는바 레스 모리스의 시신, 키튼 딸의 토막 난 시신, 재심에서 그의 유죄를 못 박을 모든 증거가 저기 어딘가 지하 벙커에 있었다.

이제 단지 그곳을 발견만 하면 되었다…….

보아하니 그곳을 발견하고 동시에 컴브리아 경찰도 피해야 할 상황이었다. 플린이 전화를 걸러 사라졌다. 플린이 누구라고 말은 안 했지만 포는 밴 질에게 할 거라는 걸 알았다. 새로운 정보가 있든 없든, 포를 체포하라는 명령을 무시할 권한이 플린에게는 없었으니까. 밴 질이 일을 절차대로 처리하기로 정한다면 포는 받아들여야 할 터였다. 플린과 브래드쇼에게 그 일을 맡기고. 이제 분명한 단서가 나왔으니 둘은 그 벙커를 찾는 데 모든 것을 투입할 것이었다. 포가 있든 없든 그들은 발견하리라. 포는 잠시 구류되는 걸 피하자고 플린의 경력을 위험에 빠뜨리지는 않을 작정이었다.

아마도 포는 있으나 마나 할 터였다. 레스 모리스는 산책을 즐기는 사람이 아니었다―그가 사라진 벙커를 정말 발견했다면 문서들을 추적해서 알아낸 것일 터였다. 처음 만든 벙커의 위치가 기록부 혹은 어딘가에 보관되어 있을 것이었다.

플린이 다시 들어오더니 고개를 끄덕였다. 무슨 뜻인지는 명백했다. 적어도 지금은 포가 위험에서 벗어났다는 얘기였다.

상황이 나아지고 있었다.

상황이 나빠지고 있었다.

정오였는데 아직도 아무 진전이 없었다. 브래드쇼는 모리스가 손에 넣었을 수도 있는 모든 공개된 기록을 뒤져보았고, 그가 손에 넣지 못했을 기록도 찾아보았다. 폐쇄된 벙커들의 위치는 쉽게 찾아지지 않았다. 여기 찔끔 저기 찔끔 있었지만 정부 데이터베이스에는 아무것도 없었다.

브래드쇼는 아마도 사라진 벙커가 있을 거라고 자신했다.

"어쨌든 좀 이상한 점을 발견했어요."

POW 한 병을 꿀꺽꿀꺽 다 마셔버린 뒤, 브래드쇼는 그게 뭔지 말해주었다. 그것은 오직 브래드쇼만 발견할 수 있는 것이었다. 벙커 건설에 필요한 장비를 신청하는 기록부에서, 브래드쇼는 컴브리아에 보내기 위해 주문된 재료들이 알려진 벙커 개수와 일치하지 않는다는 걸 알아챘다. 벙커 개수와 달리 사다리와 출입문이 하나씩 더 있었던 것이다.

하지만 그게 전부였다. 브래드쇼가 아무리 애를 써도 어떤 데이터베이스에서도 그 장소를 알려주는 정보는 나오지 않았다.

그리고 포는 그 이유를 알았다. 브래드쇼가 장비 신청에 관해 언급했을 때, 포는 해럴드가 말해준 다른 이야기가 떠올랐다. 정부에서 과정은 관리하지만 건설은 지역 회사에서 시행한다는, 그런 류의 이야기. 포는 모리스가 지역 건설 회사들의 장부를 훑어보다가 사라진 벙커 계약을 수주한 회사를 발견했으리라 예상했다.

세 사람도 물론 똑같이 할 수 있을 터였다. 그리고 그 방식으로 결국 그 건설 회사를 발견하고 벙커 위치를 알아내리라. 포는 그것을 한 치도 의심하지 않았다. 플린과 브래드쇼는 자기 일에 너무 뛰어난 사람들이어서 못할 수가 없었다.

하지만 그러려면 시간이 걸렸다. 그들에게 없는 시간이.

상황의 심각성이 그를 덮쳤다.

키튼은 출소했다. 일주일쯤 지나면 언론도 그의 집 앞에서 물러날 테고 키튼은 몰래 빠져나가 모든 걸 제대로 처분할 수 있을 터였다. 그가 체포되지 않았더라면 실행했을 게 확실한 그 방법으로. 키튼은 아마 교도소에 수감되어 있던 지난 6년 동안 매 순간 벙커가 발각되지는 않을지 걱정했을 터였다. 웬 꼬마가 어느 날 우연히 그걸 발견하지는 않을지 두려워하면서. 또 다른 레스 모리스가 마찬가지로 집착에 사로잡혀 그걸 발견하려고 모리스만큼 굳게 다짐하고 있는 건 아닐까 안달 내면서.

그가 그곳을 오랫동안 내버려둘 리는 없었다. 6년 전에 시작한 일을 마무리하고 싶어 필사적일 터였다.

포는 모든 걸 알았지만 아무것도 증명할 수 없었다. 일주일 전과 비교해 나아진 게 없었다.

워들의 관점에서 볼 때 엘리자베스 키튼은 여전히 실종 상태였고 재러드 키튼은 중대한 오심의 희생자였다. 클로이 블록스위치를 발견하면 세 사람에게 도움이 될 터였지만, 처음 생각한 만큼 도움이 되지는 않을 것이었다. 플린은 클로이 블록스위치가 전부 부인할 테고 더구나 2주 전과는 다른 모습일 게 뻔하다는 점을 지적했다. 그리고 그게 아니라는 걸 입증할 물리적 증거는 전혀 없었다. 게다가 리그와 플릭 제이크먼 역시, 클로이 블록스위치가 엘리자베스를 사칭하고 있었다고 말할 수도 있었지만 그건 중요하지 않을 것이었다.

왜냐하면 엘리자베스의 혈액이 경찰 인터뷰 도중에 어떻게 채혈될 수 있었는지 설명할 수 없기 때문이었다. DNA는 증거의 금본위제와 같았다. 이 땅의 어떤 법정에서도 엘리자베스 키튼은 앨스턴 도서관에 걸어 들어간 그 여자일 터였다. 과학적으로 다른 여자일 수가 없었다.

클로이 블록스위치를 생각하다 보니 포는 한 가지 단계를 빼먹었다는 게 떠올랐다. 그는 아직 키튼이 어떻게 그 여자와 접촉했는지 알아내지 못했다. 바버라 스티븐스는 버니 크로퍼드가 키튼을 방문한 때와 클로이가 제 아버지를 방문한 때가 맞물렸던 적은 없다고 말해주었다. 둘이 동시에 방문객 센터에 간 적이 없었다는 소리다. 그것은 이상했다. 재러드 키튼은 몇 분만 있으면 사람을 완벽하게 홀릴 수 있었지만, 아무리 그래도 직접 대면하지 않고서는 어려울 터였다.

뭔가 깨지는 소리가 들려 포는 깜짝 놀랐다.

브래드쇼가 빈 에너지 드링크 병을 벽에 집어 던진 것이었다.

"어떻게 한 건지 모르겠어요!"

포가 브래드쇼 옆에 앉으며 말했다.

"걱정 마요, 틸리. 어차피 승산 없는 일이었으니까."

"지금 상황이 정말 안 좋은 거죠, 포?"

"좋지 않죠."

"포 감옥에 가는 건가요?"

그는 브래드쇼에게 결코 거짓말하지 않겠다고 다짐했고, 지금 그걸 깨고 싶지는 않았다.

"어쩌면요. 엘리자베스가 나타났다가 그냥 다시 사라진 거라면 너무 많은 사람들이 질문을 해댔을 거예요. 키튼은 다시 자유를 찾을지는 모르지만 예전의 명성을 되찾지는 못하겠죠. 하지만…… 웬 뒤틀린 형사가, 자기 실수에 수치심을 느끼다 못해 그 여자를 살해한 혐의로 유죄 판결을 받는다면…… 뭐, 그러면 전혀 다른 문제가 되겠죠. 그 이야기라면 온 세상이 지지할 거예요."

"어우, 좆같이 징징대지 좀 마, 포!"

플린이 쏘아붙였다. 플린은 또 전화를 걸러 바깥으로 나갔지만 두 사람이 알아차리지 못하게 조용히 다시 들어왔다.

"자기가 하는 얘기 좀 들어볼래? 부장님도 나도 당신이 지금 포기하는 꼴 보자고 경력을 위험에 빠뜨리는 게 아니라고."
"우리는 포기하는 게 아니야, 스테프. 하지만 현실적으로 이 벙커를 발견하기에는 시간이 부족해."
"그러면 포는 체포돼서 감옥에 갈 거고요."
브래드쇼가 덧붙였다.
플린이 짜증스레 말했다.
"아우, 맙소사. 잘 봐, 원래 지금 이 얘기를 할 생각은 아니었지만 내가 요즘에 좀 예민했던 데는 이유가 있어."
"좀이라고?"
"그래, 포, 좀! 내가 10분마다 노래를 부르지 않는다고 해서 그게 꼭……."
플린은 말을 멈추더니 숨을 깊이 들이쉬었다. 마음을 가다듬었다.
심각한 이야기인 듯했다. 포는 플린이 아픈 게 아니기를 바랐다. 자기가 그걸 감당할 수 있을 것 같지 않았다. 그가 아끼는 사람의 수는 한 손으로 헤아릴 수 있었고 그중 두 사람이 지금 그 방에 있었다.
플린이 입술을 깨물더니 말했다.
"내 파트너 조이랑 나는 한동안 아이를 가지려고 시도해봤어."
"포한테 기부해달라고 물어보셨어야죠, 스테퍼니 플린 경위님. 플린 경위님에게 정자 정도야 줬을 텐데, 안 그래요, 포?"
브래드쇼가 말했다.
포가 콧방귀를 뀌었다. 브래드쇼는 언제든, 어색한 상황을 더 어색하게 만들 수 있는 사람이었다.

플린이 웃었다.

"우리는 지금 체외 수정을 시도해보고 있어요, 틸리. 조이는 팀과 결혼한 사이였을 때 임신을 할 수 없었고, 나는…… 음, 그냥 나도 평범한 방식으로는 수정이 안 된다고만 해두죠."

포가 브래드쇼의 어깨에 한 손을 얹더니 고개를 살짝 저었다. 브래드쇼가 알아들었기를 바랐다—이번만큼은 물어봐서는 안 돼요.

"아무튼 우리는 체외 수정 비용을 개인적으로 부담할 준비가 돼 있었지만 둘 중 누구도 예상하지 못한 문제에 부닥치고 말았어. 서로 의논도 없이, 두 사람 다 경력에 장애가 생길까봐 걱정한 거야."

포는 잠자코 있었다. 옳은 일은 아니었지만 이 업계에서 차별은 실제로 있었다. 국가범죄수사국은 다른 곳보다는 나은 직장이었지만 그건 사실이었다—출산 휴가를 내는 여자들은 통계적으로 불이익을 받았다. 경력 단절이라는 말은 적절한 표현이었다. 그것 때문에 경력이 절단되고 말았으니까. 노동 심판에서 고용자들은 육아 휴직에서 돌아오는 여자들이, 직장이 아닌 다른 곳에 우선순위를 두기 때문에 일을 덜 진지하게 간주한다고 치부하는 것을 인정했다.

"둘 다 출산 휴가를 내고 싶지 않았구나."

그가 말했다. 포는 그들을 탓하지 않았다. 둘 다 자기 분야에서 탁월했으니까. 조이는 런던에서 일했다. 유가 분석과 관련한 일이었다. 조이는 보수가 무진장 좋았다. 연봉이 일곱 자리였다. 한 남자와 결혼했으나 이혼을 했다는 사실을 제외하면 포는 조이에 대해 별로 아는 것이 없었다. 플린은 자기 사생활을 사적인 영역으로 남겨두었다.

"아니야, 포, 거꾸로 생각했어. 우리 둘 다 자기가 아이를 임신하고 싶어 했어. 서로 상대의 이력을 지켜주려고 한 거라고."

포는 대답하지 않았다. 자기 의견을 말하면 안 될 것 같았다.

"조이의 이력이 너무 중요해서 난 내가 아이를 임신하고 싶었어."

"당신 이력도 중요해, 스테프."

포가 말했다. 실제로 그는 중범죄분석섹션에서 경위로 일하는 사람이 런던의 중심가에서 일하는 이보다 10배는 중요하다고 생각했다. 그러나 포는 그렇게 말하지 않았다. 그는 세심함을 발휘하고 있었다. 놀랍게도, 브래드쇼도 그랬다.

"그런 이유로 요즘 좀 달랐던 거야. 조이랑 나는 힘든 시기를 지나가고 있다고."

"이제 정리된 거야?"

포가 물었다.

"그래."

"그래서?"

"그래서 뭐?"

"어떻게 정리된 거냐고?"

플린이 그를 쳐다봤고 포는 오늘 그가 알아낼 수 있는 것이 거기까지라는 점을 알았다. 플린은 사생활을 과하게 드러낸다는 말은 절대 들을 리가 없었다.

"다행이네, 스테프. 그럼 내가 일찌감치 대부를 자처해도 되나?"

플린이 웃었다.

"착하게 굴면……. 언젠가 아기 사진을 보여줄지도 모르지."

포도 마주 웃었다. 다시 친구였다.

"그런데 그게 이거랑 무슨 상관이지?"

플린의 턱이 단단해졌다.

"내 요지는 이거야, 포. 내가 문제를 똑바로 마주하고 결정을 내리기 전까지는 우리도 점점 수렁에 빠져들고 있었어."

"그래서……?"

"그러니까 씨발 자기연민은 집어치우고 뭔가 하란 말이야!"

"하지만 지금……."

플린이 한 손을 들어 그를 막았다. 브래드쇼를 보고 물었다.

"우리가 일하는 팀이 뭐죠, 틸리?"

"우리는 중범죄분석섹션에서 일해요, 스테퍼니 플린 경위님."

"그럼 우리가 하는 일은요?"

"우리는 사람들의 프로필을 만들고 경찰이 그들을 잡도록 도와요."

"바로 그거예요."

"하지만 프로필을 만들 사람이 없잖아."

포가 항의했다.

"없다고?"

포는 멈춰서 생각했다. 이 사건에 개입된 모든 사람을 하나하나 떠올려보았다. 여전히 크고 두터운 공백이 가로막고 있었다. 그는 어깨를 으쓱했다.

"아무도 안 남았는데."

플린이 대답했다.

"사람 말고 사물. 모리스처럼 기록을 추적하는 건 어려울지도 모르지만, 우린 지금 이미 충분히 알고 있잖아."

아. 물론 그렇지.

포가 웃음 지었다. 브래드쇼도 그랬다.

"바로 그거야. 우리는 이 사라진 벙커를 프로파일링 하는 거야."

58

플린이 주도했다.

"틸리, 컴퓨터를 맡아요."

"헐, 제가 아니면요, 포한테 맡겨요?"

두 사람이 놀라서 브래드쇼를 쳐다보았다.

"죄송해요."

브래드쇼가 말했다.

"걱정 마요. 다들 녹초가 됐으니까."

플린이 말했다.

플린이 포를 보았다.

"컴브리아에 있는 벙커가 모두 확인되었다고 했나?"

포가 끄덕이고 메모를 확인했다.

"해럴드 말에 따르면, 이 지역 벙커들은 전략적인 덩어리로 뭉쳐 있었어. 지역 감시단 회원이 칼라일의 통제 그룹에 보고하면, 거기서 모든 것을 프레스턴에 있는 서부 본부에 전달했어. 그러면 프레스턴은 남부 어디에 있는 'NATO 타격 사령부 작전 센터'라고 하는 곳에 보고했지."

"당신은 모리스가 벌리스 앤드 슬로 근처에서 트러플을 발견했다고 생각하는 거고?"

"아마 더 게임키퍼스 키친에 더 가까울 거야. 거기에 먼저 팔려고 했으니까."

"모리스가 집으로 차를 몰고 가는 길이었던 건 아닐까? 몇 킬로미터 떨어진 데서 발견했지만 거기가 너무 외진 데였다거나?"

"그건 아닌 것 같아. 더 게임키퍼스 키친의 셰프 말로는 모리스가 '지저분했고' 트러플이 막 땅에서 나온 것처럼 신선해 보였대. 그리고 그 벙커는 이미 발견된 벙커랑 가까웠을 테고. 벙커가 다른 장소로 재배치되었다면, 그건 하필 그 자리가 부적절해서지 그 근방이 부적절해서는 아니야. 만약 처음 만든 벙커를 그대로 이용했더라면 전체 덩어리의 한 부분에 들어갔겠지."

브래드쇼가 그 지역 지도를 띄웠다.

"더 게임키퍼스 키친에서 가장 가깝고 현존하는 벙커는 여기야."

포가 화면을 가리키며 말했다.

"기록부에는 아마스웨이트, 그러니까 모리스가 사는 데로 되어 있는데 해럴드는 그게 실제로는 아이컷게이트라는 마을에 더 가깝다고 했어."

"그게 우리가 찾는 벙커는 아니겠지?"

플린이 물었다.

포가 고개를 저었다. 타당한 질문이었고 그도 해럴드에게 던진 질문이었다.

"아니야. 이건 온전할 뿐 아니라 잘 알려져 있어. 그리고 숲이 아니라 농부의 밭에 있고."

"하지만 모리스가 가까운 레스토랑에 들렀다는 걸 감안하면 사라진 벙커를 대체한 게 아이컷게이트 벙커일 가능성이 있어요. 그리고 만약 그렇다면 사라진 벙커도 그 근처에 있을 거예요."

브래드쇼가 말했다.

"동감이야. 아이컷게이트 마을 근처 숲에 있는 게 거의 틀림없어."

포가 말했다.

"좋아, 그럼. 블랙 서머 트러플의 필요 사항을 한쪽 집합에 넣고 왕립대공감시단 핵감시초소의 필요 사항을 다른 집합에 넣어서 벤다이어그램을 그려야 돼. 그러면 공통점이 뭔지 알 수 있어."

플린이 말했다.

한 시간 뒤에 목록이 나왔다.

플린이 정리해서 말했다.

"왕립대공감시단 초소는 시야가 360도 확보되는 곳에 있어야 해."

포가 끄덕였다.

"맞아. 하늘이 또렷하게 보이기만 하면 되던 애초의 항공기 감시초소와는 달리, 핵 벙커는 폭풍 충격파와 열방사를 측정할 수 있도록 지면을 방해받지 않고 볼 수 있어야 했어. 거의 다 밭에 있었지. 그리고 이 지역의 땅이 평평하지 않기 때문에, 좀 높은 곳에 있어야 해."

"그러니까 처음 건설되었을 때는 들판이었겠네. 그런데 이제는 숲이 된 곳?"

"그런 거 같아. 새로 생긴 숲."

"하지만 너무 최근에 생겨서 트러플이 살 수 없을 정도로 나무가 덜 성숙하지는 않은 곳이요."

브래드쇼가 말했다.

"농부가 뭣 때문에 나무를 심으려고 할지 이해가 안 가는데. 분명 밭이 더 쓸모 있는 거 아닌가."

플린이 물었다.

포는 이 질문의 답을 알았다. 토머스 흄이 말해준 덕분이었다.

"높은 위치의 드러난 표토층은 침식되거든. 농부들은 나무를 심어서 흙이 척박해지고 돌투성이가 되지 않게 하는 거야. 나무는 비가 내릴 때 물을 일부 흡수해서 사태가 일어나는 걸 막아주기도 하지. 게다가 자연 방풍이 되어 동물들과 작물들이 피신할 수 있게 해줄 뿐 아니라, 이제는 컴브리아의 여러 농가에서 사냥터를 운영하는데, 숲과 나무들이 꿩과 다른 사냥감 새들에게 이상적인 서식지이기도 하니까."

"좋아. 그러니까 빨리 자라고 트러플이 살 수 있는 나무가 필요하네."

브래드쇼가 말했다.

"그럼 참나무는 아니에요. 천천히 자라니까요. 그러면 너도밤나무하고 자작나무가 남네요. 트러플이 좋아하는 뿌리가 있으면서 충분히 빠르게 자라는 것은 둘뿐이에요."

"아마 너도밤나무도 아닐 거야. 컴브리아 사람들은 보통 너도밤나무를 토종으로 받아들이지 않아. 남쪽에서는 다르지만 이 정도 북쪽 지역에서는 그걸 토종으로 보지 않지. 여기 농부들은 전통주의자야. 특히 금전적으로 피해가 없을 때는 더 그래."

포가 말했다.

"포는 그걸 어떻게 알아요?"

브래드쇼는 자기도 모르는 소소한 사실을 그가 알고 있다는 게 재미있는 듯했다.

포가 어깨를 으쓱했다.

"켄들의 하원의원이 너도밤나무의 분류를 외래종으로 바꾸려던 그룹에 속해 있었던 적이 있거든요. 몇 년 전에 신문에도 실렸어요."

방이 조용해졌다.

"누구나 관심 있는 게 하나쯤은 있는 거겠지 뭐."

그가 덧붙였다.

브래드쇼가 말했다.

"자작나무면 돼요. 빠르게 자라고 가격도 싸요. 가장 그럴듯한 아종은 은자작나무예요. 물이 잘 빠지는 흙이 필요한데, 그게 우리가 찾는 살짝 높은 곳에 잘 맞거든요."

"그러니까 우리가 찾는 건 아이컷게이트 마을 벙커 근처에 있고, 살짝 높은 위치에 새로 생긴 자작나무 숲이네."

포가 끄덕였다.

브래드쇼도 끄덕였다.

"좋아, 그럼. 이제 우리가 찾는 거야."

포가 플린을 멍하게 쳐다보았다.

"'우리'라는 건 당연히 틸리를 말하는 거지……."

각종 항공, 위성 도구를 갖춘 브래드쇼가 좁은 지역에서 은자작나무 숲을 발견하는 것은 그리 어렵지 않았다. 그리고 숲이 맨체스터나 셰필드나 버밍엄에 있었다면 실제로도 어렵지 않았을 것이다.

그러나 브래드쇼는 지금 컴브리아에서 찾고 있었다.

자작나무 숲을 발견하는 것은 어렵지 않았다. 은색에, 벗겨지는 껍질은 눈에 잘 띄었으니.

딱 맞는 자작나무 숲을 찾는 것은 훨씬 어려웠다.

브래드쇼는 결국 아홉 개로 범위를 좁혔다.

그중 셋은 오래되어 보였고 자작나무만 있는 것이 아니었다. 포는 만약 농부가 벌판에서 숲을 조성한다면 나무를 대규모로 구입했을 거라는 근거로 그 세 곳을 제외했다. 여러 종을 섞을 까닭이 없었다. 다른 두 군데는 이든강에 가까웠고 따라서 범람하기가 쉬웠다.

그러자 네 곳이 남았다.

브래드쇼는 노트북 화면에 가장 잘 나온 위성 이미지를 격자무늬와 함께 띄웠다. 세 사람은 노트북에 바짝 다가갔다. 잠시 아무도 말이 없었다.

포는 지도에서 네 곳의 위치를 확인했다. 하나가 두드러지게 좋아 보였다. 그 마을 근처였고, 도로 접근도 용이했고, 현존하는 벙커에서 가까웠다. 두 번째와 세 번째 숲도 가능성이 있었다. 첫 번째 것처럼 도로 접근이 용이하지는 않았지만 나머지는 다 기준에 부합했다. 포는 네 번째 숲을 빼버릴까 생각했다. 그곳은 들판 세 곳과 다른 숲 두 곳을 지나가야 했다. 아이컷게이트 가까이에 있지도 않았고 레스 모리스가 사는 곳에서 가깝지도 않았다. 더구나 덤불도 잔뜩 있었다. 결국 포는 그냥 그것도 내버려두기로 했다. 현실적으로 넷 중 어디든 될 수 있었고, 넷 다 아닐 수도 있었다.

"클로이 블록스위치가 거기 숨어 있다고 생각해?"

플린이 조용히 물었고, 두 눈은 화면에 고정되어 있었다.

포는 그건 생각해보지 않았다. 거기도 다른 데만큼이나 괜찮아 보였다. 한동안 잠잠하게 있을 수 있는 안전한 곳. 키튼이 약속한 보상이 뭐든 그걸 기다릴 만한 장소.

천둥이 내리치는 소리에 해럴드가 말해준 이야기가 떠올랐다. 포는 플린의 어깨 너머로 비 때문에 흐릿해진 창밖을 내다보았다. 숯처럼 시커먼 하늘에서 빗방울이 총알처럼 쏟아졌다. 천둥이 야성의 힘으로 포효했다. 폭풍 웬디는 예보된 그대로였다.

"만약 거기 숨어 있다면 장화를 신었기를 바라. 그 벙커들은 배수관은 없고 오물 웅덩이만 갖춰져 있거든. 그래서 버려진 곳들은 거의 범람한 거고."

포가 말했다.

브래드쇼가 아무 경고도 없이 빽 소리쳤다.

"배수관!"

설명도 없이 브래드쇼는 숲 사진들을 없애고 맹렬하게 키보드를 두드리기 시작했다. 브래드쇼가 뭔가를 찾는 동안 안경에 웹사이트가 수도 없이 반사되어 지나갔다.

"세상에, 세상에, 세상에."

브래드쇼가 되풀이했다.

20초 뒤 브래드쇼는 타이핑을 멈추고 화면에 떠 있는 것을 읽었다. 자리에서 벌떡 일어나 인쇄기로 달려갔다. 문서가 기어 나올 때까지 연신 이쪽 발 저쪽 발로 체중을 옮겼다.

포와 플린이 시선을 주고받았다.

"이 어색한 침묵이 즐거운데요, 틸리."

플린이 말했다.

인쇄가 끝나자 브래드쇼는 두 사람에게 두 쪽짜리 문서를 건넸다. 그리고 포에게 그가 샙 웰스 호텔에 두고 간 독서용 안경도 주었다.

"이게 바로 클로이 블록스위치가 혈액 검사를 속인 방법이에요."

포는 받은 문서를 흘끗 보았다. 존 슈니버거라고 하는 로디지아 태생 캐나다 시민에 관한 위키피디아 내용이었다. 포는 혼란스러워서 브래드쇼에게 인상을 찡그렸다. 브래드쇼는 끄덕이며 읽으라고 했다.

그는 읽었다.

첫 페이지를 끝까지 읽기도 전에 그는 숨을 멈췄다.

왜냐하면 존 슈니버거가 불가능을 가능하게 만든 자였기 때문이다—그는 자기 몸속에 다른 사람의 피를 담고 있을 방법을 찾아냈다. 1992년 강간죄로 기소된 뒤 그는 법원에서 명령한 DNA 검사를 두

차례나 속였고 고소는 취하되었다. 아내가 첫 결혼에서 얻은 딸을 그가 강간했다고 경찰에 신고했을 때에야 경찰에서는 구강과 모낭을 포함하여 여러 곳에서 샘플을 채취했다. 그때 그의 DNA는 첫 강간 피해자에게서 발견된 DNA와 일치했다. 포는 그가 어떻게 했는지 읽었다. 그가 맞았다―그건 단순한 해법이었다. 그 단순함에 탁월함이 있었다.

포는 슈니버거의 방법을 자기들 사건에 한 가닥 한 가닥 적용해보며 사실들에 딱 맞아떨어지는지 확인했다.

맞았다.

모든 게 통했다.

모든 게 설명되었다.

깨달음이 찾아왔다. 그는 브래드쇼를 빤히 보았다.

"하지만 이렇다는 건······."

"맞아요, 포."

브래드쇼가 억장이 무너진 얼굴로 말했다.

"정말 너무 유감이에요."

59

 폭풍은 전쟁보다 더 요란했다.

 그게 포가 호텔 비상계단에서 밖을 응시하며 한 생각이었다. 빗방울이 지면에 기관총처럼 떨어졌다. 천둥은 원초적이었고, 귀가 먹먹할 정도로 연이어서 내리치며 마치 라디오에서 나오는 잡음을 최대 볼륨으로 키워놓은 것 같았다. 번개는—그에게 익숙한 간헐적인 지그재그 모양이 아니라—쉴 새 없이 눈부신 빛을 터뜨리며 하늘을 가득 채워 밤을 낮으로 바꿔놓았다. 포에게 그건 번개라기보다 하늘에서 카메라 플래시가 터지는 듯했고, 신들조차 아래쪽에서 휘몰아치는 대혼란을 사진으로 찍지 않고서는 배길 수 없는 것 같았다. 나무들은 그저 흔들리는 게 아니라, 소용돌이에 빠진 해초처럼 바람에 구부러지고 꺾이면서 뿌리가 버틸 수 있는지 한계까지 시험당하는 듯했다. 나뭇가지들이 뜯긴 것처럼 주차장에 널브러져 있었다.

 실내에 머물러야 하는 밤이었다.

 포는 재킷을 끝까지 여미고, 엄숙한 얼굴의 플린과 겁에 질린 얼굴의 브래드쇼에게 작별을 고하고 바깥으로 나갔다.

 워들은 스코틀랜드에서 완충재가 붙은 봉투를 추적하고 있을지 모르지만 컴브리아 경찰이 모두 멍청이는 아니었다. 포는 눈에 띄면 현장에서 체포될 터였다. 그래서 빅토리아의 랜드로버를 몰면서도 포는 주요 도로를 이용하는 것이 불안했다.

그래도 달리 방법이 없었다. 이 날씨에 주요 도로를 이용하지 않으면 수상쩍어 보일 터였다. 좁은 도로들은 지나갈 수가 없거나 너무 위험해서 교통경찰들이 계속 감시할 필요가 없을 테니.

그렇다면 M6 고속도로였다.

샙 웰스 호텔에서 빠져나가는 1차선 도로가 빠르게 흘러가는 개울로 변해버렸다. 포는 그 길을 따라 언덕으로 올라가며 렌터카가 아니라 랜드로버를 타고 있는 게 다행이라고 생각했다. 두꺼운 타이어가 도로의 진흙과 잔해를 꽉 붙잡고 그를 앞으로 나아가게 해주었다.

시야가 고작 몇 미터밖에 미치지 않았다. 심지어 와이퍼를 2배속으로 돌려도 유리창을 두드리는 물을 감당할 수 없었다. 그는 판단력보다는 운 덕분에 길 끝까지 갈 수 있었다. 그는 우회전해서 A6에 올라타고 액셀을 밟아 꾸준히 시속 약 50킬로미터로 달렸다. 몇 분이 지나자 고속도로에 진입했다.

포는 속도를 약 시속 65가 되도록 올려 북쪽으로 향했다. 뒤흔드는 바람을 감당하고 잔해를 피할 정도로 느리면서 진전을 보일 정도로 빠르게.

딱 한 번 곤란한 순간이 있었다. 위그턴 나들목에서 1~2킬로미터 지난 지점에서 포는 응급 차량처럼 보이는 푸른색 불빛을 발견했다. 그게 그를 멈춰 세우려는 작전이었다면 정확히 맞힌 셈이었다. 그가 달아나면 다른 경찰들이 합류할 수 있을 정도로 나들목에서 가까웠고, 그가 분기점을 지나기 전에는 발견할 수 없을 정도로 멀리 떨어져 있었던 것이다.

포는 속도를 50으로 줄였다.

다시 30으로.

걱정할 필요는 없었다. 그건 전복된 화물 트럭이었다. 트럭은 갓길과 왼쪽 차로를 막고 있었고, 운전자는 앰뷸런스 뒤쪽에서 망연하게 앉아 있었으며, 흰색 모자를 쓴 교통경찰이 이런 극한 날씨에 그렇게 높은 차를 운전하는 어리석은 행동에 관해 일장 연설을 늘어놓는 게 틀림없었다.

포는 안심해서 한숨을 내쉬고, 오른쪽 차로로 넘어가서 경찰차들과 앰뷸런스들을 천천히 지나쳐 갔다. 아무도 그에게 관심을 보이지 않았다.

30분 뒤에 그는 42번 나들목까지 갔다. 그는 나들목으로 빠졌다. 또 한 차례 번개가 쳐서 페터릴강을 비췄다. 평소 힘없이 흘러가던 강이 부풀어 격정적인 흙탕물로 변해 강바닥과 수면이 뒤집힌 듯 보였다. 여기저기에 소용돌이가 있고 채소며 뿌리째 뽑힌 나무며, 포가 잘못 본 게 아니라면 정원 테이블까지 떠내려갔다.

10분 뒤 포는 오른쪽으로 꺾어 코트힐 쪽으로 진입했다. 5분 뒤에는 벌리스 앤드 슬로의 텅 빈 주차장에 들어섰다······.

60

포는 랜드로버에 그대로 있었다. 주차장은 비었고 레스토랑은 어둠에 잠겨 있었다. 잠시 그는 자기가 틀렸다고 생각했다. 아무리 고집스러운 식도락가라도 오늘 밤에는 나오지 않을 거라고. 기상청에서 정전이 일어날 수 있다고 경고한 것을 떠올렸을 때에야 더 자세히 들여다보았다.

불빛이 있었다. 흐릿하고 흔들렸다. 벌리스 앤드 슬로는 촛불을 켜놓았다.

레스토랑은 열려 있었다.

지금이 아니면 영영 할 수 없었다.

포는 운전석 문을 열고 젖은 자갈에 내려섰다. 따가운 빗방울에 맞지 않도록 얼굴을 가려야 했다. 30미터를 달려 앞문으로 간 뒤 잠시 멈췄다. 포치 덕분에 폭풍에서 몸을 좀 피할 수 있었다. 포는 스텐실로 모양을 낸 창문으로 안을 들여다봤다.

재러드 키튼이 혼자 테이블에 앉아 있었다.

그는 연파란색 정장을 입고 있었다. 짧고, 접히지 않는 깃이 달린 정장은 단추가 목까지 채워져 있었다. 그런 깃을 만다린 칼라라고 하는 것 같았다.

키튼은 와인 잔으로 와인을 홀짝이며 메뉴로 보이는 걸 읽고 있었다. 그는 고개를 들어 포를 보았다. 놀란 것 같지 않았다. 말하자면 오히려 기뻐 보였다. 그는 포에게 안으로 들어오라고 손짓했다.
"아, 포. 도착하셨군요. 조금 걱정되던 참인데."
키튼이 상냥하게 웃으며 말했다.
우기인데도 포의 입이 바싹 말랐다. 그는 목을 가다듬으려고 했지만 쇳소리가 나는 기침이 흘러나왔다. 주위를 둘러보았다. 휘황찬란하게 차려 입은 웨이터가 구석에 서 있었다. 그 외에는 두 사람뿐이었다.
"오늘 밤 혼자서 식사하시나, 재러드?"
목소리가 꺽꺽거리며 나왔다. 그는 옆의 테이블에 놓여 있던 물병을 집어 뚜껑을 연 뒤 기울여 입술에 댔다. 길게 들이마셨다.
키튼은 여전히 웃고 있었다.
"진정해요, 이 양반아."
그가 빈 와인 잔을 포 쪽으로 밀었다.
"목이 마르면 와인을 좀 들어요."
포는 계속 병째로 마셨다.
키튼이 한 손을 들자 웨이터가 다가왔다.
"포 경사의 잔을 채워주게, 제이슨."
"네, 키튼 셰프."
제이슨은 화이트 와인을 잔에 채웠다. 포는 건드리지 않았다. 키튼이 어깨를 으쓱했다. 그는 진흙이 튄 포의 청바지와 물이 철벅거리는 부츠, 이마에 딱 붙은 머리카락, 옷에서 판석 바닥으로 떨어지는 빗물을 쳐다보았다.

"우리 가게의 드레스 코드를 너무 극단으로 밀어붙이는 것 같군요, 포 경사."

키튼은 잠시 포와 마주 보다가 빙긋 웃음 지었다.

"농담입니다. 오늘 밤은 사적인 행사지요—그래서 혼자 있는 거고요—그러니 입고 싶은 대로 입어도 됩니다."

그는 자기 맞은편 자리를 가리켰다.

포는 의자를 빼 자리에 앉았다. 면 냅킨을 집어 비에 너무 심하게 젖은 머리카락 부분을 털어냈다. 키튼이 입을 다물고 좀 재미있다는 듯 지켜보았다.

포가 다 털고 나자 키튼은 다시 웨이터를 불렀다.

"셰프한테 두 사람이 식사할 거라고 전해주게."

"네, 키튼 셰프."

웨이터가 나갔다.

"음식 생각 없는데요, 키튼."

포가 말했다.

"나랑 얘기하고 싶은 거 맞지요?"

포가 끄덕였다.

"그럼 같이 드십시다. 빈속에 대화는 건 거부합니다."

포는 반응하지 않았다.

"최근에 여기서 식사한 걸로 아는데요?"

"그랬죠."

"음, 장담하는데 그날 여기서 먹은 것은 이제 먹게 될 것에 비하면 아무것도 아닙니다. 나의 옛 멘토인 지가도 셰프가 오늘 나한테 요리 해주려고 파리에서 차를 몰고 왔거든요. 그간 내가 겪은 일을 생각해서 특별히 만들어주는 겁니다."

포가 인상을 썼다. 상황이 예상한 대로 흘러가지 않았다.

"좋아요. 대신 한 가지 요리만 하죠. 또다시 열다섯 가지 코스가 나오기를 기다리진 않을 겁니다."

"그럼 결정된 겁니다."

키튼이 진정 기쁜 듯 웃었다.

"그런데 왜……."

키튼이 손을 들었다.

"먹은 뒤에 합시다, 포 경사. 먹은 뒤에."

포는 포기했다. 키튼은 분명 이 부분에서는 양보하지 않을 터였다. 이토록 즐거워하고 있으니 더더욱. 대신 포는 제이슨이 부어준 잔에서 와인을 한 모금 마셨다. 와인은 거의 마시지 않기 때문에 좋은 와인과 탁월한 와인을 구분할 미각이 자기에게 있을 것 같지 않았다. 그래도 이건 괜찮은 듯했다. 이제까지 마셔본 것들과는 달랐다.

"이건 어디서 구한 겁니까?"

무엇이든 입을 열도록 하는 게 나을 터였다.

"내가 이용하는 와인상이 거의 10년 전에 프랑스의 포도밭에서 입수한 겁니다. 싸지는 않았지만 인생의 훌륭한 것들은 결코 싸지 않지요."

포는 대꾸할 말이 생각나지 않았고 두 사람은 불편한 침묵에 빠져들었다.

키튼이 먼저 침묵을 깼다.

"내가 지난 6년 동안 가장 그리워한 게 뭔지 아십니까, 포 경사?"

"딸이요?"

키튼이 웃음 짓더니 꾸짖듯이 손가락을 흔들었다.

"새로 딴 꽃입니다."

그가 말했다. 그는 두 눈을 감고 숨을 깊이 들이쉬었다.

"정말 분위기를 살려주지요. 그렇게 생각하지 않나요?"

포가 식당을 둘러보았다. 촛불의 으스스한 빛에 조금 가려지기는 했지만 꽃이 실제로 많이 있었다. 포는 자기와 브래드쇼가 와서 식사했을 때는 이렇게 많지 않았던 걸로 기억했다.

"그리고 아동노동법이 점점 애들을 착취하는 쪽으로 바뀌다 보니 꽃이 놀랄 정도로 저렴해졌지요."

키튼이 웃으며 덧붙였다. 그는 또 깊이 숨을 들이마셨다.

"불행의 향기. 오늘 밤에 있을 일에 완벽하게 맞는 비유 아닌가요, 포 경사?"

포가 반응하기도 전에 부엌문이 열렸다.

"아, 아주 좋아요. 첫 요리가 나왔네요."

웨이터가 구리 냄비 두 개를 들고 다가왔다. 냄비 안은 불이 붙어 지글거렸다.

"요리가 아마 흡족할 겁니다. 회색머리멧새라고 하는 명금이지요. 지가도 셰프가 파리에서 직접 가지고 와서, 불과 15분쯤 전에 브랜디에 익사시킨 겁니다……."

61

 머리에 쓴 냅킨을 벗어버린 키튼의 입술에서 피와 기름이 뚝뚝 떨어지자, 포는 키튼이 이보다 더 마음을 놓을 수는 없을 거라고 계산했다.
 "우리가 당신 딸이라고 주장하는 여자의 정체를 알아냈는데 말이죠, 재러드."
 키튼의 웃음이 살짝 흔들렸으나 바로 돌아왔다.
 "클로이 블록스위치. 당신이 펜턴빌 교도소에 있었을 때 같은 구역에 있던 재소자의 딸이죠."
 "그런가요?"
 "그리고 우리는 당신 딸의 시신이 어디 있는지도 압니다."
 키튼이 양팔을 벌렸다.
 "그래서 그게 어디려나요?"
 포는 키튼의 두 눈을 뚫어져라 쳐다보다 대답했다.
 "아이컷게이트 마을 근처에 있는 버려진 왕립대공감시단 핵감시초소."
 그렇지!
 눈꺼풀의 떨림. 너무 빨라서 아예 일어나지 않은 듯했다.

포가 그를 놀래킨 것이었다.

키튼은 재빨리 회복했다. 충격은 희미해지고 느긋한 매력이 되돌아왔다. 키튼은 과장되게 주변을 돌아보았다.

"난 팔푼이가 아닙니다, 포. 당신은 여기 혼자 왔고 그건 당신을 체포하라는 영장이 아직 유효하다는 의미가 틀림없지요. 그러니 당신이 여기에 온 것은 글쎄요……. 내게 자백을 유도하려는 것이려나? 어쩌면 이 대화를 녹음하고 있다거나?"

"자백은 필요하지 않은데요, 키튼. 당신도 나만큼이나 잘 알겠지만, 이 벙커를 발견하면—우린 발견할 겁니다—당신 딸의 유해도 찾고 당신에게 그 벙커를 보여준 남자의 유해도 찾을 테니까요."

키튼이 다소 긴장을 풀었다.

"공교롭지만 나 역시 폐쇄된 왕립대공감시단 벙커에 관해 좀 알지요. 당신이 어찌어찌 벙커들의 위치가 나온 목록을 손에 넣었다고 해도, 당신이 찾고 있다고 주장하는 벙커는 거기 없을 겁니다."

"이른바 '사라진 벙커'라는 곳이죠."

"그동안 부지런히 움직이셨군요, 포 경사."

"우린 발견할 겁니다."

"하지만 내가 파악하기로 당신은 곧 체포될 텐데요."

포는 대답하지 않았다. 아마 사실일 터였다.

"그리고 당신에게 임박한 법적 문제가 해결될 때쯤이면 나는 당신이 기소될 바로 그 범죄에서 무죄를 받았을 테고요. 엘리자베스 살인 혐의."

"난 혼자 일하는 게 아닙니다, 키튼. 의지할 수 있는 분석가 팀이 있죠. 그리고 이제는 이중 위험법도 있어요. 같은 범죄에 두 번 재판받을 수 있다는 겁니다."

"다들 참 장하시네요. 하지만 당신이 얘기하는 사라진 벙커라는 데는 아무 기록에도 없지요. 정부는 그곳이 존재했는지조차 확인해줄 수 없고, 전문가들은 분명 그런 데가 없었다고 할 겁니다. 그리고 당신 팀이 계속해서 거길 찾는다고 해도, 거기는 70년 동안 땅속에 묻혀 있던 콘크리트 상자란 말이지요. 이런 넓은 카운티에서는 1000명이 1000년 동안 수색해도 여전히 찾지 못할 거라 이겁니다. 받아들이세요, 포, 벙커는 없습니다."

포는 잠시 아무 말도 하지 않았다.

"당신 말이 맞을지도 모르겠네요, 키튼. 그 벙커는 결코 발견되지 않을지도."

키튼은 최고의 패를 쥔 사람처럼 미소 지었다.

"그런데 내가 돌아다니다가 왕립대공감시단에서 활동했던 한 신사를 만났거든요."

포가 잔을 들고 와인을 비워버렸다.

"그 양반 아주 수다스럽고 지식도 풍부하더라고요. 이 벙커라는 곳에 관해 온갖 것들을 가르쳐주던데요."

포가 잠시 말을 멈췄다.

"게다가 레스 모리스도 알던걸요."

키튼의 몸이 굳었다.

"그 양반이 나한테 뭐라고 했는지 알고 싶으십니까?"

키튼이 끄덕였다.

"그 양반 말이, 모리스는 야외 활동을 즐기는 사람이 아니었다더군요. 그 사람 부인도 같은 말을 했고요. 그 남자가 그 트러플을 먼저 팔려고 시도했던 셰프도 그랬죠."

키튼 얼굴에 짜증이 스쳐갔다. 포는 키튼이 그러는 게, 포가 정답에 가깝게 접근해서인지, 아니면 벌리스 앤드 슬로가 모리스의 첫 번째 선택지가 아니어서인지 알 수 없었다.

"자, 여기서 뭘 추측할 수 있을까요?"

포가 물었다.

"말해보시죠, 포 경사."

"음, 이 사라진 벙커로 이어지는 기록이 남아 있는 게 틀림없다는 겁니다. 그게 없었으면 모리스 씨는 벙커를 찾을 수 없었을 겁니다."

키튼이 긴장을 풀었다.

"아까도 말했지만 기록은 없습니다……."

그가 말을 흐렸다.

"방금 뭘 하려고 한 건지 알겠네요, 포 경사. 나는 죄를 인정하지 않을 겁니다. '키튼 씨가 왕립대공감시단 벙커를 찾아다닌 이유가 뭐겠습니까?' 검찰 측에서 내 재심 때 이렇게 말할지도 모르겠네요."

"당신이 정부 관료들을 신뢰하는 건 타당한 일입니다, 키튼. 그 사람들은 정말로 이 벙커에 관한 정보를 싹 잃어버렸으니까."

키튼이 어깨를 으쓱하더니 웃었다.

"내가 말하지 않았나요, 포 경사. 1000년이라니까요. 그만큼 오래 찾아다녀야 할 겁니다. 당신한테 1000년이 있습니까?"

"그 왕립대공감시단 신사 양반이 나한테 다른 이야기도 해줬는데, 비록 정부에서 벙커 건설을 감독하기는 했지만 실제 건설은 지역 회사들과 계약을 해서 그들한테 맡겼다던데요."

키튼의 웃음이 흐려졌다. 그가 이 사실을 몰랐다는 것은 분명했다.

"그래서 내 생각에는 이렇게 된 겁니다. 모리스 씨는 1950년대 건설 회사들 기록부를 조사하다가 결국 자기가 찾던 바로 그걸 발견한 겁니다. 다름 아닌 '사라진 벙커' 건설 시공비 청구서를."

포가 말했다.

키튼의 눈에 어린 불안이 서서히 커졌다.

"그리고 내일 날이 밝는 대로 내 분석가들 팀이 컴브리아 카운티 의회 기록 담당 부서에 찾아갈 겁니다. 영장은 이미 받았죠. 모리스 씨가 그렇게 발견한 거라면, 우리도 내일이 가기 전에 위치를 알아낼 겁니다."

키튼의 눈에서 초점이 사라졌다. 그는 자기 선택을 따져보는 듯했다. 잠시 두 사람 다 말이 없었다.

키튼이 이윽고 말했다.

"그거 흥미로운 이야기군요. 하지만 안타깝게도 여기까지인 것 같은데요. 합석할 사람들이 있는 모양이네요."

포가 자리에서 빙글 돌았다. 리그와 제복 경찰 한 명이 문에 서 있었다. 포는 몸을 돌려 키튼을 보았다.

"거의 다 됐는데 말이지요."

키튼이 리그에게 안으로 들어오라고 손짓했다.

리그가 테이블로 다가왔다.

"저희와 같이 가주시겠습니까?"

포가 주변을 둘러보며 빠져나갈 길이 없나 두리번거렸다. 웨이터는 아직 부엌에서 키튼의 프랑스 셰프와 함께 있었고, 따라서 거기로는 탈출할 수 없었다. 리그와 같이 온 제복 차림의 순경은 벌써 경찰봉을 펼쳐놓았다.

"어리석은 짓 하지 마십시오."

리그가 말했다.

"그러기엔 너무 늦었는걸."

포가 으르렁댔다. 그는 반쯤 차 있는 와인 병의 목을 잡더니 병을 곤봉처럼 들었다. 아직 젖어 있는 셔츠를 타고 내용물이 콸콸 흘러내렸다.

잠시 아무도 움직이지 않았다.

"설명할 기회는 줘야 할 것 아니야!"

포가 식식거리며 두 눈으로 제복 경관의 경찰봉을 놓치지 않았다.

"내일 기회가 있을 겁니다."

리그가 말했다.

제복 경관이 포의 왼쪽으로 이동했다. 포는 병을 들고 그의 쪽으로 돌았다.

부엌문이 열렸다. 웨이터가 걸어 나왔다. 그는 굴 접시를 들고 있었다. 자기 앞에 펼쳐진 장면을 보고 금속 접시를 떨어뜨렸다. 각 얼음들이 판석 깐 바닥으로 흩어졌다.

두 경찰에게 필요하던 틈이었다. 제복 경관이 아래쪽으로 가고 리그가 위쪽으로 갔다. 경찰봉이 포의 무릎 뒤쪽을 타격했고, 리그의 주먹이 그의 턱을 가격했다.

포는 무릎을 꿇더니 바닥으로 무너졌다.

정신을 차리고 보니 그는 뒤쪽으로 수갑이 채워진 상태였다. 그가 버둥거렸으나 제복 경관이 그의 등을 무릎으로 짓누르며 머리를 바닥에 내리눌렀다. 돌 타일이 뺨에 차갑게 느껴졌다.

키튼을 뺀 모두가 숨을 헐떡거렸다.

리그가 그의 위로 다가섰다.

"워싱턴 포, 당신을 살인 혐의로 체포합니다. 아무 말도 하지 않아도 되지만, 질문을 받았을 때 대답하지 않은 내용을 나중에 법정에서 불리하게 작용할 수 있습니다. 말하는 내용은 모두 증거로 제출될 수 있습니다."

키튼이 일어섰다. 그는 와인 잔을 비우고 다가갔다. 포를 내려다봤다.

"어떻게……?"

"당신이 도착하자마자 연락했지요. 내가 이겼습니다, 포 경사."

키튼이 말했다.

포는 꿍얼거리며 눈을 감았다.

더는 잠시도 키튼의 얼굴을 마주 볼 수가 없었다.

62

제복 경관은 포를 뒤에서 붙잡고 대기 중이던 경찰차로 강제 연행한 뒤 그를 뒷좌석에 집어넣었다. 그런 뒤 운전석에 앉아 리그를 기다렸고, 리그는 키튼과 상황을 정리하고 있었다. 키튼은 극적으로 몸짓을 해댔다. 리그는 성난 셰프를 달래려고 최선을 다했다.

리그가 경찰차로 가 동료 옆에 앉았다. 그가 문을 닫자마자 경찰차가 길을 나섰다.

폭풍 웬디도 고비는 지나갔다. 번개와 천둥과 바람도 잦아들었다. 빗방울도 가로가 아니라 세로로 내렸다. 돌아가는 길은 오는 길보다 빨랐다.

1~2킬로미터 달린 후 차가 느려지더니 멈췄다. 리그가 자리에서 뒤로 돌았다.

"내일 사람을 보내서 랜드로버를 가져오라고 하겠습니다, 포."

포가 턱을 문질렀다. 턱에서 딱 소리가 났다. 입에서 피 맛이 느껴졌다.

"썩을 그렇게 세게 쳐야 했나?"

"저기, 경사님이 진짜처럼 보이게 하라고 했잖습니까."

리그가 손을 뻗어 수갑을 풀어주었다.

포가 손목을 움직이자 피가 다시 돌기 시작했다. 그는 운전자를 쳐다보았다.

"그리고 자네, 무릎 뒤쪽을 친 건 대체 뭐지? 좆같이 아프잖아."

"죄송합니다, 경사님. 이쪽의 앤디가 경사님이 무기를 들거든 한 대 치라고 해서요. 그게 표준이고요."

"맞는 말이기는 하지."

포도 인정했다.

리그는 웃음기가 사라졌다.

"놈이 속은 것 같습니까?"

포가 한숨 쉬었다.

"씨부럴 난들 알까."

○ ○ ○

"포를 관리하시다 보면 아주 웃음이 그칠 틈이 없겠습니다, 플린 경위님."

리그가 말했다.

그들은 포가 처음에 아니라고 생각했던 그 숲에 서 있었다. 네 번째 숲. 덤불이 잔뜩 있고 어느 쪽에서도 몇 킬로미터나 떨어진 숲. 처음에 틀리게 보이던 곳이 다시 보니 갑자기 맞아 보였다. 포 자신도 왜인지 꼬집을 수 없었다.

가끔은 그저 느낌을 따라야 할 때도 있는 법이었다.

플린은 포를 체포하는 연극이 끝난 이후에 거기서 두 사람과 만났다. 포는 그들이 숲 네 군데로 나누어서 가 있기를 바랐지만, 리그의 조건 중 하나는 포를 자기 시야에서 벗어나게 하지 않는 것이었다. 오늘 밤 아무 결과도 나오지 않으면 리그는 그를 정말 체포할 작정이었다. 포는 동의하는 수밖에 없었다. 그리고 플린은 혹시 상황이 그렇게 될 때를 대비해 포와 함께 있고 싶었다. 포가 혼자서 그 상황을 겪게 하고 싶지 않았다.

리그가 신뢰하는 경찰들이 나머지 숲 세 군데에서 잠복하고 있었다.

몇 시간 전 브래드쇼가 혈액 검사를 속일 수 있는 방법을 발견한 뒤, 현실이 그들을 덮쳤다. 그들은 모든 것을 알았지만 아무것도 증명할 수 없었다.

선택은 제한되어 있었다.

가서 워들을 만날 수도 있었다. 아는 것을 제시하고, 워들이 사적인 야망을 뒤로하고 옳은 일을 할 거라고 믿는 방법이었다. 포는 이 선택이 마음에 들지 않았다. 이 시점에서 워들은 이성에 귀 기울이지 않을 터였다. 잃을 것이 너무 많았으니.

혹은 본부에 감시 지원을 요청해서 컴브리아 경찰청장이 모르게 컴브리아에서 수사할 수도 있었다. 이 방법은 플린이 마음에 들어 하지 않았다. 컴브리아는 전에 테러리스트 훈련장으로 이용된 적이 있었고 국가범죄수사국은 컴브리아 경찰들과 소원해질 여력이 없었다―언제나 그렇듯이 지역 경찰들의 지식이 정보 수집에서 핵심이었으므로.

브래드쇼는 포는 빅토리아의 집에 계속 숨어 있고, 키튼이 증거를 처분하기 전에 자기와 플린이 벙커를 찾는 게 좋겠다고 했다. 포는 그 방법이 가장 마음에 안 들었다. 어차피 쓰러질 거라면 실패한 독재자처럼 굴속에 웅크리고 있다가 쓰러지고 싶지는 않았다.

어떤 선택도 좋아 보이지 않았다.

"모든 게 우리한테 불리해. 이 게임은 이길 수가 없어. 조작된 게임이라고."

포가 말했다.

플린의 표정이 바뀌었다. 자기 머릿속 소리를 듣고 있었던 것 같다. 곧 플린이 말했다.

"그럼 규칙을 바꿔야지. 그렇게 해서 이기는 거야."

포가 플린을 빤히 보았다.

규칙을 바꾼다고······.

물론 그렇게 하는 게 당연했다. 그들은 이제까지 만난 그 어떤 범죄자보다 틀에 얽매이지 않는 자를 다루고 있었다. 일반적인 규칙은 적용되지 않았다.

그리고 거기서 멈춰서도 안 됐다. 규칙을 바꾸는 것만으로는 충분하지 않을 터였다. 그래도 여전히 키튼의 게임을 하게 될 터. 키튼이 여전히 좋은 카드를 쥐고 있을 터였다.

하지만 키튼의 게임을 하는 게 아니라면 어떨까?

그들이 정한 게임을 한다면?

그날 밤 그들이 정한 게임이 속임수라면?

그래서 플린은 리그에게 전화해 샙 웰스 호텔에서 만나자고 했다. 그럴 만한 가치가 있는 일이라고 했다. 워들이 포의 블랙베리를 추적하느라 스코틀랜드에 가 있었기에 리그는 혼자 올 수 있었다.

리그는 포를 발견하자 그를 체포하려고 했다. 포는 그러라고 내버려두었다.

포는 리그를 제대로 봤다. 사건이 진행되면서 리그는 키튼이 무고하다는 생각과 아무도 그걸 의심하지 않는 점에 점차 불안해졌다. 워들이 움직이는 방향, 다른 생각을 철저히 거부하는 태도 역시 리그를 불편하게 했고, 결국 워들을 뛰어넘어 상급자에게 직접 갈 마음까지 일어난 것이었다.

결국 리그는 너무 좋은 경찰이라서 자기 나름의 생각이 없을 수가 없었다.

그래서 그들이 하려는 말을 들어보기로 했다.

브래드쇼가 이끌었다.

브래드쇼는 사건 순서대로 리그를 차례차례 안내했다. 벌리스 앤드 슬로에서 식사하다가 제퍼슨 블랙을 알게 된 일, 사라진 문신, 클로이 블록스위치를 알아낸 일, 트러플과 벙커, 그리고 마지막으로 혈액 검사를 속이는 방법까지.

리그는 그게 설득력 있다는 걸 인정했다. 또 그들이 이미 아는 것을 확인시켜주기도 했다. 증거가 없이는 다 그저 깔끔한 이론에 불과하다고.

"제가 여기 있다는 건 바라시는 게 있다는 뜻이겠죠? 그게 뭡니까?"

리그가 물었다.

"자네 마음에 들지 않을 거야."

포가 말했다.

그 말이 맞았다.

리그는 내키지 않았다.

그것은 평범하지 않은 잠복이었다. 보통 때 같으면 용의자가 밝혀진 시점부터 체포되는 시점까지 용의자를 줄곧 감시하게 마련이었다.

키튼 사건에서는 무엇 하나 평범한 것이 없었다. 항공기 감시는—시골 지역에서 용의자를 추적하는 가장 안전한 방법이지만—있을 수 없는 일이었다. 그걸 실행할 권한도 없었거니와 있다고 해도 폭풍 웬디 때문에 헬리콥터와 경비행기가 모두 이륙이 불가했다.

지상 감시도 불가했다. 낮이었으면 사람만 충분하면 자동차를 이용해도 되었다. 그것도 위험하기는 했지만. 시골 도로는 토끼 굴 같았다. 어떤 도로는 심지어 지도에도 없었다. 너무 가까이 다가가면 용의자 눈에 띄었다. 너무 떨어지면 용의자를 놓쳐버렸다. 밤에는 아예 불가능한 일이었다. 헤드라이트를 켠 감시 차량은 소금 속의 후추처럼 도드라졌다.

포는 도박을 했다. 브래드쇼가 가능성 있는 숲을 모두 알아냈다고 믿었다. 비록 한여름이고 낮이 길기는 했지만, 폭풍 웬디가 이번 한 번은 도움이 되었다. 끝이 안 보이도록 하늘을 덮은 구름은 시커멓고 낮게 깔린 채 그 계절답지 않은 어두운 분위기를 연출했다.

리그 옆에서 차를 몰던 경관은 둘을 최대한 가까운 데 내려줬지만 두 사람은 1킬로미터가 좀 안 되는 거칠고 미끌거리는 땅을 따라간 뒤에야 언덕 위 숲에 도착했다. 바람이 잦아들어 은자작나무들이 꼬챙이처럼 곧게 서 있었다. 희미한 빛 속에서 나무껍질이 은은하게 빛나는 듯했다.

숲은 크지 않았지만 사나운 가시금작화 덤불이 그곳을 빙 둘러싸고 있었다. 자작나무들은 서로 간격이 충분했고 우듬지는 햇빛을 충분히 통과시켜 관목이며 풀이 두껍고 짙게 자랄 수 있었다. 멀리서 보면 뚫고 들어갈 수 없을 듯 보였지만 가까이서 보니 그렇지 않다는 걸 알 수 있었다. 아마 양들이 겨울에 숨을 곳을 찾느라 만들어놓은 듯한 자연적인 길이 검은딸기나무와 산사나무 틈으로 나 있었다.

전직 보병의 훈련된 눈으로 포는 곧 마음에 드는 자리를 발견했다. 그곳은 그가 알아보지 못하는 가시 없는 관목의 가운데였다. 그곳은 괜찮은 은폐물이 되어주었다. 포는 세 사람이 설 수 있을 만큼 넓은 곳으로 가서 방해가 되는 것들을 정리하기 시작했다. 그가 뭘 하는지 본 리그와 플린도 도왔다.

5분도 채 안 되어 세 사람은 작업을 끝냈다.

이제 기다리기만 하면 되었다.

시간이 콘크리트보다 더디 움직였다. 영국 군대에서 쓰는 '일단 서

두르고 기다려라'라는 격언이 떠올랐다.

세 사람이 숲에 있은 지 세 시간이 지났지만 흠뻑 젖은 것 외에는 아무 일도 일어나지 않았다. 자정이 왔다가 지나갔을 무렵 폭풍은 완전하게 끝나버렸다. 뜨겁고 바람도 없고 습했다. 흙은 축축했고 공기는 이온으로 충만했다. 잎사귀에서 빗방울이 똑똑 떨어지는 것과 보이지 않는 동물의 날개가 이따금 펄럭거리는 것 외에는 불길할 만큼 고요했다. 흐릿한 빛이 사라지고 실루엣까지 지워버릴 만큼 짙은 어둠이 찾아왔다. 방향을 알 수 없어지고 숨이 막힐 듯했다. 습도가 점점 더 견디기 힘겨워졌다. 포는 셔츠를 흔들어 바람을 일으켰지만 땀과 빗물이 등허리에 고였다.

"이건 시간 낭비야."

그가 속삭였다. 그는 초조했다. 목 근육에 경련이 오기 시작했다. 그들에게는 실수할 여지라고는 없었다. 엉뚱한 숲에서 잠복하고 있는 거라면, 아니면 키튼이 초조함을 견디고 버틴다면, 게임은 끝이었다.

"이제까지 우리가 낭비한 건 여왕의 경유뿐입니다. 더 기다려보시죠. 이런 일이 계획한 대로 되는 법이 없다는 건 아시잖습니까."

리그가 속삭였다.

하지만 한 시간 뒤에 그들이 가장 두려워하던 일이 일어났다.

63

리그의 핸드폰이 진동했다. 그는 화면을 가리고 전화기에 대고 속삭였다.

"다시 말해봐."

어째서인지 포는 통화 내용이 자기 얘기라는 점을 알았다.

리그의 손이 내려가자 화면의 불빛이 리그의 얼굴을 비추었다. 미간에 잡힌 주름이 더 깊어졌다. 눈이 번뜩였다. 리그가 전화를 끊자 숲이 다시 어둠에 감싸였다.

"통제실이었어요. 워들 경감이 스코틀랜드에서 지금 돌아오고 있답니다. 포 경사님이 벌리스 앤드 슬로로 가면 키튼이 우리한테 전화할 거라고 예상하기는 했지만, 통제실에 있는 친구는 설명을 듣지 못해서 그게 진짜 체포라고 생각한 겁니다. 그래서 그걸 시스템에 기록했죠. 워들의 팀원 중 하나가 야근하다가 경보를 받고 경감에게 전화한 거고요."

포가 찡그렸다.

"워들이 자네한테 전화하려고는 안 했고?"

플린이 물었다.

"아마도 했겠지만 오늘 저는 개인 전화를 가지고 나왔거든요. 워들 경감은 이 번호를 모르고, 아무도 경감한테 알려주지 않을 겁니다."

"워들한테서 메시지가 있었나?"

"저더러 자기 도착할 때까지 붙잡고 있으랍니다. 직접 체포하고 싶다는데요."

포가 고개를 저었다. 거의 다 됐는데…….

"그게 다가 아닙니다."

리그가 덧붙였다.

포는 어떻게 그럴 수 있을지 알지 못했다. 그래도 일단 마음을 다잡았다.

"경감이 감시를 전부 중단시켰습니다. 이 숲을 빼면 다른 곳은 아무도 감시하고 있지 않습니다."

씨부럴!

포는 비명을 지르고 싶었지만 나무를 주먹으로 치는 데 그쳤다. 손을 입에 가져가 피가 난 주먹을 빨았다. 플린이 그의 어깨에 손을 얹었다.

"어쩌려고 그러는 거지, 리그 형사?"

플린이 물었다.

"워들 경감은 덤프리스 반대편에 있습니다. 적어도 한 시간은 떨어져 있다는 얘기죠. 저더러 붙잡고 있으라고 했지만 어디에 있으라는 말은 안 했습니다. 여기나 다른 데나 똑같겠죠."

포가 안심해서 뺨을 부풀렸다.

아직 기회는 있었다.

포는 기다렸다. 전화가 오기 전까지는 빙하가 움직이듯 느리게 흘러가던 시간이, 그들이 그곳에 갈 때 건넌 불어난 강물보다 더 빠르게 움직였다. 포는 다시 손목시계를 확인했다. 방금 전에 봤는데 그새 10분이 지나갔다.

포는 워들이 어디 있을지 계산해보았다. 리그가 포와 플린에게 설명을 마쳤을 때쯤 덤프리스 순환도로에 도착했을 거라고 봤다. 마음속으로 그려보았다―운전대에 몸을 바짝 붙이고 앉은 워들이 도로를 노려보며 차를 더 빨리 가게 하려고 죄어치는 모습, 포를 혐오하는 마음에 위험한 도로 상황을 무시하는 모습.

리그는 한 시간이라고 했다. 포는 그게 여유 있게 잡은 거라고 봤다. 그는 40분 이상 있을 거라고 보지 않았다.

시간이 더 지나갔다.

포는 또 시계를 확인했다.

10분이 더 갔다.

심장이 깊숙이 내려앉았다.

키튼이 이길 터였다.

리그의 전화기가 다시 울렸다. 리그는 굳이 전화기를 가리려고 하지 않았다. 둘에게 화면을 보여주었다. '앤'이라고 되어 있었다.

"나야."

리그가 경청했다.

"다시 말해봐, 앤."

리그는 목소리를 낮추려고 하지 않았다. 그러고는 송화구를 막고 말했다.

"앤 호손 형사는 제가 감시 장소에 할당한 형사들 중 한 명입니다. 그리고 제 파트너이기도 하니까 말을 가려주십쇼."

리그는 손을 뗐다.

"플린 경위님과 포 경사님께 방금 한 얘기를 다시 해주겠어, 앤? 스피커폰으로 바꿀게."

앤 호손의 자그마한 목소리도 잡음 없는 숲에서는 크게 들렸다.

"저는 지시대로 표적의 거주지 앞에 있습니다."

포와 플린으로서는 혼란스러운 순간이었다.

"워들 경감이 감시를 중단하라고 한 줄 알았는데요, 호손 형사."

플린이 말했다.

"그랬나요? 메시지를 못 들었네요. 제 무전기가 안 되나 보죠."

포는 호손이 씩 웃고 있다는 걸 알 수 있었다. 이 일에서 무사히 벗어난다면 앤 호손에게 크게 한 턱 쏠 마음이었다.

"게다가 어차피 메시지를 받았다고 해도, 분명 못 받았지만, 워들 경감이 초과 근무 작전을 취소하자마자 저는 비번이 되었어요. 제가 자유 시간을 어디서 쓰든 그 사람이 뭐라 할 순 없죠."

"나한테 한 말 다시 해줄래?"

리그가 물었다.

"표적이 이동 중입니다. 제가 전화하기 30초쯤 안 됐을 때부터."

다들 아연해서 침묵했다.

기대하던 일이 벌어지고 있었다.

바로 지금.

다만…… 다만 워들이 더 빨리 도착할 터였다.

플린은 포가 리그와 함께 칼라일 경찰서에 가는 동안 뒤에 남아 있겠다고 말했다.

"그럼 적어도 감시는 계속할 수 있으니까."

그건 좋은 생각이었다.

리그도 동의했다. 하나만 조금 수정했다. 그는 앤에게 말했다.

"통제실에 전화 좀 해줄래, 앤? 내가 포를 칼라일이 아니라 켄들로 데려간다고 전해줘. 아, 그리고 내 핸드폰이 죽었으니까 거기 도착할 때까지는 연락이 안 될 거라고 해주고."

"알겠어."

호손이 말하고는 전화를 끊었다.

"이러면 시간을 좀 벌 수 있을 겁니다."

리그가 엄숙한 표정으로 말했다.

"저는 아무 데도 안 갑니다. 좋든 싫든 이제 우리는 한배에 탄 겁니다."

포는 천천히 숨을 내쉬었다. 그것은 워들처럼 충성을 받을 만한 일도 안 하고서 충성만 강요하는 관리자들의 문제였다―고작 피상적인 충성만 받는 것이다. 경찰들은 그들을 못마땅해했다. 그들에게 엿먹일 기회가 찾아오는 순간, 엿을 먹였다. 그리고 리그가 택한 방법은 좋은 해결책이었다. 리그는 워들이 칼라일을 지나 켄들까지 내려오게 만들어, 워들의 여정을 한 시간 더 늘려준 셈이었다. 그가 당했다는 걸 깨달을 즈음이면 이쪽이든 저쪽이든 모든 게 끝나버렸을 터.
세 사람은 맞는 숲을 골랐거나, 아니면 틀린 숲을 골랐을 것이었다.

셋은 차 문이 닫히는 소리를 들었다.
포는 준비했다. 이 위치에서, 이 한밤중에, 이런 날씨인데도 누군가가 차에서 내릴 만한 이유는 얼마든지 있었다. 타이어에 펑크가 나든, 응급으로 오줌을 눠야 하든, 열정적인 애정 행각을 하든.
모두 가능했다.
하지만 정말 그렇지는 않았다.
지금 이 상황에서는.
셋은 차 문이 닫히는 소리가 결말의 시작을 알리는 신호임을 알았다.
누군가가 오고 있었다.
소리는 세 사람이 차에서 내린 방향에서 들려왔다. 그럴듯했다. 그들도 가장 짧은 길을 골라서 왔으니, 오는 사람도 똑같이 하고 있는 것이었다.
그들이 숲까지 오는 동안 통과한 들판은 주로 양이 뜯어 먹어 뻣뻣해진 풀로 덮여 있었다. 그리고 비가 쏟아졌기 때문에 걸으면 소리가 나지 않았다. 10분간 세 사람은 아무 소리도 듣지 못했다.
그러더니…… 손전등이 번쩍 들어왔다. 거리는 가까웠고 눈이 부시도록 밝았다. 포는 플린과 리그가 바짝 긴장하는 것을 느꼈다. 그의 두피도 팽팽해졌다. 그는 몸을 더 은폐물 쪽으로 낮게 숙였다. 두 사람도 똑같이 했다.

손전등이 왼쪽 오른쪽으로 빛을 비추며, 주변을 감싼 가시금작화 덤불 사이로 길을 더듬었다.

그러더니 숲을 비추었다. 조각난 빛살들이 레이저 쇼처럼 나무들 틈새로 파고들었다.

가까이 더 가까이.

그리고 20미터가 지났을 때 손전등은 멈춰서 움직이지 않았다. 어딘가에 내려놓은 것이었다.

누군가 끙 하는 소리를 냈다. 세 사람은 무슨 일이 벌어지는지 보이지 않았지만, 진흙과 잎을 움직이는 소리 같았다.

벙커의 출입구를 드러내는 것이었다.

"지금이요?"

리그가 속삭였다.

"아직. 열릴 때까지 기다리지."

포가 대답했다.

"알겠습니다. 결정은 맡기죠."

포는 20미터가 채 안 되는 거리에서 무슨 일이 일어나고 있는지 짐작하려고 했다. 벙커의 입구를 감추려고 어느 정도의 흙과 잎을 덮어놓았을지 생각해보려 했다. 그리 많지는 않을 터였다. 그럴 필요가 없었다. 숲은 외딴곳이었고 뚫고 지나가기도 힘겨웠다.

2분이 지나자 금속성의 끼리릭 소리와 쿵 하는 묵직한 소리가 났다. 세 사람은 희미하게 뭔가 부패하고 사악한 냄새가 나는 것을 알아챘다.

지금 아니면 끝이었다.

포는 덤불에서 걸어 나가 손전등을 켰다. 그걸 빨간색 플라스틱 연료통을 들고 있는 사람 얼굴에 비추었다. 놀란 비명이 들렸다. 리그와 플린이 수갑을 들고 달려갔다. 저항은 없었다.

"내 짐작이 맞지 않길 그렇게 바랐건만."

포가 말했다.

리그와 플린이 붙잡고 있는 사람은 재러드 키튼이 아니었다.

플릭 제이크먼, 경찰법의관이었다.

일　　　주　　　일　　　　　　뒤

64

포, 플린, 브래드쇼는 재러드 키튼 조사 과정을 실시간으로 보고 있었다. 그것은 컴브리아가 담당하는 사건이었고 그들이 조사를 이끄는 게 맞았다. 그들은 더런힐, 칼라일의 북쪽 지역을 담당하는 지휘본부이자 컴브리아에서 가장 큰 경찰서에 있었다. 진술 조사실은 현대적이고 널찍했다.

문이 열리고 갬블 경정이 들어왔다. 그는 포에게 끄덕였다.

"어떻게 되고 있나?"

"리그 형사가 기초 작업 중입니다."

"키튼은 아직도 입을 안 열었나?"

포가 고개를 저었다.

"걱정하는 것 같지 않은데."

포는 대답하지 않았다. 맞는 말이었다. 키튼은 걱정스러워 보이지 않았다.

"워들은 경정님이 복귀하신 걸 어떻게 받아들이던가요?"

갬블이 웃었다.

"자기 교사들 중 하나가 소아성애자라는 걸 발견한 교장선생을 본 적이 있나?"

"넵."

"딱 그렇더군."

"클로이 블록스위치는 어떤가요?"

갬블의 얼굴이 어두워졌다.

"아직 집중치료실에 있네. 세 시간만 늦었더라면 죽었을 거라고 하더군. 고비를 넘기면 의사들이 알려줄 걸세. 우리는 검찰 측에 키튼을 다른 혐의들에 살인 미수까지 추가해서 기소하는 걸 고려하라고 하고 있네."

벙커 출입구가 열리고 플릭 제이크먼이 체포되었을 때, 포는 아래로 내려가서 벙커 안쪽을 훑어보았다. 자기가 예상한 것이 맞는지 확인하고 싶었다. 엘리자베스의 절단된 시체와 바짝 말라붙은 레스 모리스의 시체가 있었다. 포는 또 클로이 블록스위치도 발견했다. 그 여자는 반쯤 죽은 채 의식이 오락가락하는 상태였다.

포는 소방 구조대가 클로이를 끌어올리고 긴급 의료원들이 응급 처치를 하는 동안 플릭 제이크먼을 기다리게 했다. 자신이 무슨 일에 개입한 것인지 그 여자가 직접 보도록.

제이크먼은 클로이를 보더니 땅바닥에 무너져 내려 비명을 질렀다.

"클로이는 입을 열었습니까?"

포가 갬블에게 물었다.

"간단하게. 그래봐야 그 애는 그냥 망가진 아이일 뿐이더군. 몇 년 전에 어머니가 암으로 죽었을 때 탈선한 거지. 애 아빠는 그 애를 사랑한 것 같았지만 그걸 표현하지는 못한 모양이야. 아버지는 딸이 회계사가 되기를 바랐지만, 딸은 반항해서 배우가 됐네. 어머니가 찔끔찔끔 주는 걸로 버텼지. 어머니가 죽자 클로이는 웬 머저리랑 얽혀서 헤로인에 중독됐네. 자해도 시작했고. 그 애는 엘리자베스도 키튼도 모르더군. 둘 다 만난 적이 없다는 거야. 그냥 제 아빠 감방에서 발견된 사진에서 엘리자베스와 좀 비슷하게 보인 게 운이 나빴던 거지. 그 애는 자기가 맡은 역할 대로 카메라 앞에 나타난 다음, 자네가 컴브리아로 오기도 전에 벙커에 들어가 있었네."

벙커에 *갇힌* 거겠지, 포가 속으로 고쳤다. 벙커에 원래 설치되어 있던 사다리는 사라지고 없었고—계약된 건설 업체가 가져갔든지 아니면 다른 용도로 징발되었으리라—따라서 모리스는 암벽 등반에 쓰는 접이식 사다리를 써서 그곳을 들락거렸다. 그는 분명 출입구 옆에 있는, 원래 바로 그 용도로 만들어진 쇠고리에 사다리를 고정했을 것이다. 포는 모리스가 키튼에게 그곳을 구경시켜준 뒤, 키튼이 바깥으로 나가서 사다리를 원래의 쇠고리에서 빼내 출입구 밑면 고리에 연결해놓았으리라 짐작했다. 그런 뒤 출입구를 닫으면서 실질적으로 모리스를 그 안에 가둔 셈이었다. 그러면 그걸 타고 올라오는 사람의 몸무게 때문에 문이 열리지 않게 될 터였다. 밀어야 하는 바로 그 문에 매달려 있는 셈이었으니, 출입구는 도저히 열 수가 없었을 것이다.

그리고 만약 그의 시신이 발견되었더라도 그냥 끔찍한 실수를 저지른 것으로 보였으리라. 검시관은 눈도 깜빡하지 않고 '사고사'로 판결했을 터였다.

클로이 블록스위치도 똑같은 곤경에 처했다—나갈 방법도 없고 도움을 요청할 방법도 없는 벙커에 묻혀버린 것이다. 회복하고 나면 그 여자는 정의 구현을 방해한 죄로 감방에 들어가야 할 터였다. 그 여자에게 정말 필요한 것은 정신과 의사였다.

"제 아빠랑은 얘기해봤답니까?"

포가 물었다.

갬블이 찡그렸다.

"그렇다네. 교도소에서 특별 통화를 허가해줬다는군. 왜 그러나?"

"아무것도 아닙니다."

포가 말했다. 그는 다시 모니터를 지켜보았다.

리그는 키튼에게 벙커에서 찍은 사진을 보여주고 있었다…….

그것은 그들 모두가 그동안 참여했던 그 어떤 사건보다도 복잡한 범죄 현장이었다. 클로이 블록스위치를 구조한 뒤, 플린은 다시 출입구를 봉인하고 리그가 지원을 요청해 컴브리아 경찰 쪽 인력을 총동원하기를 기다렸다. 얼마 안 가서 숲이 글래스턴브리Glastonbury*처럼 환하게 밝아졌다.

그곳에 온 법의학자는 6년 전에 벌리스 앤드 슬로의 부엌에 쏟아진 혈액량에 관해 한 입으로 두말한 바로 그 사람이었다. 리그는 그

---

* 여름에 열리는 페스티벌로 유명한데, 이는 세계 최대의 야외 음악 및 행위예술 축제라고 한다. 현대 음악은 물론이고, 춤, 코미디, 연극, 서커스 등도 열린다.

에게 꺼지라고 했다.

결국 포에게 베푸는 친절로 에스텔 도일이 뉴캐슬에서 차를 몰고 건너와 범죄 현장을 감독했다. 방호복을 입은 도일과 휘하의 팀이 레스 모리스의 시신과 엘리자베스 키튼의 절단된 시신을 지옥 같은 구렁텅이가 되고 만 왕립대공감시단 핵 감시 벙커에서 끌어 올리는 데만 꼬박 이틀이 걸렸다.

레스 모리스 쪽은 간단했다. 지하 벙커에서 바스러지는 콘크리트 벽에, 유해한 생화학 물질이 온통 묻어 있고, CSI가 건드리는 모든 것을 사진으로 찍어야 하는 상황을 감안하면 그보다 간단할 수는 없었다는 이야기다. 모리스는 심하게 부패되었지만 피부가 아직 뼈를 잘 붙들고 있어서, 손상되지 않고 사고도 없이 벙커에서 끌려 올라왔다.

엘리자베스를 끌어 올리는 건 더 복잡했다. 마흔세 개의 수비드 봉투에 나뉘어져 있었고, 그중 어떤 것은 터졌거나 아니면 부취가 나는 위험한 액체가 새어 나오고 있었다. 에스텔 도일은 각 봉투를 세심하게 다루었고, 다른 사람들은 구토하고 헛구역질을 하는데도 도일만은 역겨움도 혐오감도 드러내지 않았다.

도일은 두 시신을 뉴캐슬로 운반해 부검을 했다.

도일은 레스 모리스가 탈수로 사망했다고 금방 결론 내렸다. 또 발목이 부러졌는데, 벙커에서 빠져나가려고 헛되이 애를 쓰다가 수직 통로에서 떨어져서 다친 게 거의 확실했다. 부검에는 여섯 시간이 걸렸다.

엘리자베스 시신은 사흘이 걸렸다.

에스텔 도일은 수비드 봉투를 열어야 했는데—그 자체로 범죄 현장이었으므로 그에 맞게 다루어야 했고—그런 뒤 자기가 다루는 부분이 몸의 어디에 해당하는지 판단해야 했다. 도일처럼 의심의 여지 없는 인체 해부 전문가에게도 그것은 복잡한 퍼즐이었을 테지만, 엘리자베스의 피부가 무너져 액화된 데다 뼈와 연골도 부드럽고 말랑말랑했기 때문에, 불가능에 가까운 작업이 되었다. 평범한 병리학자라면 어디서부터 시작할지도 막막했으리라.

사흘째 되는 날 도일은 포, 플린, 리그와 막 복직한 갬블 경정을 뉴캐슬에 있는 영안실로 불러들였다. 도일은 스테인리스 스틸 검사대에 엘리자베스의 시신을 펼쳐놓았다.

그들이 관찰실의 유리 안쪽에 서 있는 한 시간 동안, 도일은 사건이 어떻게 일어났는지 하나하나 설명했다.

엘리자베스는 심장에 한 번 찔린 상처 때문에 실혈로 사망했다. 약 8센티미터인 상처는 깊지 않았고, 도일은 짧은 칼이 사용되었으리라 보았다. 벙커에서 발견한 것 같은 바로 그런 종류…….

사망의 원인과 방법을 밝힌 뒤, 도일은 키튼이 그다음에 한 일로 넘어갔다. 그는 엘리자베스의 머리부터 시작해서 정육점에서 쓰는 톱으로 둘로 가른 뒤, 벙커에서 발견한 부엌 도구들 중 하나인 연육기로 망치질하듯 두드려 진공 포장을 할 수 있을 만큼 납작하게 만들었다.

시신의 나머지는 해체되었다—달리 묘사할 말이 없었다—돼지를 잡을 때와 비슷한 방식으로. 엘리자베스의 무릎, 어깨, 팔꿈치, 엉덩이, 발목은 관절을 빼냈다. 대퇴골과 정강이뼈처럼 길고 큰 뼈들은 더 작은 조각으로 톱질해서 진공 포장기에 넣을 수 있었다. 종아리뼈와 위팔뼈처럼 길고 가느다란 뼈는 반으로 잘랐다.

포는 에스텔 도일이 브리핑하는 것을 아무 감정도 드러내지 않고 지켜보았다. 도일이 엘리자베스의 박살 난 골반 바깥쪽에 붙은 부패한 살점을 가리켰을 때에야 눈물 한 방울의 사치를 자신에게 허락했다.

세심하게 살펴보니 제퍼슨 블랙이 묘사한 직소 퍼즐—제퍼슨의 몸에 있는 것과 짝이 맞는—문신의 윤곽이 보였다. 추정컨대 키튼은 딸의 시신을 절단했을 때 그걸 놓친 모양이었다. 그 낭자한 피 속에서 빨간 것을 보기는 어려웠으리라.

포는 조사실에 들어가 자리에 앉으며 키튼을 보고 웃었다. 키튼은 무표정하게 그를 마주 보았다. 리그는 포 옆에 앉았다. 리그 형사는 이 부분에서 말을 하지 않기로 합의했다.

형식적인 절차를 밟은 뒤, 키튼의 변호사인 데이비드 콜링우드가 조사 과정을 장악하려고 했다. 그는 볼이 축 처진 뚱뚱한 남자였다.

"여러분, 저는 이쯤에서 여러분이 키튼 씨의 유죄를 드러낸다고 생각하는 확보된 증거가 뭔지 말씀해주실 때라고 봅니다. 여러분이 서두를수록 이 촌극을 더 일찍 끝낼 수 있을 겁니다."

포는 테이블 위에 사진을 한 장 뒤집어서 놓았다.

"사건이 어떻게 진행되었는지 제가 생각하는 대로 말해보겠습니다, 키튼 씨. 그런 다음 당신이 우리가 곤란해하고 있는 몇몇 부분을 보충해주는 겁니다."

포가 고개를 들고 웃음 지었다.

"단언하는데 당신은 입을 열 겁니다."

키튼의 얼굴이 무표정에서 히죽거림으로 바뀌었다. 그는 말을 하지 않았다.

포가 사진을 뒤집었다.

"고 레스 모리스입니다. 모리스는 약 8년 전에 탈수로 사망했죠. 시신은 벙커의 화학 변기였을 공간으로 이동되어 있었고요. 어떻게 그 사람을 밑에 가뒀는지 말씀해주시겠습니까?"

침묵.

"그러면 제가 계속하죠."

키튼이 손톱을 내려다보았다. 셔츠에 손톱을 문질렀다.

"우리가 잠작한 대로 모리스 씨는 1950년대에서 1960년대에 있었던 건설 회사들의 사업 기록을 살펴보다가 벙커를 발견했습니다. 그 사본이 시신과 함께 벙커에 있었고요. 우리는 그 사람이 프레젠테이션을 준비하고 있었다고 생각합니다."

키튼은 말이 없었다.

"이건 짐작이지만 우리는 그 사람이 벙커의 출입구를 탐색하느라 흙과 잔해를 치우다가 블랙 서머 트러플을 발견했다고 봅니다."

포는 잠시 말을 멈추고 물을 한 모금 마셨다.

"그리고 한동안 이 상황은 당신과 모리스 씨 두 사람 모두에게 나쁘지 않았습니다. 그 사람은 비밀 복원 프로젝트에 필요한 자금을 얻었고, 당신은 값비싼 재료를 시가보다 훨씬 낮은 가격에 얻었으니까요. 하지만…… 당신은 사이코패스입니다, 키튼, 그러니 그 상황이 지속될 수는 없었죠. 당신이 나중에 말해주겠지만 제가 생각하는 건 이렇습니다. 당신은 늘 써먹던 능력을 발휘해서 당신에게 그 숲을 보여주도록 모리스 씨를 설득했습니다. 그리고 당연하게도, 그 사람은 자기 벙커를 자랑하고 싶은 유혹을 뿌리칠 수가 없었죠. 당신은 관심은 없었지만 그래도 내려가봤습니다. 그리고 모리스가 거기서 죽는다면 절대 발견되지 않으리란 걸 깨닫죠. 그 남자는 그게 어디 있는지 아무에게도 말하지 않았고, 그 남자를 찾아다닐 유일한 사람들은 벙커가 있다는 것조차 믿지 않았으니까 말입니다. 아마 순간적인 결정이었겠지만 당신은 사다리를 타고 바깥으로 나간 뒤 그 남자를 거기 가두기로 합니다—지독하게 끔찍한 죽음을 맞이하도록 방치한 거죠."

키튼의 입술 끄트머리에 웃음의 흔적이 걸려 있었다.

"제가 잘하고 있습니까?"

포가 물었다.

묵묵부답.

포는 다른 사진을 한 장 더 테이블에 올려놓았다. 이번에는 로런 키튼이 죽은 교통사고 사진이었다.

키튼이 자리에서 움직거렸다.

포는 키튼 앞에 또 다른 사진을 한 장 더 놓았다. 이번에는 노트북 사진이었다. 산산이 부서진.

"이건 당신 노트북인데요, 키튼 씨. 당신이 부숴버린 겁니다. 수비드 봉투에 진공 포장되어 있었죠. 모리스 씨가 있던 공간에서 발견한 겁니다."

"부서졌다면 어떻게 그게 내 의뢰인의 물건이라고 증명할 수 있습니까? 흔한 물건이고 누구 것이라도 해도 되겠는데요."

콜링우드가 말했다.

"그냥 부서졌다고 했지 복구할 수도 없을 정도로 부서졌다고는 안 했는데요, 콜링우드 씨. 그게 말입니다, 제 동료 중에 아주 총명한 여성이 있거든요. 그 여자는 가끔 사람을 짜증나게도 하지만 컴퓨터에 관해서 모르는 것이라고는…… 무슨 말씀인지 아실 겁니다. 동료는 한 시간도 안 돼서 하드 드라이브에서 정보를 추출해서 자기 노트북에 띄웠습니다."

키튼의 눈이 처음으로 반응을 보였다. 이런 사태는 키튼도 예상하지 못한 것이었다.

"그랬더니 이것 봐라, 누가 교통사고로 사람을 죽이고 거기서 빠져나오는 방법을 검색한 게 아닙니까. 당신이 가장 오랫동안 머무른 페이지에는 에어백을 꺼놓는 타당한 이유들이 설명되어 있더군요. 그리고 또 다른 페이지에는 시동을 다시 건 뒤에 에어백을 도로 켜놓지 못하게 하는 방법도 나와 있었고요."

키튼이 콧방귀를 뀌었다.

"부끄러운 줄 아세요. 당신은 미슐랭 별을 지키려고 아내를 죽인 겁니다."

포가 말했다.

"그건 정황 증거라고도 할 수 없겠는데요, 포 씨."

콜링우드가 말했다.

포는 그를 무시했다.

"한마디로, 검시관이 당신 아내의 죽음을 사고사에서 살인으로 변경했다 이겁니다. 아, 그리고 혹시 궁금할까 싶어서 말씀드리는데, 당신은 아내를 살해했다는 혐의에 유죄를 인정하게 될 겁니다. 사실 세 건의 살인 모두 인정할 겁니다. 로런 키튼, 엘리자베스 키튼, 레스 모리스."

"지금 내 의뢰인을 협박하시는 겁니까, 포 경사?"

"제가 협박하는 걸 들으셨나요, 콜링우드 씨? 아뇨, 이건 그냥······. 미래를 예측하는 거라고 해두죠."

키튼의 히죽거림이 흐려졌다. 그는 불안해했다.

"당신 아내가 죽자 엘리자베스가 사업에서 더 큰 부분을 맡게 됐습니다. 제 친구 틸리의 말에 따르면, 엘리자베스는 당신 노트북을 이용해서 급여 지불에 관한 이상한 점을 확인하려다가, 우리가 발견한 것과 같은 증거를 우연히 찾은 겁니다. 당신이 어떻게 그 여자의 어머니를 살해했는지를 말입니다."

포는 자기 앞에 앉은 남자를 응시했다. 키튼이 고개를 돌렸다.

"엘리자베스는 자기가 발견한 걸 가지고 당신에게 따졌고 당신은 그것 때문에 딸을 살해한 겁니다."

65

키튼의 변호사가 휴식 시간을 요청했고 경찰 및 형사 증거법에 따라 키튼에게는 그럴 권리가 있었다. 다들 뭘 좀 먹고 키튼도 쉰 뒤에 포가 조사를 이어갔다.

"당연한 일이지만 당신은 문제에 빠졌습니다. 엘리자베스를 묻을 수가 없었던 겁니다. 땅은 너무 단단해서 팔 수가 없었고, 그렇지 않더라도 발각되지 않을 정도로 벌리스 앤드 슬로에서 충분히 먼 곳까지 시신을 옮길 수가 없었죠. 더구나 당신은 증거물 전이에 관해서도 알 만큼 알아서, 차에 뭔가 발견될 만한 흔적을 남기지 않으면서 차를 이용할 수는 없다는 걸 알았습니다."

포가 키튼을 힐끔 보았다. 그는 으스스할 만큼 차분했다.

"당신이 레스 모리스를 벙커에 가둬둔 뒤 다시 벙커에 가봤는지 어떤지는 저도 모르지만, 당신은 엘리자베스의 시신을 거기 가져다놓으면 우리가 절대 발견하지 못할 거라는 걸 알았습니다."

포는 테이블에 다시 사진 몇 장을 올려놓았다. 키튼은 그걸 보지 않았다. 콜링우드는 그걸 보고 점심을 게울 뻔했다.

"그런 뒤 제가 이제까지 관여한 사건들 중 가장 끔찍한 일이 벌어졌습니다. 당신은 그동안 갈고닦은 도살 기술을 활용해 딸을 해체한 겁니다. 당신은 딸을 베고 자르고 절단해서 마흔세 조각으로 만들었습니다. 각 부분을 수비드 봉투에 담은 다음 봉투 겉면을 뜨거운 물로 씻어내 혈액이나 흔적 증거를 다 없애버렸죠. 딸을 해체하는 데 쓴 도구들, 아내를 살해한 증거가 남아 있는 노트북도, 입고 있던 옷가지도 똑같이 처분했고요. 모든 걸 깔끔하게 정리한 뒤 당신은 벙커로 차를 몰고 갔습니다."

"참 되지도 않는 얘기군요."

콜링우드가 말했다.

포는 그를 무시했다.

"하지만 당신은 앞날을 생각해서 딸의 피를 좀 남겼습니다. 작고 말랑한 플라스틱 통을 써서 피를 쭉 빨아들인 다음, 메뉴 개발용 부엌의 냉동고 얼음 속에 숨겼죠. 아마 때가 되면 젊은 제퍼슨 블랙에게 죄를 뒤집어씌울 계획이었을 겁니다."

콜링우드가 물었다.

"이게 전부입니까, 포 경사? 이건 허접하다고도 할 수 없는 수준인데요. 1년 차 변호사도 이 정도는 법정 밖으로 내던져버릴 수 있단 말입니다."

포는 계속 그를 무시했다.

"이제 6년 뒤로 가봅시다. 당신 계획은 통하지 않았습니다. 당신은 엘리자베스 살해 혐의로 유죄 선고를 받고 펜턴빌 교도소에 있죠. 다른 구역에서 폭동이 일어납니다. 당신은 다른 죄수의 감방에 갇히고 몇 시간 동안 거기서 여기저기 뒤적거려보죠."

리그가 그에게 사진을 한 장 건넸다. 바버라 스티븐스가 리처드 블록스위치의 감방에서 발견한 사진이었다.

"당신은 리처드의 가족사진을 보고 믿을 수가 없어집니다. 그의 딸이 당신 딸과 무서울 정도로 닮았기 때문이죠. 나이도 비슷하고."

키튼이 그를 노려보았다.

"하지만 이걸 어떻게 이용할 수 있을까요? 그 애가 엘리자베스와 비슷하게 생겼을지는 모르지만, 그렇다고 그 애가 엘리자베스라고 증명할 수는 없다 이거죠. 당신은 혈액 증거를 도입할 방법이 필요했습니다. 하지만 어떻게?"

포는 기다렸지만 단지 키튼을 긁기 위해서였다. 키튼은 말하기는 하겠지만 아직은 아니었다.

"이제 이 시점에서 다른 배우가 무대에 올라옵니다. 당신이 유죄 선고를 받은 뒤 당신을 담당한 개별 담당 교도관들은 입을 모아 당신이 일반 구역에 있을 때 질겁했다고 했단 말이죠. 너무 겁을 먹어서 교도소 내 병동에서 머무르려고 무슨 짓이든 할 만큼. 바로 거기서 당신은 플릭 제이크먼을 만났습니다. 그 여자는 런던의 UCH 병원에서 온 담당의였고, 당신은 짐작컨대 그저 심심해서 그 여자를 꾀었을 거예요. 자기가 무죄라고 그 여자를 설득하면서요. 당신이 리처드 블록스위치의 감방에서 뭘 발견했는지 언급하면서 당신 딸의 혈액을 좀 보관해뒀다고 하자, 그 여자는 존 슈니버거라는 남자에 관해 말해주고 그가 어떻게 DNA 검사를 속일 수 있었는지 이야기해줍니다. 그건 간단하면서도 아이디어가 반짝이는 계획이었지만, 그와 비슷한 일을 해낼 가망이 있으려면 당신은 잠시라도 감방 밖으로 나가서 그 여자랑 단둘이 아무도 엿듣지 않는 곳에서 대화할 필요가 있었습니다. 그래서 플릭 제이크먼이 위치를 알려주자 당신은 자기 몸을 칼로 찔렀죠. 이제 당신은 교도소 병동에서는 치료할 수 없을 정도로 심각한 부상을 입은 겁니다."

포가 다시 말을 멈췄다. 키튼의 눈을 바라보았다.

그는 진술서를 건넸다.

"한 시간 드리죠. 아주 흥미진진할 겁니다."

포가 말했다.

제이크먼은 반쯤 죽은 클로이 블록스위치가 허물어져가는 벙커에서 끌려 올라오는 걸 지켜본 뒤 절망해서 무너져 내렸다.

"신이시여, 제가 무슨 짓을 한 건가요!"

제이크먼은 비명을 질렀다.

자기 행동이 블록스위치를 거의 죽음에 이르게 했다는 것을 보고, 벙커에 있던 시신들의 사진을 보자 제이크먼은 자신이 키튼에게 얼마나 이용당했는지 깨달았다. 비록 조종당하기는 했고 자기 말로도 '그 남자에게 좀 집착했던 것'도 맞기는 했지만, 그 여자는 자기 앞에 드러난 것까지 믿지 않으려는 사람은 아니었다.

제이크먼은 모든 걸 털어놓았다.

그 여자에 따르면 변명으로 하는 말이 아니고, 제이크먼은 당시 우울증 약을 복용하고 있었다. 이혼은 포가 울버스턴에 있는 그 여자의 병원에 갔을 때 포에게 말한 것보다 훨씬 더 힘겨웠다. 그 여자의 남편은 떠나기 전에 그 여자 명의로 상당한 빚을 졌다. 갚을 가망이 없을 만큼의 빚을.

그 여자는 교도소 내 병동에서 키튼을 만났다. 행복한 결말을 약속하는 말에 쉽게 넘어갈 만한 상태였고, 사랑이 언젠가는 제자리로 돌아가는 화학적 불균형일 뿐이라는 걸 알면서도, 또 키튼이 부탁하는 게 불법이라는 사실을 알면서도, 경제적 문제를 해결해주겠다는 그의 약속이 너무 매력적으로 느껴졌다. 그 여자는 의사였고 그건 그녀가 현실적이라는 뜻이었다.

두 사람은 합의에 이르렀고 계획을 짜기 시작했다.

먼저 제이크먼은 클로이 블록스위치를 끌어들여야 했다. 그건 어렵지 않았다. 클로이는 야심은 있지만 아직 성공하지 못한 배우였다. 키튼이 석방된 뒤 계획하고 있는 요리 쇼에서 데비 맥기 Debbie McGee• 같은 역할을 맡길 거라고 제이크먼이 약속하자, 클로이는 단번에 달려들었다.

다음으로 제이크먼은 컴브리아로 이주했다. 그건 힘든 일이 아니었다. 어차피 런던의 집을 잃을 위험에 처해 있었고, 고원 걷기도 좋아했을 뿐 아니라 레이크 구역에 적어도 1년에 한 번은 방문했으니

• 영국의 텔레비전, 라디오, 무대 공연자로 폴 대니얼스라는 마술가의 보조 역으로 가장 알려져 있다.

까. 게다가 그 지역에는 의사가 필요했다. 경찰법의관 등록부에 올라가는 것은 심지어 더 쉬웠다―경쟁이 그다지 치열하지 않았던 덕이었다.

제이크먼에 따르면, 그녀와 키튼은 거의 매일 밤 전화로 상황을 논의했다. 포는 교도소도 책임이 크다고 생각했다. 불법 핸드폰을 지금보다 훨씬 더 잘 통제해야 했다.

그다음은 키튼이 벌리스 앤드 슬로에 감춰놓은 혈액을 되찾아서 손보는 일이었다. 키튼은 자기 딸을 죽인 놈이 누구든 그놈이 유죄판결을 받게 하려고 피를 보관해두었다고 했다. 그가 증거를 심어야 한다면 심을 거라고 했다고, 제이크먼은 말했다.

혈액이 담긴 용기는 50밀리미터 크기의 소스 통이었다. 꾹 눌렀다가 손을 떼서 안에 내용물을 다시 채우는 타입이었다. 키튼은 메뉴 개발용 부엌의 냉동고에서 얼음을 조금 깨고 그 안에 통을 숨겨놓은 뒤 다시 얼음을 채우고, 스프레이로 물을 뿌려서 빈틈이 없게 만들었다고 했다. 키튼은 여분의 열쇠가 어디 있는지 말해주었고 제이크먼은 어느 날 밤 부엌에 침투해서 혈액을 되찾았다.

그런데 여기에 문제가 있었다. 아무 처리도 하지 않고 혈액을 그냥 얼려서는 안 되었던 것이다. 혈액이 녹을 때 적혈구 세포의 벽이 얼음 결정에 손상되기 때문이었다. 그러나 제이크먼은 의사였고 이 문제를 어떻게 해결할지도 알았다. 그 여자는 실험실과 병원에서 쓰는 원심분리기를 중고로 구입해, 혈액을 적혈구 세포, 백혈구 세포, 혈소판으로 분리했다. 제이크먼은 혈액을 조심스레 해동한 뒤 손상된 적혈구 세포를 모두 제거했다. 적혈구 세포에는 DNA가 없으므로, 제거한 적혈구 세포는 자기 적혈구 세포로 대체하고 피가 응고되지 않도록 혈액응고 방지제를 조금 넣으면 되었다. 이제 제이크먼은 엘리자베스의 DNA가 있는 혈액을 손에 넣었다.

그런 다음 정말 기발한 방법, 불가능을 가능케 하는 방법이 나왔다—클로이가 엘리자베스라고 모두를 속여 넘긴 수법. 제이크먼은 클로이의 몸에 그 피를 넣었던 것이다.

포가 벙커에는 배수관이 없다고 말했을 때, 그것이 브래드쇼의 머릿속에 경보음을 울렸고 브래드쇼는 존 슈니버거 사건을 기억해냈다. 존 슈니버거는 보통 수술 후에 체액을 제거하는 데 쓰는 펜로즈 드레인*이라고 하는 수술 기구를 자기 팔에 삽입해서 DNA 검사를 속였다. 펜로즈 드레인에는 다른 남자의 피가 꽉 차 있었고 피가 굳지 않도록 혈액응고 방지제도 조금 섞여 있었다. 그는 펜로즈 드레인이 삽입된 곳에서 혈액 샘플을 뽑게 하여 과학 수사 연구실 기술자들을 두 번이나 속였다.

제이크먼은 더 현대적인 장비를 이용할 수 있었기에 이 과정을 좀 더 개선했다. 펜로즈 드레인 대신에 제이크먼은 수술용 합성수지로 한쪽 끝을 막은 인공 혈관을 사용했다. 제이크먼은 막힌 쪽을 클로이의 팔에 삽입했다. 몇 센티미터만 살 속에 들어가게 하면 되었다. 그

• 영어로는 배수관과 드레인 drain이 같은 단어다.

게 숨겨지되, 제이크먼이 바늘로 찾을 수 있을 정도면 충분했다. 다른 쪽 끝, 클로이의 몸 안에 들어가 있지 않은 쪽은 팔 안쪽을 따라 올라가, 겨드랑이에 묶어둔 수혈 백에 연결했다. 준비가 되면 제이크먼이 혈액 주머니의 밸브를 열어서 중력에 따라 인공 혈관에 피가 채워지는 방식이었다.

그러면 엘리자베스의 피가 클로이의 팔에서 뽑힌 게 되는 것이다. 클로이의 몸에 있었던 적이 한순간도 없는데도.

그것은 처음부터 끝까지 단순하고 탁월한 해결책이었다. 백혈구 세포에 붙어 있던 블랙 서머 트러플 단백질만 없었더라면 거의 확실히 빠져나갈 수 있을 터였다.

채혈 과정을 거치고 해야 할 거짓말을 한 뒤, 클로이는 엘리자베스를 아는 누군가와 우연히 마주치는 일이 없도록 반드시 사라져야만 했다. 키튼은 제이크먼에게 벙커가 어디 있는지 이미 말해주었고, 누구든 빠져나올 수 있도록 암벽 등반용 사다리를 출입구 안쪽에 부착해놓았다고 말해놓았다. 제이크먼은 한 번도 그 말을 의심하지 않았다. 클로이를 차로 거기까지 데려간 뒤 아래로 내려가도록 도우면서도, 그게 안에서 열 수 없도록 조작되어 있으리라고는 한 번도 생각하지 않았다. 제이크먼은 출입구를 잎사귀와 흙으로 살짝 덮어놓았다. 클로이는 거기서 사흘 동안 기다린 뒤 빠져나와 버밍엄에 있는 집으로 가기로 되어 있었다. 키튼은 석방된 뒤 클로이에게 연락하기로 했고.

제이크먼은 또 엘리자베스의 혈액을 포의 트레일러에 묻혀놓은 것도 시인했다. 키튼은 진짜 범인을 찾아내고 나면 포가 무죄라는 게 밝혀지겠지만, 우선은 클로이가 사라진 것을 설명할 방법을 제시해 줘야 한다고 제이크먼을 설득했다. 제이크먼은 포가 컴브리아로 돌아오기도 전에 허드윅 농장까지 힘들게 찾아가서, 증거를 남길 물건으로 그의 트레일러를 선택했다.

이제 제이크먼은 이 모든 게 거짓이라는 것을 알았다. 클로이가 영원히 사라져야 했다는 것도 알았고, 누군가가 그 죄를 뒤집어써야 했다는 것도 알았다. 키튼의 딸이 다시 나타난 탓에 불명예를 안은 경찰이 그녀를 살해했다는 이야기가 딸이 다시 나타났다가 아무 설명도 없이 또 사라졌다는 이야기보다 더 그럴듯했던 것이다.

키튼은 또 제이크먼을 시켜서 포가 컴브리아로 돌아온 날 밤에 클로이의 핸드폰을 허드윅 농장 근처에 놓아두었다. 경찰에 있는 제이크먼의 친구가 갬블이 포를 컴브리아로 불러들인 날 제이크먼에게 알려주었던 것이다.

제이크먼은 포가 엘리자베스의 엉덩이에 문신이 있느냐고 물었을 때도 키튼에게 연락했다. 키튼이 엘리자베스에게 문신이 없다고 대답하자 제이크먼은 이를 포에게 전달했다.

이제 제이크먼은 키튼이 위험 요인을 절대 용납하지 않는다는 것을 이해했고, 따라서 자기도 언젠가는 사라져야 했으리라는 것을 알았다. 자기가 운 좋게도 살아남았다는 것을 분명하게 인식하고 있었다.

"혈액 검사를 속일 수 있는 방법을 파악하고 닥터 제이크먼이 개입되어 있을 수밖에 없다는 것을 이해하자마자, 저는 당신 의뢰인과 얘기해보기로 결심했죠. 전 우리 팀이 의회 기록실에 도착하는 즉시 벙커를 발견할 거라고 당신 의뢰인에게 단언했습니다."

포가 말했다.

그들은 다시 조사실에 모였다. 키튼은 여전히 걱정스러워 보이지 않았다. 포는 그 이유를 알 것 같았지만 콜링우드가 공식적으로 말해주기를 기꺼이 기다렸다.

"우리는 키튼이 직접 벙커에 찾아가지는 않으리라는 걸 알았습니다. 우리가 자기를 지켜볼지도 모른다고 생각했을 테니까요. 그래서 당신 의뢰인은 클로이 블록스위치가 거기 사흘간 머물렀다는 증거를 없애버려야 한다고 제이크먼을 설득했죠. 그러지 않으면 그동안 해온 모든 일이 수포로 돌아간다고. 아무튼 제이크먼은 자기가 하려던 일이 그거라고 믿은 겁니다. 미세 증거를 없애버리는 거라고. 물론 키튼 당신이 정말 그 여자에게 하라고 한 것은 모든 걸 없애버리는 것이었죠. 엘리자베스의 시신과 모리스 씨의 시신, 그때쯤에는 아마 죽었을 클로이의 시신, 노트북, 당신이 사용한 도구들. 전부 다."

키튼은 무표정하게 보기만 했다.

"그래서 우리는 당신이 아니라 제이크먼을 감시한 겁니다. 그리고 그 여자 덕분에 우리는 곧장 벙커를 찾을 수 있었고요."

포는 반응을 기다렸다. 반응은 없었다.

"그래서 이 자리에 온 겁니다. 시신 두 구와 살아 있는 증인 두 명. 이제 당신 쪽 이야기를 얼른 듣고 싶은데요."

콜링우드가 목을 가다듬었다.
"참 재미있는 이야기로군요, 포 경사님. 물론 말도 안 되는 헛소리지만요."
그가 말했다.

66

영국 법률 체계의 특이점 덕분에 피고인에게는 기이한 이득이 있다. 피고에게 불리한 증거가 모두 공개되어야 하기 때문에, 변호하는 측에서는 그걸 사후에 반박할 수가 있다. 그런 이유로 어떤 변호사든 모든 게 자기들 앞에 드러나기 전까지는 '노코멘트'를 하라고 의뢰인에게 조언하는 것이다. 그럼 그들은 제시된 사실들을 이용해 설명하기 시작하여, 가능한 부분에서 대안 가설을 만들어낼 수 있다.

"내 의뢰인이 닥터 제이크먼을 교도소 병동에서 만났고 의뢰인이 폭행당한 뒤에 그 여자가 런던의 UCH 병원에 찾아온 것은 맞습니다. 의뢰인이 치료받는 동안 두 사람이 짧은 우정을 나눈 것도 맞고요. 닥터 제이크먼은 매일 찾아와서 치료가 계획대로 되고 있는지 확인했습니다."

콜링우드가 말했다.

포는 아무 말도 하지 않았다. 이건 예상한 대로였다. 키튼은 몇 년이나 탈출을 계획했고 체스 그랜드마스터처럼 열 걸음은 앞질러 생각하고 있었다. 게다가 자기 졸을 희생하는 데 문제를 느낀 적이 한 번도 없었다…….

"닥터 제이크먼이 내 의뢰인에게 집착하고 있다는 걸 인정했다는 점은 다행입니다만, 그건 훨씬 더 오래전으로 거슬러 올라갑니다. 감방에서 만나기도 한참 전에, 내 의뢰인이 칼에 찔리기 한참 전에, 심지어 딸을 살해한 혐의로 오심을 받기도 전까지 말이죠. 닥터 제이크먼이 레이크 구역을 꽤 자주 방문했다고 한 것으로 아는데요?"

포가 끄덕였다. 그는 별로 상관하지 않았다.

"아마 내 의뢰인의 레스토랑에서 식사를 했다는 건 말해주지 않았을 겁니다. 사실 여러 번이었죠. 내 의뢰인은 이걸 기억하지 못하는 것 같습니다만 거기 있는 셰프 중에 스튜어트 스콧이라는 사람이 이를 이미 확인해준 바 있습니다."

스튜어트 스콧? 제퍼슨 블랙이 키튼에게 그와 엘리자베스 사이를 고자질한 놈이라고 믿는 바로 그 '스코티'가 확실했다. 블랙이 너무 심하게 패줘서 비장이 망가져버린 그 남자. 블랙은 스코티가 출세주의자라고 했다. 포는 그가 키튼을 위해 거짓말을 하는 데 아무 문제도 없을 거라고 생각했다.

"계속하시죠."

포가 말했다.

"우리는 개연성을 감안할 때 엘리자베스를 죽인 것이 닥터 제이크먼이라고 생각합니다."

콜링우드가 의자 등받이에 편히 기대며 말했다.

"닥터 제이크먼이 엘리자베스를 죽였다고요?"

포가 되풀이했다.

"아마 이유는 결코 알아내지 못할 겁니다. 어쩌면 그 여자는 망상에 빠진 상태에서 딸이 사라지면 자기가 내 의뢰인을 차지할 수 있을 거라고 믿었을지도 모릅니다. 우리는 또 닥터 제이크먼이 엘리자베스의 피를 조금 보관했고 당신들이 지난 약 한 주 동안 수사한 일련의 사건을 일으키기 시작했다고 봅니다. 그뿐 아니라 키튼 씨가 칼에 찔리도록 안배한 것도 그 여자라고 봅니다. 아시다시피 그 여자는 병동에서 오랜 시간을 보냈죠—이렇게 사람을 잘 조종하는 여자가 한 죄수를 꾀어 다른 죄수를 칼로 찌르라고 하는 건 어려운 일이 아니었을 겁니다. 그리고 당신들은 분명 그 여자가 자기 죄를 입증할 수 있는 유일한 증인을 죽이려던 걸 현장에서 체포했죠."

"그럼 6년은 왜 기다린 겁니까?"

리그가 물었다. 그는 걱정하는 듯 보였지만, 포가 아는 것을 알지는 못했다.

"그건 내가 아니라 당신 일이지요, 리그 형사."

"그 여자는 클로이 블록스위치를 어떻게 찾아냈습니까?"

콜링우드는 어깨를 으쓱할 뿐 대답하지 않았다.

"당신 의뢰인의 지문이 엘리자베스의 시신이 담긴 봉투 하나하나에 모조리 찍혀 있는데요."

"거긴 그의 부엌입니다, 리그 형사. 그의 지문은 거의 어디에나 묻어 있을 겁니다."

"자기 아내를 살해하려고 검색하는 데 쓰던 노트북은?"

"엘리자베스가 왜 그런 걸 조사하고 있었는지 누가 알겠습니까? 어쩌면 에어백을 꺼놓은 것도 그 여자였을지 모르죠. 우리는 아마 절대 알아내지 못할 겁니다."

"음, 제 생각엔 알아낼 것 같은데요."

포가 말하더니 일어섰다.

"조사 종료."

리그가 그를 따라 나가 모니터실로 들어갔다. 갬블, 플린, 검찰청의 간부 한 사람이 기다리고 있었다. 브래드쇼는 노트북에 붙어 있었다. 갬블은 암울한 모습이었다.

"어떻게 된 겁니까, 경정님? 이 헛소리를 믿으시는 건 아니겠죠?"

리그가 말했다.

"물론 아니네. 하지만 여기 이분이……."

갬블이 검찰청에서 나온 사람을 가리켰다.

"제가 저 말을 믿는다는 얘기는 아니지만 이제 저들의 변론이 뭔지 알았는데, 솔직히 말씀드려서 가망이 있는 얘기입니다. 닥터 제이크 먼은 이 음모의 일부라는 걸 이미 자백했습니다. 키튼에게 집착했다는 것도 인정했고, 클로이 블록스위치와 연락하고 그 여자를 도와 법 집행을 방해했다는 것도 인정했습니다."

검찰청 남자가 말했다.

"하지만 키튼은……."

리그가 말했다.

"그자가 병원에 있었던 때를 제외하면 두 사람을 연결하는 증거는 없습니다. 수감 기록도 이를 뒷받침할 겁니다."

"교도소에서 핸드폰 구하는 게 좆같은 구강 섹스 받기보다 더 쉽단 말입니다!"

리그가 소리쳤다.

검찰청 남자가 끄덕였다.

"그리고 분명 바로 그렇게 일을 처리한 것이겠죠. 하지만 우리는 그걸 입증할 수가 없습니다. 키튼의 법률팀은 그 여자가 혼자서 한 일이라고 말할 텐데 우리는 그렇지 않다는 걸 증명할 수단이 없습니다."

"클로이 블록스위치가 닥터 제이크먼의 증언을 뒷받침할 겁니다."

"이미 그렇게 했죠. 하지만 그 여자는 키튼과 직접 얘기해본 적이 없다는 것도 인정했습니다. 그 여자가 받은 지시는 모두 제이크먼에게서 나온 겁니다."

방이 침묵에 빠져들었다. 리그는 검찰청 남자를 노려보았다. 갬블도 마찬가지였다.

"받아들이시죠. 키튼은 닥터 제이크먼을 완벽하게 농락했습니다. 놈은 분명 배후에서 이 모든 일을 꾸몄겠지만 책임을 뒤집어쓰는 건 그 여자가 될 겁니다."

포도 키튼을 인정해줘야 했다—그는 영리한 남자였다. 그를 파멸에 이르게 할 요인은 오직 타인의 삶에 관한 무관심이었다. 계획의 다른 부분은 흠잡을 데가 없었다.

"자네 이 사태를 믿기지 않을 정도로 차분하게 받아들이는군, 포."

갬블이 말했다.

"차분함이 제 가운데 이름이죠, 경정님."

"당신 가운데 이름 없는 줄 알았는데요, 포.

브래드쇼가 말했다.

포가 브래드쇼에게 윙크를 했고 방은 다시 고요해졌다.

그의 전화기가 깜빡거렸다. 그는 문자를 읽었다.

"아, 잘됐네요. 그분이 오셨습니다."

"뭘 꾸미고 있는 건가, 포?"

갬블이 물었다.

포는 그를 무시했다. 그는 검찰청 남자를 바라보았다.

"필요하신 게 뭡니까?"

"완전한 자백. 그게 아니면 이 단계에서 도움이 될 만한 거라고는 없다고 생각합니다."

검찰청 남자가 대답했다.

포가 웃음 지었다.

"그럼 완전한 자백으로 가시죠."

67

포는 조사실로 돌아갔다. 이번에는 리그가 아니라 어떤 여자와 함께였다. 두 사람은 자리에 앉았다.

"이쪽은 누구신가, 포?"

키튼이 조소했다.

콜링우드는 오전에 자기가 한 일에 만족한 듯 보였다.

"뭔가 새로운 증거가 있는 게 아니라면 말입니다, 포 경사님, 다음에는 내 의뢰인의 재심에서 대화해야 할 것 같은데요. 우리는 배심원들에게 우리 버전의 이야기를 할 테니, 당신은 당신 쪽 버전을 이야기하면 되겠죠."

"배심원 앞에 갔을 때 얘기겠지만요."

키튼이 말했다.

포가 그에게 정중하게 웃음 지었다.

"맞는 말입니다, 키튼 씨, 이 일은 배심원까지 가지도 않을 겁니다."

키튼의 웃음이 커졌다.

"우리가 아직까지 이름만 언급한 사람 이야기를 좀 하고 싶습니다만? 클로이의 아버지 리처드에 관해 말씀드리고 싶군요."

포가 말했다.

"그 남자? 그 남자가 여기에 뭘 보탤 수 있다는 겁니까? 난 그 남자 거의 모른다고요."

"키튼 씨, 그 점은 명명백백합니다."

키튼은 무관심해 보였다.

"우리가 클로이한테 아버지와 얘기해도 된다고 허가했는데요. 그건 알고 있습니까?"

키튼이 어깨를 으쓱했다.

"내가 뭣 때문에 알아야 하죠?"

"그냥 당신이 그 남자를 어떻게 생각하는지 궁금해서 말이죠. 사방이 벽으로 둘러싸인 여기 있는 우리 네 사람은 당신이 그의 딸을 죽이려고 했다는 걸 알고 있습니다. 그 남자는 몇 년 뒤면 출소할 거고요. 그 사람이 복수를 하지는 않을까 걱정되지는 않습니까?"

키튼이 콧방귀를 뀌었다.

"그런 얘기가 전부 사실이라고 해도, 물론 난 아무것도 인정하지 않지만, 리처드 블록스위치가 대체 내게 뭘 할 수 있다는 겁니까? 그자는 허약한 남자입니다. 펜대나 굴리는 회계사라고요. 그 남자가 뭘 어쩌겠어요, 계산기로 날 치기라도 한답니까?"

포가 끄덕였다.

"맞는 말일 겁니다. 그 남자는 아마 그러지 못하겠죠."

"내 말이 바로……."

"다만, 내가 궁금한 건 죄수가 우글우글한 교도소에서 그 남자가 어떻게 1인용 방을 썼을까 하는 겁니다."

키튼의 득의만만한 표정이 흐려졌다. 콜링우드는 생각에 잠긴 얼굴이었다.

"이러면 어떨까요. 그 문제를 다시 생각해보는 겁니다. 이쯤에서 바버라 스티븐스 경감님을 소개해야 할 것 같군요."

스티븐스는 호리호리하고 자신감 있어 보이는 여자였다. 짧은 머리카락은 검은색에 삐죽빼죽했고 빨간색 디자이너 안경을 끼고 있었다. 경감은 키튼과 콜링우드에게 살짝 손을 흔들었다.

"안녕하세요."

포가 콜링우드를 돌아보았다.

"경감님이 당신한테 보여주고 싶은 사진이 있는데요, 콜링우드 씨. 그걸 보고 나면 결정을 내려야 할 겁니다."

키튼이 얼굴을 찡그렸다.

"이게 뭐 하는 겁니까, 포? 무슨 수작을 부리려는 겁니까?"

"수작이 아닙니다, 키튼 씨. 그저…… *제가* 아는 걸 *당신도* 전부 안다고 가정해서는 안 된다, 그것뿐이죠."

포는 천장 구석에 있는 카메라를 올려다보았다. 엄지손가락을 들었다. 초록색 불이 빨간색으로 바뀌었다.

"이제 녹화는 중단되었습니다, 콜링우드 씨. 이유는 금방 이해하실 겁니다."

그가 스티븐스 경감을 돌아봤다.

"맡기겠습니다, 거브guv*."

스티븐스는 파일에서 반질반질한 사진을 한 장 꺼냈다. 원거리에서 찍은 것이기는 했지만 거기 나온 두 남자는 또렷하게 보였다. 한쪽은 리처드 블록스위치였다. 다른 한쪽은 포도 명성만 아는 사람이었다.

"오른쪽이 리처드 블록스위치예요. 왼쪽에 있는 게 누군지 아시겠어요?"

콜링우드가 사진을 보더니 얼굴이 창백해졌다. 호흡이 가빠지고 힘겨워졌다. 핏기 없는 이마가 축축해졌다. 그는 실크 손수건으로 이마를 훔쳤다. 고개를 끄덕였다.

"압니다."

"그쪽이 소속된 법인에서 그가 속한 조직과 거래한 적이 있죠, 그렇지 않나요? 그런데 당신은 지금 그 조직에 반해서 변호하고 있는 것 같은데요."

스티븐스가 말했다.

뚱뚱한 변호사는 사진에서 눈을 떼지 못했다.

"아직도 키튼 씨를 변호하고 싶습니까?"

포가 물었다.

콜링우드가 시금치를 거부하는 아이처럼 고개를 흔들었다. 그는

---

* 주로 런던 지역에서 '보스' 대신으로 쓰는 표현.

질겁했다. 키튼을 돌아보았다.

"전부 다 말하세요, 키튼 씨. 아무것도 빠뜨리지 말고요. 당장이요."

키튼의 웃음이 얼마나 느닷없이 허물어지는지 마치 누가 얼굴 근육을 잘라버린 듯했다.

"무슨 소리들을 하는 거죠, 포?"

그가 따졌다. 꾸며낸 프랑스 억양도 사라졌다―이제 순전히 칼라일 말씨였다.

"저 남자가 누구길래?"

"국가범죄수사국은 광범위한 조직입니다, 키튼 씨. 제 일은 당신 같은 사람들을 붙잡는 거죠. 스티븐스 경감님 일은 다국적 조직범죄 특별 수사대와 관련된 겁니다."

"다국적……."

"엔티티B라는 조직, 들어본 적 있나요?"

스티븐스가 키튼의 말을 자르며 물었다.

키튼은 멍한 얼굴이었다.

"당신은 들어봤어야 할 이유가 없죠. 하지만 당신 변호사는 달라요. 설명하시겠어요, 콜링우드 씨?"

콜링우드가 다시 고개를 흔들었다.

"싫으시다고요? 좋아요, 그럼 내가 하죠. 엔티티B는 오늘날 유럽에서 가장 크고, 따라서 정의상 가장 위험한 조직범죄 단체예요. 인신 매매, 사이버 범죄, 약물도 물론이고, 무기를 비롯해 감시 대상국에 금지 물품 밀거래 등―엔티티B는 손대지 않는 부분이 없죠."

키튼의 턱에 경련이 일어났다.

"대다수 사람들은 그들이 존재한다고 여기지 않아요. 안타깝게도 그건 틀린 생각이에요. 엔티티B는 실존하고 번성하고 있어요."

스티븐스가 펜으로 사진을 쿡 찔렀다.

"그리고 여기 이 남자, 당신 친구 리처드와 얘기하는 걸로 보이는 자는 그 조직의 UK 쪽 우두머리들 중 하나예요."

포가 말을 이었다.

"그게 말이죠, 키튼 씨. 사람들은 이런 조직들이 휘두르는 힘이 그 자들이 저지르는 온갖 끔찍한 짓들에서 나온다고 생각하는데, 진정한 힘은 그들이 저지르는 그 끔찍한 짓들에서 나온 돈을 보유하는 능력에서 나오는 겁니다."

"지난해 엔티티B는 20억 유로가 넘는 수입을 거뒀어요. 세탁하기에 어마어마한 금액이죠."

스티븐스가 덧붙였다.

키튼에게 서서히 깨달음이 찾아왔다.

포가 끄덕였다.

"얘기가 어떻게 흘러가는지 좀 아시겠습니까, 키튼 씨? 이 조직들은 돈 세탁의 귀재인 익명의 사람들 덕분에 존재하는 겁니다. 리처드 블록스위치, 당신이 '허약하고 펜대나 굴리는 회계사'라고 한 남자는 바로 그런 범죄 때문에 7년을 복역 중이라고요. 사소한 일 때문에 들어온 거지만, 그 남자한테는 스티븐스 경감님의 팀에 도움이 될 수도 있는 정보가 있었다 이겁니다."

포가 잠시 말을 멈췄다가 이었다.

"그 친구가 입을 연 적이 있었습니까, 거브?"

"아뇨. 우리 쪽에서 감방에 안 갈 수 있게 해주겠다고 제안했을 때도 입을 안 열었어요. 리처드는 착한 아이예요. 조직에 충성을 다하죠."

키튼은 손가락을 일정한 박자로 두드리고 있었다. 두드리는 걸 그만두더니 목뒤를 문질렀다. 그는 아무 소리도 내지 않았다.

"클로이가 아빠랑 얘기를 나눴으니 그 남자도 이제 어떻게 된 건지 알았겠죠. 자기에게 빚을 진 엔티티B에게 이미 도움을 요청했다고 봐도 그리 어긋난 추측은 아닙니다. 제가 보기에 당신에게는 두 가지 선택이 있습니다. 지금처럼 연극을 계속하다가 밖에 나가서 운을 시험해보든지, 아니면 지금 자백 조서를 쓰든지."

포가 말했다.

키튼의 눈은 초점이 엉뚱한 데 가 있었다. 포는 자기 말이 그에게 들리기는 하는지 알 수 없었다.

콜링우드가 목을 가다듬었다.

"당신이 원하는 걸 내 의뢰인이 제공하면 그의 안전을 보장할 수 있습니까?"

포가 고개를 저었다. 스티븐스도.

스티븐스가 대답했다.

"자백으로 얻을 수 있는 건 증인 보호를 받는 사람들과 똑같은 보호 조치예요. 새로운 이름을 받을 테고 CSC에서 형을 살게 될 거예요."

스티븐스는 키튼을 돌아보고 말했다.

"CSC는 엄중 감시 센터예요. 기본적으로 감옥 안의 감옥이죠. 보안이 가장 철저한 곳이에요. 그것조차 충분하지 않을 수 있어요."

"거짓말."

키튼이 속삭였다. 그는 인질처럼 억지웃음을 지었다.

포가 테이블에 자기 주먹을 대고 몸을 앞으로 숙이며 키튼의 연한 파란색 두 눈을 뚫어져라 보았다.

"그래요? 목숨을 걸어보시려고?"

68

포가 샙 웰스 호텔로 돌아왔을 때는 초저녁이었다. 그는 우편물을 챙기고 플린과 브래드쇼에게 잘 자라고 인사한 뒤 지친 몸으로 사륜 바이크에 올라탔다. 희한할 정도로 맥이 풀렸다.

그는 조사가 얼마나 오래 이어질지 몰라, 빅토리아에게 에드거를 맡아달라고 부탁했다. 에드거는 내일 데리러 갈 작정이었다. 플린과 브래드쇼는 호텔에 머무를 터였고 이튿날 저녁에 다 같이 퀜들에 가서 카레를 먹기로 했다. 포는 고맙다는 뜻으로 빅토리아를 초대할 계획이었다.

검찰청 남자가 키튼의 자백서가 물샐틈없이 완벽하다고 만족하는 데까지 여섯 시간이 걸렸다.

리처드 블록스위치는 사진 속의 남자와 만난 적이 없었다. 블록스위치는 서열이 한참 낮았다. 엔티티B의 보스들은 그런 하찮은 돈 세탁업자들과는 만나지 않았다. 하지만 브래드쇼가 사진 조작 프로그램으로 손을 보고 나자, 둘은 실제로 만난 것처럼 보였다. 그리고 포도 스티븐스 경감도 사진 속의 두 남자가 대화를 하고 있다고는 분명하게 말한 적이 없었다. 그저 그런 가능성을 제시하고, 키튼이 빈 공간을 알아서 채우게 내버려두었을 뿐.

그것은 효과가 있었다. 키튼은 모든 것을 털어놓았다.

그는 어떻게 레스 모리스를 죽였는가. 그것은 포가 짐작한 대로였다―키튼은 사다리를 고정된 걸쇠에서 뺀 다음 출입구 밑면에 연결했다. 모리스는 빠져나갈 도리가 없었다. 키튼은 석 달 뒤에 돌아가서 모리스의 시신을 화학 변기가 있는 방으로 옮겼다.

키튼은 미슐랭 별을 지키려고 자기 아내를 죽인 과정과, 엘리자베스가 그의 노트북에서 그 증거를 발견했을 때 딸을 죽인 과정도 이야기했다. 수비드 진공 포장기를 써서, 해체된 딸의 시신을 봉인한 다음 딸의 시신과 기타 모든 것을 모리스가 있는 바로 그 방에 놓았다는 것도.

그가 보관해둔 혈액은 제퍼슨 블랙에게 죄를 뒤집어씌우기 위한 것이었다.

나머지는 클로이 블록스위치와 플릭 제이크먼에게 들은 내용과 부합했다. 키튼은 교도소 병동에 있을 때 제이크먼을 끌어들인 뒤, 자기 몸을 칼로 찔러 둘이 계획할 시간을 벌었다. 교도관들은 비밀 유지 문제 때문에 교도소 외부 병원에서는 의사와 환자 둘만 있도록 내버려둬야 했다. 키튼도 시인한 바 제이크먼은 자기가 클로이를 가둬버리는 줄도 몰랐고, 클로이가 벙커에 있었던 증거를 다 없애기 위해 휘발유를 벙커로 가지고 가는 줄 알았다. 제이크먼은 그게 시신을 없애버리기 위한 일이라는 걸 몰랐다.

플릭 제이크먼과 클로이 블록스위치는 둘 다 형을 살 터였다. 키튼이 살해한 세 사람과 함께 두 사람의 인생이 더 망가진 것이었다.

키튼은 레스 모리스 살인, 본인 아내 살인, 클로이 블록스위치 살인 미수로 유죄를 받을 터였다. 그는 이미 엘리자베스 살해 혐의에 유죄 답변을 일찍 제출했다. 검찰에서는 드물게 '종신형' 선고로 밀어붙일 계획이었다. 키튼은 결코 가석방 대상이 되지 않을 터였다.

포는 키튼이 자기를 함정에 빠뜨리려고 한 것이 포의 아빠가 키튼에게 켄들에 있는 부동산을 팔지 않으려고 해서인지 물었다. 키튼은 포가 무슨 이야기를 하는지 알아듣지 못했다. 그것은 우연, 이번만큼은 포도 기꺼이 받아들일 수 있는 우연이었다. 키튼은 단지 누군가는 골라야 했기 때문에 포를 고른 것뿐이었고, 더구나 포가 6년 전에 모두가 속았을 때도 속아 넘어가지 않았다는 점도 작용했다.

포는 칼라일을 떠나기 전에 리그, 갬블 두 사람과 악수를 했다. 두 남자는 기대한 대로 해주었다. 포를 위해서만이 아니었다. 엘리자베스, 레스, 로런을 위해 옳은 결과가 나오게 해주었다. 정의는 비록 신속하지는 않았지만 구현되었다.

M6 고속도로를 타고 내려가는 길에 포는 제퍼슨 블랙에게 전화해 소식을 전했다. 어쩌면 엘리자베스에게 어떤 일이 있었는지 마침내 알게 되면, 전직 낙하산 부대원인 그도 이제는 마무리를 지을 수 있을지 몰랐다. 포는 과연 그렇게 될까 싶었지만 그게 그가 할 수 있는 최소한의 배려였다. 제퍼슨 블랙은 저도 모르는 새 사건의 방향을 완전히 뒤바꾸었다.

포는 언덕 꼭대기에 올라 자기 농장 건물을 보았다. 급하게 브레이크를 밟았다. 불이 켜져 있었다. 전부는 아니지만 몇 곳에. 누군가 안에 있었다. 포는 이미 빅토리아와 통화를 했고 플린과 브래드쇼와는 방금 헤어진 터였다.

달리 아는 사람이 없었다.

포는 쌍안경을 꺼내서 보았지만 안에서는 아무 움직임도 보이지 않았다. 그는 엔진을 살살 다루면서 조심스레 자기 집으로 다가갔다. 평소 세우는 곳에 사륜 바이크를 세우고 내렸다. 집에서는 여전히 아무 움직임도 없었다.

포는 자기 문에 붙은 플라스틱 커버에 문서가 들어 있는 것을 보았다. 그는 커버를 찢어 내용물을 읽었다. 지방 의회에서 보낸 것이었다. 방금 그가 가지고 온 우편물에도 그와 연관된 서류가 있을 것 같았다. 포는 이로 플라스틱 서류 봉투를 찢었다.

부동산을 그가 처음 발견했을 때의 상태로 되돌리라는 공식 명령이었다.

*개자식*들. 빅토리아가 맞았다. 그들은 포를 내쫓으려 하고 있었다.

포는 우편물을 확인하다가 눈에 띄는 편지를 하나 보았다. 이번 것은 단순한 마닐라 봉투에 들어 있었다. 앞면에 그의 이름이 인쇄되어 있었다. 호텔에 직접 전달한 우편물이었다. 포는 그걸 열어보았다.

레이크 구역 국립공원에 있는 건물들에 대해 계획 허가를 검토해달라는 신청서 양식이었다. 포는 서류를 뒤로 돌려 내용을 읽어보았다. "좆 까라, 포"라고 쓰여 있었다. 아래쪽에 W가 인쇄되어 있었다. 워들, 그 복수심 넘치는 놈이 아무도 안 지키는 똥을 킁킁거리며 냄새 맡는 쥐새끼처럼 포의 새로운 약점을 찾아낸 것이었다.

하지만…… 그것으로는 집에 누가 있는지는 알 수 없었다.

포는 문을 열고 두 눈이 어둠에 익도록 기다렸다. 한 남자가 소파에서 자고 있었다. 설마 그럴 리가……?

가까이 들여다보았다.

맞았다.

포는 그가 얼마나 늙었는지 보고 충격을 받았다.

그가 불을 전부 켜자 남자는 단번에 깨어났다. 너무 밝은 빛에 두 눈을 가늘게 떴다.

"깜짝 놀랐잖냐."

그가 말했다.

포는 남자를 지나쳐서 맥주를 꺼내려고 냉장고를 열었다. 냉장고는 과일과 물통으로 가득 차 있었다. 포는 일그러진 웃음을 지었다. 브래드쇼는 아직도 그를 보살피려 하고 있었다. 포는 맥주를 두 개 꺼내 뚜껑을 따고 하나를 남자에게 건넸다.

"얘기를 좀 해야 할 것 같다, 워싱턴."

노인이 한 모금 마시더니 말했다.

"내일요, 아빠. 얘기는 내일 해도 돼요."

포가 말했다.

블랙 서머

초판 1쇄 인쇄 2025년 8월 4일
초판 1쇄 발행 2025년 8월 13일

지은이 M. W. 크레이븐
옮긴이 김해온
펴낸이 최순영

출판2 본부장 박태근
스토리 독자 팀장 김소연
편집 김다인
디자인 김태수

펴낸곳 ㈜위즈덤하우스 **출판등록** 2000년 5월 23일 제13-1071호
주소 서울특별시 마포구 양화로 19 합정오피스빌딩 17층
전화 02) 2179-5600 **홈페이지** www.wisdomhouse.co.kr

ISBN 979-11-7171-467-4 03840

- 이 책의 전부 또는 일부 내용을 재사용하려면 반드시 사전에 저작권자와 ㈜위즈덤하우스의 동의를 받아야 합니다.
- 인쇄·제작 및 유통상의 파본 도서는 구입하신 서점에서 바꿔드립니다.
- 책값은 뒤표지에 있습니다.